EIN BOSS ZUM VERLIEBEN

Laura Albers

Impressum

Erstausgabe Juli 2017

© 2017 dp DIGITAL PUBLISHERS GmbH

Made in Stuttgart with ♥
Alle Rechte vorbehalten

Ein Boss zum Verlieben

ISBN 978-3-96087-522-2
E-Book-ISBN 978-3-96087-224-5

Dieses Werk wurde vermittelt durch die Literaturagentur Kai Gathemann
Umschlaggestaltung:
Sarah Schemske
Unter Verwendung von Abbildungen von
© Monkey Business Images/shutterstock.com
und © Ekaterina Pokrovsky/shutterstock.com
Lektorat:
Janina Klinck
Satz:
Lara Krist, Francesca Hintz

Das Werk darf – auch teilweise – nur mit Genehmigung des Verlages wiedergegeben werden.

Sämtliche Personen und Ereignisse dieses Werks sind frei erfunden. Etwaige Ähnlichkeiten mit real existierenden Personen, ob lebend oder tot, wären rein zufällig.

Über dieses Buch

Nach Frankreich der Liebe wegen! Schön wär's, denkt Sophie. Ihre Motivation ist das genaue Gegenteil: Sie will weg von ihren Erinnerungen an eine gescheiterte Liebe, hin zur aufregenden Arbeit in den Galeries Jouvet in Metz. Nicht ganz unerwartet trifft sie in der lothringischen Metropole auf jemanden, den sie von früher kennt, nämlich ihren neuen Chef Yannis Jouvet. Mit seinem Charme bezaubert er Sophie, doch kann sie ihm vertrauen?

Ein familiärer Unglücksfall in ihrer Heimatstadt Aachen zwingt sie allerdings zu einer kurzen Heimreise. Als sie nach Metz zurückkehrt, hat sich Yannis verändert. Wo ist seine Unbeschwertheit hin? Sophies Freund Samir drängt sie daraufhin, ihr Leben und ihre Gefühle in die Hand zu nehmen. Notfalls muss sie Yannis dazu zwingen, Farbe zu bekennen. Doch dann erreicht sie ein unerwarteter Anruf und es zieht sie Hals über Kopf in Yannis' Heimat Saint-Tropez.

Wen wird Sophie am Ende küssen, und schmecken Küsse auf Französisch wirklich so gut, wie ihr Ruf es vermuten lässt?

Über die Autorin

Laura Albers hat in Saarbrücken Übersetzen und Dolmetschen Englisch/Französisch studiert. Seit 2006 schreibt sie Romane. Neben der Liebe als Leitmotiv sind ihr Humor, Fantasie und gut gezeichnete Charaktere wichtig. Unter dem Pseudonym Angelika Lauriel veröffentlicht sie Kinder- und Jugendbücher sowie Krimikomödien und humorvolle Frauenromane bei mehreren Verlagen. Seit Sommer 2016 unterrichtet sie Deutsch als Zweitsprache an einer weiterführenden Schule. Außerdem übersetzt sie Bücher aus dem Englischen ins Deutsche.

In ihrer Freizeit spielt sie gelegentlich Theater in einer kleinen deutsch-französischen Gruppe. Außerdem singt sie in einem Kammerchor. 2017/18 ist sie zum zweiten Mal Jurymitglied für den DELIA-Liebesromanpreis, Sparte Jugendbuch. Die Autorin ist Mitglied der „Mörderischen Schwestern", der „DELIA – Vereinigung zur Förderung deutschsprachiger Liebesromanliteratur" und beim Autorenforum „Montsegur".

Laura Albers lebt mit ihrer fünfköpfigen Familie und der charmanten französischen Bulldogge Banou im Saarland, von wo aus sie es nicht weit nach Frankreich hat. Eine alte Liebe der Autorin ist ihr Mini, der langsam in die Jahre kommt und sie zuverlässig zu Lesungsterminen und Autorentreffen bringt.

FÜR ALLE MENSCHEN,
DIE ETWAS VON DER LIEBE VERSTEHEN.
UND VOM KÜSSEN.

KAPITEL 1

Sophie musste sich beherrschen, um nicht in einen Hopserlauf zu verfallen, als sie die Grannus-Arkaden durch den Personaleingang verließ. Sie hatte den Job in Metz ergattert!

Drei Monate Auszeit. Von zu Hause, von ihrem Exfreund Leon – oder vielmehr der Erinnerung an ihn –, von ihren Eltern und von Aachen, das ihr den diesjährigen Frühling noch verregneter vorkam als sonst ...

Mit dem Hochgefühl, bald ein Abenteuer zu erleben, nahm sie den Bus aus dem Zentrum nach Walheim, wo sie seit einem guten Jahr mit ihrer besten Freundin Mia und deren Freund in einer WG wohnte. Mia war noch auf ihrer Arbeitsstelle in einem Blumenladen in der Innenstadt, Niklas auf Geschäftsreise. Also war leider keiner da, dem sie die Neuigkeit sofort erzählen konnte. Zur Feier des Tages beschloss Sophie zu kochen und holte beim Delikatessenladen an der Ecke die Zutaten für ein asiatisches Hühnchengericht.

Während sie wenig später das Fleisch in Stücke schnitt und die Marinade anrührte, standen ihr die letzten, düstern Monate vor Augen, in denen sie so viele Stunden über den Reinfall mit Leon gebrütet hatte. Er war der erste Mann gewesen, dem sie wirklich vertraut hatte. Alles, was sie vorher über die Liebe gewusst hatte, hatte sie in romantischen Filmen gesehen. Nicht einmal Mia gegenüber hatte sie eingestanden, dass sie mit zweiundzwanzig, als sie Leon traf, noch Jungfrau gewesen war. Schließlich war Sophie vorher auch schon zweimal liiert gewesen.

Sie stellte das Fleisch zur Seite und machte sich daran, Sellerie, Frühlingszwiebeln und Möhren klein zu schneiden.

Ihr allererster Freund zählte nicht wirklich. Er hatte damals nach einem Zwischenfall während ihres Praktikums in den Grannus-Arkaden Schluss gemacht. Das war fast zehn Jahre her. Blutjung, wie sie beide damals gewesen waren, hatten sie sich gegenseitig bedingungsloses Vertrauen versprochen. Nur kurze Zeit später stieß er sie einfach weg, weil er einem Gerücht mehr glaubte als ihr. Er hatte sie nicht mal zu Wort kommen lassen.

Sie setzte das Wasser für den Reis auf, holte den Wok aus dem unteren Fach des Küchenschranks und stellte ihn auf die größte Platte.

In ihrem letzten Schuljahr war sie mit Torsten zusammen gewesen, der eher altmodische Ansichten zum Thema Sex vor der Ehe hatte. Aufgrund einer Fernsehdokumentation über junge Erwachsene in den USA, die sich *Waiting till Marriage* auf die Fahnen geschrieben hatten, wollte er sich auf Sex nicht einlassen. Sophie wischte sich mit dem Handrücken über die schwitzige Stirn, als sie an Torstens Küsse dachte, und wie er sie dann jedes Mal an ihre Abmachung erinnerte. Dabei war es eigentlich nur *seine* Abmachung gewesen. Sie hatte sich betrogen gefühlt, weil sie die starken Gefühle in den Griff bekommen musste, die seine zärtlichen Küsse in ihr auslösten. Trotzdem war sie mit ihm glücklich gewesen. Sie erlebten schöne, intensive Stunden, so wie in den Filmen und den Liebesromanen, die sie liebte. Aber er war konsequent geblieben. Und schließlich fand auch die Geschichte mit Torsten ein frühes Ende. Er traf eine andere, die ihn viel stärker berührte als sie. So hatte er es damals ausgedrückt.

Danach platzte Leon in ihr Leben. Er sah großartig aus, machte ein duales Studium in Banking und Finance und ließ sie glauben, dass er sie unwiderstehlich fand. Er war auch der Erste, der ihr regelmäßig Blumen schenkte. Anfangs. Genaugenommen bis zu dem Tag, an dem er mit ihr schlief. Es war eine ernüchternde Erfahrung für Sophie: Leon kümmerte sich nicht sehr um ihre Bedürfnisse. Er liebte sie zwar leidenschaftlich, war aber allzu schnell fertig. Und er fragte nie nach, wie es ihr ging. Daran änderte sich auch nichts im Lauf ihrer Beziehung. Vielleicht war das normal. Jedes Kind wusste, dass man den Schmachtfetzen in Film und Literatur nicht glauben konnte.

Sie stellte die Gasflamme am Herd groß und wartete, bis das Öl im Wok heiß war, bevor sie das Fleisch hineingab und anbriet. Das laute Zischen übertönte die Gedanken in ihrem Kopf. Im Nu wurde es unangenehm warm in der kleinen Küche. Ungeduldig schob Sophie ihre beschlagene Brille mit dem mittleren Knöchel ihres Zeigefingers nach oben.

Sie schüttelte sich kurz und schob die Erinnerung an das schicke Loft zur Seite, in dem sie mit Leon gelebt hatte. Ihre gesamten Ersparnisse und das Geld aus ihren Studentenjobs waren darin versickert. Gedanklich zog sie einen Strich darunter. Nun war alles anders. Metz war ihre große Chance. Sie freute sich auf den Job.

Noch lebte Sophie mit Mia und Niklas unter einem Dach, die jedoch in ein paar Monaten heiraten würden und dann die Wohnung für sich brauchten. Sophie war sich nicht sicher: Sollte sie sich eine neue WG in der Aachener City suchen oder zu ihren Eltern auf der anderen Seite der Stadt zurückziehen? Natürlich nur übergangsweise.

Es war Zeit, sich zu lösen, definitiv. Von ihrer Vorstellung einer glücklichen Beziehung zwischen Mann und Frau ebenso wie von ihren Eltern. Die beiden würden nie erwachsen werden, wenn *sie* es nicht wurde. Bei dem Gedanken musste sie lachen.

Sie hörte die Tür gehen.

„Hm, riecht das lecker!" Mias Stimme klang gut gelaunt wie immer.

Zwei Teller Chicken Curry später wischte sich Mia mit der Serviette den Mund ab und strahlte. „Das war richtig gut!" Sie beugte sich vor und grinste Sophie an. „Du weißt gar nicht, wie ich mich für dich freue! Aber du brauchst neue Klamotten für Metz. Zwischen all den schicken Französinnen wirst du dich behaupten müssen."

Sophie zwinkerte. „Morgen gehe ich shoppen." Sie nahm einen Schluck Wasser. „Aber etwas anderes macht mir ein bisschen Stress."

Mia schob die Unterlippe vor. „Mamsi und Papsi?" Mit dieser verniedlichenden Bezeichnung hob sie gern auf ironische Weise ihre Meinung über das Verhältnis zwischen Sophie und ihren Eltern hervor. „Hast du ihnen etwa noch nichts von der Bewerbung gesagt?"

Sophie verdrehte die Augen. „Nein. Und ich weiß nicht, ob ich es ihnen einfach am Telefon verklickern soll."

„Wie alt sind wir nochmal? Elf? Du lebst schon eine ganze Weile selbstständig. Und nur weil du gerade Single bist, haben sie kein Recht darauf, in deine Entscheidungen reinzuquatschen."

„Aber ..."

„Nichts ‚aber'. Du entscheidest ganz allein, was du beruflich machst. Vielmehr hast du es ja bereits getan. Und unter uns gesagt, ist es die beste Entscheidung, die du seit langem getroffen hast."

Sophie nickte zögerlich. Sie stellte sich ihre Mutter vor, ihren erschreckten Blick und die Müdigkeit, die aus all ihren Poren zu kriechen schien. Sie war nur ein Schatten der Frau, die sie vor ihrer Ehe gewesen sein musste. Sophies Vater hatte sich in die Tänzerin verliebt, in ihre ungezähmte und leidenschaftliche Wildheit. Aber geheiratet hatte er sie erst, nachdem sie ihren Beruf aufgegeben hatte. Was für ein Abziehbild von einem Leben ihre Eltern danach gelebt hatten! Tanzen war auf den Status eines Hobbys heruntergebrochen worden. Ihre Mutter arbeitete, solange Sophie sich erinnern konnte, als Verkäuferin in einem Tierfachhandel. Wie sehr musste sie ihr früheres Leben vermissen. Und ihr Vater? Er ging seiner Dachdeckerarbeit nach, sah in seiner Freizeit Fußball im Fernsehen oder besuchte die Spiele der Alemannia Aachen, deren treuer Fan er war.

Sophie hatte in den Jahren, seit sie selbst für sich sorgte, gelernt, ihren Eltern zu verzeihen, dass sie ihr in ihrer Kindheit nie wirklich ihre Liebe hatten zeigen können. Beide schienen immer zu sehr von ihrer Arbeit und ihren Sorgen abgelenkt. In ihrem gemütlichen, kleinen Häuschen hatte die Schwermut wie Schatten in den Zimmerecken gelauert. Ihre Eltern waren dem Mädchen von damals nur selten mit der Herzlichkeit begegnet, die Sophie in den Familien ihrer Freundinnen erlebt hatte. Viel wichtiger war ihnen gewesen, dass Sophie es „zu etwas brachte". Deshalb ermöglichten sie ihr ein Studium. Auch wenn sie auf etwas Greifbareres als Medien und Kommunikation gehofft hatten. Von ihrem jetzigen Beruf als Werbedesignerin und Konzepterin hatten sie nur verschwommene Vorstellungen. Erst als Sophie mit Leon zusammenzog, änderten sie plötzlich ihr Verhalten und begannen zu klammern. Sie wollten über jeden ihrer Schritte informiert werden.

Aber Mia hatte recht, Sophie entschied selbst, wie sie ihren Eltern von dem Auslandsaufenthalt erzählen würde. Seit ihrer Bewerbung vor drei Wochen hatte sich lange nichts getan, und nun ging alles schneller als gedacht. Aber es fühlte sich gut an.

Mia stand auf. „Geh nur, ich mache hier sauber." Sie begann das Geschirr in die altmodische Spüle zu stellen und drehte dann das heiße Wasser auf.

Sophie warf ihr einen Luftkuss zu, schnappte sich

ihr Handy und verzog sich ins Wohnzimmer, wo sie sich auf das abgesessene, urgemütliche Sofa fallen ließ. Als sie die Nummer ihrer Eltern antippte, beschleunigte sich ihr Herzschlag.

„Schatz, bist du es?" Das war ihre Mutter. Wenn sie Sophie gleich mit einem Kosewort begrüßte, musste sie guter Laune sein.

„Ja, ich bin's. Wie geht's euch?"

„Prima. Du denkst dran, dass du uns am Sonntag zum Essen besuchen kommst?"

„Ja, wie jeden Sonntag." Sophie feixte. Dann fiel ihr ein, dass das kommende Sonntagsessen für eine Weile das letzte sein würde. Sie hatte nämlich nicht vor, an den Wochenenden nach Hause zu fahren.

„Rufst du aus einem bestimmten Grund an?" Hatte sie es an ihrer Stimme bemerkt? Sie musste diesen siebten Sinn besitzen, der Müttern so oft angedichtet wurde.

„Ja, das tue ich. Heute hat sich für mich beruflich etwas getan – und es ist großartig!" Es war klug, von der lukrativen Seite her zu argumentieren. „Das Ganze bringt mir einen besseren Verdienst, und voraussichtlich kann ich danach in den Grannus-Arkaden *in Aachen* aufsteigen. Mehr Verantwortung und mehr Geld." Als sie es aussprach, atmete sie tief durch. Wie spannend das alles war!

„Was meinst du mit ‚danach'? Und warum betonst du Aachen? Du arbeitest doch sowieso hier." Ihre Mutter sprach mit jedem Wort langsamer.

Sophie mühte sich, einen unbeschwerten Ton zu treffen. „Stell dir vor, ich kann für drei Monate nach Frankreich. Lothringen genauer gesagt. In Metz werde ich bei der Eröffnung einer Galeries-Jouvet-Filiale mitarbeiten. Es gibt eine Kooperation zwischen Jouvet und Grannus. Ich werde dort Anregungen für unsere Lebensmittelabteilung sammeln. Zugleich bin ich vor Ort für alles zuständig, was Grannus betrifft." Sie unterbrach sich, atemlos vom hektischen Reden.

Schweigen.

„Bist du noch da?"

„Du ... du sollst nach Metz?" Der Tonfall ihrer Mutter ließ ein Bild vor Sophies innerem Auge entstehen, und sie wusste wieder, weshalb sie die Nachricht lieber per Telefon hatte vermitteln wollen. Wahrscheinlich hatte ihre Mutter Tränen in den Augen.

„In Metz haben die *Galeries Jouvet* ein altes, pleite gegangenes Warenhaus im Zentrum aufgekauft und renoviert. Es eröffnet demnächst neu. Die Grannus-Arkaden sind mit einem kleinen Anteil beteiligt. Ich werde dafür sorgen, dass ein bisschen von uns in Frankreich sichtbar wird, und bringe im Gegenzug frische Ideen für unsere *Food Area* mit." Sie redete sich in Begeisterung. „Du weißt doch, alles, was mit Lebensmitteln zu tun hat, fasziniert mich. Wir werden bald nicht nur Belgien und Holland, sondern auch Frankreich im Angebot haben." Sie entwarf im Geiste ein modernes, großes Warenhaus vor sich, voller Menschen, die sich für das Neue interessierten, für die Mischung mehrerer Stile. Auch für die Grannus-Arkaden war geplant, in der Lebensmittelabteilung noch stärker als bisher auf nachhaltige Produkte zu setzen. Die Verkaufsräume sollten umgestaltet werden, und Sophies Vorstellungen würden berücksichtigt werden. Sie hatte einen widerstandsfähigen Parkettboden aus Schiffsplanken im Sinn. Die Regalreihen sollten aus aufbereitetem Holz von ehemaligen Weinfässern gebaut werden. Alles würde in warmen Farben gehalten sein.

Nach den Bildern zu urteilen, die sie bisher von den Renovierungsarbeiten in den *Galeries Jouvet* gesehen hatte, würde sie sich dort ebenfalls sehr wohl fühlen. Sie konnte sich für die Eröffnungsfeier in Metz lichtdurchflutete Räume vorstellen, über und über mit Frühlingsblumen geschmückt. Den Kunden würden Häppchen gereicht, dazu ein Glas Crémant. Wie weit die Vorbereitungen wohl schon vorangeschritten waren? Ihre Vorfreude wuchs.

„Oh, das ist ja großartig", sagte ihre Mutter lahm.

„Ja, das ist es. Freust du dich für mich?"

„Hm, das muss ich wohl?" Sie ließ es wie eine Frage klingen. „Drei Monate, sagtest du? Wann geht es denn los?"

„Nächsten Montag."

„*Was?*"

Sophie lachte auf. „Ja, und ich habe vorher noch viel zu erledigen. Ist das nicht aufregend?" Sie wollte sich nicht vom offensichtlichen Entsetzen ihrer Mutter runterziehen lassen. „Ich muss noch Kleidung kaufen, damit ich was zum Anziehen habe." Sophie bemerkte nur am Rande, wie ungewöhnlich das aus ihrem Mund klingen musste, die sich nie groß Gedanken um Garderobe gemacht hatte. „Außerdem muss ich sehen, ob meine Papiere gültig sind, mein Pensum hier im Büro erledigen, mit dem Chef und der Konzernleitung besprechen, worauf es ankommt, und, ach, ich weiß gar nicht, woran ich noch alles denken muss."

„Aber, dann sehen wir dich nur noch ein einziges Mal? Oder kannst du unter der Woche noch vorbeikommen? Du musst uns doch genau erzählen ..." Sie brach ab.

„Weißt du was, ich komme am Mittwochabend vorbei, zeige dir meine neuen Kleider und erzähle alles, was du wissen willst. Okay?"

„Also, ich bin ein bisschen überrumpelt, um die Wahrheit zu sagen."

„Du und Papa, ihr habt ja noch Zeit, euch an den Gedanken zu gewöhnen. Und im Sommer bin ich schon zurück." An das Ende des Aufenthalts wollte sie noch gar nicht denken.

„Wie war nochmal der Name dieser Galerien?"

Sophie stutzte. Hatte ihre Mutter etwa ...? „Jouvet. Es gibt mehrere solcher Kaufhäuser, unter anderem in Lyon, Marseille und Paris. Und jetzt eröffnet eines in Metz."

„*Jouvet* sagtest du?"

Sophie war es leichtgefallen, den Namen auszusprechen, aber als sie ihn aus dem Mund ihrer Mutter hörte, beschleunigte sich unverhofft ihr Puls. „Ja", sagte sie leise.

„Etwa Yannis Jouvet?" Sie hatte sich den Namen gemerkt, obwohl es fast zehn Jahre her war.

„So heißen die Besitzer, ja. Yannis Jouvet ist der Chef in Metz." Sie räusperte sich. „Aber das ist kein Problem. Bitte wärm die alte Geschichte nicht auf. Ich weiß sehr genau, was ich tue."

„Wenn du dir sicher bist, Kind ... Bist du das?"

Sophie drückte den Rücken durch und winkte Mia herbei, die offenbar mit dem Abwasch fertig war und

– eine Weinflasche und zwei Gläser in Händen – in der Tür zum Wohnzimmer stand.

„Ja", sagte Sophie mit fester Stimme ins Telefon, „ich bin mir vollkommen sicher. Monsieur Jouvet ist ein angesehener Geschäftsmann, und außerdem hat er mir nie etwas getan. Vermutlich kann er sich nicht mal daran erinnern, dass er mich damals kennengelernt hat." Bei der Erinnerung daran, unter welchen Bedingungen sie beide sich getroffen hatten, errötete sie zwar, aber das konnte ihre Mutter zum Glück nicht sehen. „Außerdem", sie machte eine kleine Kunstpause, „bin ich nicht weit weg von Zuhause. Wenn etwas ist, mit dir oder mit Papa, kann ich jederzeit herkommen."

Mia hatte sich neben Sophie gesetzt und die Gläser auf dem Tisch abgestellt. Jetzt schenkte sie Wein ein und wackelte mit dem Kopf, um anzudeuten, dass Sophie ihre Tochterrolle eingenommen hatte und dabei war, sich zu rechtfertigen. Sophie zwinkerte ihr zu.

„Mutsch, mach dir keine Sorgen. Das wird eine großartige Erfahrung für mich werden. Die Unterkunft wird gestellt, und ich freue mich auch darauf, mein Französisch aufzubessern. Sei so lieb und erzähl es Papa, damit er schon mal Bescheid weiß. Ich besuche euch übermorgen, dann könnt ihr mich mit Fragen löchern. Versuch doch, dich ein bisschen für mich zu freuen."

Ihre Mutter atmete hörbar ein und aus. „Ich freue mich für dich. Dein Vater wird sich an den Gedanken gewöhnen müssen, aber ... du bist ja nicht aus der Welt, falls etwas mit seinem Herzen sein sollte ..."

Sophie kämpfte gegen die Furcht an, die sie sofort befiel. Manchmal hatte sie den Verdacht, dass ihre Eltern die Herzprobleme ihres Vaters gezielt einsetzten, wenn sie bei ihr etwas erreichen wollten. „Genau. Bis übermorgen", flötete sie also ins Handy und legte auf. Sie griff nach dem Weinglas und prostete Mia zu.

„Sag mal, habe ich den Namen Yannis Jouvet gehört?" Mia deutete mit dem Mundwinkel ein schiefes Lächeln an.

Sophie pustete laut die Luft aus. „Ja, hast du. Wie heißt der alte, abgegriffene Spruch? Man sieht sich immer zweimal im Leben. Da das ein Naturgesetz zu sein scheint, komme ich eh nicht drum herum, also nehme ich das in Kauf. Oder soll ich mich etwa von dem großen Jouvet davon abhalten lassen, eine wunderschöne Zeit in Metz zu verbringen?" Sie sprach überzeugter, als sie innerlich war.

„Nein, das sollst du definitiv nicht. Außerdem hast du recht, er weiß vermutlich nicht mal deinen Namen, geschweige denn, wie du aussiehst. Du warst damals fast noch ein Kind."

„Eben! Und jetzt lass uns lieber im Internet nach einem guten Reiseführer suchen. Oder sollen wir uns einen französischen Schmachtfetzen ansehen?"

„Wie wäre es mit der fabelhaften Welt der Amélie?"

„Oh ja, den haben wir lange nicht mehr gesehen."

„Aber zuerst lass uns anstoßen. Es kommt schließlich nicht oft vor, dass meine Freundin ein Glas Wein mit mir trinkt. Auf Metz!"

Sophie hob ebenfalls ihr Glas und betrachtete die tiefrote Flüssigkeit darin. Mia hatte nur einen großzügig bemessenen Schluck hineingefüllt. Sophie lächelte, dann ließ sie ihr Glas gegen das von Mia klingen. „Auf Metz! Und auf die beste Freundin der Welt, die alles über mich weiß."

KAPITEL 2

Eine vollgestopfte Woche lag hinter Sophie. Am Montagmorgen spürte sie nochmals das etwas mulmige Gefühl, das der Besuch bei ihren Eltern am Mittwochabend und das Mittagessen gestern in ihr ausgelöst hatten. Beim gemeinsamen Frühstück redete Mia auf sie ein.

„Ich fasse es nicht. Wenn du dein Gesicht sehen könntest!" Sie beugte sich vor und griff nach Sophies Hand. „Es wird wirklich höchste Zeit, dass du hier rauskommst! Sophie Thielen, du musst endlich von Mamsi und Papsi weg."

Sophie schnaubte, sagte aber nichts.

„Seit gestern läufst du mit hängenden Schultern herum. Muss ich dir erst in den Hintern treten, damit du dich streckst? Das wird eine super Zeit, du wirst sehen." Mia streichelte über Sophies Handrücken, dann zog sie die Finger zurück, um nach ihrer Kaffeetasse zu greifen.

Sophie lächelte. Mia hatte recht. Warum zweifelte sie immer an ihrer eigenen Entschlossenheit?

Sie verabschiedeten sich „ohne viel Getöse", wie ihre

Mutter immer sagte, danach ging Sophie hinunter und stieg in ihren Wagen. Der altersschwache, treue Twingo war vollgepackt mit neuen Kleidern, Büchern und DVDs, sein Tank gefüllt, der Reifendruck überprüft. Das hatte ihr Vater sich nicht nehmen lassen und an der Tanke um die Ecke für seine Tochter erledigt – mit einem Stöhnen bei jedem In-die-Knie-Gehen. Ein letztes Mal tastete Sophie nach der Geldbörse in ihrer Handtasche, dann schnallte sie sich an und machte sich auf den Weg. Und endlich befiel sie wieder das Hochgefühl, das sie die gesamte letzte Woche bei ihren Erledigungen begleitet hatte.

Fast viereinhalb Stunden später erschien ihr die Metzer Kathedrale über den Häuserdächern wie eine Verheißung, bevor sie um eine Ecke fuhr und sie schließlich in ihrer ganzen Größe bewundern konnte. Nach dem tristen Aachener Frühling war das in Sonnenlicht getauchte, hell strahlende Gotteshaus wie ein Willkommensgruß aus einer anderen, fröhlicheren Welt. Es fühlte sich wie Urlaub an, nicht wie der Beginn eines neuen Jobs.

Sophie hatte ihr Navigationsgerät so programmiert, dass sie an ihrem zukünftigen Arbeitsplatz vorbeikam. Sie hatte das Traditionskaufhaus im Zentrum von Metz vage aus Kindheitstagen in Erinnerung, seither hatte sich vieles verändert. Dankbar für eine rote Ampel, die ihr Gelegenheit bot, kurz anzuhalten, beugte sie sich vor und warf nochmals einen ausgedehnten Blick auf die Kathedrale, bevor sie sie nur noch im Rückspiegel bewundern konnte.

Die breite, rötliche Betontrasse mitten auf der

Hauptstraße war neu. Darauf fuhren lange Gelenkbusse, die an Straßenbahnen erinnerten. *Mettis* nannten sich diese futuristisch wirkenden Busse. Sophie beschloss, dieses Transportsystem mit dem modernen Namen „le Met'" zu nutzen, wenn das Haus, in dem für sie ein kleines Appartement angemietet worden war, in Reichweite der Trasse lag. Man hatte ihr einen kostenlosen Stellplatz in der Nähe ihrer Wohnung zugesichert, was in Metz anscheinend keine Kleinigkeit war. Es würde auf jeden Fall unkomplizierter sein, den Mettis zu nehmen, als in der Nähe der *Galeries Jouvet* einen Parkplatz zu finden und zu zahlen, wenn sie zur Arbeit musste.

So langsam sie konnte fuhr sie weiter, sich ständig der Gefahr bewusst, dass sie gleich von der Straße gehupt werden würde. Sophie grinste. Beim Fahrstil der Franzosen half nur die Gelassenheit eines Ochsen. Sie versuchte das Gehupe und die genervten Blicke zu ignorieren, mit denen sie bedacht wurde. Ihr fiel eine Bemerkung ein, die ihr Französisch-Leistungskurs-Lehrer mal im Unterricht hatte fallen lassen: Die Franzosen würden so Liebe machen, wie sie Auto fuhren. Was genau der Lehrer damit gemeint hatte, wusste sie bis heute nicht. Woher auch, sie hatte nie einen französischen Mann näher kennengelernt. Aber die chaotischen Verhältnisse auf den Straßen gaben ihr jetzt eine Ahnung. *Ungestüm* war wohl das passende Wort. Sie lächelte. Ob das, was in den französischen Liebesfilmen gezeigt wurde, der Wahrheit entsprach? Sophie schüttelte den Kopf, um den Gedanken loszuwerden, und hielt weiter nach den *Galeries Jouvet* Ausschau.

Das da vorn mussten sie sein: ein großes Gebäude mit unterschiedlichen architektonischen Einflüssen, teilweise eingerüstet. Es stand am Ende der Rue Serpenoise, die zur Fußgängerzone gehörte, und wie erhofft, konnte Sophie von der anderen Seite heranfahren. Eigentlich gab es hier keine Gelegenheit, um zu parken. Ihr Navi forderte sie auf, am Ende der Straße links abzubiegen, womit sie die *Galeries* dann im Rücken hätte. Kurz entschlossen schaltete sie den Warnblinker ein und hielt im hinteren Bereich einer Haltestelle an, um das Gebäude genauer zu betrachten. Die renovierte Fassade erstrahlte in einem frischen Sandton. Zwischen den hohen, schlanken Fenstern erblickte sie liebevoll restaurierte Jugendstilreliefs. Der alte Name des Kaufhauses, der als Fliesenmosaik über dem ehemaligen Haupteingang angebracht war, verstärkte diesen Retro-Charme noch. Oberhalb des neuen, verbreiterten Eingangsbereichs, der um die Straßenecke ging, prangte in großen, kobaltblau leuchtenden Buchstaben der neue Namenszug: *Galeries Jouvet*. Darunter standen ein paar Männer in Arbeitskleidung und Schutzhelmen, die über eine Mappe gebeugt miteinander sprachen.

Wie auf Zuruf drehten sie sich plötzlich um und blickten in Sophies Richtung. Sie lüftete kurz ihre Sonnenbrille, deren Gläser von innen beschlugen. Erst als sich ein Mann von dem Grüppchen der Arbeiter löste und mit ausholenden Schritten auf sie zukam, hörte Sophie das Hupen um sich herum. Ein Transporter hinter ihr konnte offenbar nicht vorbei, weil sie halb auf der Fahrbahn stand. Wer weiß, wie lange sie schon den Verkehr blockierte! Sie fluchte leise, wobei ihre Brille auf dem Nasenrücken nach unten rutschte. Noch während sie hastig den Gang einlegte, hob der herbeieilende Mann, der seinen blauen Bauarbeiterhelm zu Jeans und Sakko trug, den Arm und gestikulierte in Sophies Richtung.

„Ja, ja, schon gut." Sie pustete eine einzelne Haarsträhne aus der Stirn, die sich aus ihrem Pferdeschwanz gelöst hatte, und drehte den Zündschlüssel. Der Motor brummelte kurz, sprang aber nicht an. Ausgerechnet jetzt! Ihr Twingo meuterte nach langen Fahrten gelegentlich, aber dies war nun wirklich ein ganz schlechter Moment.

Der Transporter hinter ihr ließ ein Dauerhupen erdröhnen. Gott sei Dank erbarmte sich ein Fahrer auf der Gegenfahrbahn und blieb stehen, damit der Transporter an Sophies Twingo vorbeifahren konnte. Inzwischen war der behelmte Mann bei ihrem Wagen angekommen. Noch bevor er sich vorbeugte, um ans Beifahrerfenster zu klopfen, machte ihr Herz einen Satz. War es seine Haltung, seine Gestalt oder etwas in seinem Gesicht, das sie bisher nur schemenhaft hatte sehen können? Ihre Nervosität wuchs, und das lag nicht allein daran, dass sie sich als akutes Verkehrshindernis in einer denkbar unangenehmen Situation befand. Sie hatte das Gefühl, den Mann zu kennen, der selbst in der unvorteilhaften, gebückten Pose, in der er neben ihrem klapprigen Auto stand, auffallend gut aussah.

Er war groß und schlank, hatte sonnengebräunte Haut, die Jeans saßen lässig auf seinen Hüften. Die Sakkoärmel umspannten muskulöse Arme, und der Hals, der aus dem weißen Kragen herausragte, wirkte ebenfalls stark. Er klopfte nochmals an die Scheibe. Sophie musste sich hinüberbeugen, um das Fenster herunterzukurbeln. Sie schielte über den Rand der Sonnenbrille nach oben. Die gelösten, kürzeren Haare kringelten sich feucht um ihr erhitztes Gesicht und kitzelten ihre Haut. Sophie fühlte sich klebrig. Na prima. Als ob es darauf jetzt ankäme, sagte sie sich und versuchte dem Typen ein unverbindliches Lächeln zu schenken, aber dazu war sie nicht entspannt genug.

Er legte den Kopf schief und fixierte sie aus sehr dunklen Augen, in denen ein belustigtes Glitzern aufleuchtete. Etwas in ihrer Brust flackerte wie eine Kerzenflamme. Es war nur ein winziger Hauch, aber sie spürte ihn trotzdem. Mit einer angenehmen Baritonstimme sprudelte er französische Sätze hervor, die für Sophie wie Musik klangen. Der Herzschlag in ihren Ohren und der Verkehrslärm um sie herum verhinderten, dass sie mehr verstand als ein paar einzelne Wörter, darunter „pardon", „Madame" und „vite". Sie zeigte auf ihre Ohren, um anzudeuten, dass sie ihn nicht hören konnte. Sein Lächeln verschwand. Er redete etwas lauter und hektischer, fuchtelte mit den Händen vor und hinter ihrem Wagen herum und wirkte nun nicht mehr amüsiert, sondern eher sauer.

Sie verstand, dass es um den Straßenverkehr ging, den sie mit ihrem Kleinwagen blockierte. Seine Äußerungen klangen immer weniger nach Musik, aber sie konnte kaum etwas verstehen. Sie hörte eindeutig ein paar Flüche heraus.

„Ja. JA!", grummelte sie in seine Richtung, setzte sich wieder gerade hin und versuchte den Twingo zu starten. Hätte sie sich bloß rechtzeitig von der Karre getrennt. Nicht nur Leon, auch ihr Vater hatte ihr damit in den Ohren gelegen. Musste sich ausgerechnet in diesem Moment erweisen, dass die beiden recht gehabt hatten? Bei ihrem ersten Versuch gab es nur ein Klicken, als sie den Schlüssel drehte. Beim zweiten Versuch das Gleiche. Die Beifahrertür öffnete sich und der Typ beugte sich in den Wagen vor. Der Helm jedoch war ein Hindernis, mit dem er am Rahmen hängenblieb. Er zog den Kopf zurück und setzte sich kurzerhand neben Sophie. Sie konnte in letzter Sekunde ihre Handtasche vom Vordersitz auf die Rückbank in Sicherheit bringen.

Er wirkte viel zu groß für ihren Twingo. Sein Helm berührte die Wagendecke, er musste den Kopf einziehen, den er ihr zugewandt hatte. Er musterte sie nachdenklich. Sie war sich sicher, ihm schon einmal begegnet zu sein, konnte das Gesicht jedoch nicht zuordnen. Ihre Aufgeregtheit wuchs nicht nur, weil sie den Wagen nicht starten konnte und da draußen gerade wieder ein Hupkonzert begann. Es war auch sein Geruch. Er hatte ein Aftershave oder Deo benutzt, dessen Sandelholzton sich mit seinem frischen Schweiß mischte. Das alles musste sie in kürzester Zeit wahrgenommen haben, denn zum Denken ließ er ihr kaum Gelegenheit.

„Mais vous n'écoutez pas?", fragte er.

Ob sie ihm nicht zuhörte? Und ob! Allerdings war es der erste Satz, den sie verstand.

„Pardon, mais ce n'est pas ma faute." Typisch, sie begann sich zu rechtfertigen. Genau das, was Mia ihr immer vorwarf. *Natürlich* war es ihr Fehler, sie hätte hier ja nicht anhalten müssen. Er setzte den Helm ab, und zum Vorschein kamen seine dichten, glänzend schwarzen Haare. Und da wusste sie auch, wen sie vor sich hatte. Ihren neuen Chef höchstpersönlich.

„Pas votre faute? C'est drôle, ça." Ein Lachen schwang in seiner Stimme mit.

Sie schluckte. *Lustig* fand sie diesen Moment nicht gerade. Obwohl ihre Nervosität durch seine Nähe einen aufregenden Charakter bekam. Ihre Brillengläser waren inzwischen noch mehr beschlagen. Sie atmete tief durch und tauschte die Sonnenbrille gegen ihre andere, die sie in die Halterung am Armaturenbrett gelegt hatte. Dann versuchte sie abermals, den Wagen zu starten. Diesmal sprang der Motor an, erstarb jedoch im nächsten Moment wieder.

„Mist", zischte sie.

Yannis Jouvet hatte offenbar anhand ihrer wenigen Worte bemerkt, dass sie Deutsche war, denn er wechselte sogleich die Sprache. „Ah, die Wagen tut es nischt mehr?"

Obwohl sie hektisch war und sich gerade ganz woanders hinwünschte, musste Sophie über seinen Akzent lächeln. „Ist etwas in die Jahre gekommen, mein kleiner Franzose." Erschrocken hielt sie den Atem an. Das würde er doch hoffentlich nicht auf sich beziehen, sondern auf ihr Auto?

„Ha!" Er stieß ein Lachen aus wie einen Ruf. „Läuft er noch mit Zwischengas, Ihr kleiner Franzose?" Die letzten drei Worte sprach er langsam und betont aus. Als sie ihm einen Seitenblick zuwarf, entdeckte sie tiefe Grübchen, die sich wie schwarze Punkte in seine Wangen gruben.

„So in etwa." Nochmals versuchte sie den Twingo zu starten, doch er weigerte sich hartnäckig.

„Das klingt nischt gut. Vielleischt sollten Sie ihren kleinen Franzosen gegen einen größeren eintauschen. Oder einen jüngeren." Sein Lachen begleitete ein winziger Grunzer, der in ihr eine verschwommene Erinnerung, eher ein Gefühl weckte.

„Komiker", stieß sie hervor und starrte geradeaus, ohne wirklich wahrzunehmen, was vor ihrer Windschutzscheibe passierte. Verbissen schob sie den rechten Fuß von der Bremse aufs Gaspedal. Während sie den Schlüssel drehte, gab sie vorsichtig Gas. Der Motor sprang an und lief ruckelnd im Leerlauf.

„Jetzt raus mit Ihnen, schnell!" Wenn sie nicht gleich anfuhr, würde der Motor womöglich wieder ausgehen. Sie wedelte mit der Hand in seine Richtung. Er grinste noch einmal, bevor er rasch aus dem Wagen ausstieg und die Tür zuschlug. Sophie setzte den Blinker und fuhr auf die Straße. Ihre Spur war ja frei. Als sie langsam davonrollte, wurde Yannis Jouvet im Rückspiegel immer kleiner. Seltsam, dass sie ihn ausgerechnet auf diese Weise hatte wiedersehen müssen. Noch seltsamer fand sie das Gefühl, das die Begegnung in ihr ausgelöst hatte.

Ob er sie erkannt hatte?

Er blickte ihr nach, setzte den Helm wieder auf und schlenderte zurück zu den Arbeitern, die allesamt ihrem Twingo hinterherstarrten.

Nur wenige Momente später fand Sophie sich unverhofft mitten auf der Trasse der Stadtbahn Mettis wieder, was ihr erst bewusst wurde, als ein paar Menschen ihr von den Bürgersteigen aus übertrieben zuwinkten und sie kopfschüttelnd musterten. Zum Glück fand sie eine Lücke, durch die sie die Trasse verlassen konnte. Der Blick des Fahrers hinter der riesigen Windschutzscheibe des fast bedrohlich wirkenden Busses würde sie sicherlich bis in ihre Träume verfolgen. Was für ein großartiger Start in dieser Stadt, die sie viel beschaulicher in Erinnerung gehabt hatte! Damals hatte sie nicht selbst fahren müssen, sondern nur verträumt vom Rücksitz aus den blauen Himmel über den hohen Häusern betrachtet.

Tatsächlich brummte es nur so von Leben. Die ganz eigene Mischung aus Stilrichtungen, die die Stadt ausmachte, fiel ihr auf, und erst heute begriff sie, was ihr Vater ihr damals hatte klarmachen wollen, als sie hier gewesen waren. Metz war älter als Paris und verbarg viele Geheimnisse, die sich in den architektonischen Besonderheiten nur andeuteten. Sie fand das alles sehr aufregend. Hoffentlich würde sie die Zeit finden, die Stadt zu erkunden, während sie hier lebte und arbeitete. Eine beinahe resignative Gelassenheit erfasste sie. Sie hatte die Mettis-Trasse überlebt, und sah sie im Gesicht des jungen Mannes, der dort am Straßenrand stand und ihren Twingo mit seinen Blicken verfolgte, nicht ein Lächeln? Was war schon dabei, wenn sie sich bis auf die Knochen blamierte? Eigentlich nichts.

Es kostete Sophie trotz Navigationsgerät einige Mühe, doch schließlich fand sie den winzigen Innenhof, auf dem sie parken durfte, und der zu dem Stadthaus gehörte, in dem sie die nächsten drei Monate wohnen würde. Wahrscheinlich war es eine gute Idee, in Zukunft mit „le Met'" zu fahren. Damit würde sie viel schneller von hier in die City gelangen, als wenn sie sich mit dem Wagen durch die vollgestopften Straßen drängeln musste. Und es würde ihre Nerven schonen. Der Twingo gehörte in die Autowerkstatt, aber jetzt konnte er erst mal stehen bleiben.

Sophie fühlte sich auf angenehme Art angespannt, als sie auf die altmodische Klingel neben der dunklen, rustikalen Holztür drückte. Ein Türöffner summte, sie musste sich gegen das Holzblatt pressen, damit es sich schließlich öffnete. Nicht nur das Portal und die Fassade aus Buntsandstein wirkten wie aus einer anderen Zeit, auch das Treppenhaus mit seinen schwarzen und weißen, in Karomuster verlegten Fliesen und dem massiven Holzhandlauf an der schmalen Wendeltreppe verströmten einen etwas angestaubten Charme. Die Wohnungstür im Erdgeschoss öffnete sich. Die Frau, die Sophie mit strahlendem Lächeln die Hand entgegenstreckte, war das genaue Gegenteil von angestaubt. Ungefähr im gleichen Alter wie sie selbst, hatte sie lange, großzügige blonde Locken und ein helles, aufgeschlossenes Gesicht. Sie trug ein schlichtes, mintfarbenes Sommerkleid, das ihr weibliches Erscheinungsbild perfekt unterstrich. Diesen *Chic*, den auch Mia gemeint hatte, sogen die Französinnen anscheinend mit der Muttermilch ein. Sophie fühlte sich an Schauspielerinnen wie Catherine Deneuve oder Carole Bouquet erinnert.

„Bonjour." Die Frau nahm Sophies Hand und erwiderte ihren Druck, „Sie müssen Sophie Thielen sein. Ich bin Florence Aubrun. Enchantée!"

Ah, dann war das die Vermieterin persönlich, die

ebenfalls in den *Galeries Jouvet* arbeitete, wie Sophie wusste. Sie antwortete auf Französisch und freute sich darüber, dass es ihr leicht fiel.

„Kommen Sie, ich zeige Ihnen Ihr Appartement. Es ist klein und kuschelig, perfekt für eine Person. Aber natürlich können Sie mal jemanden einladen." Damit huschte sie zurück hinter ihre Tür und kam kurz darauf mit einem Schlüssel heraus. „Folgen Sie mir." Sie griff nach Sophies Trolley, ohne sich um deren Einwände zu kümmern, und führte sie drei Stockwerke höher. Auf jedem Geschoss gab es nur eine Wohnungstür. Florence führte sie bis unters Dach. Perfekt, dachte Sophie. Sie liebte Dachwohnungen.

Ihre Vermieterin schloss die Tür aus Holz und Glas auf und ruckelte am Griff, bis er nachgab. Sophie schmunzelte. Für sie gehörten diese alten, etwas widerspenstigen Beschläge an Fenstern und Türen einfach zu Frankreich dazu. Jedenfalls in den älteren Häusern. Sie erinnerten sie an die Sommerferien mit ihren Eltern in Frankreich.

„Herzlich Willkommen!" Florence lud Sophie mit einer ausholenden Geste ein, die Wohnung zu betreten.

Sophie betrachtete den Raum und hatte dabei das Gefühl, durch die Augen ihres Vaters zu blicken, der sie schon als Kind auf Tricks aufmerksam gemacht hatte, mit denen man Häuser von innen größer oder kleiner wirken lassen konnte, als sie tatsächlich waren. Riesige Dachgauben ließen auf beiden Seiten viel Licht herein. Das abgestoßene Parkett verlieh dem Raum einen warmen Grundton. Die gesamte Wohnung bestand aus diesem einen Zimmer. Lediglich eine schmale Tür führte davon ab, sicherlich ins Bad.

Vermutlich handelte es sich bei dem Appartement um ein ehemaliges *Chambre de bonne*, ein Hausmeister- oder Bedienstetenzimmer.

Neben der schmalen Tür schloss sich eine Küchenzeile mit einem kleinen Dachfenster über der Arbeitsplatte an. Die Spüle war aus Porzellan und eckig geformt. Die weiß und blau gemusterten Fliesen an der Wand mussten schon sehr alt sein, wie alles hier.

Sophie blickte sich staunend um, dann ging sie zu dem schmalen Tisch, um den vier Stühle gruppiert waren, und stellte ihre Handtasche ab. „Ist das Eiche?", fragte sie und streichelte nach dem zustimmenden Nicken von Florence Aubrun über das Holz, das stark gemasert und abgegriffen war. Das Möbelstück wirkte auf sie, als habe es ein eigenes Leben, das weit in vergangene Jahrhunderte zurückreichte. Die bunt durcheinandergewürfelten Stühle passten nicht zu dem Tisch. Oder, korrigierte Sophie einen Moment später ihren ersten Eindruck, sie passten *gerade* deshalb dazu. Und zu dem gesamten Rest der Wohnung, die alle Stilbrüche wagte, die man sich vorstellen konnte. Jeder Stuhl musste aus einer anderen Zeit und vielleicht auch aus einem anderen Land stammen. Und jeder hatte sicherlich eine eigene Geschichte zu erzählen. Sophie erkannte sofort, welcher ihr Lieblingsstuhl sein würde: der hochlehnige mit der lederbezogenen Sitzfläche und dem schwarzbraunen Holzrahmen. Ihre Oma hatte solche Stühle besessen. Sie waren nicht gut für die Unterseite der Oberschenkel, wenn man sehr lange darauf saß, weil die breiten Nieten ins Fleisch drückten, mit denen das Leder am Rand der Sitzfläche auf dem Holz befestigt war. Aber alles andere daran war bequem. Sophie atmete tief ein.

„Gefällt es Ihnen nicht?" Florence Aubrun klang ängstlich. „Ich mag die Wohnung sehr, sie birgt viele Erinnerungen." Sie zog die Schultern hoch. „Natürlich ist das nicht jedermanns Geschmack. Wenn Sie möchten, können Sie die Möbel in den Keller schaffen und eigene Stücke ..."

„Oh nein, ich mag sie. Sehr sogar!" Sophie spürte, dass sie sich hier wohlfühlen würde. Das Bett, das in einer der dunkleren Ecken stand, war hoch und breit und mit einem Moskitonetz versehen. „Darf ich?" Sie machte ein paar Schritte darauf zu.

„Ja, die Matratze ist noch nicht alt, eine Sonderanfertigung, weil das Bett keine genormte Größe hat. Mein Urgroßvater war ein hochgewachsener Mann und ließ es sich von einem Schreiner bauen. Ebenfalls aus Eiche, weil er den kleinen Esstisch so liebte, den er aus dem ersten Weltkrieg mit nach Hause gebracht hatte." Nun war es Florence, die liebevoll den Tisch streichelte. „Meine Uroma hat immer darüber geschimpft, dass der Tisch viel zu schmal wäre, wenn die ganze Familie daran saß. Aber ihm war er heilig."

Sophie hatte sich inzwischen auf den Bettrand gesetzt. Hatte sie damit gerechnet, einzusinken und wie auf einem kleinen Boot hin und her gewiegt zu werden, so hatte sie sich getäuscht. Im Gegensatz zu sämtlichen alten französischen Betten, in denen sie jemals gelegen hatte, war dieses angenehm fest. Die Matratze gab nur wenig nach. Oh ja, sie *würde* sich hier wohlfühlen.

Mit einem spontanen kleinen Kichern ließ sie sich nach hinten fallen. Und bemerkte noch ein weiteres angenehmes Detail: Die Wohnung sah nicht nur schön und gemütlich aus, sie roch auch gut. Es hing kein alter Mief darin. Eine winzige Spur von Bienenwachs – vermutlich vom Parkettboden – mischte sich mit der frischen Frühlingsluft, die durch den angelehnten Flügel einer Dachgaube hereindrang, den Holzgerüchen der alten Möbel und dem Waschmittel, nach dem die Tagesdecke auf dem Bett duftete. Ja, nicht einmal Bettwäsche hatte sie mitbringen müssen. Die gehörte zur Wohnung dazu, genau wie Geschirr für vier Personen und die gesamte Küchenausstattung.

Sie setzte sich auf. „C'est for-mi-da-ble!", rief sie aus.

Florence Aubruns Gesicht erhellte ein umwerfendes Lächeln. „Das freut mich, wirklich! Sie haben das Bad noch nicht gesehen." Damit machte sie zwei schnelle kleine Schritte zu der Tür, hinter der Sophie das Bad vermutet hatte, und öffnete sie. „Es ist vor drei Jahren eingebaut worden. Davor haben meine Eltern dieses Stockwerk noch bewohnt, zusammen mit der Wohnung darunter." Wo ihre Eltern jetzt lebten, erwähnte sie nicht, und Sophie fragte nicht nach, da sie nicht neugierig wirken wollte. Stattdessen stand sie rasch auf, um sich das kleine Badezimmer anzusehen, das farblich auf die Küchenzeile abgestimmt war. Eine Badewanne hatte hier keinen Platz gefunden, doch die kleine Dusche unter der Schräge war neu und einladend.

Sophie strahlte Florence Aubrun mit einem breiten Lächeln an. „Einfach wunderbar! Ich werde mich hier ganz schnell einleben."

„Ja, das glaube ich auch. Sollen wir Ihre Sachen hereinholen, und danach lade ich Sie auf eine Tasse Tee ein?"

„Oh, Tee klingt wunderbar. Aber wie wäre es damit: Ich hole meine Sachen herein, und in der Zwischenzeit können Sie den Tee kochen? Es ist nicht mehr viel."

Zwanzig Minuten später hatte Sophie ihr Gepäck nach oben geschleppt und mitten im Raum abgestellt. Ihr Scannerblick hatte ihr bereits verraten, wo sie alles unterbringen würde, und mit einem Juchzer begrüßte sie den kleinen, auf geschwungenen Beinen stehenden Jugendstilsekretär, der gerade genug Platz für ihr Notebook bot. Sie betrat das Bad, machte sich ein bisschen frisch, dann nahm sie ihre Haare in einem lockeren Knoten zusammen und steckte ihn mit einer Klammer fest. Bevor sie die Wohnung wieder verließ, um hinunter zu Florence zu gehen, zwinkerte sie ihrem Spiegelbild zu. Ja, es war eine gute Entscheidung gewesen, herzukommen. Und bevor sie sich morgen offiziell ihrem Chef vorstellte, wollte sie Florence nach ihm ausfragen.

„Ja, so kam das." Florence lehnte sich zurück und betrachtete versonnen die Teetasse, die sie in der Hand hielt. „Die Lothringer sind manchmal etwas misstrauisch, wenn es um Bestimmungen aus Paris geht. Oder um Trends und Moden aus den anderen französischen Départements. Wir sind hier im Grand Est", sie lächelte bei der erst jüngst eingeführten Bezeichnung der Großregion, „ein bisschen eigen. Aber das ist nicht unbedingt ein Fehler, n'est-ce pas?"

„Nein, sicher nicht. Ich verstehe, dass man sich in Metz über die Investition der *Galeries Jouvet* nicht nur gefreut hat." Sophie zog die Schultern hoch. „Damit war nun mal viel Ungewisses verbunden. Andererseits – eine Pleite ist auch nicht schön."

Florence lachte auf. „Da sagst du was." Sie waren nach dem ersten Schluck Tee zum Du übergegangen. „Aber jetzt gefällt das Gebäude den Metzern! Die Renovierungen sind mit viel Feingefühl durchgeführt worden. Der Chef wollte alles behindertengerecht haben. Der große Haupteingang war von den Dumonts, den Vorbesitzern, schon geplant gewesen. Das einzige Neue an der Fassade ist im Grunde der Namenszug."

Sophie spürte, wie sich ihr Puls bei ihrer nächsten Frage beschleunigte. „Kennst du den neuen Chef bereits?"

„Yannis Jouvet? Natürlich! Es gibt viel zu tun, weil es mit Riesensprüngen auf die Neueröffnung zu geht."

„Wie kommst du mit ihm zurecht? Ist er ... nett?" Sie grinste. *Nett.* Was für eine Vokabel für Yannis Jouvet!

Florence lachte schallend. „Na, was glaubst du wohl? Yannis Jouvet gilt als der begehrteste Junggeselle der Region, wenn nicht sogar ganz Frankreichs. Hast du schon mal ein Foto von ihm gesehen?"

Sophie räusperte sich. „Ich bin ihm sogar schon begegnet." Sollte sie Florence auch die Geschichte von damals erzählen? Die fröhliche Art der sympathischen Französin hatte eine entspannende Wirkung auf sie.

„Tatsächlich? Erzähl!"

Doch in diesem Moment drehte sich ein Schlüssel im Schloss. Beide Frauen wandten sich zur Wohnungstür um, die gleich darauf aufschwang. Ein junger, dunkelblonder Mann in Anzug und Krawatte trat herein und stellte einen Aktenkoffer ab. „Salut, chérie ..." Er unterbrach sich und trat näher. Florence war aufgestanden, ging zu ihm und begrüßte ihn mit einem Küsschen.

„Darf ich vorstellen? Das ist mein Mann Philippe. Und das ist Sophie Thielen aus Aachen, die für drei Monate hier wohnen wird."

Florence holte eine Tasse für Philippe, während er Sophie mit *Bises* auf beide Wangen begrüßte. „Enchanté! Ah ja, Sie arbeiten in den *Galeries Jouvet*, wie meine Frau, n'est-ce pas?"

„Wir haben gerade über den Chef gesprochen." Florence goss Tee in Philippes Tasse und zwinkerte ihm zu. „Sophie ist ihm schon einmal begegnet."

„Tatsächlich? Erzählen Sie!"

„Ach, das war eigentlich eher peinlich." Sie schwankte einen Moment, dann sprach sie weiter. „Auf der Herfahrt bin ich am neuen Kaufhaus vorbeigekommen und habe kurz angehalten." Sie verdrehte die Augen. „Das war dumm von mir, denn ich hielt den Verkehr auf – nicht lang, aber es gab ein Hupkonzert. Die Fahrer hätten mich am liebsten mitsamt meinem Twingo weggesprengt."

Florence und Philippe lachten. Sophie erzählte, dass es ausgerechnet Yannis Jouvet gewesen war, der ihr vor Ort noch die Leviten gelesen hatte.

„Wie fandest du ihn?" Florence' Blick bekam ein gespanntes Glitzern.

Sophie zog eine Grimasse. „Na ja." Sie musste lachen.

„Wenn Florence mir nicht jeden Tag schwören würde, dass sie nur mich liebt ... also, ich weiß nicht, was ich täte. Yannis Jouvet gehört verboten. Oder wenigstens verheiratet. Damit alle Singlefrauen wieder frei atmen können."

„Ach, komm, du übertreibst, chéri." Florence gab ihm einen Klaps auf den Oberarm.

Er hatte nicht ganz unrecht, dachte Sophie. Zumindest, was sie betraf. Seit sie über ihn redeten, spürte sie ein Kribbeln unter der Haut. Beim Gedanken, ihm morgen gegenüberzustehen, befiel sie Nervosität. Gleichzeitig freute sie sich darauf.

„Wir fahren dann morgen gemeinsam zur Arbeit, Florence?" Sie stand auf. Sie musste noch auspacken und wollte sich nach dem langen, heißen Tag eine wohlverdiente Dusche gönnen.

„Ja, wir fahren mit dem Mettis. Lade dir die App für dein *Portable* herunter, damit du alle Fahrpläne abrufbar hast. Wir sind ja in verschiedenen Abteilungen, so musst du dich nicht von mir abhängig machen. Aber natürlich kannst du dich jederzeit melden, wenn ich dir helfen kann."

An der Tür drehte Sophie sich noch einmal um. „Nun hast du mir doch nichts über den Chef erzählt", sagte sie zu Florence, „außer dass er ein Schwiegermuttertraum ist." Sie ging mit der Stimme am Ende hoch und warf Philippe einen Blick zu, der sich zurücklehnte und die Arme vor der Brust verschränkte.

„Und schon wieder hat er eine an der Angel." Philippe feixte.

„Ach was, ich bin gar nicht auf der Suche nach ...", Sophie unterbrach sich. Sie sollte sich definitiv abgewöhnen, sich für alles zu rechtfertigen, was sie sagte und tat.

„Alors", begann Florence und spitzte kurz die Lippen,

als müsse sie einen Moment nachdenken. „Abgesehen davon, dass er großartig aussieht, einen durchtrainierten Körper hat, einfach alles tragen kann – selbst Bauarbeiterhelme – und stinkreich ist ..." Sie warf ihrem Mann einen Luftkuss zu. „Abgesehen davon ist er umwerfend sympathisch, weltoffen und sozial eingestellt. Er ist ein Mann, den es sonst nur im Märchen gibt."

Beide lachten, als Philippe zu protestieren begann. Er meinte es sicher nicht ganz ernst, als er sagte: „Bestimmt hat er irgendwo eine Leiche im Keller. Ich wiederhole mich, aber ganz ehrlich: Kerle wie der gehören verboten." Er war neben Florence getreten, legte den Arm um ihre Taille und küsste sie in die Halsbeuge. „Mit mir bist du auf jeden Fall besser bedient, mon cœur."

KAPITEL 3

Zum Glück hielt Sophie nicht viel von Lebensweisheiten, die besagten, dass die erste Nacht in einem neuen Bett wegweisend war. Wenn das stimmen würde, hätte sie eine anstrengende und turbulente Zeit vor sich. Ihre Träume in dieser Nacht waren unruhig gewesen und … „nicht jugendfrei", wie ihre Mutter es mit einem Augenzwinkern nennen würde, ein Überbleibsel aus ihrer leichtlebigen Vergangenheit als Tänzerin. Ihr Vater liebte sie wahrscheinlich nur wegen dieses übriggebliebenen Zwinkerns immer noch. Ihre Mutter schien damit Dinge zu versprechen, von denen Sophie nichts Näheres wissen wollte.

Mit einem Gähnen strich Sophie sich die Haare aus dem Gesicht und drehte sich auf den Rücken. Sie scannte den Raum und die Atmosphäre, wie sie es nach dem Aufwachen immer tat. Das Zimmer, die Wohnung fühlte sich gut an. Ihr Check ergab nichts, das für schlechte Stimmung sorgte. Warum dachte sie jetzt an ihre Eltern? Was hatten sie mit den unruhigen Träumen zu tun, die sie mehrmals aus dem Schlaf hatten aufwachen lassen?

Sie schloss die Augen und versuchte die Träume zu erhaschen. All ihre ehemaligen Partner waren ihr in dieser Nacht begegnet. Sie hatten sich gestritten. Besonders klar stand ihr Leon vor Augen, kein Wunder. Sie gab sich Mühe, die Beklemmung abzulegen, die jeglicher Gedanke an ihn auslöste, und konzentrierte sich auf die anderen Träume. Da war doch noch mehr gewesen.

Sie schlug beide Hände vor die Augen. Oh nein! Sie hatte einen ihrer peinlichsten Momente nochmals durchlebt. Schnell schüttelte sie den Kopf, um die Erinnerung an sich als knapp Sechzehnjährige am Kopiergerät abzuschütteln. An die Azubis um sie herum und an den supercoolen Trainee aus Frankreich, *Monsieur Unwiderstehlich*. Warum musste ihr Unterbewusstsein sie ausgerechnet *jetzt* daran erinnern?

Doch nicht nur das … Manchmal war ihre Scannernatur mit dem außergewöhnlichen Gedächtnis nur nervig. Jetzt fiel ihr nämlich ein, was sie von *Monsieur Irrésistible* danach noch geträumt hatte. Es war ein sehr expliziter Traum gewesen, und er hatte nichts mit ihren echten Lebenserfahrungen zu tun. Woher sollte sie die auch haben? Von Leon ganz sicher nicht. Er hatte sie niemals auf *diese* Art geliebt. Nun gut, den Traum vergrub sie tief in ihrem Innern. Davon brauchte niemand etwas zu erfahren. In ihrem Kopf formte sich die Frage, ob sie sich wünschte, dass er wahr werden würde. Einer Antwort darauf stellte sie sich jedoch nicht.

Endlich stand sie auf, machte sich ein kleines Frühstück und entschied sich dann überraschend schnell für ein Outfit. Eine petrolfarbene Pumphose aus leichtem, fließendem Stoff, darüber eine zimtfarbene Tunika mit Spitze, flache, helle Schuhe aus weichem Veloursleder. Sicher nicht das übliche Business-Outfit der typisch Deutschen, aber nun ja, sie arbeitete in der Kreativbranche. Da verzieh man kleine Extravaganzen. Und den Stil der Französinnen zu kopieren, traute sie sich nicht zu. Also musste sie auf ihr eigenes Urteilsvermögen bauen. Sie grinste, während sie sich im Spiegel betrachtete. Bisher hatte ihre Garderobe aus Jeans und Shirts bestanden. Wann immer möglich, trug sie Chucks in allen Farben. Nur wenn Termine mit Kunden ins Haus standen oder bei offiziellen Anlässen hatte sie sich bisher zum klassischen Büro-Outfit mit Kostüm und Bluse durchringen können. Dass sie deshalb und wegen ihrer Hornbrille eine ansatzweise nerdige Ausstrahlung hatte, nahm sie in Kauf. In der Werbebranche war sie damit keine Seltenheit.

Sie drehte sich vor dem schmalen, hohen Spiegel in der offenstehenden Tür des uralten Kleiderschranks. Mia und ihre Eltern hatten sie vergangenen Mittwoch unabhängig voneinander bestärkt und ihr gesagt, sie solle die Sachen keinesfalls umtauschen. Die Kleidung stand ihr gut und passte zu ihrer Brille und ihrem überschulterlangen, kastanienbraunen Haar. Der Zimtton des Oberteils ließ das helle Braun ihrer Augen leuchten und harmonierte mit ihrer Hautfarbe, die reifem Weizen glich. Sie war derzeit noch winterblass, doch das würde sich ändern, sobald die Sonne öfter schien. Sie hoffte darauf, dass das hier eher der Fall sein würde als im Regenloch Aachen.

Sie beschloss, ihre Haare mit einem schlichten Band

im Nacken zusammenzubinden. Noch ein Blick in den Spiegel. Sie fühlte sich wohl in ihrer Haut. Gegen die kühle Morgenluft nahm sie ihre dünne Allround-Strickjacke mit, die sich jedem Kleidungsstil anpasste.

Florence wartete bereits auf sie, als sie die Treppe hinunterlief.

„Bonjour, comme tu es jolie", murmelte sie, als sie sie mit *Bises* begrüßte. Sophie freute sich über das Kompliment, denn es bedeutete ihr viel, von einer Französin als „hübsch" bezeichnet zu werden.

„Toi aussi!" Florence trug marineblaue Röhrenjeans zu weißen Segelschuhen und darüber ein blau-weiß gestreiftes Poloshirt mit rotem Kragen. Sie hatte ein Leinensakko lose über die Schultern gehängt und die Haare in einer Banane zusammengesteckt. Abermals musste Sophie an Catherine Deneuve in jungen Jahren denken.

Der Eindruck der unnahbaren Schönen löste sich rasch auf, als die beiden Frauen zur Trasse des Mettis gingen, nach kurzer Wartezeit den Gelenkbus nahmen und in der Nähe des Kaufhauses ausstiegen. Auf ihrem restlichen Weg durch die Fußgängerzone machte Florence Sophie auf mehrere kleine Läden aufmerksam, in denen man besonders gute Baguettes oder Croissants, Macarons oder luftgetrockneten Schinken, vegane Spezialitäten, ausgefallene Schminksachen oder die neumodischsten Klamotten finden konnte. Sie winkte dabei alle paar Meter jemandem zu, rief „Salut" oder „Bonjour", und zwei der Ladenbesitzerinnen begrüßte sie mit *Bises*. Das Ganze wirkte fast dörflich, obwohl die Stadt mit den hohen Gebäuden und der Betriebsamkeit keinen Zweifel daran ließ, dass sie sich in einer Metropole befanden.

Als sie sich den *Galeries Jouvet* näherten, fiel Sophie auf, dass über Nacht alle Gerüste abgebaut worden waren. Man sah dem Warenhaus auf den ersten Blick nicht an, dass es noch geschlossen war. Aufsteller auf beiden Seiten des Haupteingangs verkündeten in großen Lettern den Termin der Neueröffnung am Freitag. Sophie atmete tief ein und aus, dann blieb sie vor dem ehemaligen Haupteingang stehen und betrachtete das große Mosaik mit dem Jugendstilschriftzug. Es war irgendwie sympathisch von Yannis Jouvet, dass er es nicht hatte entfernen, sondern sogar restaurieren lassen. Wenn an der Fassade der alte Name noch prangen durfte, war zu erwarten, dass der ursprüngliche Geist des Hauses nicht unterdrückt worden war. Sie freute sich darüber, ohne genau zu wissen, weshalb.

Sie war in den Grannus-Arkaden für die Werbung zuständig, hatte aber auch großes Mitspracherecht, wenn es um die Entwicklung neuer Konzepte ging. Ihre Idee, das Food-Segment auf neue Beine zu stellen und Frankreich als neuen Themenschwerpunkt mit ins Boot zu holen, war bei der Geschäftsleitung auf offene Ohren gestoßen. Sie hatte sich mit der Zeit einen Ruf erarbeitet, der ihr bei solchen Dingen zugutekam. Und nun hatten ihre Zuverlässigkeit und Sorgfalt bei der Nachhaltigkeit und Qualität der Produkte ihr diesen schönen Job in Metz eingebracht. Wenn ihr Gefühl sie nicht trog, konnte sie hier einige gute Anregungen mitnehmen.

„Schön geworden, nicht?" Florence hatte ebenfalls

den Kopf in den Nacken gelegt und das Mosaik bewundert. Nun griff sie nach Sophies Ellbogen und zog sie mit sich zu einem schmalen Durchgang zwischen dem Geschäftshaus und dem Nachbargebäude. „Komm, hier ist der Personaleingang."

Die Räume der Geschäftsleitung und des Personalbüros lagen oberhalb der vier Kaufhausetagen in drei weiteren Stockwerken. Man brauchte einen Schlüssel, um mit dem Kundenaufzug bis hierher fahren zu können. Zwischen den Obergeschossen gab es einen Paternoster, der wahrscheinlich noch aus der Gründerzeit stammte. In dem Vertrauen, dass auch er runderneuert war, freute Sophie sich darauf, ihn zu benutzen. Wie sich herausstellte, würde das schon sehr bald der Fall sein.

„Ich stelle dich zuerst unserer Personalchefin vor. Wir nennen sie alle nur die *Madame*, als wäre es ein Titel." Sie lächelte. „Es passt zu ihr, du wirst sehen. Sie wird wissen, wie es weitergeht. Vermutlich will der Big Boss dich kennenlernen. Er sitzt ganz oben." Mit einem Grinsen deutete sie zur Decke. „Ich bin bei der Kindermode im Dritten und werde den Tag damit verbringen, das Auspacken und Arrangieren der Ware zu überwachen. Bis gestern haben wir noch an der Ausstattung der Räume gearbeitet. Ich habe dann früher Schluss gemacht, um dich zu empfangen." Sie zog die Brauen hoch. „Ich hoffe, es stimmt, was sie mir versprochen haben, und über Nacht ist der ganze Dreck und Staub beseitigt worden."

Dann pochte sie an eine offenstehende Glastür und betrat vor Sophie den Raum, in dem eine Frau mittleren Alters, in ein schlichtes Kostüm gekleidet, zwei

Männern in Arbeitshosen Anweisungen gab. Der Raum wurde von einem übergroßen Schreibtisch beherrscht, der über Eck ging. Er lag voll mit Ordnern, losen Blättern, verschiedensten in durchsichtiges Plastik gehüllten Kleidungsstücken und mehreren Spielzeugpackungen. Außerdem standen unzählige Kartons unter dem Schreibtisch und in teils gefährlich instabil wirkenden Stapeln überall auf dem Boden verteilt. Ein kleiner Glastisch mit zwei modernen Plastikstühlen war an die Wand gerückt worden – augenscheinlich wegen der vielen Kartons, die vermutlich bis Freitag verschwunden sein mussten. Der Glastisch war übersät mit Mappen.

„Sie wissen, was zu tun ist. Ich verlasse mich auf Sie." Mit diesen resoluten Worten entließ die Dame die beiden Männer, bevor sie sich Sophie zuwandte. Sie musterte sie mit aufmerksamem, jedoch nicht unfreundlichem Blick.

Sollte sie als Erste etwas sagen? Durch das Schweigen verunsichert, warf Sophie Florence einen Seitenblick zu, doch diese lächelte nur. Gerade als Sophie sich anschickte, eine Begrüßung zu murmeln, kam die Dame um den überfüllten Schreibtisch herum und streckte ihr die Hand entgegen.

„Bonjour, Sie müssen die neue Mitarbeiterin aus Deutschland sein, n'est-ce pas? Sophie Thielen? Herzlich willkommen im Hause Dumont ... pardon, in den *Galeries Jouvet* natürlich." Damit ergriff sie Sophies Hand und schüttelte sie, bevor sie sich Florence zuwandte und dabei Sophies „Bonjour" nicht zu hören schien. „Florence, haben Sie Dank. Ich habe die beiden Arbeiter gerade in Ihre Abteilung geschickt. Dort funktioniert die Technik noch nicht wie gewünscht. Wenn wir für die Eröffnungsfeier die Liliputwelt zum Laufen bringen wollen, ist da noch einiges zu tun."

„Oh je", Florence verzog das Gesicht. Ihre vorhin geäußerte Hoffnung zerschlug sich damit wohl gerade. „Dann wird es heute noch nichts mit Einräumen?"

„Ich fürchte nein. Aber ich habe die beiden zur Eile angehalten." Plötzlich wurde ihr strenges Gesicht weich. „Wir kriegen das schon hin, keine Angst. Monsieur Jouvet hat vorausschauend geplant." Bekam ihre Stimme einen liebevollen Klang, als sie seinen Namen aussprach? Wer war diese Frau überhaupt? Bei ihrem korrekten Getue hatte sie mal eben vergessen, ihren eigenen Namen zu nennen. Gehörte sie womöglich der Kaufmannsfamilie an, die das Haus Dumont im späten neunzehnten Jahrhundert gegründet und in den Zehnerjahren des einundzwanzigsten Jahrhunderts hatte Konkurs anmelden müssen?

Diese Fragen gingen Sophie durch den Kopf, während sie Madame musterte. Sie konnte irgendwo zwischen Mitte vierzig und Mitte fünfzig sein. Das Haar trug sie in einem pechschwarz gefärbten, strengen Pagenschnitt. Ihr Look wurde durch kräftig rot geschminkte Lippen unterstrichen. Die Augen waren lediglich mit einem dezenten Lidstrich umrandet. Die feinen Linien über der Nasenwurzel, neben den Augen und zwischen Nase und Mundwinkeln schienen Mimikfalten zu sein, die keinen Rückschluss auf ihr Alter zuließen.

Madame entließ nun Florence mit einem Winken, das wie eine unbedachte Geste aus dem Handgelenk wirkte, bevor sie sich ganz Sophie zuwandte. Erst jetzt war die Farbe ihrer Augen zu erkennen: ein metallisch wirkendes Blau. Eine alterslose, starke Frau war sie, die man sich, entsprechend zurechtgemacht, ebenso gut als Darstellerin einer Hexe in einem Historienfilm vorstellen konnte. Sophie musste lächeln, als ihr dieser Gedanke in den Sinn kam. Madame legte den Kopf schief.

„Habe ich mich überhaupt vorgestellt?" Ihre Worte milderten den Eindruck unnachgiebiger Strenge ab, den sie mit ihrer Haltung bisher vermittelt hatte.

„Nein, das haben Sie tatsächlich nicht."

Madame deutete ein Lächeln an, als Sophie in fließendem Französisch antwortete.

„Na, dann: Ich bin Corinne Chevalier, und wie Sie sich vermutlich schon denken können, habe ich vorher für die Familie Dumont gearbeitet. Ich bin sozusagen Teil des Inventars und kenne alle Geheimgänge im Gebäude." Sie lachte, sodass Sophie sich nicht sicher war, ob sie das mit den Geheimgängen nur als Metapher meinte. Sie hielt es durchaus für möglich, dass sich im Kellergeschoss irgendwelche Querverbindungen zu anderen alten Häusern befanden. Verbargen nicht alle alten Städte ihr eigenes Netz von Katakomben? Und hatte es Metz nicht schon zur Zeit der Römer gegeben?

„Haben Sie Monsieur Jouvet schon kennengelernt?" Mit diesen Worten rief Madame Chevalier Sophie zurück ins Hier und Jetzt. Sophies Herz ließ einen Schlag aus. Verwirrt berührte sie kurz den Anhänger der Kette auf ihrer Brust. „Ich bin ihm heute noch nicht begegnet. Allerdings kenne ich ihn von früher." Sie biss sich auf die Lippen. Wie befürchtet, hakte

Madame sofort nach.

„Tatsächlich? Das müssen Sie mir erzählen. Ich würde Ihnen gern einen Sitzplatz anbieten, aber Sie sehen ja selbst."

„Also, ich kenne ihn nicht wirklich, es war nur eine kurze Begegnung." Sie straffte die Schultern. „Ich freue mich sehr, dass ich diesen Job machen darf und bin gespannt auf die Abläufe."

Der Themenwechsel funktionierte. Madame griff nach einem Schlüsselbund auf ihrem Schreibtisch und erklärte, sie werde Sophie alles zeigen. Sie bat sie, ihr zu folgen, führte sie an zwei Büros vorbei und stellte ihr die jeweiligen Mitarbeiter vor. Außerdem zeigte sie ihr die Kantine, in der die Belegschaft mittags ein warmes Essen einnehmen konnte, danach zwei kleinere Lagerräume, in denen Chaos herrschte. Sie schloss beide Türen wieder. „Das wird sich sehr bald ändern. Im Moment sind alle Lager überfüllt, weil die Ware zum großen Teil bereits eingetroffen ist, wir sie aber noch nicht in den Verkaufsräumen ausstellen können. Die großen Lager befinden sich übrigens in den Kellerräumen. Kommen Sie mit, wir fahren eins höher." Damit trat sie zu dem Paternosteraufzug und machte einen Schritt in die Kabine, die gerade vorbeifuhr. Als sie bemerkte, dass Sophie ihr nicht folgte, bückte sie sich, unaufhaltsam höhergleitend. „Steigen Sie einfach ein, es ist kinderleicht." Damit entschwand sie Sophies Blicken.

Zögerlich traute Sophie sich nun ebenfalls, den langsam hochfahrenden Aufzug zu betreten. Ihr Herz klopfte wie damals, als sie zum allerersten Mal alleine hatte Karussell fahren dürfen. Die Kabine war nicht mehr als einen Meter breit und zwei Meter hoch. Es war ein eigenartiges Gefühl, so die Stockwerke hinaufzufahren. Was würde eigentlich geschehen, wenn man auszusteigen vergaß? Standen die Kabinen auf dem Kopf, wenn sie wieder herunterfuhren? Das hatte sie sich schon als Kind immer gefragt. Bis heute hatte sie es nicht überprüfen können, aber ihre kindliche Angst war sicher unbegründet.

Zuerst erblickte sie die Schuhe, dann die Unterschenkel und schließlich den Rest von Madame Chevalier und wusste, dass sie hier aussteigen musste.

„Na, war gar nicht schlimm, n'est-ce pas?"

In diesem Stockwerk lag ein Büro neben dem anderen, und für einen Moment wunderte sich Sophie darüber, dass es so viele waren. In Aachen gab es nur ein paar Großraumbüros, in denen alle Angestellten ihre Arbeitsplätze hatten. Lediglich für die Geschäftsleitung standen zwei Einzelbüros zur Verfügung. Eine Sekunde musste Sophie an ihre Schreibtischnachbarn in Aachen denken. Ob sie sie vermissten? Ihr Platz blieb frei, bis sie zurückkam, das hatte man ihr versprochen. Der Gedanke an die Kollegen zu Hause wärmte sie.

„Vor der Renovierung haben wir darüber nachgedacht, die Wände zwischen den Büros einzureißen, aber die Mehrzahl der Mitarbeiter und Mitarbeiterinnen haben dafür gestimmt, es so zu lassen." Madame Chevalier zeigte in den Flur hinein, von dem rechts und links Türen abgingen. „Stattdessen haben wir Glastüren und Fenster eingebaut, damit man trotzdem Blickkontakt hat – zumindest teilweise."

„Das gefällt mir", sagte Sophie. „So ist es sicherlich

einfacher, sich zu konzentrieren." Die Namen der Bürokräfte standen an den Türen. Ein Glück, denn es würde schwer werden, sich in der kurzen Zeit alle zu merken. Sophie verspürte eine wachsende Nervosität und Ungeduld. Sie wollte Yannis Jouvet endlich offiziell kennenlernen ... oder wollte sie es vielleicht einfach nur hinter sich bringen?

„Ihr Büro ist oben, beim Chef", sagte Madame und schien Sophie zu fixieren. Ihre Stimme klang, als verstünde sie nicht ganz, wieso die Deutsche ein Büro im obersten Stockwerk bekam, wo sie selbst unmittelbar über den Verkaufsräumen saß.

Sophie schluckte trocken.

„Kommen Sie, fahren wir zu ihm."

KAPITEL 4

Sophie hatte kaum Zeit, ihre Gefühle zu analysieren und alles zu verarbeiten, was ihr innerer Scanner ihr verriet. Zunächst musste sie sich eingestehen, dass ihr Puls sich weiter beschleunigt hatte. Auch wenn sie es gern mit dem Fahren im Paternoster begründet hätte, war ihr doch klar, dass die Ursache dafür eine andere war. Obwohl sie dicht neben Madame stand und deren dezentes Parfum riechen konnte, filterte ihre Nase, sobald sie das nächste Stockwerk erreichten, einen Geruch heraus, den sie instinktiv zuordnen konnte. Es war der von Yannis Jouvet.

Sie mochte diesen Geruch nach Sandelholz und einer Prise von Ingwer, den sie bisher noch nie an einem Mann gerochen hatte. Außer gestern in ihrem Wagen, weshalb sie ihn zweifelsfrei dem Mann zuordnen konnte, der ihn verströmte. *Nicht deine Liga*, war ihr nächster Gedanke, und darüber täuschte auch ihre Kleidung nicht hinweg, die für ihre Verhältnisse nicht nur außergewöhnlich, sondern auch außergewöhnlich teuer gewesen war.

Während sie unaufhaltsam weiter nach oben glitten,

versuchte Sophie ihren Herzschlag unter Kontrolle zu bringen und sich damit zu beruhigen, dass es keineswegs in ihrer Absicht lag, in der Liga eines Yannis Jouvet zu spielen. Sie befahl ihren Synapsen, den Empfang auf das Wesentliche zu beschränken. Aber was war das Wesentliche? Der offensichtlich neu verlegte Parkettboden, die Kunstdrucke mit Motiven von Niki de Saint Phalle, die Wände mit Glaselementen, die Einblick in die Räume dahinter gewährten?

Ihr Weg durch den Flur an geschmackvoll eingerichteten Räumen vorbei, deren Aufgabe Sophie noch nicht ganz klar war, erinnerte sie an die Wartezeiten vor Beginn der Bachelorprüfungen im Studium, derartig angespannt fühlte sie sich. Wo blieb ihre Professionalität?

Sie gelangten an ein Zimmer, das offensichtlich ein Büro war und ihr auf Anhieb gefiel. Vermutlich das Reich der Chefsekretärin. Madame blieb jedoch nicht stehen, sondern steuerte zielstrebig die gegenüberliegende Tür an. Sie war als einzige nicht durchsichtig, sondern milchig. Hinter dem Glaselement war ein weißes Rollo heruntergelassen, sodass man nicht in den Raum hineinsehen konnte. Ah ja, der Chef hatte gern Einblick in alle Räume, hielt sich selbst jedoch versteckt, wenn es ihm gerade passte.

Madame zog ihr Kostümjäckchen zurecht, straffte den Rücken und lächelte Sophie an. „Bringen wir es hinter uns."

Hatte sie richtig verstanden? *Bringen wir es hinter uns?* Welch eigenartige Formulierung.

Madame Chevalier klopfte an die Tür und wartete, bis eine dunkle Stimme „Herein" rief, dann öffnete sie die Tür und ließ Sophie den Vortritt.

Sophie konnte Yannis Jouvet nicht sogleich entdecken. Also ließ sie ihre Blicke über die Bürolandschaft schweifen – anders konnte man das, was sie sah, nicht nennen. Alles war groß, neu und edel. Auch hier hing ein Druck von Niki de Saint Phalle. Oder war es ein Original? Die anthrazitfarbene Ledercouchgarnitur in der Ecke hätte für eine zehnköpfige Familie gereicht. Der Flachbildschirm an der Wand hatte fast die Ausmaße einer Kinoleinwand. Am Schreibtisch konnten mindestens drei Personen gleichzeitig arbeiten, ohne sich ins Gehege zu kommen. In einer Nische zwischen zwei dunklen Holzregalen stand ein Schweizer Kaffeevollautomat. Die Außenwand bestand aus Glas, eine offene Balkontür führte auf eine Dachterrasse. Darauf standen Gartenmöbel aus Korbgeflecht zwischen Kübelpflanzen, die Knospen trugen.

„Ah, Sie haben den Oleander entdeckt", erklang Yannis Jouvets Stimme von irgendwo hinter dem Schreibtisch. Endlich konnte sie ihn sehen, als er vom Boden aufstand – was hatte er dort unten gemacht? – und sich die Hände rieb, als wolle er sie von Staub befreien. „Herzlich Willkommen, Madame Thielen." Er lächelte, dann wandte er sich an Madame. „Ich danke Ihnen, Corinne. Wenn nichts mehr ist, können Sie wieder nach unten gehen. Sicher stehen die Leute vor Ihrer Bürotür Schlange." Er kam um den Tisch herum und deutete zur Tür.

„Ja, ich gehe dann mal wieder. Merci." Beinahe rechnete Sophie damit, dass sie vor dem Chef knicksen würde, doch Madame drehte sich um, warf ihr einen letzten – bedauernden? mitleidigen? – Blick zu und ging eiligen Schrittes zurück zum Paternoster. Der hatte aufgehört, sich zu bewegen, fiel Sophie auf, sein stetiges Brummen war verstummt, doch er sprang an, sobald Madame die Kabine betrat.

„Der Paternoster – eines der Relikte im Haus, die ich bewahren wollte." Wärme klang aus Yannis Jouvets Stimme, der offenbar Sophies Blick gefolgt war und nun die Bürotür zuzog. Sie drehte sich zu ihm um und betrachtete ihn in aller Ruhe, wie sie es gern tat, wenn sie jemanden kennenlernte. Seinen schwarzen, etwas störrischen Schopf, die hohe Stirn. Seine Augen waren kaum heller als seine Haarfarbe, sein Blick offen. Sophie erschien es eine Sekunde, als erkenne sie darin etwas wieder, das sie selbst tief in ihrem Innern verschlossen hielt, doch sie schob den Eindruck rasch zur Seite. Sein Gesicht war kantig, nicht schmal, die Lippen sinnlich und trotzdem streng. Bevor sie sich dazu hinreißen ließ, auch seinen Körper, der in Jeans und ein schlichtes, weißes Hemd gekleidet war, mit ihrem Blick abzutasten, stieß sie ein verlegenes Lachen aus, das sie von sich gar nicht kannte. Er hatte ihre Musterung kommentarlos über sich ergehen lassen.

Linkisch streckte sie ihm die Hand entgegen. „Bonjour, Monsieur Jouvet. Ich freue mich, Ihre Bekanntschaft zu machen." Er erwiderte ihren Druck fest und kurz, dann ließ er ihre Hand nach einem weiteren kleinen Moment wieder los. In seinen Wangen erschienen die Grübchen, als er lächelte. Niemals hatte Sophie einen Menschen mit einer derartigen Ausstrahlung erlebt. Das musste die Wirkung sein, die Philippe Aubrun gestern Abend scherzhaft hatte verbieten lassen wollen.

„Wir sind uns bereits begegnet, nischt wahr?" Er wechselte ins Deutsche. Seine Stimme bekam dadurch eine etwas dunklere Farbe. Eigenartig.

„Ja, also ... gestern meinen Sie?" Sie verstummte. Erinnerte er sich inzwischen an das junge Mädchen in Aachen? Sie hatte sich in all den Jahren verändert, und sie konnte sich nicht erinnern, dass ihr Name damals gefallen wäre, als sie vor ihm gestanden hatte. Oder vielmehr gesessen hatte. Sie verscheuchte die Erinnerung.

„Läuft Ihr kleiner Franzose wieder?"

Sie rollte nachdenklich mit den Augen und hörte sofort damit auf, als sie in ihrem Kopf Mias Stimme zu hören glaubte, die sie mit dieser Marotte – einer von vielen – ständig aufzog. Dann verstand sie, dass er auf ihren Twingo anspielte, und nickte lachend. „Ja", ihr Nicken ging in eine verneinende Geste über. „Oder vielmehr, ich bin mir nicht sicher."

Er deutete mit der Hand auf einen der Sessel. „Möchten Sie einen Kaffee? Bitte, setzen Sie sich doch."

„Ja, gerne, ein Cappuccino wäre wunderbar."

Während er sich an dem Kaffeeautomaten zu schaffen machte, fragte er: „Was heißt, Sie sind sich nicht sicher?"

„Ich bin gestern damit noch durch die Stadt zu meiner Wohnung gefahren, aber er ist mir zweimal vor einer roten Ampel ausgegangen. Ich denke, ich muss ihn durchchecken lassen."

Er kam zu Sophie und reichte ihr eine Tasse, auf deren Untertasse ein Stück Zucker neben dem Löffel bereitlag. Seinen eigenen Kaffee stellte er auf dem Tisch ab. Sophie ließ den Zucker liegen, rührte das

Gebräu um und nahm einen Schluck. Es schmeckte köstlich. Langsam fühlte sie sich sicherer. Sie war aus beruflichen Gründen hergekommen, und gleich würden sie über die Arbeit reden. „Im Moment brauche ich das Auto ja nicht. Der Mettis ist toll. Damit bin ich viel schneller, als wenn ich selbst durch die Stadt kurven würde."

„Ja, das finde ich auch. Ist Ihre Wohnung angenehm? Ich hatte Madame Chevalier gebeten, eine angemessene Unterkunft für Sie zu finden." Er runzelte kurz die Stirn. „Ich habe noch keine eigene Sekretärin und muss gestehen, dass ich diverse Arbeiten auf verschiedene Mitarbeiter verteile."

„Oh, ja, ich wohne im Haus von Florence Aubrun aus der Kinderabteilung. Es ist eine gemütliche kleine Wohnung, perfekt für einen Single." Sie schloss die Augen. Warum hatte sie das mit dem Single gesagt? Sie sah ein Lächeln in seinem Gesicht, als sie die Lider wieder öffnete. Er würde doch nicht denken, dass sie mit ihm flirtete? Er schwieg, und das verunsicherte sie. Er war nicht auf klassische Art schön, sondern eher auf jungenhafte. Sophie erwischte sich dabei, im Ausschnitt seines Hemdes nach Körperbehaarung zu suchen. Als sie dort nicht fündig wurde, nahm sie seine Hände in Augenschein. Sie waren glatt.

„Florence Aubrun, richtig. Sie ist eine sehr fähige Mitarbeiterin. Sie wird Ihnen vieles zeigen können, sie war vor der Übernahme schon hier. Ihr Vater hat bei der Planung dieses wunderbaren Büros geholfen."

Sie betrachtete den Raum. „Das ist wirklich beeindruckend. Ein schöner Arbeitsplatz."

„En effet", er wechselte die Sprache, wie es ihm gerade in den Sinn kam. Sophie genoss es, ihm darin folgen zu können. Sie liebte Französisch und hatte es nach der Schule in Sprachkursen vertieft. Glücklicherweise war sie in den meisten Dingen des Alltags nicht schüchtern, wenn man von Männern mal absah. Anders als die meisten in ihrer Schule hatte sie sich immer getraut, drauflos zu reden. So hatte sie sowohl ihr Englisch als auch ihr Französisch recht schnell auf ein sicheres Niveau gebracht. Schon allein wegen dieser Fähigkeiten besuchte sie jährlich die größeren europäischen Lebensmittelmessen, die für die Grannus-Arkaden von Interesse waren. Es machte ihr großen Spaß, mit Yannis Jouvet zwischen den Sprachen hin- und herzuspringen, auch wenn – oder gerade weil – gelegentlich die Jouvet-Grübchen aufleuchteten, wenn sie eine Formulierung vermutlich ein bisschen zu sehr dem Deutschen anpasste. Umgekehrt fand sie seine französischen Zischlaute, wenn er Deutsch sprach, fast beunruhigend sexy.

Sie fragte sich, warum er so lange Small Talk mit ihr machte. Sicherlich hatte er vor der Neueröffnung noch viel zu tun, und bis dahin waren es nur noch zweieinhalb Tage. Der Gedanke, dass er ihre Gesellschaft genoss, schmeichelte ihr zwar, doch sie verwarf ihn gleich wieder. Außer einem gelegentlich etwas längeren Blick aus seinen hellwach wirkenden Augen gab er ihr keinen Grund zu der Vermutung, dass er ihr mehr Interesse schenkte als irgendeiner anderen Angestellten. Allerdings fühlte sie sich auch nicht wie eine Untergebene behandelt, vielmehr relativierte das gemeinsame Spiel mit den Sprachen ihren anfänglichen Vergleich mit den ungleichen Ligen sogar ein bisschen. Sie bemerkte, dass sie sich in seiner Gegenwart entspannte und ihr interner Scanner zur Ruhe kam. Gemeinsam lachten sie über Scherze, die sie über die Sprachen und Kulturen ihrer Länder machten. Sophie fühlte sich wohl. Trotzdem kamen sie irgendwann an den Punkt, an dem es um ihre konkrete Arbeit gehen musste. Auf ihre Frage, womit sie anfangen solle, stand er auf. Sie tat es ihm gleich.

„Fürs Erste brauchen wir Sie zur Unterstützung unseres Innenausstatters. Die Feier ist bereits komplett durchgeplant, wie Sie sich denken können. Jean-Jacques wird jede helfende Hand brauchen. Insbesondere solche, die Erfahrung mit derartigen Veranstaltungen haben. Die haben Sie doch?"

„Oh ja, größere Feiern und Events in den Grannus-Arkaden organisiere ich auch immer."

Yannis Jouvet war um seinen Schreibtisch herumgegangen und griff nach einer Mappe. Dann drehte er sich zur Seite und wandte sich einem Tisch zu, auf dem ein großer, hochmoderner Drucker stand. Er drückte auf einen Knopf. „Ob das Ding endlich funktioniert?" Das Gerät sprang an und gab surrende Geräusche von sich. Anscheinend hatte er vorhin daran herumgefuhrwerkt, als sie und Madame ins Büro gekommen waren und sie ihn nicht hatte entdecken können. Er musste auf dem Boden gekniet haben.

Er drehte sich freudestrahlend um. „Läuft. Ehrlich gesagt waren mir die altmodischen Kopiergeräte lieber als diese All-in-one-Geräte." Er hielt inne. „Benutzen Sie noch die alten Kopierer?"

Sophie stieg Hitze in die Wangen. War das eine Anspielung auf ihre damalige Begegnung? Sie stieß einen

Huster aus. Sein Blick war abwartend und offen. Pokerte er so gut oder fiel ihm nicht auf, was er gerade gesagt hatte? Wahrscheinlich erinnerte er sich gar nicht an sie, so musste es sein.

Sophie hatte damals einen schulterlangen Bob mit Pony getragen. Heute waren ihre Haare länger, und der Pony war längst Geschichte. Die damalige Brille war kantig, dunkelrot und relativ schmal gewesen, während sie jetzt ein großes, braun meliertes Horngestell trug. Vielleicht waren ihre Wangen auch nicht mehr so kindlich rund, wodurch ihr Gesicht insgesamt schmaler wirkte. Außerdem hatte sie sich an jenem Abend stark geschminkt gehabt.

Yannis wartete noch immer auf ihre Antwort, sein Lächeln war arglos und offen. Nein, offenbar brachte Yannis Jouvet die Teenager-Sophie nicht mit der Frau in Zusammenhang, die vor ihm stand.

„Wir haben noch einen letzten dieser Dinos im Flur stehen, aber ansonsten arbeiten wir ebenfalls mit Plottern, die auch scannen und kopieren." Die Hitze auf ihren Wangen ebbte ab. „Sie haben recht, die sind anfälliger als die alten Geräte."

Yannis Jouvet kam wieder um den Schreibtisch herum und streckte Sophie die Mappe entgegen. „Bitte sehr, das soll ich Ihnen von Jean-Jacques geben. Er hat alles ausgedruckt, was für die Eröffnung wichtig ist. Deko und Blumen, Catering, Ablauf, Musik. Ich zeige Ihnen Ihr Büro, damit Sie sich in die Unterlagen vertiefen können, und wenn Sie damit fertig sind, stelle ich Sie unserem Meister der Harmonie vor." Seine Grübchen entpuppten sich mehr und mehr als Eyecatcher, je öfter er sie zeigte.

„Meister der Harmonie?", fragte Sophie, als er ihr voraus in den Flur trat. Er ging zu dem Büroraum gegenüber, den sie vorher bereits gesehen und für das Reich der Chefsekretärin gehalten hatte. Davor blieb er kurz stehen, um ihr zu antworten.

„Ja, er hat ein untrügliches Auge für Farben und Formen, und er kann sich alles bis ins kleinste Detail vorstellen, bevor er es real vor Augen hat. Von ganzem Herzen Innenausstatter. Bitte sehr: Das ist Ihr Büro." Er öffnete die Glastür zu dem Raum, der in hellen Farben gehalten war.

Auf der linken Seite waren eine kleine, cremefarbene Ledercouch und zwei Sessel um einen Beistelltisch mit Milchglasplatte gruppiert. An der Wand darüber hing ein Flachbildschirm, der jedoch nicht die Ausmaße hatte wie der ihres Chefs. Ein riesiger Schreibtisch inmitten des Raums, ebenfalls mit einer Platte aus Milchglas, zu dessen beiden Seiten je ein weißer Lederstuhl bereitstand, vervollständigte das Bild. Auf dem Tisch entdeckte Sophie einen ultraschmalen Bildschirm und eine Tastatur sowie eine ergonomisch geformte Maus. Unter dem Schreibtisch erkannte sie den Rechner, daneben, auf einem entsprechenden Möbelstück, stand ein Plotter, mit dem sie vermutlich sogar Plakate ausdrucken konnte. Neben dem Fenster, das die Hälfte der Außenwand einnahm, stand ein Flipchart. Auf einem Sideboard aus hellem Holz entdeckte Sophie einen Kaffeevollautomaten neben einem kleinen Regal, in dem Porzellangeschirr und Gläser bereitstanden. Ein leeres Wandregal wartete darauf, mit Ordnern gefüllt zu werden. Auch hier roch alles neu, und durch das offene Fenster wehte frischer

Wind herein.

„Aber das ..." Sophie drehte sich langsam um und bestaunte das Büro. Es war purer Luxus! Sie bemerkte, dass die Tür und das Glaselement freie Sicht auf den größten Teil des Flurs boten – und auf das Büro von Yannis Jouvet, sobald er das Rollo öffnete. Somit hatte er diesen Raum und die Person, die darin saß, unter Kontrolle, wenn er es wünschte. Und hier sollte sie arbeiten? Jetzt verstand sie den etwas missgünstigen Blick von Madame. Oder war er doch eher mitleidig gewesen?

„Quoi: ‚aber das'? Gefällt es Ihnen nicht?"

Sie blieb stehen. Ihr Chef spitzte die Lippen. Seine Mimik irritierte sie.

„Oh, doch, es ist traumhaft!"

Bei dem schwärmerischen Wort huschte ein Lächeln über seine Züge. „Aber? Ich höre in Ihrer Satzmelodie ein Aber ..."

„Ich frage mich, ob es für die Belegschaft okay ist, wenn ich dieses Büro bekomme. Ich meine, das steht eigentlich Ihrer Chefsekretärin zu."

„Ich habe keine Chefsekretärin, das Büro ist unbenutzt."

Das bedeutete, dass er noch nicht nach einer Sekretärin gesucht hatte. Oder dass er Sophie woanders hin verfrachten würde, sobald er eine hatte. Auch gut. „Was ist mit Madame Chevalier?" Sie unterbrach sich, weil sie nicht wusste, wie sie den Satz beenden wollte.

„Madame Chevalier?" Er hob eine Augenbraue.

„Nichts, ich meinte nur, dass sie vielleicht gern hier oben, von hier oben aus, ähm, arbeiten würde."

„Würden Sie lieber mit ihr tauschen?" Er legte die

Hand an sein Kinn, als dächte er über die Idee nach, und strich sich mit dem Zeigefinger über die Lippen. Verlegen wandte Sophie den Blick ab und sprach zum Boden weiter.

„Nein, das meine ich nicht. Es ist ein wunderbares Büro. Ich werde mich hier wohlfühlen." Sie sah hoch und bemerkte, dass er ihren Körper betrachtet hatte. Sie mochte es nicht, wenn Männer sie auf diese Art ansahen. Doch bei ihm schien es ihr nichts auszumachen. Sein Blick ließ kein tiefergehendes Interesse erkennen oder ob sie ihm gefiel oder nicht. Es war eher der Ausdruck eines Einkäufers, der Waren begutachtete. Geschäftsmäßig. Oder machte er sich Gedanken über ihren Aufzug? Erwartete er von ihr eine ähnliche Tracht wie Madame sie trug? Sie reckte das Kinn vor, ging um den Schreibtisch herum und legte die Mappe ab.

Er lächelte. „Nun, das hoffe ich. Falls ich es noch nicht gesagt habe: Herzlich Willkommen in den *Galeries Jouvet*." Er reichte ihr über den Schreibtisch hinweg nochmals die Hand. Für einen Moment fühlte es sich an, als würde er durch die Berührung tiefer in sie hineinblicken. Was für eine seltsame Empfindung! Sie zog ihre Hand zurück, die er noch immer festhielt. Vielleicht war er psychologisch geschult und ein Taktierer? Nun, das würde sie noch herausfinden.

Sie fand ihn sympathisch und mochte seine Gesellschaft. Andererseits war er irgendwie unberechenbar. Seine Mimik, aber auch die Art wie er sprach – das war anders als alles, was sie bisher kennengelernt hatte. Vielleicht hing es damit zusammen, dass er Franzose war und wohlhabend und erfolgreich. Er war im Süden geboren und hatte dort lange Jahre gelebt. Vielleicht spielte das ebenfalls eine Rolle. Sophie wusste, dass seine Familie eine Hotelkette an der Côte d'Azur führte. Es machte ihn noch einen Ticken sympathischer, dass er einen anderen beruflichen Weg eingeschlagen hatte. Andererseits – auch die *Galeries Jouvet* gehörten seiner Familie. Sein Onkel war es, Hugo Jouvet, der die Warenhauskette von seinem Vater und Großvater geerbt hatte. Insofern, revidierte sie ihren Gedanken von eben wieder, hatte er sich doch in ein gut gepolstertes Nest setzen können.

„Vielen Dank, Monsieur Jouvet. Ich beginne dann mal mit der Durchsicht."

Ein metallisch klingendes Läuten unterbrach sie. Er griff in seine Jeanstasche und zog ein Smartphone heraus, warf einen Blick darauf und hob die Hand, ein Winken andeutend. „Pardon!" Damit drehte er sich um und verließ ihr Büro. Bevor er seine eigene Tür öffnete, hörte sie, wie er „Lucille?" ins Telefon sagte. Dann schloss sich die Tür hinter ihm.

Sophie fühlte sich plötzlich allein in dieser Flucht heller, luxuriöser Räume, die weniger nach Arbeit als nach einem modernen Hotel aussahen. Ernüchtert hängte sie ihre Tasche über die Stuhllehne und zog ihre Strickjacke aus. Meine Güte, hatte sie das alte Teil die ganze Zeit angehabt?

Sie suchte nach einer Garderobe und fand sie neben der Tür. Dort hängte sie die Jacke auf einen Bügel und bemerkte, dass das Rollo im Chefbüro nicht ganz blickdicht war. Yannis stand offenbar direkt an der Glasfront vor der Dachterrasse. Sie konnte schemenhaft seine Gestalt erkennen. Noch immer hielt er das

Telefon ans Ohr. Nach seinen Bewegungen zu urteilen, war es ein lebhaftes Gespräch. Seine Stimme hatte, als er „Lucille" sagte, den Klang geändert. Sie war zu einer Stimme geworden, die man hatte, wenn man mit jemandem sprach, den man schon sein Leben lang kannte. Oder mit dem man sehr vertraut war. Den man vielleicht liebte.

Langsam ging Sophie zurück und ließ sich in den Bürostuhl sinken. Es überraschte sie nicht im Mindesten, dass sie darauf saß wie auf einer Wolke. Alles hier entsprach dem neuesten ergonomischen Standard. Zweifellos war auch die Computermaus so geformt, dass sie die geringstmögliche Belastung bereitete. Vor der Tastatur war ein kleines Polster für die Handgelenke angebracht. Perfekt. Sie schaltete den Rechner ein, rutschte ein Stück zur Seite und öffnete die Mappe.

KAPITEL 5

Yannis Jouvet ließ sich an diesem Vormittag nicht mehr blicken, das Rollo in seinem Büro blieb unbewegt. Als Sophie hungrig wurde, dachte sie darüber nach, ihn zu fragen, ob er mit ihr in die etwas verspätete Mittagspause gehen wollte. Entschlossen ging sie aus ihrem Büro hinaus und blieb vorm Chefbüro stehen. Nur Sekunden später ließ sie die Hand, die sie bereits zum Anklopfen erhoben hatte, wieder sinken. Was für eine absurde Idee! Was würde er wohl von ihr denken, wenn sie mit dieser unmöglichen Frage bei ihm hereinplatzen würde? Nichts deutete darauf hin, dass er überhaupt in seinem Büro war. Allerdings hatte sie ihn nicht hinausgehen sehen, und er musste ja an ihrer Tür vorbei, wenn er das tat.

Vielleicht betrachtete er gerade ihren Schatten vor dem Milchglas? Ein Schauder lief ihr über den Rücken. Hastig drehte sie sich um, ging zum Paternoster und fuhr damit hinunter in das Stockwerk, in dem Madame ihr die Kantine gezeigt hatte. Am Essensduft, der im Flur hing, erkannte sie, dass sie hier richtig war.

Nach der Ruhe in ihrem Büro fühlte sie sich wie in eine andere Welt versetzt. Alles war modern und zweckmäßig und sauber – aber es summte vor Betriebsamkeit. Sie folgte ihrer Nase. Kaum, dass sie den großen Raum betreten hatte, in dem mehrere, etwa zur Hälfte besetzte Tischgruppen verteilt waren, erklang ein Ruf: „Sophie!"

Sie sah sich um und entdeckte Florence, die ihr von einem Tisch aus zuwinkte. Erfreut ging sie zu ihr. Sie würde ihr bestimmt erklären, wie das hier alles funktionierte. Tatsächlich stand Florence von ihrem Platz auf und sagte zu dem modisch gekleideten Typen an ihrem Tisch: „Wir sind gleich wieder da." Dann begleitete sie Sophie an der Essensausgabe entlang und zeigte ihr, wo sie alles fand.

Kurz darauf setzte sich Sophie mit an ihren Tisch. Florence sagte: „Jean-Jacques, darf ich vorstellen? Das ist Sophie Thielen, unsere Mitarbeiterin aus Aachen. Sophie, das ist unser *Maître d'Harmonie*, Jean-Jacques Lerêve, der schon ganz scharf darauf ist, dich kennenzulernen. Er hat mir gesagt, dass du in deiner ersten Zeit ihm zugeordnet bist."

Sophie erkannte sofort, dass Jean-Jacques eine Künstlerseele beheimatete. Außerdem war er schwul. Beides, seine künstlerische und seine homosexuelle Neigung stellte er mit seiner Kleidung und Gestik deutlich zur Schau. Es entspannte das Kennenlernen von der ersten Sekunde an. Sophie legte jegliche Unsicherheit ab, die sie sonst oft Männern gegenüber verspürte. Sehr schnell entdeckten sie im Gespräch über ihre bisherige Arbeit eine gemeinsame Leidenschaft: Beide bevorzugten beim Entwerfen neuer Werbelogos oder Flyer ein unorthodoxes Designprogramm, das nur wenige ihrer Kollegen und Kolleginnen überhaupt anwenden konnten.

„Das ist wunderbar", rief Jean aus. „Dann brauche ich meine Dateien nicht zu konvertieren, und wir können uns all unsere Ideen einfach so hin- und herschicken und bearbeiten." Er beugte sich zu ihr vor und pustete eine Locke aus seiner Stirn, die sich immer wieder aus der Tolle auf seinem Kopf löste, um vor seinem linken Auge herumzubaumeln. Als sie kurz darauf feststellten, dass sie auch dieselben Designkünstler mochten, stand Florence lachend vom Tisch auf und griff nach ihrem Tablett: „Ich sehe schon, ihr braucht mich vorerst nicht mehr. Viel Spaß euch beiden. Ich bin gespannt, was ihr für die Eröffnung zaubert."

Sophie begleitete Jean-Jacques anschließend in dessen Büro. Er schob einen Haufen Stoffproben von einem Stuhl und trug ihn hinter seinen Schreibtisch, damit sie sich neben ihn setzen konnte. Gemeinsam besprachen sie anhand seiner Pläne den Ablauf der Eröffnungsfeier. Sophie machte ihm ein paar Vorschläge, die er sofort begeistert übernahm. Dann teilten sie die restlichen Aufgaben untereinander auf. Sophie erstellte ein Dokument, auf das beide an ihrem Arbeitsplatz zugreifen und in dem sie Erledigtes abhaken konnten.

„Das muss die deutsche Gründlichkeit sein, von der alle reden." Jean-Jacques warf ihr einen bewundernden Blick zu. „So fühle ich mich viel sicherer, weißt du das? Ich habe jetzt keine Angst mehr vor Freitag."

„Hattest du denn Angst?"

„Hm, du kennst den Chef nicht. Ja, ich hatte Angst. Allerdings war diese Nummer für einen allein auch einfach zu groß. Deshalb habe ich etwas gewagt." Er tippte wild auf seine Tastatur ein, um einen Pfad für alle Dokumente anzulegen, den Sophie von ihrem Büro aus wiederfinden würde. „Madame – du kennst sie bereits, oder?"

Sophie nickte.

„Also, bei Madame habe ich einen Stein im Brett, obwohl ich noch recht neu in dem Laden bin. Ich gehöre nicht zum Inventar." Er griff mit zwei Fingern nach der Strähne vor seinem Auge und schob sie vorsichtig zwischen die mit viel Gel fixierten Haare über seiner Stirn, damit sie nicht sofort wieder herausrutschen konnte. Sophie fragte sich unwillkürlich, ob er sie absichtlich immer herunterrutschen ließ.

„Du verstehst dich also gut mit Madame Chevalier", versuchte sie, ihn zum Weiterreden zu bewegen.

„Ja. Und ich habe sie gefragt, wer sich auf die Stelle beworben hat. Monsieur Jouvet wollte gern jemanden von den Grannus-Arkaden einstellen, weil er das Konzept des Unternehmens kennt und viel davon hält."

Sie nickte.

„Es gab noch andere Bewerbungen, weil die Ausschreibung auch in einer französischen Zeitung veröffentlicht wurde. Darunter müssen ein paar sehr interessante Anwärter gewesen sein. Eine davon kam sogar aus Paris von den *Galeries Lafayette*. Kannst du dir das vorstellen?" Er wandte den Blick zur Bürodecke. „Weißt du, was das für uns bedeutet, wenn sich sogar jemand von *denen* bewirbt?"

„Wow, ja."

„Jedenfalls habe ich deine Bewerbung gesehen, und ich habe mich für dich ausgesprochen."

„Tatsächlich? Das hast du?"

„Ja. Ich bin dem Chef vor ein, zwei Wochen über den Weg gelaufen, hab mich überwunden und ihn angesprochen." Er hielt inne, und an seinem verträumten Lächeln erkannte Sophie, dass das Gespräch für ihn wohl gut verlaufen sein musste. „Ich sagte ihm, dass ich es großartig fände, wenn *du* zu uns kämest. Er wollte wissen, warum, und ich sagte, dass hier ein bisschen deutsche Gründlichkeit nicht schaden würde." Er errötete leicht und feixte. „Ich bin ein Chaot, das weiß ich selbst, aber der Chef hatte meine Ideen schon gesehen und mir diesen Spitznamen verpasst. Kannst du dir das vorstellen? *Maître d'Harmonie, moi!*" Er kicherte. „Bisher hat das noch niemand erkannt. Alle haben immer nur mein Büro gesehen und die Unordnung darin. Aber er ..."

„Also wolltest du mich, weil du dachtest, ich bin eine typische Deutsche?" Sophie wusste nicht genau, warum die Vorstellung sie enttäuschte.

„Nein, ich wollte dich, weil ich das Gefühl hatte, dass es passt. Ich hatte das Foto auf der Bewerbung gesehen und deine Referenzen. Natürlich habe ich recherchiert und Bilder von den Ausstellungen angeschaut, die du auf die Beine gestellt hast. Die haben mir alle gefallen. Du hast einen außergewöhnlichen Blick. Da kommt das Deutsche in dir nur noch dazu, und das ist nicht abwertend gemeint, im Gegenteil."

„Ja, schon gut", Sophie lachte. „Ich glaube dir ja."

„Weißt du, als ich mit ihm darüber redete, traf er seine Entscheidung ganz schnell. ‚Sie haben recht,

Jean-Jacques', sagte er und: ‚Eigentlich habe ich es von Anfang an gewusst'."

Eigentlich habe ich es von Anfang gewusst. An diese Worte erinnerte sich Sophie, als sie am späten Nachmittag zu ihrem Büro zurückkehrte. Mit Jean-Jacques hatte sie stundenlang über dem Konzept für die Feier gebrütet. Seine Unsicherheit bezüglich der Häppchen, die bei der Eröffnung gereicht werden sollten, hatte sie mit Ideen aus ihrer Aachener Zeit ausbügeln können. Sie fühlte sich aufgeregt und zufrieden, während sie im Paternoster nach oben glitt.

Als sie den Fuß auf den Flurboden setzte und einen schnellen Schritt nach vorn machte, spürte sie einen Anflug wunderbarer Leichtigkeit. Es war bestimmt schon ein Jahr her, dass sie sich so glücklich gefühlt hatte – noch bevor Leon sich von ihr getrennt hatte. Um ehrlich zu sein, hatte sie dieses Freudenkribbeln zum letzten Mal erlebt, als Mia ihr von ihren Hochzeitsplänen berichtet hatte. Es hatte also nicht einmal etwas mit Leon zu tun gehabt.

Lächelnd schritt sie auf ihre Bürotür zu. Endlich konnte sie sich wieder über die kleinen Dinge des Lebens freuen. Sie hatte es vermisst, dieses kindliche Gefühl, das eigentlich typisch für sie war. Als sie die Hälfte des Flurs hinter sich gebracht hatte, öffnete sich die Milchglastür. Sie straffte die Schultern. Yannis Jouvet stutzte, als er sie sah, dann schloss er die Tür und kam ihr lächelnd entgegen. Es war ein Lächeln wie aus der Zahnpastawerbung. In ihr schaltete sich ein Warnsystem ein, verlässlich wie eh und je. Sie hatte es entwickelt, nachdem Leon ihr Selbstvertrauen und ihren Glauben an die Liebe zerstört hatte. Sie fragte sich, wie aufrichtig sein Lächeln war.

„Ah, Madame Thielen, da sind Sie ja. Finden Sie sich in unserem Haus zurecht?" Sie blieben beide stehen. Wie sie erst jetzt registrierte, war er nicht ganz so groß, wie sie gedacht hatte, knapp über eins achtzig vielleicht. Was es ihr immer noch erlauben würde, hohe Schuhe zu tragen, ohne ihn zu überragen. Dieser unsinnige Gedanke brachte ihr Profilächeln, das sie aufgesetzt hatte, kurz ins Wanken.

„Oh ja, ich habe den Maître d'Harmonie kennengelernt, und wir haben den ganzen Nachmittag an den Plänen für die Feier gearbeitet."

Er zog eine Braue hoch. „An den Plänen gearbeitet? Ich hoffe doch, es ist alles in die Wege geleitet!"

In dieser Sekunde begriff sie, warum Jean-Jacques und sogar Madame auf sie ein bisschen eingeschüchtert gewirkt hatten. Auf Sophie hatte seine streng klingende Äußerung jedoch keine große Wirkung. Sie war mit einem Vater aufgewachsen, gegen dessen Kontrollsucht sie und ihre Mutter ständig hatten ankämpfen müssen.

Sie strahlte Yannis Jouvet an. „Ja, ist es. Wir haben einige Details geändert, aber nichts, was den Ablauf auf den Kopf stellen würde. Jean-Jacques hat gründlich vorgearbeitet." Sie sah ihm fest in die Augen. „Die Sache läuft, und es wird grandios."

„Das freut mich. Ich wusste, dass Sie hierher passen."

„So? Woher konnten Sie das wissen?" Spielte er etwa wieder auf ihre damalige Begegnung in Aachen an? Aber nein, das hatte sie heute Morgen schon ausgeschlossen.

„Ha!", lachte er auf und hob die Hand zu ihrem Gesicht hoch, wie um sie zu berühren, ließ sie dann jedoch fallen, als sie unwillkürlich zurückzuckte. „Ich habe ein Gespür für Menschen." Er ließ den Satz in der Luft hängen und betrachtete sie, bis sie vor Verlegenheit beinahe den Blick senkte. War das als Kompliment zu verstehen? Schwang darin mit, dass er mehr über sie wusste, als er bisher zu erkennen gegeben hatte? Genoss er es, sie zu verunsichern? Wahrscheinlich spielte er generell gerne mit Frauen, das war es!

Als das Schweigen unangenehm zu werden drohte, redete er weiter. „Wissen Sie, ich kenne die Grannus-Arkaden, weil ich während meiner Studienzeit als Trainee dort war." Er machte eine Pause. Damit sie einhaken konnte? „Mir hat es dort sehr gut gefallen. Ich mag den Führungsstil und das Engagement der Mitarbeiter. Das war vor zehn Jahren bereits so, und das Unternehmen ist auf Erfolgskurs, nicht wahr?"

„Ja, das stimmt. Wir schreiben seit über zehn Jahren solide schwarze Zahlen. Es hängt damit zusammen, dass die Grannus-Arkaden ein Familienunternehmen geblieben sind. Vielleicht auch damit, dass wir nicht zu groß sind. Und ...", sie errötete. Das war unbescheiden, sie hielt lieber die Klappe.

„Und?" Yannis Jouvets Blick war ehrlich interessiert, seine Stimme klang sanft.

Sie straffte die Schultern. Beinahe glaubte sie, Mias Stimme zu hören, die ihr riet, ihre falsche Bescheidenheit abzulegen. „Nun, wir haben eine gute Nase für den Markt und für Trends. Und die Strategie der Nachhaltigkeit geht auf. Für die Food Area bin ich die Hauptverantwortliche, seit ich im Betrieb bin. Tatsächlich war es meine Idee, dass wir das Angebot der Großregion um Lothringen und das Elsass erweitern wollen. Wir bestellen direkt bei den Erzeugern und unterstützen damit die kleineren Unternehmen dieser Regionen. Zugleich sichern wir unseren Kunden hochwertige Waren zu annehmbaren Preisen zu."

Überraschend zeichneten sich seine Grübchen in den Wangen ab und verwirrten sie. „Sehen Sie, das meinte ich. Sie werden über uns einige gute Kontakte knüpfen können." Unvermittelt streckte er ihr die Hand entgegen. Sophie zögerte, dann schlug sie ein. Seine Haut war warm und trocken, und es fühlte sich an, als wäre ihr die Berührung längst vertraut. „Und wir", sprach er weiter, „können von Ihnen vielleicht den einen oder anderen Impuls bekommen. Ich empfinde es als eine Bereicherung, Ihnen begegnet zu sein." Noch immer hielt er ihre Hand. Seine schwarzen Augen verrieten nichts darüber, ob in seiner Bemerkung ein verborgener Sinn lag. „Nun muss ich los. Sie haben doch auch gleich Feierabend, oder nicht, Sophie Thielen?" Er drückte ihre Hand noch einmal leicht, dann ließ er sie los. „Wir sehen uns morgen. Oder an einem anderen Tag."

Damit drehte er sich um und ging davon, mit einem federnden Schritt, der sie an einen alten Hollywoodfilm mit Cary Grant und Grace Kelly denken ließ. Erst, als er ihr vor dem Paternoster nochmal einen Blick zuwarf, bevor er – feixend – den Aufzug betrat, wurde ihr bewusst, dass sie wie angewachsen im Flur stehengeblieben war und ihm hinterher starrte. Sie konnte einen albernen Kiekser nicht unterdrücken, als sie gut gelaunt ihre Bürotür aufzog und zum PC ging, um dort die Ordner und Dateien zu finden, die sie mit Jean-Jacques heute bearbeitet hatte.

In den nächsten beiden Tagen lebte Sophie sich genauso gut ein, wie ihr erster Arbeitstag es hatte vermuten lassen. Jean-Jacques und sie arbeiteten Hand in Hand, meistens in seinem Büro, weil er dort all die Deko- und Stoffproben hatte, die es ihnen ermöglichten, ihre Vorstellungen konkret werden zu lassen.
Erstaunlich fand Sophie, dass Madame dem Meister der Harmonie ebenso zu vertrauen schien wie der Big Boss, obwohl das nicht recht zu ihr passen wollte. Ihr eigenes Büro war bereits am Mittwochmittag aufgeräumt gewesen, als hätten dort nie Unmengen von Kisten gestanden. Sophie musste sich eingestehen, dass sie es im Grunde genoss, sich hauptsächlich in dem Stockwerk aufzuhalten, in dem Jean-Jacques und Madame arbeiteten. Es war ihr oben fast zu still, wenn sie morgens ankam. Yannis Jouvet war entweder immer vor ihr da oder kam zwischendurch, da war sie sich nicht sicher. Das Rollo in seinem Büro blieb geschlossen, und wenn seine Tür nicht offenstand, was bisher nie der Fall gewesen war, konnte sie nicht wissen, ob er anwesend war oder nicht.
Sein Geruch, den sie seit dem ersten Tag im Gedächtnis behalten hatte, schien ständig im oberen Stockwerk zu schweben. Manchmal glaubte sie, seine Stimme zu hören, doch sie bekam ihn nie zu Gesicht. Trotzdem hatte sie andauernd das Gefühl, beobachtet zu werden. Fast wäre es ihr lieber, er würde das Rollo öffnen, damit sie sich sicher sein konnte. So ergriff sie jede Gelegenheit, um zu Jean-Jacques zu gehen und

mit ihm im Büro oder in den Verkaufsräumen zu arbeiten.

Die Abteilungen füllten sich nach und nach, die Waren wurden eingeräumt. Am besten – gleich nach der Lebensmittelabteilung – gefiel es Sophie bei Florence. Für die Kindermoden und Spielwaren hatte Jean sich eine besondere Attraktion ausgedacht. Viele Mitarbeiter eines großen Spielzeugherstellers bauten zusammen mit dem eigentlichen Personal eine Mini-Version von Metz nach. Wenn die Attraktionen standen, sollten die Gebäude und Straßen mit Plüschtieren bevölkert werden, und viele der Figuren sowie Modellautos und -busse würden sich am Ende darin fortbewegen. Selbst wenn es keine neue Idee war, passte sie zu diesem Kaufhaus, in dem die Tradition des Vorgängers weiter bestehen sollte.

Am Donnerstagabend war es schon spät, als sie endlich zufrieden ihr Werk betrachteten. Außer Madame und Jean-Jacques waren nur noch die Leiter der verschiedenen Abteilungen da, unter ihnen Florence. Den Chef hatte Sophie seit dem ersten Tag nicht mehr gesehen.

„Wollen wir noch gemeinsam etwas trinken gehen, um unser Werk zu feiern?" Diese Frage kam überraschend von Madame.

„Ja, gern. Warum nicht?" Sophie hatte bisher jeden Abend allein in ihrer Wohnung verbracht. Die Arbeit hatte ihr nicht viel Zeit gelassen, um Metz zu erkunden. „Seid ihr dabei? Jean? Florence? Und ihr?" Sie blickte die Anwesenden nacheinander an. „Ich gebe euch einen Wein aus."

„Mich brauchst du nicht zweimal zu fragen, *puce*",

sagte Jean-Jacques. „Ich weiß auch schon, wohin wir gehen. Zur Bar à Vins bei der Kathedrale."

„Ah, du meinst *La Quille*", sagte Florence. „Ja, das ist ein schönes Lokal. Ich schicke Philippe eine Whats-App, dass ich später nach Hause komme."

Es war ein ungewöhnlich warmer Tag für Ende April, und die Metzer nutzten das aus. Alle Lokale gegenüber der Kathedrale waren gut besucht. Mit Hilfe von weichen Decken, die die Wirte ihren Gästen zur Verfügung stellten, konnte man an diesem Abend an den Tischen im Freien sitzen.

Sophie fühlte sich wohl in der Gesellschaft ihrer Kollegen. Nach dem ersten Schluck Wein gingen ihre Gedanken auf Wanderschaft. Die lebhafte Unterhaltung am Tisch wurde zu einem einlullenden Hintergrundgeräusch. Ihr Blick wurde immer wieder nach oben zu den gelben Sandsteinwänden des Gotteshauses gezogen. Ganz egal, ob man an Gott oder die christliche Kirche glaubte, dieses Gebäude strahlte Ruhe und Frieden aus. Sophie mochte die gotische Bauweise und bewunderte die Strebebögen, die filigran wirkten und der Kathedrale etwas Zierliches verliehen. Sie nahm sich vor, sie von innen zu besichtigen, sobald sie Zeit dazu fand.

Das letzte Mal hatte sie die berühmten Chagallfenster als Kind gesehen. Damals war sie ihren Eltern eher widerwillig in die Kathedrale gefolgt und hatte nicht erwartet, wie sehr Chagalls Kunst sie gefangen nehmen würde. Dann – Vater wartete bereits ungeduldig am Hauptportal – hatte Mutter ihr die Worte vorgelesen, die der Künstler selbst zu den Fenstern geäußert haben sollte: *Für mich stellt ein Kirchenfenster die durchsichtige Trennwand zwischen meinem Herzen und dem Herzen der Welt dar.* Sophie hatte damals etwas Überwältigendes in diesen Worten gespürt, obwohl sie nicht hätte sagen können, was genau daran sie überwältigte, oder wie sich dieses Gefühl auf sie auswirkte. Sie hatte den Eindruck damals rasch abgeschüttelt. Sie war noch ein Kind gewesen. Wie hätte sie sich mit solchen Empfindungen auseinandersetzen sollen? Sie ahnte, dass sie mit ihren Eltern nicht darüber sprechen konnte. Mutters Blick würde genauso erstarren, wie er es tat, wenn die Rede auf das Tanztheater kam. Und Vater würde über ihre „Flausen" den Kopf schütteln.

Daran musste sie jetzt denken. Sie wollte die Fenster bei Tageslicht aus dem Innern des Kirchenschiffs betrachten und sich dieses Mal Zeit dafür nehmen.

„Tu rêves?", drang eine Stimme an ihr Ohr. Sie straffte die Schultern und lächelte Jean an, der ihrem Blick gefolgt war und nun, den Kopf leicht in den Nacken gelegt, ebenfalls Saint Etienne betrachtete.

„Ja, ich habe tatsächlich ein bisschen geträumt", bestätigte Sophie seine Frage. Er beendete in aller Ruhe seine Betrachtung, bevor er sich ihr wieder zuwandte.

„Wir leben schön hier", sagte er.

„Oh ja, das finde ich auch." Florence hielt ihre Handtasche auf dem Schoß. Sie wirkte, als wolle sie gleich aufbrechen. Philippe erwartete sie wahrscheinlich. „Ich muss los", sagte sie. „Kommst du mit, Sophie?"

„Ach, es ist ein so wunderschöner Abend." Die anderen Kollegen, die mitgekommen waren, hatten sich kurz vorher verabschiedet. Sophie sah fragend zu

Jean-Jacques.

„Also, ich bleibe noch ein bisschen. Ich will den Wein ja nicht in einem Zug kippen." Er deutete auf sein Glas. Auch Sophie hatte erst weniger als die Hälfte ihrer Weinschorle getrunken. Sie ließ sich Zeit, weil sie niemals mehr als ein Glas trank.

„Ich bleibe auch noch eine kleine Weile", sagte Madame. Sie wirkte entspannt, das Licht der Kerze machte ihre Züge weicher. Überrascht erkannte Sophie eine Sinnlichkeit in ihrem Gesicht, die Madame sonst mit ihrem strengen Blick und ihrer Haltung geschickt verbarg.

„Dann bleibe ich auch noch. Wir sehen uns morgen früh, Flo. Nimm einen Gruß mit zu Philippe."

„Sie haben sich schnell eingelebt, meine Liebe." Madame hatte sich, ihr Glas in der Hand, zurückgelehnt und lächelte Sophie zu.

„Ich liebe Frankreich und die französische Sprache. Ich habe mit meinen Eltern in den Schulferien viel von Frankreich gesehen. Und an Feiertagen sind wir oft nach Lothringen oder ins Elsass gefahren."

„Sie sprechen sehr gut Französisch, das ist ein Vorteil."

„Danke sehr! Meine Mutter spricht die Sprache auch. Sie war früher Tänzerin und hat oft auf französischen Bühnen gestanden."

„Kennen wir ihren Namen?"

„Eher nicht. Sie hörte mit dem Tanzen auf, als sie meinem Vater begegnete, sie war noch sehr jung." Tatsächlich war ihre Mutter damals jünger als sie selbst gewesen.

Jean-Jacques schnalzte mit der Zunge. „C'est dommage! Eine Künstlerseele sollte niemals ihre Kunst aufgeben."

Sophie lächelte bei seinen pathetischen Worten. „Du hast schon recht. Ich glaube, manchmal hat sie es sehr vermisst."

„Sie hat eine Entscheidung getroffen." Madame wog den Kopf hin und her. „Ich verstehe das." Hatte sie etwas Ähnliches erlebt? War in ihr auch eine Seite zu kurz gekommen, die sie lieber ausgelebt hätte? „Das müssen wir nun einmal tun. Unsere Entscheidungen treffen. Stellt euch vor, was geschehen wäre, wenn Yannis Jouvet sich nicht entschieden hätte."

Ein Ruck ging durch Sophies Körper. „Wie meinen Sie das?"

„Nun, soweit ich weiß, hat er seinen Patenonkel davon überzeugt, Dumont aufzukaufen und es mit Metz als Standort für die *Galeries Jouvet* zu probieren." Sie nahm einen Schluck Wein. „Glück für Metz, Glück für das Haus und Glück für mich. Sonst müsste ich meine damalige Entscheidung, bei Dumont zu arbeiten, heute bereuen."

Aus Jean-Jaques' Miene folgerte Sophie, dass Madame wohl noch nicht oft so viel von sich preisgegeben hatte.

„Ich habe mich als junge Frau dazu entschieden, Karriere zu machen und kinderlos zu bleiben. Ich dachte, dass ich nicht beides könne. Das ist zwar ungewöhnlich für eine Französin, aber das war nun mal meine Überzeugung." Sie zog die Schultern hoch. „Ich habe nichts vermisst und konnte mich ganz und gar auf meinen Beruf konzentrieren. Welche Mutter kann das schon? Mag sein, dass ich ein paar Dinge verpasst habe." Sie ließ den Blick zum Himmel schweifen. „Dafür habe ich die Welt gesehen und sehr früh viel Verantwortung für das Haus Dumont übernommen." Wieder wanderte ihr Blick an Orte, zu denen Sophie ihr nicht folgen konnte. Sie wirkte dabei jedoch nicht traurig, obwohl sie sicherlich eine furchtbare Zeit hatte durchmachen müssen, als das Kaufhaus Dumont zugrunde ging. „Jetzt stehen wir am Neubeginn, und ich bin glücklich, dass ich dabei sein darf. Und das, meine Lieben, verdanken wir allesamt Yannis Jouvet." Sie hob ihr Glas, und alle stießen an und tranken einen Schluck.

„Ist er eigentlich liiert?"

Erst als Jean und Madame Chevalier Sophie überrascht musterten, fiel ihr auf, dass sie selbst die Frage gestellt hatte. Sie errötete.

„Das weiß man nicht genau", sagte Jean-Jacques. „Er wird bei öffentlichen Anlässen mit Frauen gesehen, mit schönen und jungen Frauen, aber es sind immer andere. Offenbar geht er nie zweimal mit derselben aus."

Ob eine davon diese Lucille war, die am ersten Tag angerufen hatte? Seine Stimme hatte geklungen, als wäre es jemand, den er schon sehr lange kannte, und nicht als wäre er frisch verliebt. Sophie öffnete den Mund, um nach Lucille zu fragen, doch da setzte Madame sich aufrecht hin. Ihr Tonfall klang tadelnd, ihr Gesicht war wieder ganz das der strengen Dame, umrahmt vom messerscharf geschnittenen Pagenschnitt.

„Darüber haben wir nicht zu urteilen, Jean-Jacques."

„Ich urteile doch ni–"

„Wie auch immer", unterbrach sie ihn, „über Yannis Jouvet sollten wir nicht klatschen und tratschen. Das hat er nicht verdient."

Jean rollte mit den Augen und zwinkerte Sophie zu. Wir reden später, glaubte sie aus seiner Miene zu lesen und nickte ihm zu.

„Und nun, ihr Lieben, wird es langsam spät. Wir haben einen anstrengenden Tag vor uns." Madame stand auf, verabschiedete sich und ging mit schnellen Schritten davon.

Sophie trank ihren letzten Schluck Wein und erhob sich ebenfalls. „Ich mache mich auch auf den Weg."

„Ich komme mit dir zum Mettis", sagte Jean. „Wir haben den gleichen Weg." Als sie die Stufen zur Straße hinaufgegangen waren, blieb Jean-Jacques stehen. „Ach, ich muss nochmal schnell im Lokal verschwinden. Es dauert nicht lang."

„Ist gut, ich warte hier auf dich." Sie schob die Hände durch die Ärmel ihrer Jacke. Dann drehte sie sich vom Lokal weg und versank abermals in der Bewunderung des Gotteshauses.

„Was Sie wohl derart faszinieren mag?" Im selben Moment, als sie die Worte hörte, stieg ihr auch schon sein Geruch in die Nase. Yannis Jouvet war von irgendwoher aufgekreuzt, stand nun neben ihr und hatte, wie früher am Abend Jean-Jacques, den Kopf in den Nacken gelegt, um ihrem Blick zu folgen.

Seltsam, dass sie ihren Chef ausgerechnet hier traf, nachdem sie ihn zwei Tage lang nicht gesehen hatte. Sie hob die Hände und zeichnete die Konturen der Kathedrale in der Luft nach, während sie redete. „Ich mag diese klaren Formen und wie die Baumeister damals veranschaulicht haben, dass alles nach oben strebt, dem Himmel zu. Als ich ein Kind war, habe ich die Kathedrale auch schon besucht. Allerdings habe ich damals nicht so viel wahrgenommen wie heute."

„Ich war kürzlich drinnen. Beeindruckend."

Sie wandte sich ihm zu. Anscheinend hatte er sie die ganze Zeit angesehen, während sie mit den Händen in der Luft herumgefuchtelt und nach oben gestarrt hatte.

„Ich will auch wieder hinein. Ich muss die Atmosphäre unbedingt nochmal auf mich wirken lassen."

„Sind Sie gläubig?"

Nanu? *Die Gretchenfrage*, schoss es ihr unsinnigerweise durch den Kopf. Ihr lag eine ausholende Antwort auf der Zunge, ein Bericht über ihre Kindheit mit Messdienst und Kommunion, und dass sie die Firmung im Teenageralter abgelehnt hatte. Doch ein weiteres Mal glaubte sie, Mias Stimme zu hören, die sie daran erinnerte, sich nicht immer zu rechtfertigen. Also lächelte sie Yannis Jouvet an und spitzte die Lippen. „Spielt das eine Rolle?"

Er stutzte, dann lächelte er. „Nicht wirklich, n'est-ce pas?"

Ein Räuspern erklang in Sophies Rücken. Jean-Jacques war zurück. „Ah, bonsoir, Monsieur Jouvet." Falls er überrascht war, ließ er es sich nicht anmerken. Doch dann tat er etwas, das Sophie beim *Maître d'Harmonie* bisher nicht beobachtet hatte: Er fing an, weitschweifig zu erklären, wie es dazu kam, dass er und Mademoiselle Thielen noch so spät unterwegs waren, obwohl morgen die große Eröffnungsfeier bevorsteht. Amüsiert erkannte sie in seinem

Verhalten ein Muster, in das sie vor wenigen Augenblicken selbst beinahe verfallen wäre. Yannis Jouvet, der seine Aufmerksamkeit nun seinem Mitarbeiter widmete, hatte den Kopf leicht schiefgelegt und lauschte Jean-Jacques' Erklärungen mit freundlicher Miene. Dieser wurde zunehmend hektischer, blickte schließlich auf seine Armbanduhr und sagte: „Eh bien, und nun ist es spät. Wir müssen los!"

Sophie bedauerte, dass der kurze Moment, in dem sie Yannis Jouvet hatte unbemerkt beobachten können, plötzlich vorbei war. Beide Männer sahen sie abwartend an. Sie schob ihre Handtasche auf der Schulter nach oben. „Ja, lass uns gehen."

„Wir haben unser Gespräch noch nicht beendet, Madame Thielen", sagte Yannis Jouvet.

Jeans Mund blieb offen stehen, was Sophie daran erinnerte, ihren eigenen zuzuklappen. „Ähm", erwiderte sie wenig geistreich.

„Ach so, Sie müssen noch ein paar Dinge besprechen?" Jean wollte offensichtlich das Schweigen brechen, das auf Sophies Gestotter folgte. Sophie hatte den Eindruck, dass der *Maître d'Harmonie* seinem Chef gegenüber zwischen Bewunderung und Neid schwankte. Jean hatte einige Gemeinsamkeiten mit ihr, erkannte sie. Vielleicht konnte sie etwas daraus lernen, wenn sie sein Verhalten beobachtete. *Was für wirre Gedanken*, sagte sie sich dann und blickte abwartend den Chef an.

Yannis Jouvet machte eine einladende Geste zur Kathedrale. „Gehen Sie ein paar Schritte mit mir? Ich fahre Sie nachher nach Hause." Sein Lächeln war breit, als er in Jean-Jacques' Richtung sagte: „Wir sehen uns morgen. Bonne nuit!"

KAPITEL 6

Plötzlich fühlte sie sich schüchtern und linkisch, als sie neben Yannis Jouvet die Straße hinauf zur Kathedrale ging. Er schwieg.

„Sie wollten noch etwas mit mir besprechen?"

Er blickte sie an. „Ja, es interessiert mich, warum Sie sich die Kathedrale ansehen wollen, wo Sie doch nicht gläubig sind."

„Ich habe nicht gesagt, dass ich nicht ..." Sie unterbrach sich, sah ihn von der Seite an und musste grinsen, als sie das Grübchen in seiner Wange entdeckte. „Um ehrlich zu sein, will ich vor allem wegen der Chagallfenster nochmal hinein."

„So?"

Sie ging schweigend neben ihm her zur Kathedrale hinauf. Es machte sie nervös, als sie im Augenwinkel erkannte, dass er sie ansah. Sobald sie den Kopf drehte, wandte er den Blick jedoch zurück auf den Weg. Vielleicht um nicht zu stolpern, da sie im Halbdunkel über das unebene Pflaster gingen. Dann blieb er auf dem Vorplatz der Kirche stehen und betrachtete das Portal. „Erzählen Sie mir mehr?" Zuerst war Sophie sich nicht sicher, ob sie die Frage tatsächlich gehört hatte. Er zog eine Braue hoch.

Sie straffte die Schultern. „Ich war noch klein, das sagte ich Ihnen schon. Damals fand ich es langweilig, wenn meine Eltern mich in allen Städten in die Kirchen zerrten, um sie zu besichtigen. Außerdem wirkte mein Vater eigenartig auf mich, wenn wir das taten."

„Wie, eigenartig?"

Seltsam, diesen Gedanken hatte sie vorher noch nie gehabt. Yannis Jouvet betrachtete sie unverwandt im diffusen Licht der Strahler, die auf die Kathedrale gerichtet waren und das Gemäuer erhellten. Sophies Unsicherheit zog sich nach innen zurück, an eine Stelle, an der sie sie fast vergessen konnte. Sie zog die Schultern hoch. „Das ist schwer zu beschreiben. Mein Vater ist streng katholisch. Meine Mutter und er haben mich so erzogen." Sie hielt einen Moment inne. Nun hatte er seine Antwort bekommen – oder zumindest einen Teil davon. Denn ihre Erziehung sagte noch nichts über ihren Glauben als Erwachsene aus. „Wenn wir im Urlaub waren, waren die Kirchen also Pflichtprogramm. Und eigentlich war es mein Vater, der als Erster darauf drängte, es hinter uns zu bringen." Sie lachte auf. „Tatsächlich, er hat oft diese Ausdrucksweise benutzt. ‚Es hinter uns bringen'. Ja, und wenn wir drinnen waren, wollte er als Erster raus. Aber Mama sah das anders." Hatte sie gerade Mama gesagt? So nannte sie ihre Mutter schon nicht mehr, seit sie siebzehn war.

„Was tat sie?"

„Sie ließ sich Zeit. Sie setzte sich meistens in eine der hinteren Bänke und betrachtete in aller Ruhe die

Wände, die Bilder, die Altare, die Säulen, die Decken der Kirchen. Manchmal erzählte sie mir leise etwas über das, was sie sah. Ich fühlte mich damals immer ein bisschen hin- und hergerissen. Mein Vater stand am Ausgang, meine Mutter tat, als habe sie ihn vergessen."

„Verstehe. Und was war hier, im Dom?" Er hatte Sophie am Ellbogen ein Stück weiter geschoben. Sie standen vor dem Portal, er probierte den Türgriff. Das Tor war verschlossen. Hatte er tatsächlich damit gerechnet, dass sie zu dieser Zeit in die Kirche eintreten konnten? Er zuckte die Schultern und ging ein paar Schritte zurück. Sie folgte ihm, dann blieben sie stehen und wandten wie abgesprochen den Blick wieder nach oben. Vor dem Nachthimmel wirkte das helle Gebäude fast unwirklich.

„Da kommen die Chagallfenster ins Spiel. Mein Vater mochte sie nicht. Ich dagegen konnte mich nicht entscheiden, ob sie mir gefielen. Das ist einer der Gründe, weshalb ich sie nochmal in Ruhe ansehen will."

„Es ist nicht sinnvoll, sie von außen zu betrachten. Da ist nichts zu erkennen."

„Ja, ich weiß." Plötzlich beschleunigte sich ihr Puls. Sollte sie Yannis Jouvet von den Gedanken über Chagalls Worte erzählen, die sie vorhin gehabt hatte? War es Zufall, dass er ausgerechnet über die Fenster mit ihr sprechen wollte? Was sollte es sonst sein als Zufall? „Meine Mutter las mir damals ein Zitat von Chagall vor. Das berührte mich sehr, obwohl ich es nicht ganz erfassen konnte. Er sprach davon, dass er in seinen Kirchenfenstern eine Art Trennwand sähe."

Sie blickte ihm in die Augen. „Zwischen seinem eigenen Herzen und dem Herzen der Welt." Die Worte kamen ihr pathetisch vor. Aber es waren ja nicht ihre, sondern die des Künstlers.

„Ja, davon habe ich gehört. Und wie haben Sie darauf reagiert?"

„Damals vor allem mit Unsicherheit. Ich verstand nicht, was er ausdrücken wollte. Und irgendwie war ich neidisch."

Er fasste nach ihrem Ellbogen und dirigierte sie in Richtung Parkhaus „La Cathédrale", das unterhalb der alten Markthallen lag. „Neidisch?", fragte er dabei.

„Weil ich das Gefühl hatte, dass Chagall etwas Besonderes meinte. Etwas, wovon ich keinen Schimmer hatte. Sprach er mit seinen Bildern direkt aus seinem Herzen? Und war er wirklich überzeugt, dass er damit das Herz der Welt berührte?" Sie unterstrich ihre Worte mit Gesten, deutete auf ihr Herz und machte ausholende Bewegungen mit ihren Armen. „Das war mir alles eine Nummer zu groß. Ich konnte es damals nicht begreifen. Das ist mir allerdings ... vorhin erst bewusst geworden." Nachdenklich hielt sie inne.

„Ich verstehe. Glauben Sie, dass Ihre Eltern daran schuld waren?"

Sie musterte ihn und stellte erstaunt fest, dass sie mit Yannis Jouvet in ein interessantes philosophisches Gespräch vertieft war. Den Unterschied zwischen seiner und ihrer *Liga* hatte sie völlig vergessen. „Nein. Oder vielleicht zum Teil, weil sie so unterschiedlich mit ihrem Glauben umgingen. Ich denke, solche spirituellen Gedanken sind für ein Kind einfach zu viel. Meinst du nicht? Und Kunst ist oft nur schwer zu verstehen, sogar für Erwachsene."

Erst als er die Augenbrauen nach oben zog, fiel ihr auf, dass sie ihn geduzt hatte. Er reagierte nicht darauf. „Ich weiß nicht ... Meine eigenen Eltern sind sehr kunstinteressiert. Sie sind Hoteliers, deshalb hatten wir nur sehr selten gemeinsame Ferien. Aber sobald wir fremde Städte besuchten, waren die Kirchen und Galerien Pflichtprogramm. Bei den seltenen Gelegenheiten, wenn wir zu Hause gemeinsam am Tisch saßen, diskutierten wir über das, was wir gesehen hatten. Es war ihnen wichtig, dass wir uns mit allen Formen der Kunst auseinandersetzten."

„Daher Niki de St. Phalle?" Sophie sog die Luft ein. Die Skulpturen und Zeichnungen der Künstlerin gefielen ihr, und seit sie erfahren hatte, dass eine Missbrauchsgeschichte das Leben dieser Frau überschattet hatte, sah sie ihre Werke auch als politisches Statement. Ihr war bewusst, dass gerade Männer mit den Frauenfiguren manchmal ihre Schwierigkeiten hatten und sie schlicht als geschmacklos wahrnahmen. Deshalb hatte sie sich gefreut, als sie in den Räumen von Yannis Jouvet ausgerechnet Drucke dieser Künstlerin gefunden hatte. Das wurde ihr bewusst, noch während sie darauf wartete, wie er auf ihre Frage reagieren würde.

„Sie ist die Lieblingskünstlerin meiner Schwester Adrienne." Er lächelte. „Aber ich mag ihre Werke auch."

„Ist das in Ihrem Büro ein Druck oder ein Original?"

„Spielt das eine Rolle?" Er lachte. Sie stimmte ein. Sie hatten das Parkdeck erreicht, er zog seinen Schlüssel heraus und drückte auf die Fernbedienung. Mit einem metallischen Klicken zeigte das Auto an, wo es stand.

Ein unangenehmer Geruchsmix aus Abgasen, Essensdunst und Urin hing in der feuchtwarmen Luft. Sophie zog ihre Jacke aus und ärgerte sich über den klebrigen Film, der sich auf ihr Gesicht legte. Sie fühlte sich unwohl, wenn sie schwitzte. Mit einem Mal spürte sie, wie erschöpft sie von diesem langen Arbeitstag war. Sie warf einen verstohlenen Blick auf ihre Armbanduhr, als sie neben Yannis Jouvets sportlichen Wagen trat und die Beifahrertür öffnete. Die Parklücken waren zu eng, um Höflichkeitsgesten auszuführen. Allerdings bezweifelte Sophie keinen Moment, dass ihr Chef ihr andernfalls die Tür aufgehalten hätte. Vielleicht, weil er es mit den Türen des Parkhauses auch getan hatte. Ihm entging offenbar nicht, dass sie nach der Uhrzeit schielte.

„Zeit fürs Bett?", fragte er, als sie einstieg und damit seinen Blicken entschwand. Nur einen Moment später saß auch er im Wagen und beugte sich vor, um den Schlüssel in die Zündung zu schieben.

„Es ist kurz vor Mitternacht. Also ja", antwortete sie schlicht, befangen wegen der Nähe zu ihm. Eigenartig, dass sie hier im Wagen ihres Chefs saß. Wie war es dazu gekommen? Hatte ihn tatsächlich interessiert, was sie ihm über die Kathedrale erzählt hatte? Verstohlen sah sie ihn von der Seite an und erkannte, dass sein Gesicht von einem dünnen Schweißfilm überzogen war. Wie beruhigend – auch der große Yannis Jouvet war nicht Mister Perfect. Die Bartstoppeln, die sein Gesicht inzwischen noch dunkler erscheinen ließen, durchbrachen das Idealbild ebenfalls, dass sie sich in den letzten Tagen von ihm gemacht hatte.

Sie ließ die Schultern sinken. Es war ein schöner Tag gewesen, ein gemütlicher Abend, und der kleine Spaziergang und das Gespräch mit ihm hatten sie entspannt. Es gab keinen Grund, nervös zu werden. Während er den Wagen aus dem Parkhaus lenkte, schwieg Yannis Jouvet. Zurück auf der Straße öffnete er die Fenster.

„Haben Sie sich gut bei uns eingelebt?"

Warum kehrte er zum Small Talk zurück? Wollte er keine irreführende Vertraulichkeit aufkommen lassen?

„Ja. Ich fühle mich sehr wohl und verstehe mich gut mit der Belegschaft. Der Tapetenwechsel tut mir gut."

„Sie haben sich relativ kurzfristig beworben ..." Sophie wusste nicht, ob das eine Frage oder eine Feststellung war.

„Ja, schon. Ich habe lange darüber nachgedacht, ob ich aus den Arkaden weggehen soll."

„Hatten Sie persönliche Gründe?" Hoppla, das war kein Small Talk mehr.

Sie zögerte. „Sind es nicht immer persönliche Gründe, wenn wir eine Entscheidung treffen?"

Er hielt vor einer roten Ampel und drehte den Kopf. Sie konnte den Ausdruck in seinen Augen nicht erkennen. Sie waren kohlschwarz. Dann leuchteten seine Zähne, als er lächelte. „Da haben Sie wohl recht, Sophie Thielen." Er legte den Gang ein und fuhr an. Sie würden ihre Wohnung in wenigen Minuten erreichen.

„Wie auch immer, ich freue mich, dass Sie diese Entscheidung getroffen haben." Was meinte er damit?

Flirtete er etwa? Doch sein Gesicht wirkte ausdruckslos.

Unsicher schwieg sie während der restlichen Fahrt. Sie wusste nicht genau, wie sie den Spaziergang und das Gespräch einschätzen sollte – und erst recht nicht, was er mit den persönlichen Fragen hatte herausfinden wollen. Bevor sie sich in ihren Gedanken verstrickte und verkomplizierte, was gar nicht kompliziert war, beschloss Sophie, mit ihren Überlegungen aufzuhören. Yannis Jouvet war ihr Chef. Vielleicht schätzte er es einfach, seine Mitarbeiter privat ein bisschen näher zu kennen. Das würde jedenfalls zu der Art von Respekt passen, die sie bei ihren Kollegen und Kolleginnen beobachtet hatte. Wer weiß, womöglich verwickelte er alle neuen Mitarbeiter früher oder später in ein persönliches Gespräch, um zu erfahren, wie sie tickten.

„Wir sind da." Bevor sie reagieren konnte, stieg Yannis Jouvet aus und ging um den Wagen herum, um ihr die Beifahrertür zu öffnen. Das machte sie verlegen, obwohl es zu ihren Überlegungen im Parkhaus passte. Es war eine Geste, die nicht zeitgemäß schien. Ein Mann drückte damit Achtung und Sympathie einer Frau gegenüber aus. *Achtung und Sympathie*, dachte Sophie und befürchtete, rot anzulaufen.

Verwirrt stand sie aus dem tiefergelegten Wagen auf und geriet prompt ins Stolpern. Yannis Jouvet griff nach ihrem Ellbogen und zog sie zu sich heran. Plötzlich war sie ihm so nah, dass sein Geruch sie überfiel. In die Reste seines Aftershaves mischte sich der Duft seines Körpers. Es irritierte sie, wie vertraut er ihr war und wie sehr sie ihn mochte. Seine Augen schienen im

Licht der Straßenlaterne abermals tiefschwarz. Er betrachtete sie. Es war sicher nur ein kurzer Moment, doch für sie schien er sich in die Länge zu ziehen. Nur wenige Menschen hatten einen solchen Blick, und nur wenige hielten ihn aus. Die meisten sahen weg, anstatt sich darauf einzulassen, ihr Gegenüber zu *sehen*. Sophie wusste nicht, wie sie sich verhalten sollte, und straffte die Schultern. Diese kleine Bewegung bewirkte, dass er sie losließ und einen halben Schritt zurücktrat. In seinen Mundwinkeln lag der Hauch eines Lächelns. Doch dieses halbe Lächeln weckte in Sophie ein Gefühl der Verbundenheit.

„Vielen Dank", sagte sie und öffnete ihre Handtasche, um nach dem Schlüssel zu suchen.

„Ich habe zu danken. Wir sehen uns morgen in den *Galeries*. Nun schlafen Sie gut, Sophie Thielen. Morgen wird ein aufregender Tag."

Er drückte ihre Hand und verabschiedete sich mit *Bises*, wobei er sie nicht berührte. Ob er vor ihrer verschwitzten Haut zurückschreckte? Oder war es ihm selbst unangenehm, weil auch er nicht mehr taufrisch war? Sie drehte sich um und ging zur Haustür, um aufzuschließen. Es kostete sie einiges an Selbstbeherrschung, ihm nicht hinterherzublicken, als er davonfuhr.

In der Wohnung von Florence und Philippe war es dunkel und still. Gut, dass sie nicht sahen, wer Sophie nach Hause gebracht hatte. Noch besser, dass sie nicht mitbekamen, wie verwirrt sie sich fühlte. Eine eigenartige Leichtigkeit hatte sich in ihr ausgebreitet, die sie leise singen ließ, als sie in ihrer Wohnung war, sich im Bad fertig machte und den Wecker stellte. Sie ging den

Verlauf des Abends in Gedanken noch mal durch. Die Gespräche mit den Kollegen in der Bar à Vins und was sie dabei über Yannis Jouvet erfahren hatte. Dann der Spaziergang mit ihm. Sie empfand das Wohlgefühl nochmals nach, das ihre Unterhaltung in ihr ausgelöst hatte. Jetzt, im Dunkel des Zimmers, wurde ihr klar, dass sie ihr Misstrauen komplett abgelegt hatte. Wie beim *Maître d'Harmonie*, hatte sie auch Yannis Jouvet gegenüber ganz sie selbst sein können. Das war ungewöhnlich. Ob es daran lag, dass er Franzose war? Hatten französische Männer Frauen gegenüber eine andere Haltung als Deutsche? Sie lächelte, als sie daran dachte, was sie ihm von ihrer Kindheit erzählt hatte. Yannis Jouvet hatte mit ihr gesprochen wie ein Freund. Das Lächeln wich nicht von ihrem Gesicht, und irgendwann schlief sie ein, ruhig und zufrieden. Sie hatte das Gefühl, angekommen zu sein.

KAPITEL 7

„Die Minicroissants sind noch nicht da, Sophie!" Jean-Jacques raufte sich die Haare, als Sophie die Lebensmittelabteilung betrat – kurz vor Öffnung der Tore für die draußen bereits wartenden Kunden. Hier war ein Buffet aufgebaut worden. Der *Maître d'Harmonie* zog Sophie am Ellbogen zu der großen, gut bestückten Theke und deutete auf eine leere Fläche.

Sofort begann sie damit, die Leckereien umzusortieren. Sie schob die Platten mit den auf winzigen Platzdeckchen liegenden Macarons ein bisschen auseinander, stellte einen der Teller mit den Petit Fours weiter vor und verrückte auch alle anderen Teller und Platten etwas. Sofort sah das Buffet voll aus, die leere Stelle war nicht mehr zu sehen.

„Ich kümmere mich darum. Wenn die Croissants kommen, gehe ich damit herum und biete sie den Kunden an. Niemand wird merken, dass es nicht so geplant war." Sie zeigte mit dem Finger auf den Kaffeeautomaten, der leise vor sich hin zischte. „Wo ist der Barista, den wir zusammen mit der Maschine engagiert haben?"

Jean verwüstete ein weiteres Mal die Tolle über seiner Stirn und zog die Schultern hoch. Sophie musste lachen. „Bleib cool, alles ist gut. Der Tag ist da, die Türen öffnen sich gleich. Alle werden sich wohlfühlen, du wirst es sehen."

Dann entdeckte sie einen jungen Mann mit langer, roter Bistroschürze, der sich gerade vor der Kaffeemaschine vom Boden erhob. Ein Käppi saß keck auf seinen stachelig gestylten Haaren. Das leise Zischen des Automaten hatte aufgehört. Er grinste in Sophies Richtung. „Läuft hier. Die Leute werden den besten *Expresso* von ganz Metz bekommen." Sophie musste sich ein Lächeln verbeißen. Eigenartig, was die Franzosen aus dem italienischen *Espresso* gemacht hatten. Aber irgendwie auch charmant.

Mit einem Rundumblick versicherte sie sich, dass alle Mitarbeiter auf ihren Posten waren, und sah auch bereits die ersten Kunden mit der Rolltreppe herunterfahren. Sie griff Jean-Jacques' Arm und führte ihn zum Fahrstuhl. Als sie gemeinsam zur Büroetage hochfuhren, sah sie ihm eindringlich in die Augen. „Du beseitigst jetzt erst mal das Chaos auf deinem Kopf. Deine Haare sehen aus, als hätte ein Papageienpärchen darin genistet. Danach kommst du wieder runter in die Lebensmittelabteilung." Sie stieg mit ihm aus, schob ihn in Richtung seines Büros und wandte sich zum Paternoster. Schon im Hochgleiten sagte sie: „Ich telefoniere mit der Pâtisserie wegen der Minicroissants. In zehn Minuten treffen wir uns wieder unten."

Die Umsetzung ihrer Pläne war fast fehlerlos verlaufen. In allen Etagen brummte es vor freudiger Aufregung. Die Belegschaft wirkte wie eine riesige Schar Kinder, die auf den Weihnachtsmann wartete. Mit Begeisterung hatten alle geholfen, die letzten Dekorationen zu vervollständigen und die frisch gelieferten Lebensmittel aufzubauen. Am meisten hatte es Sophie die Liliputlandschaft in der Kinderabteilung angetan. Mit den Bildern all dieser Attraktionen vor dem inneren Auge ging sie mit raschen Schritten den Flur entlang. Erst, als sie das Büro von Yannis Jouvet erreichte, wurde ihr klar, dass heute etwas anders war als sonst: Er hatte die Jalousien geöffnet, und zum ersten Mal konnte sie ihn am Schreibtisch sitzen sehen.

Sie analysierte die Regungen, die sie bei seinem Anblick durchliefen. Der gestrige Abend hatte anscheinend alles geändert und eine neue Grundlage geschaffen. Alle Gedanken an die peinliche Begegnung vor so langer Zeit waren unwichtig geworden. Ja, sie würde mit ihm darüber reden, entschied Sophie in diesem Moment, und die belastende Erinnerung damit endgültig aus ihrem Leben schaffen. Mia wäre stolz auf sie. Ein warmes Gefühl durchströmte sie beim Gedanken an ihre Freundin.

Noch immer betrachtete sie ihren Chef, der sie offenbar nicht bemerkte. Sein Blick war konzentriert auf den PC-Bildschirm geheftet, und er tippte blind auf der Tastatur. Am liebsten wäre sie stehen geblieben und hätte ihn noch ein bisschen beobachtet.

Doch sie hatte ein dringendes Telefonat zu erledigen. Bevor sie in ihr eigenes Büro trat, winkte sie ihm zu. Er winkte zurück, blieb aber am Rechner. Offenbar wollte er seine Arbeit nicht unterbrechen.

Sie ging zum Schreibtisch und nahm das Telefon zur

Hand, um bei der Pâtisserie nach den Minicroissants zu fragen. Wie gut, dass sie mehrere verschiedene Lieferanten für die unterschiedlichen Leckereien beauftragt hatten. Der Inhaber der kleinen Bäckerei entschuldigte sich vielfach. Der Transporter habe just heute Morgen den Geist aufgegeben, die Tochter sei bereits mit dem Kombi ihres Freundes unterwegs. Es könne sich nur noch um Minuten handeln.

Sophie legte auf und verstaute ihre Handtasche in der unteren Schreibtischschublade. Sie wollte ohne diese Last wieder nach unten gehen. Als sie ihre Bürotür öffnete, schwang die Milchglastür auf.

„Bonjour, Sophie Thielen!" Er lächelte sein Zahnpastalächeln. Offenbar war er im Geschäftsmodus. „Stürzen Sie sich in die Arena?"

„Bonjour, Monsieur Jouvet." Bei seiner Wortwahl musste sie lächeln. „Ja, ich muss dringend in die Lebensmittelabteilung. Es gab eine kleine Verzögerung mit den Minicroissants."

„Schlimm?" Beide setzten sich in Bewegung und näherten sich dem Paternoster.

„Nein, schon geklärt. Ich werde die Croissants selbst herumreichen."

„Darf ich Sie nach unten begleiten?"

„Natürlich."

Er stieg in dieselbe Kabine des Paternosters, obwohl er dazu nach ihr einen großen Schritt machen musste. Plötzlich war er so dicht neben ihr, dass sie ihn nicht nur riechen, sondern auch die Poren seiner Haut erkennen konnte. Sie legte den Kopf schief. Bildete sie es sich nur ein oder war er nervös? Sein Blick hatte etwas Unstetes, das sie bisher noch nicht an ihm gesehen hatte. Sie hatten das Bürostockwerk bereits erreicht, in dem sie zum normalen Fahrstuhl würden wechseln müssen. Abermals ließ er ihr den Vortritt und musste einen großen Schritt nach oben machen, da der Paternoster nicht stehen blieb. Warum hatte er nicht einfach die nächste Kabine genommen?

Fragend sah Sophie in seine schwarzen Augen und fand darin etwas von der Unsicherheit gespiegelt, die sie selbst an ihrem ersten Tag verspürt hatte. Sie berührte seinen Unterarm, wie um ihn zu beruhigen, und zog die Hand sofort zurück, als er darauf blickte.

„Es läuft hervorragend."

„Das können Sie nicht wissen", er grinste schief. „Schließlich waren Sie oben, bevor der große Andrang gekommen ist." Er lockerte die Schultern. „Falls es einen großen Andrang gibt, heißt das."

„Den gibt es." Sie rückte ihre Brille zurecht. „Kommen Sie, überzeugen wir uns."

Im Fahrstuhl drückte sie auf den Knopf fürs Untergeschoss, in dem sich die riesige Lebensmittelabteilung befand. Gerade als sich die Türen schließen wollten, sprang Jean-Jacques herbei und hielt die Hand dazwischen, sodass sie wieder aufglitten. Seine Haare waren frisch gestylt, und sein Lächeln wirkte noch nervöser als das von Yannis Jouvet. Staunend begriff Sophie, dass sie anscheinend die Erfahrenste von den Dreien war, was große Events in Kaufhäusern anging. Nach einer gemurmelten Begrüßung zog Jean den Kopf zwischen die Schultern, ein Anblick, der auf den Big Boss offenbar eine beunruhigende Wirkung hatte. Er bewegte Kopf und Schultern in kreisenden Bewegungen, als müsse er eine Last abstreifen. Sophie unterdrückte ein Kichern. Bevor der Fahrstuhl zum Stehen kam, lächelte sie beide Männer herzlich an. „Nun, ich sehe mal nach meinen Minicroissants. Auf ins Getümmel!"

Die Türen öffneten sich. Sofort umgab moderne französische Musik sie, die Düfte nach frischen süßen und deftigen Naschereien zogen durch den Raum und es wimmelte von Menschen. Sie hielten fast alle etwas zu essen oder zu trinken in Händen, schlenderten die Regale entlang, standen in Grüppchen zusammen und unterhielten sich. Viele von ihnen trugen Einkaufskörbe, in denen bereits Lebensmittel lagen. Die Kinder hatten gasgefüllte Luftballons ums Handgelenk gebunden.

„Mademoiselle Thielen!", hörte Sophie einen Ruf und drehte sich zu der Stimme um. Madame Chevalier winkte ihr von ihrem Beobachtungsposten in der Ecke aus zu. Neben ihr erkannte Sophie eine junge Frau, die ein riesiges Bäckertablett auf den Händen balancierte. Es war mit einem Papiertuch bedeckt. Das mussten die Minicroissants sein. Sie eilte auf die beiden zu.

„Hier kommt noch Ware für Sie." Madame ging mit der Stimme hoch wie bei einer Frage. „Ich sehe keinen freien Platz dafür", schob sie hinterher.

„Ah, ja, ich weiß Bescheid. Folgen Sie mir." Sophie ging der jungen Frau voraus in ein Hinterzimmer, in dem Plastik- und Papiertaschen in Regalen neben riesigen Kühlschränken lagerten. Sie schob auf einem Tisch die Vorräte an Patisserien zusammen, die dort darauf warteten, nachgefüllt zu werden, und nahm einen Stapel Serviertabletts in die Hand. „Können Sie es hier abstellen?"

Die Frau positionierte das Servierbrett so auf dem Tisch, dass es nicht kippen konnte. Dann half sie Sophie, die Minicroissants auf die Silbertabletts zu verteilen. „Ich nehme das hier wieder mit, okay?" Sie hielt das große Tablett in der Hand.

„Ja, bitte, ich wüsste auch nicht, wohin damit."

„Die Rechnung schickt mein Vater morgen oder übermorgen."

In den nächsten beiden Stunden war Sophie damit beschäftigt, mit gefüllten Tabletts herumzugehen und Minicroissants anzureichen. Die Kunden wirkten zufrieden. Offenbar hatte die Neugier viele Metzer dazu getrieben, die Eröffnung der *Galeries Jouvet* mitzufeiern. Es herrschte ausgelassene Stimmung.

Immer wieder sah sie die schwarzen Haare von Yannis Jouvet aufblitzen, die ihren Blick wie von selbst anzogen. Er war in Gespräche mit den Kunden vertieft. Es war ein schönes Gefühl, im selben Raum zu arbeiten. Sie glaubte, ihn mit jedem Mal ausgelassener zu sehen. Er war der Herr dieser Hallen und er war glücklich. Das strahlte er aus. Erstaunlich, dass sie ihm gestern die große Anspannung vor der Feier nicht angemerkt hatte.

„Sehe ich da etwa blinkende Herzchen?"

Sophie fuhr zu Jean-Jacques herum, der neben sie getreten war und in ihr Ohr geflüstert hatte. Feixend wies er mit dem Kinn in die Richtung, in die sie eben noch gestarrt hatte. Yannis Jouvet stand dort neben einer jungen, schönen Frau, die auf ihn einredete. Doch sein dunkler Blick war auf Sophies Gesicht gerichtet. Er war zu weit weg, als dass sie etwas darin hätte lesen können. Die Hitze stieg ihr in die Wangen, sie drehte sich betont zum *Maître d'Harmonie* um.

„Was meinst du?" Sie pustete ein Haar weg, das sie an der Nase kitzelte. Wie immer war sie inzwischen erhitzt von dem Getümmel und der positiven Erregung, die sie im Lauf des Morgens ergriffen hatte. Mit dem kurzärmeligen Etuikleid hatte sie eine gute Wahl getroffen, es ließ Luft an ihre Haut.

„Wenn mich nicht alles täuscht, verfällt unser deutsches Fräulein gerade dem Charme von *Monsieur Irrésistible*." Sophie stutzte. Jean benutzte den Namen, den sie hämisch dem damaligen Yannis Jouvet verpasst hatte!

„Woher weißt du ...?" Sie unterbrach sich, und die Hitze in ihren Wangen intensivierte sich noch. Jean musste das komplett falsch interpretieren.

Er lachte. „Pinkfarbene Herzchen. Wie bei diesem Smiley mit den Herzchenaugen."

„Smiley mit Herzchenaugen? Gibt es eine neue Liebe in Ihrem Leben, Jean-Jacques?" Beim Klang der Baritonstimme stellten sich die Härchen entlang Sophies Rückgrat auf. Hoffentlich hatte er ihr vorheriges Gespräch nicht mitbekommen! Noch mehr Missverständnisse in so kurzer Zeit konnte es wohl kaum geben. Ihre Brille begann zu rutschen. Sie drückte Jean das Tablett mit den letzten Minicroissants in die Hand.

„Ja, Jean, bist du frisch verliebt? Du strahlst jedenfalls so", sagte sie. „Entschuldigt ihr mich?" Damit verschwand sie zum Aufzug und fuhr nach oben. Schließlich hatte sie auch in den anderen Abteilungen nach dem Rechten zu sehen. Erst als Florence sie mit den fast identischen Worten („Du strahlst ja so!") begrüßte, fiel ihr auf, dass ihr ein Lächeln im Gesicht klebte. Sie lachte laut. „Es läuft prima unten. Bei dir auch?"

„Oh ja, die Kinder sind begeistert! Und die Mütter kaufen Kinderkleidung für den Sommer. Wir werden morgen schon nachordern müssen. Hoffentlich bleibt es so."

Sophie ließ den Blick schweifen. „Ich denke schon. Wir liegen preislich im Mittelfeld, und die Menschen wollen gute Qualität. Die bieten wir ihnen."

„*Mich* brauchst du nicht zu überzeugen." Florence kicherte. Dann wandte sie sich einer Kundin zu, die sie, einen Haufen bunter Kinderkleider auf dem Arm, nach der Kasse fragte.

KAPITEL 8

Viele Stunden später beendete Sophie ihren Kontrollgang durch die Abteilungen. Den ganzen Nachmittag wurde sie gebraucht, um Rat gefragt, von Kunden angesprochen und gelobt. Es war, als könne man ihr ansehen, dass sie an der Gestaltung dieser Feier beteiligt war. Sie kam nicht dazu, in Ruhe etwas zu essen, sondern hielt sich mit Häppchen über Wasser, die jedoch ihren Magen nicht füllen konnten. Trotzdem bemerkte sie kaum, dass sie Hunger hatte, sondern genoss das gelungene Event in vollen Zügen.

Erst nachdem die Tore verschlossen waren, fuhr sie in die oberste Etage, wo nach dem Gesumm in den Verkaufsräumen angenehme Stille herrschte.

Als sie sich zum ersten Mal seit heute früh auf ihren Bürostuhl sinken ließ, bemerkte sie, wie sehr ihr die Füße wehtaten. Sie streifte die Pumps ab, lehnte sich zurück, setzte ihre Brille ab und schloss die Augen. Der Tag war ein voller Erfolg gewesen. Die Besucherzahlen hatten ihre Erwartungen übertroffen. Die Häppchen hatten bis zum frühen Nachmittag gereicht. Danach hatte sie kurzerhand den Auftrag gegeben, Schüsseln mit Nüssen, Krokant, Bonbons und französischem Nougat zu füllen und überall zu verteilen. Wie zu erwarten, waren viele der Einwickelpapierchen zwar auf dem Boden gelandet, aber für diese Nacht war das Putzgeschwader ohnehin aufgestockt worden.

Ein Pochen an der Tür ließ sie die Augen öffnen. Da stand Yannis Jouvet, in lässiger Jeans und weißem Hemd, die kobaltblaue Krawatte hatte er geöffnet, das Sakko trug er über dem angewinkelten Arm. Die Zähne strahlten hell in seinem Gesicht, als er sie anlächelte. Sophie setzte sich auf, als er die Tür öffnete und hereintrat.

„Na?" Er grinste über seine konkrete und zielgerichtete Frage.

Sophie angelte mit den Füßen nach ihren Schuhen und zog sie mit einem unterdrückten Seufzen wieder an. Sie hatten nur einen mittelhohen Absatz, aber ein so langer Tag hinterließ nun mal seine Spuren. Und zu dem Kleid, das sie heute trug, hätten keine Ballerinas gepasst. Ein Lichtstrahl, der auf Yannis Jouvets Krawatte fiel, ließ sie bemerken, dass ihr Kleid exakt die gleiche Farbe hatte. Ein netter Zufall.

„Na?" Sie feixte.

„Sind Sie zufrieden, Sophie Thielen?"

„Und Sie, Monsieur Yannis Jouvet?"

Er lachte auf. Sie mochte es, für die Grübchen in seinem Gesicht verantwortlich zu sein. Er trat neben ihren Schreibtisch und hielt die Hand hin, als würde er sie zum Tanz bitten. Ganz kurz spürte sie ein nervöses Flattern in der Brust, als sie seine Hand ergriff und aufstand. Er zog sie vor den Tisch und ließ sie los. „Das war ein voller Erfolg, würde ich sagen."

„Dann sind Sie also zufrieden?" Eine unnötige Frage, aber Sophie war durch seine Nähe verwirrt und wusste nicht, was sie sagen sollte.

„Mehr als das. Und ich finde, das ist ein Grund zum Feiern." Er griff abermals nach ihrer Hand und zog sie hinter sich her, aus ihrem Büro hinaus und rüber zu seinem eigenen, dessen Tür offenstand. Perplex folgte sie ihm.

„Setzen Sie sich."

Sie ließ sich auf das riesige Sofa fallen und beobachtete, wie er sein Sakko über die Rückenlehne warf und zu dem kleinen Schrank trat, der in die Wand eingelassen war. Als er die Tür öffnete, ging darin Licht an, und sie erkannte eine Auswahl an Cognacs, Whiskys und anderen alkoholischen Getränken. Er drehte sich zu ihr um. „Was möchten Sie trinken? Cognac, Likör ...?"

„Sie haben Whisky da, wenn ich das richtig sehe?"

Ein breites Grinsen belohnte sie für ihre Frage. Sie stand auf, ging um die Couch herum und beugte sich vor, um in das Schränkchen hineinzublicken. „Da ist ja ein *Glenmorangie!*" Ihre Stimme klang hell vor Begeisterung.

„Diesen also." Er griff nach der Flasche, nahm ein Whiskyglas von dem runden Beistelltisch und stellte es richtig herum, um es einen Fingerbreit zu füllen. Für sich zog er eine andere Flasche heraus, ebenfalls einen Whisky. Als er ihn abstellte, konnte Sophie das Etikett erkennen. Ein *Ardberg Murray McDavid*. In der Flasche war nur noch ein Rest der braunen Flüssigkeit zu sehen. Diese Sorte hatte sie noch nie gekostet. Sie bedauerte, dass sie sich so voreilig für den Glenmorangie entschieden hatte.

Yannis Jouvet reichte ihr das Glas und stieß mit ihr an. „Auf den Erfolg des heutigen Tages! Das haben Sie großartig gemacht."

Als sie den Whisky im Mund hin und her bewegte, freute sie sich. Nicht nur über den Geschmack, den sie seit Langem nicht mehr gekostet hatte, sondern vor allem über das Lob. Sie drehte das Glas in den Händen, während sie dem Hauch von Madeira nachschmeckte, den die Lagerung des Whiskys im entsprechenden Fass bewirkt hatte. Sie blinzelte. Ihre Brille lag noch nebenan auf ihrem Schreibtisch. „Hatten Sie befürchtet, dass zu wenige Leute kommen würden?"

Er deutete auf die Couch, beide setzten sich. Sophie legte die Hand auf ihren Rocksaum, um zu verhindern, dass er nach oben rutschte. Einer der Gründe, weshalb sie kurz geschnittene Kleider sonst nur trug, wenn sie wusste, dass sie sich nicht setzen musste. Yannis Jouvet schien nicht darauf zu achten, ein Glück. So etwas konnte sie nämlich sehr verunsichern. Er schwenkte sein Glas und betrachtete die Flüssigkeit darin. Dann blickte er auf. „Nun ja, eine Geschäftsneueröffnung ist immer ein Risiko, nicht wahr? Ich habe meinen Onkel dazu überredet, es in Metz zu probieren. Er wollte hier zuerst nicht investieren. Aber ich habe mein Herz an die Stadt verloren." Er senkte den Kopf und schwieg nachdenklich. „Vielleicht genieße ich es auch, weit weg von meiner Familie zu sein und von ..." Abermals unterbrach er sich. „Es sieht gut aus für die *Galeries Jouvet* in Lorraine, nicht wahr, Sophie Thielen?" Sein Ton hatte die Leichtigkeit von vorher. „Und das verdanke ich unter anderem Ihnen. Wer hätte das gedacht?" Er hob sein Glas, um nochmals anzustoßen. Dann redete er über die Besucher- und Verkaufszahlen des heutigen Tages in den unterschiedlichen Abteilungen. Seine Abteilungsleiter hatten ihm bereits einen ungefähren Überblick geben können, und das Ergebnis übertraf sogar seine Erwartungen. „Natürlich war der Ansturm so groß, weil wir Eröffnungsangebote hatten. Aber nach allen Statistiken lässt sich daraus schließen, dass der Laden gute Aussichten hat." Er lächelte zufrieden. „Möchten Sie noch einen Whisky?"

Sie schüttelte den Kopf. „Ich würde wirklich gern den Ardberg probieren, aber der hier steigt mir bereits zu Kopf. Ich habe heute nicht viel gegessen." Außerdem musste sie mit Alkohol vorsichtig sein. Wie leichtsinnig, um einen Whisky zu bitten. Aber das musste sie ihrem Chef nicht auf die Nase binden. Wenn er ein aufmerksamer Beobachter war, würde er es ohnehin bemerken ... vor vielen Jahren bereits bemerkt haben. Sie schob den Gedanken lächelnd beiseite. Das hier war ein guter Moment, den sie einfach genießen wollte.

„Wo bleiben meine Manieren? Natürlich! Sie müssen sterben vor Hunger." Er stand auf, nahm ein frisches Glas und goss einen Schuss vom Ardberg hinein. „Trotzdem probieren Sie ihn jetzt, bevor wir zum Essen fahren." Er lächelte breit wie ein Schuljunge, als er ihr das Glas hinhielt. Sie hatte sich zu ihm umdrehen müssen und nahm den Drink über die Rückenlehne der Couch entgegen. Sein Blick schweifte zu ihren Beinen, die nun fast ganz zu sehen waren, blieb dort aber nicht hängen. Stattdessen sah er ihr zu, wie sie zuerst an dem Whisky roch und dann das Gesicht verzog.

„Uh, vielleicht sollte ich den lieber doch nicht ..."

„Nichts da", unterbrach er sie. „Sie müssen doch wissen, wie ein Ardberg schmeckt. Meine Lieblingssorte übrigens. Wenigstens einmal nippen."

„Na gut." Sie setzte das Glas an die Lippen und nahm einen winzigen Schluck. Sie behielt den Whisky im Mund, spitzte jedoch die Lippen und kniff die Augen zusammen. Sie wusste, dass sie bescheuert aussah mit der Grimasse, aber bei dem rauen und intensiven Geschmack, der in ihrem Mund zu explodieren schien, konnte sie nicht anders. Nur widerwillig schluckte sie das Getränk herunter. Sie stand auf und hielt ihrem Chef das Glas entgegen. „Sorry, mehr geht nicht."

Er feixte. „So schlimm?"

Ihr Herz schlug viel zu schnell. Würde er pikiert reagieren, wenn sie ihm sagte, wie sie seinen Lieblingswhisky fand? Ach was! Er war gut gelaunt und hatte gerade eben gesagt, dass sie mit verantwortlich für den Erfolg dieses Tages war. Außerdem war er ein großer Junge, das würde er aushalten.

„Also, der Geschmack in meinem Mund –", sie unterbrach sich und bewegte nochmals die Lippen und Wangen. Ja, sie wusste genau, wie sie diesen Geschmack bezeichnen würde.

„Heraus damit."

„Das schmeckt, als hätte man ein Stück eines uralten, durchgeschwitzten Pferdesattels in Whisky eingeweicht."

Yannis Jouvet legte den Kopf in den Nacken und lachte schallend. „Das ist eine sehr treffende Umschreibung." Er trank den restlichen Schluck aus ihrem Glas, wobei er ihr tief in die Augen blickte. „Alter Pferdesattel. En effet." Er stellte das Glas ab. „Kommen Sie, Sophie Thielen, sorgen wir dafür, dass Sie was in den Magen bekommen." Er hielt ihr ein weiteres Mal die Hand hin, die sie ergriff. Tatsächlich spürte sie den Alkohol bereits sehr deutlich.

„Das wird auch Zeit", murmelte sie, als sie dicht vor ihm stand, und schlug sich die Hand auf den Mund. „Ich meine, es wird wirklich Zeit, dass ich etwas esse."

Er schob sein Gesicht dicht vor ihres. „Das habe ich genauso verstanden. Sie haben sich ein lukullisches Mahl verdient. Tun Sie mir nur einen Gefallen, ja?"

Sie machte möglichst unauffällig einen winzigen Schritt nach hinten, um ein bisschen Abstand zwischen sich und ihn zu bringen. Seine Lippen so nahe vor sich zu sehen, irritierte sie. „Und der wäre?"

„Lassen Sie die Brille weg."

Sie griff nach ihrer Wange, als suche sie dort etwas, dann ließ sie die Hand fallen. Obwohl sie nicht genau wusste, weshalb, musste sie plötzlich lachen. „Na ja, beim Essen wird es wohl gehen. Ich muss mich nur kurz frisch machen."

„Machen Sie das. Ich bestelle uns einen Tisch."

Sophie wusch sich Hände und Gesicht, cremte sich ein und kämmte ihre Haare durch, die sie den ganzen Tag in einem Chinon getragen hatte. Dadurch fielen sie in großzügigen Wellen herunter, und es gab keinen Grund, sie nochmals zusammenzunehmen. Ein Minideospray hatte sie immer in ihrer Handtasche. So fühlte sie sich tatsächlich frischer, als sie die Damentoilette verließ, die ihr hier oben allein zur Verfügung stand, solange alle anderen Räume ungenutzt blieben. Die Brille verstaute sie in ihrer Tasche. Der leichte Unschärfeeffekt ihrer Augen wurde durch den Alkohol noch gesteigert. Sie hätte der Versuchung des Glenmorangie vielleicht doch widerstehen sollen. Andererseits brauchte sie nicht mehr zu fahren, und allein nach Hause finden musste sie auch nicht. Also beschloss sie in dieser Sekunde, die kleine Sünde nicht zu bereuen. Es war tatsächlich ein Tag, den man feiern konnte. Was sie davon halten sollte, dass der Chef nur *sie* zum Essen ausführen wollte, war ihr allerdings nicht klar. Es schien, als genieße sie eine bevorzugte Behandlung durch Yannis Jouvet.

Als sie den Flur entlangging, trat er aus seinem Büro heraus. Er hatte das Sakko angezogen und lächelte mit schiefgelegtem Kopf. Nun fixierte er sie doch auf eine Art, die sie bei anderen Männern nicht mochte. Komischerweise störte es sie in diesem Moment gar nicht. Sie blieb stehen, um auf ihn zu warten, und musterte ihn ihrerseits ungeniert, legte dabei den Kopf schief und lächelte auf die gleiche Art wie er. Sein Grinsen vertiefte sich, und als er auf sie zukam, hatte sie den Eindruck eines männlichen Models, das über einen Laufsteg ging. Allerdings, und das gefiel ihr, war er sich dieser Wirkung nicht bewusst. Das strahlte er aus, obwohl sie nicht hätte sagen können, woran sie es erkannte.

„Ich habe uns einen Tisch im *Magasin aux Vivres* reserviert. Im Hotel *La Citadelle*. Ich wohne dort." Er rollte mit den Augen, was sie zum Lachen brachte. „Ich habe einfach noch keine passende Wohnung gefunden, deshalb bewohne ich die Suite." Er zog die

Schultern hoch. „Purer Luxus, ich weiß. Allerdings kennen meine Eltern den Hotelbesitzer ..." Errötete er etwa gerade? Sie schwieg und ließ ihn zappeln. Sie hatte keine Rechtfertigung von ihm erwartet. Er trat heran, nahm ihren Ellbogen und führte sie zum Paternoster. Sie stieg ein, der Aufzug setzte sich in Bewegung und Yannis Jouvet kam ihr auch dieses Mal sofort hinterher. Anscheinend störte es ihn nicht, so dicht bei ihr zu stehen. Sie sah ihm in die Augen. Sehr dunkel. Wie Ebenholz. Sie konnte den Blick nicht davon lösen.

„Also, Sophie Thielen, zufällig ist das Restaurant eines der besten in Metz. Sind Sie einverstanden?" Er blickte von ihren Augen zu ihrem Mund und wieder zurück.

„Sie sind der Boss", sagte sie. „Und ich bin ziemlich ausgehungert."

Diesmal war sie es, die errötete und deren Blick zu seinen Lippen wanderte, als er bei ihrer Wortwahl schmunzelte.

„Schön", sagte er.

Alle Mitarbeiter der *Galeries* waren offenbar schon nach Hause gegangen. In den Räumen waren Raumpfleger bei der Arbeit, die die Überreste der Party beseitigten. Weder die Verkäuferinnen noch der *Maître d'Harmonie* oder Madame Chevalier waren noch da. Eine fast alberne Leichtigkeit befiel sie, als sie neben Yannis Jouvet das Gebäude durch den Personaleingang verließ. Der Aprilabend war genauso schön wie der vorherige. Es war bereits dunkel, aber vor den Lokalen in der Fußgängerzone saßen die Leute und wussten zu leben.

KAPITEL 9

Sophie, die nun bereits zum zweiten Mal neben ihrem Chef in dem leisen, wie ein Segelboot über Wasser dahingleitenden Wagen saß, hatte den Kopf an die Nackenstütze gelehnt und die Augen geschlossen. Sie genoss seine Stimme, ohne auf die Inhalte seiner Worte zu achten. Seine Begeisterung über den Erfolg des Tages war ansteckend, seine Zufriedenheit übertrug sich auf sie. Wohlige Müdigkeit breitete sich in ihr aus und sie begnügte sich damit, gelegentlich zustimmend zu brummen. Sie bemerkte kaum, wie der Wagen zum Stehen kam, und die Kühle, die zu ihr hereindrang, als die Tür neben ihr geöffnet wurde, nahm sie zwar wahr, aber ihre Lider waren zu schwer.

„Möchten Sie lieber ins Bett?"

„Das wäre schön, ja", murmelte sie verträumt.

Sein Lachen ließ sie aufwachen. Yannis Jouvet hatte sich halb über sie in den Wagen gebeugt und grinste unverschämt reizend.

„Sie meinen sicher nicht *mein* Bett, oder?" Er zog eine Braue hoch, richtete sich auf und hielt ihr die Hand hin, um ihr aus dem Wagen zu helfen. Sein Blick rutschte hinunter zu ihren Beinen. Wie gestern stolperte sie leicht, und er hielt sie einen Moment mit beiden Händen an den Unterarmen fest. Wie beschwipst war sie eigentlich?

„Nein." Sie streckte den Rücken durch. „Ich meine natürlich nicht *Ihr* Bett." Sie blickte an ihm vorbei zu dem Gebäude, das seinem Namen *Die Zitadelle* alle Ehre machte. „Wollen wir hineingehen? Ich wiederhole mich nicht gern, aber ich habe wirklich Hunger." Sie sah ihm wieder in die Augen und erkannte ein belustigtes Glitzern darin.

„Dann wollen wir endlich Abhilfe schaffen. Kommen Sie."

Als er sie zur Eingangshalle führte, fragte Sophie: „Gibt es hier eine Bar?"

„Ja, natürlich. Aber ich habe im Restaurant reserviert."

Sie blieb stehen und legte den Kopf schief. Das Restaurant in diesem Haus gehörte sicher zu einer Preisklasse, in der sie noch nie gegessen hatte. Wollte sie das? Nein, entschied sie, das wollte sie nicht. „Kann man in der Bar auch etwas essen?"

„Nun ... ja. Sehr gut sogar."

„Dann, Monsieur Yannis Jouvet, möchte ich lieber in der Bar speisen." Sie kicherte.

„In der Brasserie also?"

„Genau, lassen Sie uns die Brasserie aufsuchen. Das klingt viel netter, finden Sie nicht? Ich weiß gar nicht, wann ich zum letzten Mal *gebrassert* habe." Er belohnte sie mit einem lauten Lachen für ihren absurden letzten Satz und führte sie durch die Lounge zur Bar. Dort waren einige Tische frei, und als der Ober ihnen einen davon anwies, teilte Yannis Jouvet ihm mit, dass der Tisch im *Magasin aux Vivres* heute Abend nicht benötigt wurde.

„Wonach steht Ihnen denn der Sinn?", wollte er von Sophie wissen.

Sie betrachtete die Karte. Die Düfte, die von den Nachbartischen zu ihnen herüberwehten, waren verführerisch.

„Ich nehme als Vorspeise die Tapasauswahl, dann die Dorade."

„Beides ist sehr gut, ich habe es auch schon gegessen. Und zum Dessert?"

„Ich weiß nicht, ob ich ein Dessert schaffe." Sie legte die Karte zur Seite.

Yannis Jouvet winkte die Bedienung herbei und gab die Bestellung auf. Er selbst orderte Entenleber mit Erdbeer-Pfeffer-Konfitüre und Entrecôte. „On va décider sur le dessert plus tard. Empfehlen Sie uns bitte einen Wein?" Er sah die Kellnerin abwartend an.

„Für mich keinen Wein", beeilte sich Sophie zu sagen.

Yannis Jouvet zog die Brauen hoch. „Zu Ihrem Fisch brauchen Sie doch das passende Getränk."

„Wasser passt prima, vielen Dank." Sie lächelte an ihm vorbei der Bedienung zu.

Er zuckte mit den Schultern und bestellte Rotwein für sich. Die Vorspeisen wurden bereits wenige Minuten später serviert. Sophie machte sich mit Heißhunger über die warmen Tapas her. Yannis Jouvet beobachtete sie mit sichtlichem Vergnügen.

Erst als sie bei ihrem letzten Teller angelangt war – ein kleines Stück Tortilla lag darauf –, bemerkte

Sophie die Lachfältchen neben den dunklen Augen, die sie über den Rand des Weinglases hinweg beobachteten. Sie legte die Gabel ab, griff nach ihrem Wasserglas und trank einen Schluck. Sie musste sich beherrschen, um nicht das Gesicht angewidert zu verziehen. Natürlich bemerkte er es doch. Sein Lächeln weitete sich zu einem Grinsen aus.

Sie atmete tief durch. Peinlich.

„Ich rate Ihnen, zur Dorade ein Glas Wein zu ordern. Einen Grauburgunder vielleicht oder einen Riesling?"

Sie seufzte. „Das Problem ist ..." Aber das wollte sie ihm doch gar nicht sagen.

„Nun?", hakte er nach.

„Ich vertrage keinen Alkohol." Sie teilte mit der Gabel einen Bissen von der Tortilla ab und schob ihn sich in den Mund.

„Was heißt, Sie vertragen ihn nicht?" Er legte den Kopf schief. „Sie haben doch vorhin Whisky getrunken? Und gestern, in der Bar à Vins, haben Sie da nicht mit einem Glas Wein angestoßen?"

„Ja, schon. Das ist mein Limit. Ein Glas, mehr nicht. Es war dumm von mir, den Whisky zu trinken." Sie kicherte, was ihr bewies, dass der Glenmorangie noch immer nachwirkte. „Aber ich liebe Whisky."

„Was macht der Alkohol mit Ihnen? Werden Sie krank davon?", hakte er nach.

„Nein, nicht krank, nur sehr schnell betrunken." Sie aß weiter. Die Tortilla war köstlich.

Er schluckte seinerseits den Happen herunter, den er sich in den Mund geschoben hatte, und schürzte die Lippen. „Verstehe. Dennoch müssen Sie zugeben, dass es bedauerlich ist, dieses Essen nicht mit einem Wein zu vervollständigen. So haben Sie doch nur den halben Genuss." Beim letzten Satz hob er kaum merklich die linke Braue. Das löste in ihrem Bauch ein winziges Kribbeln aus.

Sie zog die Unterlippe zwischen die Zähne. Wie ertappt öffnete sie den Mund leicht und streckte den Rücken durch. „Ja, schon." Sie blickte zur Seite. Er hatte recht, das Essen war viel zu gut, um nur Wasser dazu zu trinken. Andererseits ... „Ich hatte mein Quantum für heute."

„Werden Sie ausgeknockt, wenn Sie noch ein bisschen beschwipster werden als jetzt? Nicht, dass man Ihnen etwas anmerkt."

Sie dachte nach.

„Morgen haben Sie frei, oder nicht?"

„Ähm, nein."

„Ich geben Ihnen frei." Er winkte der Bedienung. Während sie sich rasch näherte, fuhr er fort: „Sie können ausschlafen. Sie haben heute Großartiges geleistet. Morgen kommen wir auch ohne Sie zurecht."

Sophie mochte es zwar nicht, dass er die Kellnerin herbeizitierte, obwohl sie noch nicht zugestimmt hatte, konnte allerdings seinen Worten und vor allem seinem Blick nicht widerstehen.

„Bringen Sie zum Hauptgang bitte einen Wein für die Dame. Sophie, was möchten Sie?" Es war das erste Mal, dass er sie nur mit ihrem Vornamen ansprach. Wenigstens überließ er ihr noch die Wahl des Weins.

„Na schön, einen Grauburgunder. Aber nur ein Glas, bitte." Sie schüttelte leicht den Kopf über sich. Mit einem Nicken nahm die Bedienung die leeren Vorspeisenteller mit.

„Warum schütteln Sie den Kopf?" Er beugte sich leicht vor. „Ich werde die Situation nicht ausnutzen, versprochen."

Sie riss die Augen auf. Er musste laut lachen. Die Kellnerin brachte das Weinglas für Sophie, eine zweite Bedienung setzte ihnen die Teller mit der Hauptspeise vor. Mit einem „Bon appétit" entfernten beide Frauen sich wieder.

Was hatte er mit seiner Bemerkung gemeint? Spielte er auf die Sache von damals an? Es ließ Sophie keine Ruhe, dass einzelne Wörter oder ein Blick immer noch diese eine Erinnerung in ihr wachriefen. Sie hatte noch heute Morgen geglaubt, das Erlebnis der Teenager-Sophie in den Grannus-Arkaden endlich abgehakt zu haben. Dabei war sie sich auch jetzt noch nicht sicher, ob er sich an die Begegnung erinnerte. Sie sah Mias Gesicht vor Augen. *Wenn nicht jetzt, wann dann? Los, trau dich.* Erst als sie das Weinglas hinstellte, wurde ihr bewusst, dass sie bereits einen großen Schluck genommen hatte. War sie gerade dabei, ihre Tischmanieren komplett zu vergessen?

Yannis Jouvet hatte sein Steak angeschnitten und den ersten Bissen im Mund. Er schloss einen Moment die Augen. Offenbar war das Fleisch genau, wie er es mochte. Sophie fühlte sich sicherer, wenn sein Blick nicht auf ihr ruhte. Außerdem sah er sexy aus mit dem entspannten und genießerischen Ausdruck im Gesicht. Sie rief sich zur Ordnung. Ihre Gedanken sprangen wie Pingpongbälle hin und her. Gleichzeitig war ihr innerer Scanner durch den Alkohol deaktiviert. Sie wusste das, es war ein weiterer Grund, weshalb sie auf den Wein hätte verzichten sollen, verflixt.

Er schluckte den Bissen herunter und sah Sophie unverwandt in die Augen. „Möchten Sie den Fisch nicht probieren? Fühlen Sie sich nicht wohl?"

„Doch, doch, alles ist gut." Sie teilte ein kleines Stück mit dem Fischmesser ab und probierte die Dorade. Sie war genauso gut, wie die Vorspeisen es hatten erwarten lassen. „Mmh", murmelte sie. Dann legte sie das Besteck zur Seite. Ihr Herzschlag wurde schneller.

„Ich muss Sie etwas fragen, Monsieur Jouvet."

„Nur zu."

„Erinnern Sie sich an Ihre Traineezeit in Aachen?"

„Ja, ich denke gern daran zurück." Es wirkte arglos, wie er weiter aß und sie dabei ansah.

„Wir sind uns damals begegnet, wissen Sie das noch?"

Er hielt inne und betrachtete sie ein weiteres Mal mit diesem Blick, der tief in sie hineinzureichen schien. „Warum fragen Sie?"

Sie zögerte. Er antwortete mit einer Gegenfrage. Seine Miene ließ nichts erkennen. Vermutlich hatte er den Vorfall doch vergessen.

Dann ließ sie es besser gut sein, oder nicht?

Unverhofft kam ihr die Bedienung zu Hilfe. Sie hatte bemerkt, dass Yannis' Glas leer war und trat an den Tisch, um ihm aus der kleinen Weinkaraffe nachzuschenken. Sophie nutzte den Augenblick, um weiterzuessen. Eben noch fest entschlossen, schwankte sie nun wieder. Hatte sie Angst davor, die Gefühle von damals hervorzuzerren? Ja, eigentlich wäre es eine Dummheit, sich all dem nochmal auszusetzen. Zwar war ihr völlig klar, dass sie damals viel zu stark reagiert hatte, und dass die Geschichte mit Abstand betrachtet bestenfalls peinlich, wenn nicht sogar lachhaft war. Und dennoch ... es hatte sie damals aus der Bahn geworfen. Komplett.

„Der Wein schmeckt Ihnen offenbar. Wie ist der Fisch?"

Schon wieder! Sie hatte nicht bemerkt, dass sie das Glas bereits geleert hatte! Unsicher sah sie auf. Hatte sie minutenlang geschwiegen und ihren Fisch verspeist? Und den Wein ausgetrunken!? Was musste er von ihr denken? Und wieso hatte er das begonnene Gespräch von eben einfach auf sich beruhen lassen?

„Darf ich Ihnen noch ein Glas bringen, Madame?" Das Personal war wirklich sehr aufmerksam.

Sie wollte ablehnen, doch dann nickte sie. Es kam nicht mehr darauf an. Solange sie am Tisch saß, schwankte sie nicht.

„Reden Sie nicht mehr mit mir?" Yannis Jouvet zog die Brauen hoch. Die Grübchen schienen in seinen Wangen zu hüpfen.

„Es ist nur ... ich habe Sie gewarnt." Sie grinste schief. „Der Wein schlägt zu. Am Ende müssen Sie noch sicherstellen, dass ich wohlbehalten nach Hause komme." Sie zeigte mit dem Messer auf ihn und zog es rasch zurück. Mia war noch in ihrem Kopf, ein Glück. Man zeigte doch nicht mit dem Messer auf sein Gegenüber. Auch nicht mit einem Fischmesser. Sie musste lachen. „Und ich hoffe, Sie haben es vorhin ernst gemeint."

„Was?" Er feixte. „Dass ich die Situation nicht ausnutzen werde?"

„Pfff", pustete sie die Luft aus. „Nein, dass ich morgen ausschlafen kann."

„Ja, können Sie. Ich bin der Chef, ich darf das entscheiden."

„Ich will aber in meinem eigenen Bett schlafen." Die Mia in ihrem Kopf machte: *ts ts*.

Er beugte sich vor, Lichtreflexe der Kerzenflamme tanzten in seinen Augen. „Ich werde dafür sorgen, dass Sie wohlbehalten in Ihrem *chambre de bonne* ankommen. Versprochen."

„Ach", sie runzelte die Stirn, „wieso wissen Sie denn, dass die Wohnung ein *chambre de bonne* ist?"

„Von Florence Aubrun, von wem sonst?" Er hatte sein Gericht aufgegessen, lehnte sich zurück und trank einen Schluck Wein.

„Wahrscheinlich wissen Sie noch viel mehr. Und machen mir nur vor, dass Sie alles vergessen haben." Ihr Herz beschleunigte seinen Takt. Glatteis.

„Was meinen Sie, Sophie Thielen?"

„Warum sagen Sie eigentlich dauernd meinen ganzen Namen?"

„Warum ...? Sie haben recht. Darf ich Sophie zu Ihnen sagen?"

„Ich bitte darum."

„Dann müssen Sie mich Yannis nennen."

„Nichts lieber als das, Yannis." Sie kostete es aus, seinen Vornamen auszusprechen. Er hob sein Glas, sie prostete ihm zu. Beide tranken. „Aber was wird Madame dazu sagen?"

„Spielt das eine Rolle?"

Sie lachte. „Nö. Nich wirklich."

Yannis drehte sich um und winkte die Kellnerin zum Tisch. „Wir nehmen noch eine *Asiette de Fromages*, bitte."

Bevor die junge Frau ging, rief Sophie: „Stopp!"

Yannis beobachtete sie mit einem breiten Grinsen.

„Bitte sehr, Madame? Darf ich Ihnen noch etwas bringen?"

Sie warf einen Seitenblick auf ihren Chef, dann wandte sie sich der Bedienung zu. „Ich möchte bitte das Dessert mit Karamell."

„Karamell?" Yannis blickte sie fragend an.

„Ich sterbe für Karamell."

Die Kellnerin lächelte. „Die *Île Flottante*. Eine sehr gute Wahl, Madame. Soll ich den Käseteller danach bringen?"

„Nein, bringen Sie alles zusammen. Das passt schon." Sophie kicherte und hielt der Kellnerin ihren Teller hin, die ihn mit einem Schmunzeln entgegennahm und Yannis' Gedeck ebenfalls abräumte.

„Und nun zur Sache. Was genau meinten Sie eben? Was habe ich vergessen?"

„Ich komme nicht mehr drum herum, oder?"

„Endlich mit der Sprache herauszurücken? Ich fürchte, nein."

„Na gut, die Stunde der Wahrheit." Sie lachte, er schmunzelte. Plötzlich hatte sie keine Angst mehr davor, ihn zu fragen.

„Wissen Sie, wer ich bin?"

„Nun, ich habe Sie eingestellt. Also ja, ich denke, ich weiß, wer Sie sind."

„Und haben Sie sich an unsere Begegnung erinnert, damals vor ...", sie strich sich eine Strähne hinter das Ohr, „zehn Jahren?"

Er stutzte. „Sind wir uns damals schon einmal begegnet? Aber da müssen Sie ja fast noch ein Kind gewesen sein. Was hatten Sie denn in den Grannus-Arkaden verloren?"

„Ich war Praktikantin."

Sie konnte sehen, wie sein Blick sich wandelte. Belustigtes Interesse machte Erkennen Platz. Er schlug sich die Hand vor die Stirn. „Meine Güte, ja! Sie waren das Mädchen mit dem Bob und der roten Brille, das ..." Er unterbrach sich. Rot wurde er nicht, aber es war offenkundig, dass ihm gerade dämmerte, wie peinlich die Begegnung für sie gewesen sein musste.

„Richtig. Ich war das Mädchen mit dem Bob und der roten Brille und dem Jeansmini, das die lieben Kollegen auf den Kopierer gesetzt haben." Endlich hatte sie es ausgesprochen. Ihr Herz schlug schneller als jemals zuvor, und doch ließ die Anspannung nach. Der peinlichste Moment ihres Lebens verlor endlich an Macht.

„Das waren tatsächlich Sie? Ich hätte Sie nicht wiedererkannt."

„Darum geht es doch jetzt gar nicht."

„Sondern?"

„Sondern ..." Ja, worum eigentlich?

Das Dessert kam. Sophie beschäftigte sich mit der Wolke aus Eischnee, die in Vanillesoße schwamm. Das Karamell bildete ein Gespinst aus feinen, erstarrten Fäden darüber. Sie durchstach ein paar der Fäden und lud sich ein Stückchen der Insel mit Vanillesoße auf den Löffel. Ein Traum.

„Weißt du", sie hielt inne. „Sorry, wissen Sie, das hat mich damals fertiggemacht."

Er nickte. „Das kann ich mir vorstellen. Ich hoffe, Sie sind dennoch darüber hinweggekommen?"

Sie winkte ab. „Ach, ja ..." *Sei ehrlich*, hörte sie Mias

Stimme. Oder war es die ihrer Mutter? Sie ließ einen weiteren Happen der Köstlichkeit in ihrem Mund zergehen. „Möchten Sie probieren?", bot sie ihrem Chef an, doch er schüttelte den Kopf und nahm sich stattdessen mit dem Käsemesser ein Stück Weichkäse, das er auf einer Scheibe Baguette drapierte, bevor er abbiss.

„Ehrlich gesagt, bin ich lange *nicht* drüber hinweggekommen. Ich war damals noch keine sechzehn und hatte gerade meinen ersten Freund."

Er verzog den Mund. „Verstehe."

„Was Sie nicht wissen können: Ich trug normalerweise nur Jeanshosen. Meine Mutter hatte gesagt, für den Empfang solle ich mich etwas herausputzen." Der Rock war knapp knielang gewesen und hatte hinten einen Schlitz gehabt. Eine der Verkäuferinnen, mit denen sie sich gut verstand, hatte sie in die Toilette gezogen und dort geschminkt. Es fühlte sich gut an, auf diese Art wahrgenommen zu werden. „Mir ist klar, dass ich trotzdem wie ein Landei wirkte."

„Was die Jungs da gemacht haben, war nicht in Ordnung, egal wie man es betrachtet."

Sie sah ihn überrascht an. „Sehen Sie das tatsächlich so? Ich war das Gespött der Abteilung. Von den Kollegen wurde es als ‚Dummer-Jungen-Streich' heruntergespielt. Mein Praktikum endete zum Glück ein paar Tage danach. Ich kann Ihnen gar nicht sagen, wie sehr ich mich geschämt habe." Sie schluckte.

„Es waren dumme Jungen, das auf jeden Fall. Leider setzt im Rudel der Verstand öfter mal aus."

„Und ich hatte ein halbes Glas Sekt getrunken. Wenn ich daran denke, welche Vorhaltungen mir mein Vater damals gemacht hat." Sie schwieg. Nun war es doch passiert, sie spürte einen Abklatsch der damaligen Gefühle in sich aufsteigen.

„Was ist denn mit den Jungs geschehen?"

„Sie waren zu dritt. Zuerst waren sie einfach nett zu mir, wir standen an dem Abend zusammen und alberten herum. Es war eine kleine Feier für die Belegschaft. Du warst ja dabei."

„Ja. Aber ich muss in einer anderen Ecke des Raums gestanden haben. Jedenfalls habe ich euch damals nicht gesehen." Nur am Rande bemerkte Sophie, dass sie beide zum Du gewechselt waren.

„Ach, das ist so blöd gelaufen. Ich fühlte mich eigentlich wohl da. Die waren vorher immer ganz korrekt gewesen. Bis einer von ihnen die zündende Idee hatte." Sie wusste noch, dass sie die Toilette aufgesucht hatte, und als sie zurückkam, hatten die drei schon im Flur auf sie gewartet. Im Flur, auf dem auch heute noch ein Kopiergerät stand. Sie presste die Lippen zusammen.

„Du musst mir das nicht erzählen, wenn du nicht möchtest. Ich weiß ja, wie es ausgegangen ist."

Sophie sah in die Ferne. „Trotzdem ist es besser, ich rede noch mal darüber." Sie verdrehte die Augen. Ihr Dessert stand unbeachtet vor ihr. Ohne es bewusst zu wollen, hatte sie einfach weitergesprochen. Daran musste der Schwips schuld sein. Ihre intimsten Gedanken plätscherten aus ihr heraus, als plauderten sie über das Wetter. „Ich will das Ganze endgültig abhaken. Das habe ich in all den Jahren nicht geschafft."

Er schnitt ein Stück Hartkäse ab, pickte es mit dem Messer auf und hob es zum Mund, verharrte einen

Moment. „Wie haben die Jungs dich auf den Kopierer bekommen?"

„Das war einfach. Ich war ein Fliegengewicht. Sie redeten davon, dass sie Mirco, meinem Freund, einen Gruß schicken wollten, und ehe ich wusste, was sie überhaupt meinten, hatte einer den Kopierer eingeschaltet und den Deckel geöffnet. Sie zogen mir den Rock hoch ...", sie schluckte. Nein, es war kein Dummer-Jungen-Streich gewesen, sondern ein schäbiger sexueller Übergriff. „Dann setzten sie mich auf das Gerät und drückten die Starttaste. Das Ergebnis hast du gesehen." Sie versteckte das Gesicht in ihren Händen, so klein und beschämt fühlte sie sich wieder. „Und dazu deine Bemerkung!" Plötzliche Wut ließ ihre Wangen heiß werden.

Yannis Jouvet war damals im Flur näher gekommen, die Jungs vor ihm zurückgewichen. Der große, fremde *Monsieur Irrésistible*, für den die gesamte weibliche Belegschaft eine Schwäche hatte, Sophie nicht ausgeschlossen, hatte die pickelgesichtigen Lehrlinge eingeschüchtert.

„Warum musstest du diese Bemerkung machen?" Sophie hob die Finger und zeichnete Anführungszeichen in die Luft. „Das ist wirklisch ein schöner Anblick'." Sie übertrieb seinen Akzent, der damals tatsächlich viel stärker ausgeprägt gewesen war. „Aber nun ist es genug'."

Yannis hatte ihr damals vom Kopierer heruntergeholfen. Sie hatte nicht gewagt, ihn anzublicken, sondern schnell ihren Rock nach unten geschoben, bevor sie nach dem Stapel Kopien griff. Ohne jemanden anzusehen, war sie geflüchtet. Die Tränen liefen ihre

Wangen hinunter, und sie fühlte sich gedemütigt. Ein Gefühl, das sie nie zuvor gekannt hatte.

Nach ihrem Bericht zog Yannis tief die Luft ein. „Du hast recht, meine Bemerkung war unpassend."

Sie schnaubte.

„Ich war selbst noch sehr jung", erklärte er. „Und ich war mir unsicher, ob ich die Jungs stoppen könnte. Deshalb dachte ich, ein Scherz sei eine gute Strategie. Ich konnte nicht einschätzen, wie die Geschichte weitergehen würde." Er zog die Mundwinkel nach unten. „Drei alkoholisierte Jungs und ein sehr hübsches Mädchen. Ich hatte auf der Kopie in deinen Händen deinen Slip erkannt, also hatten sie ihn auch gesehen. Ich hatte das Gefühl, schnell eingreifen zu müssen."

Sie grunzte. „Schiesser Feinripp. Ein Geschenk meiner Oma." Sie musste lachen, und die Wut sprang wie in Splittern von ihr ab. Tatsächlich trug sie noch heute am liebsten Baumwollunterwäsche. Allerdings hütete sie sich, das zu erwähnen. Sie trank einen Schluck Wein, dann schob sie ihr Dessertschälchen in die Mitte des Tischs. „Darf ich den Käse probieren?"

„Natürlich. Sieh mal, ich habe die Hälfte von allem für dich übriggelassen. Am besten, du fängst hier an, beim Frischkäse, und isst dich danach zu den kräftigen Sorten durch."

„Ach wirklich?" Sie feixte.

Er zog die *Île Flottante* zu sich – oder vielmehr das, was noch davon übrig war. „Und ich hatte gehofft, dass du das nicht aufisst."

Trotz des schlechten Gefühls, das die Erinnerung an den damaligen Vorfall bei ihnen beiden kurz ausgelöst hatte, wich die Anspannung einer gelösten, beinahe freundschaftlichen Stimmung.

„Nun muss ich dir die Geschichte noch zu Ende erzählen." Es fiel ihr nicht mehr schwer, darüber zu reden. „Die Jungs hatten ein paar der Kopien eingesteckt. Eine davon fand ich irgendwann in meiner Schultasche. Auf die Rückseite hatte jemand etwas geschrieben." Sie schob sich ein Stück Camembert in den Mund und nahm sich die Zeit, ihn langsam zu essen. Erst dann sprach sie weiter. „Darauf stand: Beste Grüße an Mirco von deinem französischen Freund. Was sich darunter versteckt, ist es wert."

Yannis starrte sie an.

„Ja, und so einen Zettel haben sie natürlich auch Mirco zugesteckt. Er fand ihn nach dem Handballtraining in seiner Sporttasche. Mirco stellte mich zur Rede. Und ich musste mich verteidigen. Er hat mir nicht geglaubt! Er dachte allen Ernstes, ich hätte mit dir was angefangen." Sie legte das Messer zur Seite und trank den letzten Schluck Wein. Eigenartig, sie fühlte sich gar nicht betrunken. Sie runzelte die Stirn. „Als ob du mich auch nur wahrgenommen hättest. Ich meine –", sie winkte ab. „Ich weiß selbst nicht, was ich meine. Jedenfalls war danach mit Mirco Schluss. Ich ging zurück zur Schule und machte lange Zeit einen Bogen um die Grannus-Arkaden. Von den drei Idioten ist übrigens keiner übernommen worden. Die waren für den Job ungeeignet. Und dann ist Gras über die Sache gewachsen." Sie zog die Schultern hoch. „Unterm Strich ist es eine lächerliche Geschichte. Ich bin froh, dass ich sie endlich hinter mir habe."

KAPITEL 10

„Dieser Mirco war sicherlich nicht dein letzter Freund?", fragte Yannis irgendwann am späteren Abend. Sie waren zu den bequemen Sesseln in der Lobby gewechselt, und es hatte ihren Chef nicht viel Überzeugungsarbeit gekostet, Sophie zu einem letzten Whisky einzuladen. Beim Fachsimpeln über Whiskysorten entspannte Sophie sich immer mehr. Wie schön es war, ihr Französisch, ohne nachzudenken, einfach fließen zu lassen. Sie sprach gerade besser denn je. Ob es am Alkohol lag, wollte sie gar nicht wissen.

Der halbdunkle Raum, in dem sie sich befanden, schwankte nur, wenn sie den Kopf zu schnell drehte, und selbst dann kaum. Sophie fühlte sich wunderbar frei. Sie betrachtete die bernsteinfarbene Flüssigkeit in ihrem Glas. Irrte sie sich oder kroch das Getränk betont langsam an den Glaswänden hinauf? Wenn sie die Augen zusammenkniff, konnte sie den sich windenden Körper einer Schlange darin erkennen. Sie kicherte, ließ sich nach hinten fallen und legte den Kopf auf der Rückenlehne ab.

„Nach Mirco hast du gefragt?" Sie bemerkte, dass sie auf dem glatten Leder nach vorn gerutscht war, und schob nachlässig ihren Rock Richtung Knie. Yannis nutzte die Gelegenheit nicht aus – wie er es versprochen hatte. Wenn sein Blick auf ihren Schenkeln zum Ruhen kam, ließ er ihn gleich weiterwandern, sobald sie ihn mit einem mahnenden Zeigefinger darauf aufmerksam machte. Er war ein Gentleman, also fast.

„Nein, ich frage nach den Männern, die nach ihm kamen." Waren seine Augen wirklich so riesig? Und so dunkel? Sie seufzte. Er hatte den Blick eines Teddybären. Und seine Lippen. Wie sie sich wohl anfühlten?

„Allzu viele waren es nicht. Mein Kerbholz ist mit Sicherheit nicht mal halb so voll wie deins."

„Das ist nicht unser Thema, Sophie." Wenn er lächelte, bekam seine Oberlippe eine winzige Querfalte unmittelbar unterhalb des Grübchens. Sie hob die Hand, um darüber zu streichen, doch da hatte er aufgehört zu lächeln und die Falte war weg.

„Ach, du willst alles über mich wissen, aber ich darf gar nichts fragen? Wahrscheinlich, weil du mein Vorgesetzter bist?"

Er nickte und schloss ein Auge.

Sophie lachte. „Das war gerade ein Zeitlupenzwinkern." Sie deutete auf sein Gesicht. Er sah sie einfach an und wartete. Sie nahm einen Schluck aus ihrem Whiskyglas und stellte es ab. Es war leer.

„Noch einen letzten?", fragte er.

„Hatte ich nicht gerade den letzten?" War ihre Aussprache wirklich so undeutlich, wie sie sich anhörte?

„Das war bestenfalls der vorletzte."

„Wie könnte ich mich den Weisungen des Chefs widersetzen?" Oh je, irgendwo in ihrem Ohr flüsterte eine Stimme Warnungen. Sophie schüttelte den Kopf, um sie zu verscheuchen. „Kch", machte sie, beugte sich zu Yannis vor und fixierte ihn. „Du rufst mir aber nachher ein Taxi?" Doch, sie konnte sich noch auf einen festen Punkt konzentrieren. Zwei in diesem Fall. Zwei dunkle Augen, die nur so blitzten.

„Du kannst mir vertrauen, Sophie. Und morgen ausschlafen. Und jetzt zurück zum Thema, wie war das mit den Männern?"

„Na gut. Nach Mirco hatte ich noch zwei Freunde, Torsten und Leon."

Der Barkeeper brachte ihr den neuen Whisky. Sie nahm das Glas in die Hand, trank jedoch nicht davon. Plötzlich war ihr die Lust darauf vergangen. Verdutzt stellte sie das Getränk auf dem weichen Papieruntersetzer ab.

„Beide waren nicht der Richtige für dich?"

„Offensichtlich nicht. Wer trifft schon gleich zu Anfang die Liebe seines Lebens? Du etwa?" Immerhin hatte Yannis Jouvet in seiner Zeit in Aachen als Single gegolten. Und hatte Jean-Jacques nicht gesagt, dass man ihm keine feste Partnerin zuschrieb? Sie wischte mit der Hand durch die Luft. „Das ist jetzt alles Geschichte. Bei Mirco hat mich jedenfalls am meisten geärgert, dass er sich damals kein bisschen darum scherte, ob die Gerüchte über dich und mich –", sie stockte. Wie sich das anhörte! „Also, ob darin überhaupt ein Körnchen Wahrheit steckte. Was ja nicht der Fall war."

„Was ja nicht der Fall war." Es wirkte, als wollte er seinen Satz noch fortführen. Nach einer Minute des

Schweigens sagte er leise: „Du warst noch ein Mädchen, Sophie."

Sie verzog den Mund zu einem Flunsch, der ihn zum Lachen brachte. „Hm", seufzte sie sehnsüchtig.

„Und woran ist deine letzte Beziehung gescheitert?"

„Als ich mein Studium begann, wollte ich mich nur darauf konzentrieren. Aber im Jahr der Bachelorprüfungen kreuzte Leon auf." Sie verdrehte die Augen. Ihr Magen meldete sich. Soviel zum Thema Leon und verarbeitete Beziehungskatastrophen. „Er war der Letzte und das Letzte." Sophie konnte die Bitterkeit in ihrer Stimme nicht unterdrücken. Sie hob das Glas und nahm einen Schluck ihres nun wirklich allerletzten Whiskys. Er brannte warm in ihrer Kehle.

„Hat Leon dir etwa wehgetan?"

Sie brauchte einen Augenblick, um zu begreifen, was er meinte. „Körperlich nicht, nein. Er hat mich auch nicht verbal zur Schnecke gemacht oder so. Er war einfach nur herzlos. Ich war ein Accessoire für ihn, den jungen, aufstrebenden Banker." Sie blies die Wangen auf. „Und ich war leider zu doof, um zu sehen, dass ich mein Erspartes wegwarf."

„Wie jetzt? War er sowas wie ein Heiratsschwindler?"

Sie schüttelte den Kopf. „Ich kann nicht mal behaupten, dass er nicht von Anfang an Klartext mit mir gesprochen hätte. Nur die Art und Weise, wie ich plötzlich unwichtig für ihn wurde. Und ...", sie zuckte mit den Schultern, „wahrscheinlich hatte ich einfach nicht sehen wollen, dass ich am Ende mit leeren Händen da stehen würde. Wir hatten gemeinsam eine Wohnung gekauft. Es war ein schickes Loft in der Aachener Innenstadt. Er unterschrieb alle Verträge, ich überwies das Geld, das ich damals besaß. Es war klar, dass wir zusammenbleiben würden. Dachte ich jedenfalls." Sie fuhr sich mit der Hand über die Stirn. „Schön blöd."

„Da kann man etwas unternehmen. Er hat dich offensichtlich betrogen. Du kannst einen Anwalt einschalten."

Sophie winkte ab. „Ja, da läuft ein Verfahren. Aber das ist mir nicht das Wichtigste daran. Der Schaden, den ich als Person erlitten habe, ist viel schlimmer. Als Frau." Sie zog die Brauen nach unten. „Meine Erfahrungen davor waren auch nicht gerade rosig, aber am schlimmsten war die Sache mit Leon." Sie setzte sich auf und schüttelte in einer verwirrten Geste den Kopf. „Mittlerweile glaube ich sowieso, dass alles nur gelogen ist."

„Was meinst du?"

„Ach, was man uns im Kindesalter und danach als junge Menschen weismachen will. Vertrauen, Liebe, Zugehörigkeit." Sie blickte nachdenklich zur Decke. „Ich bin mir ziemlich sicher, dass das alles ein einziger Betrug ist." Sie beugte sich vor, um in Yannis' Gesicht zu blicken und hielt der Versuchung stand, schnell die Lider wieder zu senken. In seinen Augen konnte sie Verständnis erkennen und – war es Zuneigung? „Ist es nicht so, dass in Beziehungen einer von beiden immer mehr investiert? Und das meine ich nicht in finanzieller Hinsicht." Finanzielle Sorgen dürften für Yannis Jouvet ohnehin keine Rolle spielen. Er sah sie abwartend an. Ja, es schien Zuneigung zu sein, die ihr entgegenkam. Sie zog die Schultern hoch. „Besteht da nicht immer eine Form der Abhängigkeit, in der einer von beiden in einer – sagen wir – mächtigeren Position ist?" Sie redete, während ihr die Gedanken gerade erst kamen. Bisher hatte sie diese Sache noch nie so klar betrachtet. „Ich frage dich, Yannis Jouvet, ist nicht jede Beziehung in gewisser Weise Erpressung?"

Er sog scharf die Luft ein. Sein Körper straffte sich, jegliche Entspanntheit wich aus seiner Haltung. Er wirkte fast wie ein Tier auf der Jagd. Sophie war sich bloß nicht sicher, ob er Jäger oder Beutetier war. Perplex setzte sie sich aufrecht hin und bemerkte, dass die Lobby nun doch heftig schwankte. An den äußeren Rändern ihres Sichtfelds zuckten Blitze. Sie griff sich an die Stirn, hinter der ein bohrender Schmerz einsetzte.

„Ach herrje", jammerte sie. „Jetzt geht das wieder los." Mit kläglicher Miene sah sie ihren Chef an, dessen Haltung sich ein bisschen lockerte. Doch sein Blick wirkte alarmiert.

„Kopfweh! Ich glaube, ich sollte ins Bett." Wie dumm, dass sie vorher irgendwie noch nach Hause musste. Der Kopfschmerz breitete sich rasend schnell aus und schlug ihr auf den Magen. Es war eine der seltenen Migräneattacken, und sie ahnte, dass sie eine Taxifahrt nicht mehr durchstehen würde, ohne jegliche Fassung zu verlieren. So plötzlich hatte sie es noch nie erlebt. Ein Grund mehr, auf den verflixten Alkohol zu verzichten.

Erst als Yannis mit einem Finger über ihre Wange strich, bemerkte sie, dass ihr Tränen hinunterliefen. Ihr Gesichtsfeld engte sich rasend schnell von den Seiten her ein. Wenigstens spielte es da keine Rolle mehr, ob sich alles drehte oder nicht. Wie durch eine

Nebelwand nahm sie wahr, dass sie aufgehoben und getragen wurde. Wohin, registrierte sie nicht mehr. Sie war nur noch dankbar, dass sie in einen tiefen Schlaf sinken konnte. Die Schmerzen, die sie normalerweise am Schlafen gehindert hätten, hatten der nötigen Ruhe nichts mehr entgegenzusetzen. Die Nacht holte sich Sophie, ohne dass sie wusste, wo sie war. Es spielte auch keine Rolle mehr.

KAPITEL 11

Sophie schwamm auf sachten Wellen, fast schwerelos, denn das Wasser trug. Wann genau sie aus dem Schlaf ins Wachsein glitt, konnte sie nie genau sagen, aber sehr oft hatte sie morgens beim Aufwachen dieses Gefühl des Gewogenwerdens. Sie fühlte sich in diesen Momenten zwischen Traum und Wirklichkeit wie ein Baby, das in einer Wiege lag. Es waren die Sekunden des Tages, in denen die Welt perfekt war.

Als sie spürte, dass es kein warmes Wasser war, das sie umgab, und dass sie nicht wie ein Baby in ein Nestchen aus Schlafsack und Decken eingewickelt war, wusste sie wieder, wo sie war. Sie ließ die Augen noch einen Moment geschlossen. Seit sie ein kleines Mädchen war, hatte sie Rituale entwickelt, mit denen sie nach dem Auftauchen aus der Wiege den Übergang in die kühle Welt zelebrierte. Dazu gehörte, bewusst die Gerüche ihres Kinderzimmers, später des gemeinsamen Schlafzimmers mit Leon und dann ihres Schlafzimmers in der WG mit Mia einzusaugen.

In diesem hohen Dachzimmer in Metz hatte sie ebenfalls bereits die Gerüche gespeichert. Der zarte

Bienenwachsduft, der vom Parkettboden ausging, ein Hauch der Lasur, mit der die uralten Schränke gestrichen waren, auch der Staubgeruch, der einem so alten Haus anhaftete. Darüber lagen ihre eigenen Duftnoten, die sie der kleinen Wohnung aufgeprägt hatte. Ihr Lieblingsparfum, ihr Waschmittel. Sie hatte es sich zur Gewohnheit gemacht, all diese Nuancen einzeln herauszufiltern, bevor sie sich auf den Rücken drehte.

Doch etwas war anders. Das Einzige, was heute stimmte, war ihr eigener Geruch und ihr Parfum, das allerdings nur noch in Resten an ihrer Haut haftete. Bevor sie einen klaren Gedanken fassen konnte, schoss der Schmerz hinter ihre Augen. Sie stöhnte, als sie sich von der Seite auf den Rücken drehte, die Lider noch geschlossen. Sie versuchte, sie zu öffnen. Der erste rote Schimmer, den sie wahrnahm, zwang sie, sie sofort wieder zuzumachen. Sie legte die Hand über die Augen und bemühte sich krampfhaft, zu denken. Wo war sie?

Bevor er zu reden begann, roch sie ihn. Es war Yannis Jouvet. Er musste neben ihr sitzen. Oder liegen? Sie stöhnte abermals und brachte es noch nicht fertig, die Augen wieder aufzuschlagen.

„Sophie, wie geht es dir?" Er flüsterte fast. „Sind die Schmerzen schlimm?"

Das Denken klappte noch immer nicht. Ihr Mund war trocken, die Kehle kratzte, aber das alles wurde von dem Kopfschmerz überdeckt. „Eine Tablette?", krächzte sie.

Die Unterlage bewegte sich, Holz knarrte leise. Sehr langsam begann Sophie, ihre Lage zu analysieren. Sie lag in einem Bett und war bis obenhin zugedeckt. Auf der Haut spürte sie die wärmende Bettwäsche, also trug sie jedenfalls nicht mehr ihr Kleid, aber auch keinen Pyjama. Sie bemerkte die Bündchen ihres Schlüpfers an den Beinen, und auf ihren Brüsten die weiche Seide des Hemdchens, das sie gestern glücklicherweise unter ihrem Kleid angezogen hatte. Kein BH. Keine Feinstrumpfhose.

Sie lag offensichtlich in Yannis Jouvets Bett! Wie hatte das passieren können? Und was genau *war* passiert? Sie hörte entfernte Geräusche, fließendes Wasser, das Knacken einer Blisterpackung. Das Hotelzimmer musste riesig sein.

Sie musste die Augen öffnen! Es war anstrengend und schmerzhaft. Das Rot, das sie bei ihrem ersten Versuch gesehen hatte, war die Farbe der Wand hinter dem Bett. Das Wort *Bett* war untertrieben. Es war so groß wie ein Badezimmer. Das hatte etwas Beruhigendes: Auf einem solchen Bett konnte man sich problemlos aus dem Weg gehen. Sophie grinste beinahe bei diesem Gedanken, bis das Bewegen ihrer Wangen einen erneuten Schmerz auslöste. Sie brachte es noch nicht fertig, den Kopf, geschweige denn die Augen zu verdrehen und nahm nur wahr, was direkt in ihrem Gesichtsfeld lag.

Sie hörte Yannis' Schritte, dann tauchte er in ihrem Blickfeld auf. Er trug Jeans und Polohemd, wirkte frisch geduscht, gut gelaunt und entspannt. Also hatte er vorhin wohl doch neben ihr gesessen, nicht gelegen. Wie lange er sie wohl beobachtet hatte? Hatte sie geschnarcht? Wie musste sie riechen!

„Mach, dass das alles nur ein Traum ist", flüsterte sie.

Yannis lachte leise. „Nimm erst mal das Schmerzmittel, danach geht es dir sicher bald besser."

Er setzte sich neben sie auf den Bettrand, beugte sich über sie, schob einen Arm in ihren Nacken und hob ihren Kopf vorsichtig hoch, bevor er ihr das Glas hinhielt, in dem sich die letzten Reste einer Tablette sprudelnd auflösten. Dankbar trank sie in langsamen Zügen. Sie hatte keine Ahnung, was in dieser Nacht geschehen war, keine Erinnerung daran, wie er sie ausgezogen hatte und wie armselig sie in ihrem Rausch mit begleitender Migräne gewirkt haben musste. Aber bei aller Peinlichkeit nahm sie klar wahr, wie gut es tat, von ihm auf diese Weise umsorgt zu werden. Und wie viel Zärtlichkeit das Verhalten von Yannis verriet und in ihr auslöste, über Schmerz und Scham hinweg. Vorsichtig ließ er sie zurücksinken.

„In ein paar Minuten sollte die Wirkung einsetzen."

„Danke", sagte Sophie matt. „Ich muss noch eine Weile die Augen schließen." Sie wartete sein Nicken ab.

„Wie peinlich war ich?", fragte sie leise und wurde mit einem Lachen belohnt. Bedauerlicherweise erhob er sich.

„Ich habe tatsächlich noch nie erlebt, dass ein Mensch sich so schnell und gründlich abschießt."

Sie grunzte.

„Du hattest mich vorgewarnt. Mach dir keine Gedanken, das bleibt unter uns. Ich würde dir allerdings raten –", sie hörte das Lächeln in seiner Stimme. „Ach was, du bist erwachsen."

Langsam breitete sich Klarheit in Sophies Kopf aus. Der Schmerz zog sich zurück. Sie öffnete die Augen wieder – ja, es ging. Dann setzte sie sich auf und rutschte zum Kopfende des Bettes, während sie die Decke dabei über ihrer Brust festhielt. Die Vorhänge vor dem riesigen Fenster gegenüber waren noch zugezogen, es fiel ein diffuses Sonnenlicht herein.

„Du hast mich gestern nicht mit dem Taxi nach Hause bringen lassen?" In ihrem Ton lag Tadel, obwohl sie wusste, dass sie eine Autofahrt in diesem Zustand nicht mehr überstanden hätte. Yannis zog sich einen der Sessel heran und setzte sich. Sophie scannte endlich den Raum – oder vielmehr die Suite. Am anderen Ende, in der Nähe der Tür, sah sie einen Tisch mit Stühlen. Auf dem Tisch stand anscheinend ein Frühstück parat. Unverhofft meldete sich ihr Hunger. Sie wandte ihren Blick zurück zu Yannis, der noch nicht geantwortet hatte.

„Das hätte ich nicht über mich gebracht. Schließlich war ich schuld an deinem Zustand, und ich machte mir Sorgen. Ein Schwips ist eine Sache, Migräne eine ganz andere." Er fuhr sich mit der Hand durch die Haare. „Ich konnte dich nicht ohne Beobachtung lassen, und einem Taxifahrer hätte ich dich nicht aufbürden wollen. Du sahst wirklich übel aus." Die Grübchen entschärften seine Wortwahl.

Sophie zog einen Flunsch. „Damit hätten wir das auch erledigt. Du als mein Chef hast mich also schon in allen Zuständen gesehen."

Er spitzte die Lippen. „Nicht in allen." Eine Braue wanderte nach oben. Die Atmosphäre im Raum schlug um. Sophie räusperte sich, ihre Wangen glühten.

Yannis schlug sich mit den flachen Händen auf die Oberschenkel. „Kannst du bereits einen Kaffee vertragen?" Er deutete auf die Tischgruppe. „Ich habe Frühstück für uns bestellt. Da ich nicht wusste, ob du lieber süß oder herzhaft magst, ist von allem etwas dabei." Er beugte sich vor. „Dein Blick ist jedenfalls wieder klar. Was meinen Sie, Sophie Thielen, darf ich Sie zu einer Tasse Kaffee einladen? Nebst allem, wonach Ihnen der Sinn steht?"

„Ein Schluck Kaffee wäre tatsächlich sehr schön. Aber vor dem Frühstück würde ich mich gern frisch machen und anziehen."

Er sprang auf. „Das passt prima. Ich habe noch ein Telefonat zu erledigen. Ich gebe dir zwanzig Minuten, dann bin ich zurück. Das Bad ist dahinten. Dein Kleid hängt auf einem Bügel am Heizkörper." Feixend verließ er den Raum.

Sophie fühlte sich von Minute zu Minute besser. Die Migräne verließ ihren Körper überraschend schnell, als sie sich unter der Dusche einseifte und ihr Haar wusch. Vom Alkohol blieb nur eine leichte Mattigkeit zurück. Das war ja noch mal gut ausgegangen, dachte sie.

Gut ausgegangen?, glaubte sie Mias Stimme zu hören. Und tatsächlich – was war gut daran, im Bett des Chefs aufzuwachen, ohne sich erinnern zu können, wie er ihr Kleid, Schuhe und Strumpfhose ausgezogen hatte? Und den BH, schoss es ihr durch den Kopf, als sie ihn vom Kleiderbügel pflückte, nachdem sie sich mit dem flauschigen Hotelbadetuch abgetrocknet hatte. Es war ein eigenartiges Gefühl, zu wissen, dass er ihn in der Hand gehabt haben musste. Dass seine Finger die Haken an ihrem Rücken geöffnet und ihn unter dem Hemdchen heraus gefriemelt hatten. Sie sah im Spiegel, wie sie abermals knallrot wurde. Peinlicherweise hatte sie ihm auch noch ihre ganze Lebensbeichte auf den Tisch gepackt! Jetzt wusste er wirklich alles über sie, sogar ihre Körbchengröße. Wenigstens hatte sie für die Eröffnungsfeier neue, edle Unterwäsche angezogen. Im Geiste dankte sie der Verkäuferin, die ihr passend zum Kleid die Unterwäsche aufgedrängt hatte. Wie unangenehm wäre es ihr erst gewesen, wenn sie ihren ausgeleierten Baumwoll-BH nebst Feinrippunterwäsche getragen hätte!

Sie hörte durch die Tür, wie Yannis die Suite wieder betrat. Kurzerhand zog sie das Handtuch vom Kopf, bürstete die nassen Haare einmal durch und steckte sie mit der Haarklammer vom Vortag lose nach oben. Zum Föhnen hatte sie keine Zeit. Dann zog sie rasch ihr Kleid über. Es roch ein bisschen nach Essen, aber nicht nach Schweiß. Das Unterhemd steckte sie in die Handtasche. Sie fühlte sich wieder wie ein Mensch. Jetzt wollte sie ein paar Fragen beantwortet haben. Sie straffte die Schultern und ging hinaus.

Yannis saß am Tisch und starrte auf den wild gemusterten Teppichboden. Seine Schultern hingen herunter. Die Atmosphäre im Raum hatte sich geändert. Durch die geöffneten Flügel des Fensters strömte frische Frühlingsluft herein. Die Sonne brachte die Rottöne der Wände und der Bettwäsche zum Glühen. Doch das täuschte nicht über die Kälte hinweg, die von Yannis auszugehen schien.

Sophie blieb einen Moment unschlüssig stehen und sog seinen Anblick auf. Sie wusste nicht mehr, wie sie ihm gegenüberstand. Er war ihr Chef, er war reich und mächtig und gutaussehend. Und er hatte ihren Kopf gehalten, damit sie aus einem Glas trinken konnte. Er hatte sie letzte Nacht ausgezogen. Offenbar ohne die Situation zu missbrauchen. Wie er es versprochen hatte. Nun ja, sie war nicht gerade in einem attraktiven Zustand gewesen.

Langsam näherte sie sich ihm. „Yannis?", sagte sie leise, nicht sicher, ob es noch richtig war, ihn zu duzen. Es gab ihr einen Stich, ihn so zu sehen. In sich abgekapselt, unnahbar und streng. Die Wärme oder gar Zärtlichkeit von vorhin waren verschwunden. Er hob den Kopf. Sein Blick klärte sich. Als hätte er sich innerlich geschüttelt, schoss es Sophie durch den Kopf. Wenigstens hatte sie nicht den Eindruck, sie sei für seine Missstimmung verantwortlich. Er deutete auf den freien Stuhl, vor dem ein Gedeck stand, und schenkte ihr Kaffee aus einer Warmhaltekanne ein.

„Ich habe auch noch nicht gefrühstückt", sagte er und hielt ihr den Brotkorb hin.

Zunächst aßen sie schweigend, bis Sophie es nicht mehr aushielt. Sie legte ihr Körnerbrötchen auf den Teller. „Ich habe noch ein paar Fragen", sagte sie und fühlte sich dabei wie ein Kind, das vor die Leiterin des Kindergartens gerufen worden war, weil es etwas angestellt hatte. Sein Lächeln machte es ihr leichter, weiterzusprechen.

Sie räusperte sich. „Hast du mich gestern hierher getragen?"

„Ja, klar. Wir haben den Fahrstuhl benutzt." Jetzt blitzten seine Augen doch wieder. Er amüsierte sich offenbar bestens.

„Und ... du hast mich ausgezogen?"

Er legte den Kopf schief. „Wer sonst?"

Unwillkürlich setzte sie sich gerader hin und tastete in einer unbewussten Geste nach dem Gummibündchen ihres BHs, ließ die Hand dann aber sofort wieder sinken.

„Ich habe nichts gesehen, keine Angst." Die Grübchen bildeten schwarze Löcher in seinen Wangen. „Ich weiß, was Frauen tragen und wie man Haken öffnet. Sie brauchen sich keine Sorgen um Ihre Tugend zu machen, Sophie Thielen." Er feixte, bevor er plötzlich ein ernstes Gesicht machte und sich vorbeugte. Sophie merkte, dass sie den Mund leicht geöffnet hatte, und schloss ihn wieder. Sie musste schlucken.

Seine Augen wirkten noch dunkler als sonst, als er weitersprach. Sie konnte sich nicht von ihm abwenden, während er sie mit seinem Blick bannte. „Außerdem würde ich niemals auf das Vergnügen verzichten wollen, dir –", er zögerte einen Moment, „dabei in die Augen zu sehen."

Sie starrte ihn an.

„Du weißt schon wobei."

Verstand sie ihn richtig? War das noch Flirten oder vielmehr eine Ankündigung? Gänsehaut überlief ihren Körper, und unpassenderweise spürte sie, wie ihr BH zu spannen begann. Nervös sprang sie auf. „Ich –"

Er stand ebenfalls auf und war mit zwei Schritten bei ihr. Sie musste sich beherrschen, den Kopf nicht noch dichter zu ihm zu schieben, um wie ein Hund seine Witterung aufzunehmen. Etwas stimmte nicht. Sie war viel zu verwirrt, um zu wissen, ob es richtig war, was sie tat. Was hatte diese Nacht zu bedeuten gehabt? Hatte er sie gestern Abend absichtlich betrunken gemacht?

Er legte seine Hand unter ihr Kinn, und ein weiteres Mal war sie gebannt von seinen Augen. Dann küsste er sie. Es war ein zarter Kuss ohne Zunge, naschend. Trotzdem explodierte in ihr ein Feuerwerk, und als er sie an sich zog, hatte sie das Gefühl, zu fallen. Er knabberte mit den Lippen an ihren, oder war es umgekehrt? Beide kosteten einander, während ihre Körper sich zu erkennen schienen. Die Intensität dieser Berührung glich nichts, was Sophie vorher erlebt hatte. Sie fühlte sich gleichzeitig aufgewühlt, erregt und beruhigt. Als käme sie endlich an einem Ort an, von dem sie nicht gewusst hatte, wie sehr sie ihn gesucht hatte.

Eine lange Weile später standen sie noch immer eng umschlungen da. Sophies Körper glühte vor Lust und doch wollte sie keinen Schritt weitergehen. Und er auch nicht. Sie standen und hielten sich gegenseitig. Ihre Körper wuchsen ineinander, zu einem Ganzen zusammen, obwohl sie beide noch vollständig bekleidet waren. Obwohl sie seine Zunge noch nicht gespürt hatte und seine Hände nichts berührten außer ihrem Nacken und ihrem Rücken. Ihre Hände lagen in seinem Rücken. In dieser Sekunde wusste sie, dass sie noch alle Zeit der Welt haben würden. Dass sie beide sich entdecken würden. Langsam. Und es würde ihnen unendliche Freude bereiten.

„Sophie", flüsterte er.

„Yannis."

Mehr war nicht nötig.

Ein dumpfes Geräusch erklang vom Tisch her. Es dauerte, bis Sophie und Yannis es wahrnahmen. Doch es wiederholte sich in regelmäßigen Abständen. Plötzlich ging ein Ruck durch Yannis, er sah Sophie mit aufgerissenen Augen an. Noch bevor er die Arme sinken ließ und einen Schritt zurück machte, schien sich eine Barriere zwischen ihnen aufzubauen. Sophie hielt die Luft an. Das Gefühl des Verschmolzenseins verschwand, als wäre es nur Einbildung gewesen. Zwischen Yannis' Brauen zeichnete sich eine Falte ab, die sie zuvor noch nicht an ihm gesehen hatte. Sein Blick wurde stumpf, er wandte sich ab und griff nach seinem Smartphone, das auf dem Tisch lag und vibrierte. Er warf einen Blick auf das Display und drückte den Anruf weg. Eine Gänsehaut lief über Sophies Rücken, doch nichts daran war wohlig. Der Mann vor ihr war ihr plötzlich fremd.

„Ich lasse ein Taxi kommen. Leider muss ich noch arbeiten." Schon tippte er eine Nummer ein. Nur wenige Minuten später trat Sophie aus der Tür des Hotels und stieg in das wartende Taxi. Yannis hatte sich bereits umgedreht und hielt das Telefon ans Ohr, als er durch das Portal zurück ins Hotel ging. Während das Taxi losfuhr, schluckte Sophie die Tränen hinunter, die unerwartet in ihr aufstiegen.

KAPITEL 12

Das Wochenende lag in einem trüben Nebel. Die Migräne, die Sophie beim Frühstück mit Yannis einigermaßen in Schach hatte halten können, kam zurück, sobald sie in ihrer kleinen Wohnung die getragenen Kleider auszog und so hastig in die Waschmaschine stopfte, als röchen sie nach Kuhstall. Sie war trotz ihrer Scannernatur nicht in der Lage, ihre Gefühle zu begreifen oder das, was zwischen Yannis und ihr geschehen war. Es blieb ihr nichts anderes übrig, als die Rollläden und Jalousien zu schließen und sich ins Bett zu verkriechen. Lediglich Florence' freundliches Angebot, ihr einen Tee aufzubrühen, nahm sie an. Die Frage der neuen Freundin, was in der Nacht geschehen war, konnte sie nicht beantworten. Genauso wenig konnte sie ihr – oder sich selbst – erklären, warum sie sich so unsagbar traurig fühlte.

Vorerst fand sie auch keine Antworten, denn Yannis Jouvet ging ihr in den folgenden Tagen aus dem Weg.

Die Eröffnung der *Galeries* war der große Erfolg gewesen, der sich an jenem Tag bereits abgezeichnet hatte, und in der folgenden Woche pendelte sich die Kundenzahl auf einem guten Niveau ein.

„Wir haben es geschafft", verkündete Madame am Donnerstagmorgen mit strahlendem Lächeln. „Die *Galeries Jouvet* laufen so gut wie das Dumont in seinen besten Tagen. Wir haben alles richtig gemacht."

Die Überbleibsel der großen Feier waren zu Wochenbeginn bereits entfernt gewesen, und Sophie hatte sich, von den Nachwirkungen ihrer Migräne befreit, in die Arbeit gestürzt. Die Lebensmittelabteilung war jetzt ihr Hauptwirkungsbereich. Die Abläufe hakten noch ein bisschen, die richtigen Bestellmengen würden sich erst im Laufe der Zeit einpendeln. Sophie nahm es als Herausforderung. Sie ging in ihrer Arbeit auf. Zugleich wuchs in ihrem Kopf das Konzept für die Food Area in den Grannus-Arkaden. Sie knüpfte Kontakte, besuchte die Zuliefererbetriebe, die in der lothringischen Region verteilt waren, und wählte unter den Produkten aus, die ihr angeboten wurden.

Bedauerlicherweise verringerte sich dadurch die Zeit, die sie mit dem *Maître d'Harmonie* zusammenarbeiten konnte. Auch in Florence' Abteilung hielt sie sich nur selten auf. Erst am Ende der Woche wurde ihr bewusst, dass sie die Nähe der anderen mied. Sie hatte sich in die Arbeit gestürzt, um sich abzulenken, und vermied es, über die Nacht und den Morgen im Hotel nachzudenken. Selbst ihr Büro hatte sie bisher nur frühmorgens vor der Arbeit und unmittelbar bevor sie das Kaufhaus verließ betreten. Es hatte sie nicht gewundert, dass die Rollos im Chefbüro die ganze Woche über heruntergelassen waren.

In all diesen Tagen hatte Yannis Jouvet sich nicht

blicken lassen. Sie wusste nicht einmal, ob er anwesend war oder nicht. Am Freitagnachmittag fand Sophie endgültig nichts mehr, was sie noch im Untergeschoss hätte erledigen müssen, und auch in allen anderen Abteilungen wurde sie nicht mehr gebraucht. Zeit, das Liegengebliebene aufzuarbeiten.

Eine dicke Kladde mit handschriftlichen Notizen lag auf ihrem Tisch. Sie hatte nichts von den Absprachen mit den neuen Geschäftspartnern per Computer erfasst. Da sie sich bisher nicht an einen Tablet-PC hatte gewöhnen wollen, der sie überallhin begleitete und in dem sie alles speichern konnte, standen also nur die wichtigsten Termine in ihrem Kalender im Smartphone. Alles andere hatte sie von Hand notiert.

Sophie fühlte sich, als wache sie aus einem Traum auf, während sie im Paternoster nach oben fuhr, wissend, dass sie endgültig in der Realität ankommen würde. Ihr Magen zog sich zusammen, als sie den Fuß in den Flur setzte. Wie sehr wünschte sie sich jetzt, dass die anderen Büros ebenfalls besetzt wären. Schon von weitem sah sie, dass die Rollos an seinem Büro geschlossen waren. In ihrer Brust ballte sich etwas zusammen, während sie auf ihre eigene Tür zuging. Überrascht identifizierte sie das Gefühl in sich als Wut.

Wie hatte er es wagen können!

Was für ein Mensch musste dieser Yannis Jouvet sein? Er hatte sich ihr Vertrauen erschlichen, hatte sie glauben lassen, dass sie etwas Besonderes für ihn sei, nicht nur eine seiner Angestellten. Was bedeuteten die Gespräche, die sie mit ihm geführt hatte? Die Momente, in denen sie sich ihm so nahe gefühlt hatte? Oder hatte er sie nur aushorchen wollen, um alles über die neue Mitarbeiterin aus Deutschland zu erfahren?

Sophie schlug die Bürotür so fest zu, dass sie einen Moment ängstlich die Luft anhielt, weil sie befürchtete, das Glas könne zerspringen. Sie warf aus dem Augenwinkel einen Blick auf das Fenster seines Büros – nicht die kleinste Regung.

Von ihrer Kindheit hatte sie ihm erzählt, die Ehe ihrer Eltern vor ihm entblößt. Und noch vieles mehr. Sie hatte ihm Dinge anvertraut, die sonst nur Mia wusste.

Mia!

Mit einem langen Blick auf den Stapel Unerledigtes beschloss Sophie, dass es auf einen Tag mehr oder weniger nicht ankam. Sie riss ihre Strickjacke vom Garderobenständer. Sie würde sie nicht tragen müssen, denn es war in dieser Woche warm geworden, der Mai hatte begonnen.

Wenige Minuten später verließ sie das Gebäude durch den Seiteneingang, fest entschlossen, die *Galeries Jouvet* heute nicht mehr zu betreten. Sie musste mit Mia reden, sofort! Der Knoten in ihrem Magen wurde immer fester und rief Übelkeit hervor. Gebildet hatte er sich schon am Montagmorgen. Vor Nervosität und Vorfreude vibrierend hatte sie vor verschlossener Milchglastür und heruntergelassenen Rollos gestanden. Nichts wies auf die Anwesenheit von Yannis Jouvet hin. Geschweige denn, dass er es nötig gehabt hätte, sich bei ihr zu melden.

Draußen ging sie um eine Ecke herum und setzte sich vor das erstbeste Lokal mit Blick auf den kleinen Park vorm Konzertsaal *Arsenal*. Nachdem sie sich ein *Menthe à l'eau* bestellt hatte, zog sie ihr Smartphone heraus und wählte die Aachener Nummer. Am Freitagnachmittag würde Mia sicher Zeit für ihre beste Freundin haben. Die Menschen, die vorbei flanierten und offenbar den Frühling genossen, wirkten glücklich. Waren alle um sie herum verliebt? Es schien ihr, als sehe sie nur Händchen haltende Pärchen.

„Sophie, bist du das?" Beim Klang von Mias Stimme bildete sich ein Kloß in Sophies Hals. Sie sog die Luft durch die Nase ein. Warum hatte sie nicht warten können, bis sie zu Hause war? In aller Öffentlichkeit Mia anzurufen, um ihren Kummer loszuwerden, war eine dumme Idee gewesen.

„Sophie?", hakte ihre Freundin nach.

„Ja, ich bin's." Warum klang das so kläglich?

„Ist was passiert?"

„Ach, Mia."

„Oh je, was ist los? Sag schon! Du klingst ja furchtbar."

„Nein, ich bin okay. Es ist nur", sie schluckte. „Ich brauche deinen Rat", sagte sie schließlich.

„Worum geht's?"

„Ich weiß selbst nicht genau."

„Ist es ein Mann?"

„Ja." Sophie wollte Mias Meinung zu Yannis Jouvet hören. Vielmehr zu seinem unglaublichen Verhalten. Wovon Mia allerdings noch nichts wusste.

„Wer ist es? Sag mir seinen Namen und ich verpasse ihm eine, wenn er dir wehgetan hat."

Sophie musste kichern. Die Leute, die an den Bistrotischen um sie herum saßen, hatten ihr ein paar verstohlene Blicke zugeworfen, als sie bemerkten, dass sie Deutsch sprach, widmeten sich inzwischen aber wieder ihrer Freude über den Frühlingstag und die Möglichkeit, im Freien das Leben zu genießen. Es war fast, als wäre sie allein und ungestört, wurde ihr bewusst. Sie konnte hier ganz offen mit Mia telefonieren. Und sollte der eine oder andere ein paar Brocken verstehen, war es egal.

„Es ist mein Chef", beantwortete sie Mias Frage.

„Nein", quietschte es in ihrem Ohr, und wieder musste Sophie unwillkürlich lächeln. „Yannis Jouvet himself? *Monsieur Irrésistible?*"

Sophie nickte und schickte ein knappes „Ja" hinterher.

„Ich fasse es nicht. Wie kannst du dich ausgerechnet auf *den* einlassen?"

„Nein, so ist es gar nicht. Also nicht so, wie du denkst."

„Erzähl. Was ist passiert? Hast du mit ihm über alte Zeiten geplaudert? Und sieht er eigentlich immer noch so verdammt gut aus?"

„Puh, Mia, ich glaube, ich habe es selbst noch nicht ganz kapiert. Was passiert ist, meine ich."

„Dann fang von vorne an. Hast du Zeit? Reicht dein Guthaben?"

„Klar, ich habe eine Flatrate gebucht. Also, du kennst ja die Geschichte von damals." Sophie rieb sich über die Augen. „Das ist so lange her. Und ehrlich, die Sache ist endlich aus der Welt geschafft."

„Also hast du mit ihm darüber gesprochen. Hat er dich denn wiedererkannt?"

„Zuerst nicht."

„Kein Wunder, du bist schließlich nicht mehr das pausbäckige Mädchen von damals. Aber umso besser, dann war er dir gegenüber unvoreingenommen. Mag er dich?"

Sophie zögerte. Tat er das? Zumindest hatte sie es in ein paar Momenten geglaubt.

„Hallo? Noch da?"

„Ja. Ich bin mir nicht sicher, wie er mich findet. Ich kann den Mann einfach nicht einschätzen. Ich glaube, er ist nicht ganz meine Kragenweite."

Mia lachte auf. „Das ist sowas von retro! *Kragenweite*." Sie zog den Begriff betont in die Länge. „Komm, erzähl von Anfang an. Wann bist du ihm zum ersten Mal begegnet, was hat er gesagt, und warum weißt du nicht, wie du zu ihm stehst – oder er zu dir."

Sophie erzählte von den ersten Tagen im Kaufhaus, von ihrem Gespräch über die Kathedrale und wie sie ihm sehr persönliche Gedanken anvertraut hatte. Davon, wie sie eine Art Vertrautheit empfunden hatte. Sie erzählte auch von Florence und Jean-Jacques, von Madame.

„Ja, schon gut, ich kapiere, dass du tolle Kollegen hast. Aber die interessieren mich weniger. Wie ging es mit *ihm* weiter, mit deinem Chef?"

„Die Eröffnungsfeier war ein Knaller. Yannis", es machte ihr nach wie vor Spaß, seinen Namen laut auszusprechen, „war vorher aufgeregt wie ein kleines Kind, das war echt niedlich." Sie schmunzelte. „Als alles vorbei war, lud er mich ins Hotel *La Citadelle* ein."

„Sophie!" Mias Stimme war schrill vor gespielter Empörung, das Lachen war herauszuhören.

„Nicht was *du* denkst!" Erstaunt merkte Sophie, dass sich der Klumpen in ihrem Magen gelöst hatte. Sie winkte den Kellner heran und bestellte ein Mineralwasser. „Er hat mich nur zum Essen eingeladen. Es war alles ganz entspannt. Wir haben gescherzt und Whisky getrunken."

„Whisky getrunken?" Mia hörte sich genauso an, wie wenn sie sich ungebeten in ihrem Kopf zu Wort meldete. „Du verträgst doch nichts." Sie schnalzte mit der Zunge. „Da bist du einmal ohne mich unterwegs, schon baust du Mist."

„Ja, das mit dem Wein und Whisky war ein Fehler", gab Sophie kleinlaut zu. „Ich bekam am Ende eine Migräneattacke, die mich sofort ausgeknockt hat. Eigentlich wollte Yannis mich mit einem Taxi nach Hause bringen lassen, aber das ging nicht mehr."

„Sag mir nicht, du hast bei ihm übernachtet!"

„Doch. Er hat mich aufs Zimmer mitgenommen. Also getragen, ich war kurze Zeit ohne Bewusstsein." Sie hielt inne und scannte, ob jemand ihr zuhörte, doch das war offenbar nicht der Fall. Was für eine peinliche Geschichte! Das Geräusch, das Mia bei ihren Worten machte, rief ein Bild in Sophies Kopf hervor: Sie hielt die Faust vor den Mund und verbiss sich vermutlich ein Grinsen. Oder vielmehr verbiss sie es sich vermutlich nicht. Wie gut es tat, mit Mia über all das zu reden!

„Ich bin also am nächsten Morgen in der Suite aufgewacht, im Bett von Yannis."

„Nackt?"

„Nein, ich hatte meine Unterwäsche noch an. Er hat sich wie ein Gentleman benommen, wirklich. Mia, das alles ist so eigenartig. Ich, ich habe mich in seiner Gegenwart wohlgefühlt. Es war nicht mal peinlich! Dabei hatte er mir Kleid, Strumpfhose und BH ausgezogen, ohne dass ich es mitbekommen habe."

„Wow, wenn ein Kerl sowas für eine besoffene Frau macht und nicht schreiend davonrennt, ist er der Richtige. Und wenn er die Situation nicht ausnutzt."

„Mia!", rief Sophie und senkte die Stimme sofort wieder. „Wie kannst du sowas sagen?"

„Weil es so ist?"

„Nein, eben nicht. Am nächsten Morgen haben wir zusammen gefrühstückt – und dann haben wir uns geküsst."

Mia stieß einen Juchzer aus.

„Aber das war's dann!" Der Klumpen zog sich in ihrem Magen wieder zusammen. „In einem Moment halten wir uns noch in den Armen – es war wie ein Traum, ich fühlte mich so wohl – und im nächsten Moment stößt er mich von sich."

„Wie jetzt?"

„Er hat mir ein Taxi bestellt und konnte gar nicht schnell genug an sein Telefon gehen, angeblich um zu arbeiten. Seitdem ward er nicht mehr gesehen."

„Nicht mehr gesehen?"

„Noch gehört. Der Dreckskerl hat mich auflaufen lassen. Keine Nachricht, nichts. Ob er überhaupt im Büro war, weiß ich nicht. Ich habe ihn seit Samstagmorgen nicht gesehen." Sie nahm einen Schluck Wasser. Jetzt war es raus. „Ich bin sauer, Mia! Wie kann man nur so bescheuert sein? Ich hätte es wissen müssen. Was will ein Yannis Jouvet ausgerechnet mit mir? Ich bin nur ein Spielzeug für ihn. Ein Accessoire. Genau wie bei Leon. Nur dass der hier noch mehr Geld im Ar– hat. Sorry für die Ausdrucksweise."

„Hm ..."

„Was, hm?", fauchte Sophie.

„Du weißt nicht, ob er überhaupt in Metz ist?"

„Wo soll er denn sonst sein? Klar ist er in Metz."

„Sophie, nun warte mal. Ich gebe dir ja völlig recht, dass es ausgesprochen beschissen ist, sich nicht zu melden. Ich meine, ihr habt euch immerhin geküsst. Andererseits ..."

„Ach, nimmst du ihn etwa in Schutz, oder was?"

„Na ja, ich denke, er hat schon einige Verpflichtungen. Klar, sich nicht zu melden, das geht gar nicht. Aber dass du nicht mal nachhakst?"

Sophie drückte den Rücken durch. „Ich soll nachhaken? Womöglich noch die Kolleginnen fragen, ob sie wissen, wo der Chef ist? Damit jeder mitbekommt, dass ich mich –", sie unterbrach sich und verzog die Mundwinkel.

„Dass du dich in ihn verliebt hast? Wolltest du das sagen?"

„Tja. Anscheinend schon." Sie schüttelte über sich selbst den Kopf. Nach der Erfahrung mit Leon hatte sie sich geschworen, einem Mann nie wieder so viel zu geben. Weder Dinge noch Gefühle. Ungewollt blitzten Bilder von Yannis wie Streiflichter auf. Sein Lächeln, das Verständnis in seinem Blick, seine Reaktion auf ihre Theorien über Beziehungen und Macht. Die Art, wie er sie nach ihrem Kuss angesehen hatte. Ja, er hatte sie komplett eingewickelt, sie hatte die Kontrolle über ihre Gefühle verloren. Und was hatte sie nun davon? „Ach, verflixt", murmelte sie. „Und jetzt stehe ich da, ich Idiotin. Und der große Guru lässt mich am ausgestreckten Arm verhungern. Siehst du nicht, was für ein Schlamassel das ist? Ich habe nichts dazu gelernt, einfach *gar* nichts." Sie wurde laut, die Wut machte ihr die Brust eng.

„Liebes, ich muss aufhören, Niklas ist gerade heimgekommen. Es tut mir leid. Aber ich glaube, du solltest dir selbst am allerwenigsten Vorwürfe machen. Vielleicht können wir später nochmal reden?"

„Ja, ist gut. Es hat jedenfalls gutgetan, dich zu hören. Ich bin mir über ein paar Dinge klarer geworden. Allerdings weiß ich immer noch nicht, was ich machen soll."

„Also, auf gar keinen Fall solltest du ihm in den Allerwertesten kriechen. Das ist kein Kerl wert. Niklas nickt." Mia lachte leise. „Ach, du Liebe, ich weiß, wie du dich fühlst. Lass dich umarmen." Sie legte auf.

Das war Mia. Sie kam ihr nicht mit irgendwelchen Duchhalteparolen, sondern hatte sie dazu gebracht, erst einmal zu erkennen – und zuzugeben –, dass sie sich verliebt hatte. Genau dieser Frage hatte Sophie sich nämlich nicht stellen wollen. Deshalb hatte sie in dieser Woche ein unglaubliches Pensum an Arbeit bewältigt, nur damit sie nicht ständig an Yannis dachte und an die Geborgenheit, die sie in seinen Armen gespürt hatte. Leider war alles nur ein Irrtum gewesen. Sonst hätte er sich wenigstens gemeldet, wenn er es schon nicht nötig hatte, sich in den *Galeries* zu zeigen. *Er* hatte ihre Handynummer auf jeden Fall, während sie seine natürlich nicht kannte.

Ach, verflixt.

Sie bezahlte, stand auf und überquerte die breite, verkehrsberuhigte Straße, um durch den kleinen Park vorm *Arsenal* zu schlendern. Auch hier: überall Liebespaare. Ein junger Mann kam auf sie zu und fragte, ob sie von ihm und seiner Freundin ein Foto machen könnte, mit den Bäumen und dem Gebäude des Konzertsaals im Hintergrund. Sie lächelte und nickte. Danach ging sie mit hängenden Schultern zur Mettishaltestelle und fuhr zurück in ihren kleinen, längst liebgewonnenen Unterschlupf.

    Unterwegs grübelte sie nach. Ob sie doch nach Yannis Jouvet fragen sollte? Madame wusste bestimmt, ob er in Metz war oder nicht. Was war schon dabei? Sie konnte so tun, als bräuchte sie eine dringende Antwort vom Chef. Natürlich, warum war sie nicht längst auf diese Idee gekommen? Und im Übrigen würde sie sich keine Blöße geben. Sie hatte genug Erfahrung darin, Illusionen zu begraben. Warum sollte ihr das bei Yannis Jouvet nicht gelingen? Aber er sollte nicht denken, dass er so leicht davonkam.

KAPITEL 13

Am Samstagmorgen fuhr Sophie zu den *Galeries Jouvet*, um die Arbeit zu erledigen, die sie gestern hatte liegenlassen. In den Bürostockwerken war es sicher ruhiger als an den letzten Tagen, aber das Verkaufspersonal ging natürlich seiner gewohnten Arbeit nach. Heute schlenderten sogar mehr Kunden als sonst durch die Verkaufsräume. Sophies Arbeit bei den *Galeries Jouvet* war damit im Grunde getan. Sie könnte nach Aachen zurückkehren und von dort aus ihre Ideen für die Food Area in den Grannus-Arkaden weiterführen. Mit diesem irgendwie erleichternden Gedanken stieg sie im Stockwerk von Madame Chevalier aus. Erst als sie vor deren offener Tür stand, wusste sie, dass sie den Entschluss von gestern wahr machen und nach Yannis Jouvet fragen würde.

Madame saß hinter ihrem Schreibtisch und winkte. „Bonjour, Sophie, kommen Sie herein! Kann ich etwas für Sie tun?"

„Ja, ich ...", Sophie blieb vor dem Schreibtisch stehen. „Wissen Sie zufällig, ob der Chef im Lande ist? Ich hätte ein paar Dinge mit ihm zu besprechen." Madame sah sie prüfend an und schwieg. Unbehaglich bewegte Sophie ihre Schultern. Dieser Blick erinnerte sie an ihre Deutschlehrerin. Sie machte eine fahrige Bewegung mit den Händen. „Ich habe ihn die ganze Woche noch nicht gesehen."

„En effet?" Madame zog die Brauen hoch, dann setzte sie eine unbeteiligte Miene auf. „Nun, er ist am Mittwochmorgen nach Saint-Tropez abgereist, wird jedoch am Wochenende zurück sein. Wann genau, hat er nicht gesagt." Sie runzelte leicht die Stirn. „Vielleicht kann *ich* Ihnen weiterhelfen?"

In Sophies Magen breitete sich ein schales Gefühl aus. Er war also zwei Tage hier gewesen, wahrscheinlich in seinem Büro, wo sonst? Und er hatte keinen Wert darauf gelegt, ihr zu begegnen. „Saint-Tropez?", wiederholte sie leise.

„Ja, das ist seine Heimat. Sie wissen sicherlich, dass seine Familie seit den Fünfzigerjahren dort ein Hotel führt?"

Sophie nickte. Tausend Gedanken hetzten durch ihren Kopf. Alles schien sich zu bestätigen: Yannis Jouvet interessierte sich keineswegs für die deutsche Mitarbeiterin. Sie war lediglich für die Eröffnung seines Kaufhauses wichtig gewesen. Seine Einladung zum Essen war eine Geste der Dankbarkeit. Sein Verhalten der Besoffenen gegenüber war einfach ein Akt der Höflichkeit. Man nannte so etwas soziale Kompetenz. Vielleicht war eine gewisse Sympathie vorhanden, mehr aber auch nicht. Den Kuss hatte sie schlicht überinterpretiert.

Letztendlich hatte er verhindert, dass Außenstehende ihren wenig präsentablen Zustand mitbekommen hatten. Womit er auch sich selbst einen Gefallen getan hatte. Gerede über Frauengeschichten waren für ihn wahrscheinlich kein Problem – aber eine betrunkene Werbechefin könnte den Ruf der *Galeries* schädigen. Sophie schüttelte den Kopf. Wie auch immer, offenbar spielte sie keine echte Rolle für ihn. Nun, er war nicht verpflichtet, sie über sein Kommen und Gehen auf dem Laufenden zu halten. All das erkannte sie spätestens in diesem Moment. Sie straffte die Schultern. *Abhaken*, befahl sie sich.

„Schön", sagte sie. „Ich gehe nach oben, Büroarbeit erledigen."

„Tun Sie das, meine Liebe. Und danach genießen Sie diesen wunderschönen Maitag."

Noch bevor Sophie aus dem Paternoster in den Flur stieg, bemerkte sie das hellere Licht am Flurende. Die Rollos waren hochgezogen! Sofort holperte ihr Herz.

Sein Geruch hing ebenfalls in der Luft. Sophie ärgerte sich, weil sie mit Aufregung darauf reagierte. Sie wollte es nicht, doch in ihrem Kopf formte sich unaufhaltsam die Frage: *Sehe ich ihn gleich?* Mit jedem Schritt, den sie seinem Büro näherkam, zwang sie sich mehr zur Ruhe. Sie atmete bewusst gleichmäßig und bekam ihren Herzschlag damit einigermaßen wieder in den Griff. Sie blickte stur geradeaus, nicht zu seinem Büro, und ging auf ihre eigene Bürotür zu. Er war nur ihr Chef, sonst nichts. Es spielte keine Rolle, dass er sie die gesamte Woche hatte links liegenlassen. Wieso war er überhaupt schon aus Südfrankreich zurück? Auf Höhe seines Büros griff Sophie sich mit der linken Hand an den Brillenbügel, um auch im Augenwinkel nichts sehen zu müssen. Ihre rechte

Hand zitterte kaum merklich, als sie den Türgriff hinunterdrückte und in ihr Büro huschte.

Geschafft! Sie eilte zum Garderobenständer, der außerhalb seiner Sicht lag, und atmete durch. Wie sollte sie sich verhalten? Erwartete er irgendetwas von ihr? Sollte sie so tun, als wäre nichts gewesen? Kein Kuss, kein tagelanges Schweigen.

Das wäre wohl am besten. Sie blickte zu ihrem Schreibtisch. Dort wartete Arbeit auf sie und sie versteckte sich hier. Das durfte nicht wahr sein! Mit einem weiteren tiefen Atemzug verbannte sie Yannis Jouvet aus ihren Gedanken und ging zum Schreibtisch, legte ihre Handtasche in die unterste Schublade und fuhr den PC hoch. Wenn sie den Blick nicht vom Bildschirm abwandte – und der war groß genug, um sich dahinter zu verstecken –, brauchte sie sein Büro nicht zu sehen.

Tatsächlich gelang es ihr, sich auf die Arbeit zu konzentrieren. Sie legte für alle neuen Geschäftskontakte Dateien an. In einem eigenen Ordner für die Grannus-Arkaden speicherte sie die wichtigsten Daten zusätzlich ab. Damit war sie eine ganze Weile beschäftigt. Buchführung war nicht gerade ihr Steckenpferd, aber wenn sie erst einmal damit begonnen hatte, konnte sie die Gedanken auf die Reise schicken und gleichzeitig ein großes Pensum erledigen.

Ihre Vorstellungen erschufen bereits ganze Teile der Food Area in den Grannus-Arkaden neu. Nachdem die Notizzettel abgearbeitet waren, tippte sie ihre Konzeptideen in Textdateien. Ja, sie liebte diese Arbeit. Schließlich klickte sie sich im Internet durch die Seiten von Möbeldesignern. Endlich hatte sie den Ärger der letzten Tage vergessen. Ob sich im Flur oder in Yannis' Büro etwas tat, war unwichtig geworden. Zumindest dachte sie nicht mehr an ihn, sondern schwelgte in ihren Ideen. Sie brannte darauf, sie mit jemandem zu besprechen, doch es war noch zu früh, das wusste sie. Es war besser, sie erst zu präsentieren, wenn alles zu Ende gedacht war. Außerdem würde sie noch vieles herausfinden müssen. Harmonierten die Materialien, die sie für die Fußböden und die Regale verwenden wollte? War der Boden überhaupt robust genug für einen Verkaufsraum?

Ein dumpfes Pochen an der Glastür riss sie aus ihrer Konzentration. Sie ruckte mit dem Kopf hoch. Gerade öffnete er die Tür und machte einen Schritt herein. Sein Lächeln war offen, der Blick freundlich, seine Haltung aufrecht. Nichts wies darauf hin, dass Yannis Jouvet irgendwelche Probleme hatte. *Wieso auch?*, fuhr es durch Sophies Kopf. *Womit denn auch?*

Die Geschäftsmäßigkeit, die ihr Chef ausstrahlte, machte es wenigstens leichter, ihre zuvor erkämpfte Fassung beizubehalten. Zufrieden registrierte sie, dass ihr Herz nach einem einzigen Stolperer gleichmäßig schlug.

„Bonjour, Sophie! Tout va bien?"

Ob alles gut war? Genauso gut hätte er das nichtssagende *Ça va?* benutzen können. Sophie beschränkte sich darauf, zurückzugrüßen.

Yannis warf einen Blick auf seine Armbanduhr. „Ich habe Hunger. Wie steht es mit Ihnen?"

Sie zuckte. Er war vom Du wieder zu Vorname und Sie gewechselt. Wie es sich in einem modern geführten Unternehmen gehörte. Jedenfalls, wenn man sich noch nicht geküsst hatte. Eine Sekunde sah sie auf seinen Mund, der weder lächelte noch ernst wirkte.

„Nun?", fragte er nach.

Sie checkte die Uhrzeit auf dem Bildschirm. Für heute reichte es. „Ja, ich habe Hunger. Feierabend." Damit schloss sie alle Dateien und schaltete den PC aus.

Yannis ging aus ihrem Büro in sein eigenes hinüber, ohne darauf zu achten, ob sie ihm hinterher kam. „Kommen Sie, ich möchte Ihnen noch etwas zeigen", hörte sie ihn rufen. An diese Art musste sie sich gewöhnen. Vielleicht war das auch typisch französisch. Nachdem sie ihre Handtasche aus der Schublade gezogen hatte, eilte sie ihm hinterher. In seinem Büro stand die Tür zur Dachterrasse offen. Da sie ihn nirgendwo sehen konnte, ging sie hinaus.

„Ist das nicht großartig?" Er stand mit dem Rücken zu ihr hinter einem der Oleander am Geländer und breitete die Arme aus, um damit das Dächermeer, die Kirchtürme und die Bäume in der Stadt zu umfassen. Über alles spannte sich der tiefblaue Himmel, und die Mittagssonne hatte eine enorme Kraft. Die überwiegend gelblichen Fassaden und die roten Ziegeldächer von Metz leuchteten. Das frische Grün und die Blüten der Bäume strahlten dazwischen auf, und wo sie bis zum Boden sehen konnte, tupften Tulpen und Pfingstrosen Klecks ins Bild. Sophie hatte in der vergangenen Woche kaum wahrgenommen, wie sehr Metz sich schon auf den Sommer zubewegte. Sie stand neben Yannis, als wären sie Freunde, Vertraute, alte Bekannte, was auch immer. Für einen Moment war ihre Wut komplett verschwunden, und sie wollte sie ja auch gar nicht, diese Wut. Sie wollte dem Mann neben ihr gleichgültig begegnen. Also sog sie den Anblick der Stadt in sich auf.

„Metz ist eine der ältesten Metropolen Frankreichs, wusstest du das?", fragte sie ihn. Ernsthaft? Wollte sie mit ihm Konversation betreiben? Sie grinste. Erst dann fiel ihr auf, dass sie ihn geduzt hatte.

Er wandte sich ihr zu. „Natürlich. Als wir darüber nachdachten, wo wir die neue Filiale der *Galeries Jouvet* eröffnen wollen, bin ich an alle Orte gefahren, die mein Onkel in Betracht zog." Er spitzte die Lippen, eine typische Geste, die sie an ihm mochte. „Hier habe ich mich sofort wohlgefühlt. Es wird Zeit, dass der Rest der Welt Metz wiederentdeckt. Findest du nicht auch?"

Ihr entschlüpfte ein kleines Giggeln, als sie hörte, dass auch er zum Du zurückgekehrt war. Dann drehte sie sich zum Oleander um. „Es muss traumhaft sein, wenn er blüht. Welche Farbe hat er?"

„Keine Ahnung." Er lachte jungenhaft. „Wir werden es bald sehen können. Komm!" Er bedeutete ihr abermals, ihm zu folgen, und schloss die Terrassentür hinter ihnen. Wie bei den letzten Malen stieg er mit ihr in die enge Paternosterkabine, und Sophie fragte sich, ob das noch Nähe oder schon Distanzlosigkeit war. Er ließ sich auf keinen längeren Blickkontakt ein, blieb betont höflich und beschränkte sich auf belanglose Konversation über die keltische, römische und mittelalterliche Geschichte von Metz. Als sie zum Fahrstuhl wechselten, waren die Büroräume verwaist, lediglich Madame Chevaliers Tür stand noch offen. Sie trat soeben daraus hervor und zog sie hinter sich zu. Sie stockte, als sie Sophie und Yannis vor dem Fahrstuhl stehen sah, dann winkte sie, was Yannis erwiderte.

Sie verließen das Gebäude durch den Haupteingang. „Worauf hast du Lust?" Yannis blickte Sophie abwartend an.

„Etwas Kleineres, vielleicht ein Stammessen irgendwo?"

„Ah, das erinnert mich daran, dass ich die hiesigen Crêpes noch nicht probiert habe. Jean-Jacques hat mir eine Crêperie empfohlen. Sie liegt in Richtung Seille, ist aber gut zu Fuß zu erreichen." Er betrachtete ihre Schuhe. Sophie musste lachen. Sie trug zu T-Shirt und schmal geschnittenen Jeans ihre bevorzugten Canvasschuhe.

„Kein Problem, ich gehe gern spazieren. Erst recht bei diesem Wetter." Sie schlugen die Richtung ein, die er vorgab, und schlenderten nebeneinander durch die Stadt, in der eine gelöste Stimmung herrschte. Immer wieder machte er sie auf typisch französische Bauten aufmerksam, denen die großen, protzigen Bauwerke aus der Zeit des deutschen Reichs gegenüberstanden.

„Weißt du, für mich ist diese Stadt extrem reizvoll", erklärte er, als sie ihn scherzhaft als Reiseführer bezeichnete. „Die Architektur, alles hier ist so anders als in meiner Heimat."

„Du kommst aus Saint-Tropez, einem der berühmtesten Orte der Welt." Sie blickte in den Himmel. „Ich war noch nie dort ... ich würde es so gern mal sehen."

„Es ist traumhaft, auch wenn der Tourismus seine Spuren hinterlassen hat. Nicht dass ich mich beschweren will, das ist schließlich das Geschäft meiner Eltern." Er lachte. „Aber es ist ein Fischerdorf. Pittoresk, wunderbar gelegen, provenzalisch. Ich liebe es. Gerade deshalb spricht mich Metz an, diese vergessene, schlafende Schönheit." Er lächelte bei seiner Wortwahl. „Du kommst hierher und siehst all diese Einflüsse, schon aus der Antike. Dann den Gegensatz zwischen dem typisch Französischen und dem Deutschen. Wir sind übrigens da." Er zeigte auf ein kleines Restaurant, über dessen Eingang der Name *Les Sans-Culottes* stand. Das Lokal schien sehr beliebt zu sein, denn als sie es betraten, war jeder einzelne der eng stehenden Tische besetzt.

Eine kleine, drahtige Kellnerin kam auf sie zu. „Vous avez réservé?" Ihre Stimme war dunkel und kräftig, sie passte zu ihr.

„Malheureusement pas." Yannis verzog den Mund. Vermutlich hatte er nicht damit gerechnet, dass man in der Crêperie reservieren musste.

„Pas grave", antwortete die Frau und zeigte auf einen Tisch vor dem Fenster. „Die Herrschaften haben bereits die Rechnung bestellt. Wenn Sie einen Moment warten wollen …?"

Zehn Minuten später saßen sie an dem Zweiertisch. Sophie ließ ihren Blick schweifen. Ihr gefiel, wie der Platz in dem kleinen Lokal ausgenutzt worden war. Mit Liebe zum Detail war alles dekoriert, und an einem dunklen Holzquerbalken an der Decke hatte jemand mit Kreide Getränkepreise notiert. Daneben, als handle es sich auch dabei um ein Getränk, stand *Le sourire est gratuit et si un peu d'attente, buvez un verre!*

Sophie lächelte. Die Kellnerin, die frische Platzsets und Servietten mit Besteck gebracht hatte, folgte ihrem Blick. „Sehen Sie, das Lächeln ist umsonst."

„Und zum Trinken nehmen wir eine Karaffe Wasser und einen *Pichet de Cidre*", sagte Sophie. Erst danach blickte sie Yannis an, der mit einem Nicken seine Zustimmung gab.

Sophie entschied sich für eine *Galette La Savoyarde*, eine herzhafte Crêpe aus Buchweizenmehl mit Bratkartoffeln, Schinken, frischen Pilzen und Raclettekäse. Yannis wählte *L'Agenaise*, die neben gebratenem Speck in Cidre eingelegte Pflaumen enthielt.

Sophie schenkte sich nur einmal vom Cidre in den kleinen Steingutbecher. Der säuerliche Apfelwein passte perfekt zum Essen. Yannis wirkte gelöst, blieb aber weiterhin unverbindlich. Er sprach über Metz und die *Galeries Jouvet*, erwähnte jedoch mit keiner Silbe ihre gemeinsam verbrachte Nacht. Sophie ging auf seinen oberflächlichen Tonfall ein und konzentrierte sich ansonsten auf ihr Essen. Wenn sie nicht zu sehr nachdachte, war es ein schöner Mittag: Sie war in Frankreich, die Sonne schien und sie genoss ein typisch französisches Essen, umgeben von lauter gut gelaunten Franzosen. Der Mann, der ihr gegenübersaß, fiel auf. Sie bemerkte sehr wohl die Blicke vieler der anwesenden Gäste. Vielleicht wussten sie sogar, wer er war? Sahen Yannis und sie eher wie Geschäftspartner aus oder vermuteten sie in ihr etwa seine neueste Eroberung? Aber vielleicht bildete sie sich das alles sowieso nur ein, vielleicht erkannte niemand den smarten Geschäftsmann, sondern alle sahen in ihm einfach einen attraktiven Mann.

Während Yannis sich über die Architektur des Hauptbahnhofs ausließ und dann zum Centre Pompidou überging, das sie auf jeden Fall sehen müsse, erwachte in Sophie die Unruhe. War es das? Erwartete er, dass sie so tat, als sei nichts gewesen?

Wahrscheinlich ist er erleichtert, weil ich so dumm bin, dieses Spiel mitzuspielen, dachte sie. Und noch während sie den letzten Happen ihres Essens auf die Gabel schob, verging ihr der Appetit darauf. Hatte sie sich nicht geschworen, dass er mit seinem Verhalten nicht davon kommen würde? Und hatte ihre beste Freundin sie nicht davor gewarnt, ihm in den Allerwertesten zu kriechen? Nun, sie überhäufte ihn zwar nicht mit Komplimenten und benahm sich nicht unterwürfig ihm gegenüber, aber wollte sie Freitagnacht und das Frühstück einfach unerwähnt lassen, nachdem er ihr gegenüber eine ganze Woche lang keinen Mucks von sich gegeben hatte?

„Nein", sagte sie laut und legte die Gabel mit dem Stück Crêpe auf den Teller zurück.

„Comment?" Sein Gesicht wurde ernst. Überraschung zeichnete sich in seinen Zügen ab, als er sein Besteck auf den leer gegessenen Teller legte, sich den Mund mit der Serviette abwischte und sie obenauf fallen ließ. Mit seinen fast schwarzen Augen sah er sie abwartend an.

„Yannis, ich kann das nicht."

Er beugte sich vor, als wolle er ihre Hand nehmen. Sie zog sie zurück und legte sie in ihrem Schoß ab. Eine steile Falte deutete sich auf seiner Stirn an. „Was kannst du nicht, Sophie Thielen?" Seine Stimme klang emotionslos.

Plötzlich war ihr schlecht vor Nervosität. Was, wenn sie alles schlicht überbewertete? „So tun, als wäre nichts."

„Was meinst du damit?"

Sie straffte die Schultern. „Ich, du", sie kniff kurz die Lippen zusammen. Blamierte sie sich gerade bis auf die Knochen? „Also, ich bin mir nicht mal sicher, ob ich dich überhaupt duzen darf", sagte sie dann und hob die Hand, als er antworten wollte. „Du hast mich heute Morgen gesiezt." Ihre Stimme klang fremd in ihren Ohren. „Und nun frage ich mich, ob dir die förmliche Anrede lieber wäre. Ich verstehe dein Verhalten nicht. Du hast mich am Freitag zum Abendessen eingeladen, wir hatten einen sehr schönen Abend."

„Ja", warf er dazwischen, doch sie ließ ihn nicht weiterreden.

„Du hast dich um mich gekümmert, als es mir schlecht ging. Und danach?" Sie musterte ihn unverwandt. Er schwieg, die Stirnfalte war verschwunden. Er sah unglücklich aus. Ihre Übelkeit ließ ein bisschen nach. Die Kellnerin steuerte auf ihren Tisch zu, drehte nach einem Blick in Sophies Gesicht jedoch kurz vorher ab und eilte zu einem der anderen Tische.

Sophie nestelte am Ausschnitt ihres T-Shirts herum und schaffte es nicht, Yannis bei ihren nächsten Worten anzusehen. „Ich habe mich mit dir sehr wohlgefühlt, und ich hatte den Eindruck, dass es dir auch so ging." Vorsichtig hob sie den Blick. Ein schmerzlicher Zug lag um seine Mundwinkel. Also hatte sie sich nicht getäuscht: Er bedauerte, was am Wochenende geschehen war. Sie schluckte und sprach dennoch weiter. „Vielleicht habe ich mich geirrt, aber für mich waren die Gespräche mit dir etwas Besonders. Ich habe dir Dinge anvertraut, die ich sonst nicht so leichtfertig erzähle." Sie griff nach der Serviette neben ihrem Teller und begann das Papier zwischen den Fingern zu reiben. „Und dann der Kuss." Die Stimme kippte ihr weg. Sie kam sich vor wie eine Bittstellerin vor einem ungnädigen Herrn. *Nein*, hörte sie Mias Stimme, *Augenhöhe!* Als wäre es ein Befehl. „Ich lasse fremde Männer normalerweise nicht an mich heran. Ich küsse auch nicht wahllos gute Freunde." Sie machte eine Bewegung, um ihre Schultern zu lockern. „Was bedeutete dieser Kuss für dich?" Sie hob das Kinn. „Ich muss wissen, woran ich mit dir bin."

Er atmete tief ein und sah zur Seite, bevor er den Blick auf sie richtete. „Sophie, es tut mir sehr leid."

Das gab ihr einen Stich, noch bevor er weiterredete. Sie begriff, dass all ihre Befürchtungen wahr wurden. Sie bedeutete ihm nichts. Beinahe verpasste sie seine nächsten Worte, so laut wurde das Rauschen in ihrem Kopf. Dieses Rauschen, das sie immer befiel, wenn sie besonders schlechte Nachrichten empfing.

„... nicht so weit kommen lassen dürfen", hörte sie ihn endlich wieder. „Ich wollte nicht den Eindruck erwecken", er hielt inne, als könne er die nächsten Worte nicht aussprechen, und fuhr sich mit der Hand durch die Haare. Zum ersten Mal zeigte er sich verunsichert. „Es ist nicht so, dass ich dich nicht mag."

„*Mag?*", echote sie.

Er deutete ein Kopfschütteln an. „Ich mag dich sehr, und ich bewundere dich. Deine Arbeit." Mit jedem weiteren Satz gab er ihr einen weiteren Stich. Er wollte abermals nach ihrer Hand greifen, führte die Bewegung jedoch nicht zu Ende. „Ich kann mich nicht auf eine ...", wieder unterbrach er sich. „Es tut mir sehr leid, dass ich einen falschen Eindruck erweckt habe. Der Kuss war impulsiv. Ich entschuldige mich dafür in aller Form."

Er *entschuldigte* sich für den Kuss. War das zu fassen? Sie sah ihn wortlos an, dann zog sie in Zeitlupe ihre Tasche an sich, stand auf, ging zum Tresen und forderte die Rechnung, ohne sich nochmal nach Yannis Jouvet umzusehen. Als ihr sein Geruch in die Nase stieg, war ihr klar, dass er hinter ihr stand. Sie fühlte sich, als wäre ihr Körper aus Holz. Steif wie eine Puppe drehte sie sich um, nachdem sie für beide gezahlt hatte, und ging hinaus, ohne ihn eines Blickes zu würdigen. Es fühlte sich an, als verfolgte sie dabei jedes einzelne Augenpaar der anwesenden Gäste. Erst als sie die Luft im Freien atmete, löste sich ein Teil ihrer Spannung wieder, ihre Schultern sackten herab, und wie in Trance setzte sie ihre Schritte, um den Weg zur nächsten Mettishaltestelle zu finden. Hatte sie jemals eine solche Demütigung erlebt? Ja, hatte sie. Sie reihte sich nahtlos ein in all ihre Erfahrungen mit Männern.

Erst als er nach ihrem Ellbogen griff und sie zurückhielt, bemerkte sie, dass Yannis ihr gefolgt war. Sie wirbelte zu ihm herum. „Was willst du noch?", fuhr sie ihn an und verengte ihre Augen zu Schlitzen. Sie entzog ihm ihren Arm und schubste ihn mit der Hand von sich. Er machte einen halben Schritt zurück.

„Sophie, ich – können wir nicht unsere Beziehung auf eine sachliche Ebene stellen? Ich halte große Stücke auf dich, und ich möchte, dass du die Zeit in den *Galeries Jouvet* so angenehm wie möglich erlebst."

Ihr Lachen hörte sich eher nach einem Grunzen an. „Oh, wow, eine sachliche Ebene. Immerhin bemühst du nicht das Klischee ‚Freunde bleiben' zu wollen. Warte, nein, Freunde waren wir ja nie. Das Stadium hatten wir noch gar nicht erreicht. Lass mich in Frieden, Yannis Jouvet, hörst du? Du bist mir doch sowas von egal!" Sie rannte los, über die Straße, ohne darauf zu achten, ob die Richtung noch stimmte. Ein harter Griff riss sie zurück, sie landete an seiner Brust und hörte gleichzeitig das Hupen und das Motorengeräusch des Autos, das hinter ihr vorbeifuhr.

Sein Herz raste mindestens so sehr wie ihres. Gegen ihn gelehnt, von seinen Armen gehalten, wurden ihre Knie weich. Sie wäre beinahe in dieses Auto hineingerannt! Sie schloss die Augen. Nur langsam beruhigte sich ihr Puls, während sein Geruch und seine Wärme sie umfingen. Er hielt sie fest, sie spürte seine Wange an ihrem Haar. Ihr Gesicht war dicht an seiner Halsbeuge, und als sie vorsichtig die Augen öffnete, sah sie eine Ader unter der Haut pulsieren. Die gesamte letzte Woche und ihr Gespräch von vorhin waren wie weggewischt. Für einen Moment empfand sie wieder die Zugehörigkeit, die keinen Zweifel duldete. Die Art, wie seine Arme sie hielten, bewies ihr, dass Worte nichts zählten.

„Yannis", flüsterte sie.

Seine Arme zogen sich zurück, sein Körper straffte sich, bis auch sie die Arme sinken ließ und benommen einen Schritt zurücktrat.

„Das war knapp", sagte er. Sie konnte seine Iris nicht von den Pupillen unterscheiden, nichts in seinem Blick lesen. „Gib auf dich Acht, Sophie, ich will dich nicht verlieren."

Doch etwas in ihr sagte ihr, dass er nur die wertvolle

Mitarbeiterin meinte. Er sah auf die Uhr an seinem Handgelenk. „Ich muss los. Genieß dein Wochenende. Wir sehen uns am Montag in den *Galeries*."

„Wenn du dich nicht wieder versteckst", konterte sie und Bitterkeit breitete sich in ihr aus.

KAPITEL 14

Der Tag war zu schön, um ihn trauernd in der kleinen Wohnung zu verbringen. Das dachte Sophie bereits, während sie noch im Mettis saß, der sie nach Hause brachte. Sie beschloss, das Centre Pompidou zu besuchen. In ihrer Kindheit hatte es das Kunstmuseum noch nicht gegeben und seit seiner Gründung stand es bereits auf ihrer Liste. Sie würde diesen Samstagnachmittag für eine Besichtigung nutzen und sich eine gute Zeit machen.

Beim Eintreten ins Haus fand sie einen Brief auf der Treppe. Überrascht nahm sie ihn auf und ging langsam nach oben. Adresse und Absender waren in Zierschrift gedruckt. Als sie den Namen las, schlug ihr Herz schneller: Yannis Jouvet. Ungeduldig öffnete sie die Wohnungstür und riss den Umschlag auf, noch bevor sie ihre Tasche abgestellt hatte. Eine Karte aus dickem Büttenpapier kam zum Vorschein.

Eine Einladung! Im ersten Moment war sie sich sicher, dass es die Einladung zu seiner Hochzeit war. Dann sagte sie sich, sie wäre viel zu unwichtig, um zu einem derartigen Familienfest eingeladen zu werden.

Außerdem hieß es doch, er habe keine Verlobte. Sie schlug die Karte auf. Yannis Jouvet lud sie zu seiner Geburtstagsfeier ein.

Sie ließ sich auf ihren Lieblingsstuhl sinken. Er wurde einunddreißig Jahre alt und wollte am kommenden Freitag im *La Citadelle* mit ein paar Freunden feiern. Sie war – mit Begleitung – herzlich eingeladen. Wie sollte sie *das* denn verstehen? Zählte er ausgerechnet sie zu seinen Freunden? Und wer waren die anderen Freunde? Mitarbeiter der *Galeries Jouvet* wie sie? Seltsam. Noch mehr verunsicherte sie jedoch der Zusatz „mit Begleitung". Die Karte musste er nach ihrem Kuss verschickt haben. Ganz schön abgebrüht, sie danach ausdrücklich mit Begleitung einzuladen. Ihr Mund verzog sich zu einem Grinsen. Vielleicht bereute er nach ihrem heutigen Mittagessen bereits, sie *überhaupt* eingeladen zu haben.

Sie stellte die Karte auf den Sekretär, ging ins Bad und machte sich frisch. Anscheinend betrachtete Yannis Jouvet sie als Freundin, nun gut. Sie konnte diesen Franzosen einfach nicht einschätzen, basta. Als sie das Haus zehn Minuten später verlassen wollte, traf sie auf die mit einer großen Einkaufstasche bepackte Florence.

„Ah, salut, où est-ce que tu vas?"

„Ich will das Centre Pompidou besuchen."

„Bei diesem Wetter? Ich habe eine bessere Idee. Gib mir einen Moment, dann komme ich mit und zeige dir die Jardins Jean-Marie Pelt."

„Und Philippe?"

„Er ist zu seinen Eltern gefahren, wir haben den Nachmittag für uns. Was meinst du?" Florence schloss ihre Wohnungstür auf und bedeutete Sophie, vor ihr hineinzugehen. „Setz dich einen Moment."

Auf dem Küchentisch entdeckte Sophie den gleichen Umschlag, den sie selbst bekommen hatte. Sie hielt den Brief hoch, während ihre Freundin Lebensmittel in den Schränken verstaute. „Sieh mal, das hier habe ich auch bekommen."

„Qu'est-ce que c'est?" Florence warf einen Blick auf den Absender, zog die Brauen hoch und riss den Umschlag mit den Fingern auf, wie Sophie zuvor. „Une invitation!" Ihre Stimme klang überrascht und erfreut. „Der Chef lädt Philippe und mich zu seiner Geburtstagsfeier ein. Und dich auch? Das ist aber nett!"

„Jedenfalls bin ich froh, dass ihr auch da sein werdet. Wir können vielleicht zusammen hingehen?"

„Ja, natürlich gehen wir zusammen hin." Sie lachte. „Ich bin sehr gespannt, wer noch kommt. Er kann ja nicht die ganze Belegschaft eingeladen haben." Sie zwinkerte ihr zu. „Schön, dass wir für ihn zu seinen Freunden zählen, oder?"

Hm ... schön? Sollte sie Florence erzählen, dass sie sich für vielmehr als eine Freundin gehalten hatte? „Na ja", sagte sie vage. Vielleicht würde sich etwas später die Gelegenheit ergeben, um über alles zu sprechen. Zerknirscht zog Sophie die Schultern hoch und antwortete nicht weiter auf Florence' Frage.

Kurz darauf verließen sie gemeinsam das Haus und schlenderten zur Mettishaltestelle. Gerade fuhr einer der Gelenkbusse heran. Als sie sich einen Sitzplatz gesucht hatten, wandte Sophie sich der Freundin zu. „Um auf die Feier des Chefs zurückzukommen, mich wundert es schon, dass er mich eingeladen hat. Ich bin doch erst seit zwei Wochen hier und werde nicht lange bleiben." Sie ging mit der Stimme hoch wie bei einer Frage.

Florence lachte. „Na ja, allzu lange ist er ja noch nicht in Metz. Ich denke, die meisten seiner Freunde leben in Südfrankreich. Dort, wo er gelebt und studiert hat. Vielleicht hat er ein paar von denen eingeladen." Sie rieb sich die Nase. „Nein, warte. Sein Geburtstag war schon. Wahrscheinlich hat er zu Hause auch gefeiert." Sie schwiegen eine Weile. „Da sind wir schon. Komm."

„Woher weißt du, dass sein Geburtstag schon war?" Sophie ging neben Florence her. Sie kamen am Sportzentrum Les Arènes vorbei. Neben dem großen Gebäude vollführten Jugendliche in einem Skaterpark Kunststücke, die meisten mit Kickrollern. Sophie blieb stehen, um ihnen zuzusehen. „Sie sind gut", murmelte sie.

„Stimmt. Zu deiner Frage: Ich weiß es, weil er letztes Jahr dreißig wurde und ein paar Bilder in der Klatschpresse zu sehen waren. Die Verhandlungen wegen der Geschäftsübernahme waren damals schon über die Bühne. Natürlich interessierten wir uns alle für den neuen Chef."

Sophie nickte. Sie erreichten einen Abschnitt, an dem Stufen am Ufer der Seille zum Hinsetzen einluden. Sophie konnte im ruhig fließenden Wasser kleine Fische sehen, die sich gegen die Strömung stellten. Ein paar Pärchen saßen Arm in Arm am Flussufer und schienen in einem eigenen Universum zu leben, versunken in den Anblick des grünen Wassers und der Enten und Schwäne, die darüber glitten. Ein paar

Kinder sammelten Steine und warfen sie an einer Stelle in die Strömung, an der das Wasser über Findlinge floss.

„Diesen Platz merke ich mir. Es muss schön sein, hier zu picknicken." Der Lärm der Stadt war kaum zu hören, es fühlte sich an, als wäre man weit weg von menschlichen Ansiedlungen.

„Das stimmt. Ich komme gern her. Es gibt hier in der Nähe ein kleines Gartenprojekt. Dort bauen Menschen Gemüse an, das man frei ernten darf. Möchtest du es sehen?"

„Ja, gern. Was für eine schöne Idee." Sie kamen an einem riesigen Kinderspielplatz vorbei. Auf einem Hügel etwas dahinter ragte eine viele Meter hohe goldene Nadel in die Luft, die Florence als „die Flamme der Freiheit" bezeichnete. Es gab in Tokyo ein Pendant dazu, erklärte sie.

„Passt irgendwie alles zusammen", sagte Sophie. „Das ist wohl das, was Yannis Jouvet damit meint, wenn er über den widersprüchlichen Charme von Metz spricht."

Florence sah Sophie an, während sie über Holzbrücken durch eine Art Moorlandschaft gingen und dann ein Hopfenfeld mit seinen typischen Stellagen passierten, bevor sie die Gemüse- und Kräuterbeete erreichten. „Du hast ihn wiedergesehen?"

„Ja, ich war heute Mittag mit ihm essen."

„Sag mal, was ist das zwischen dir und ihm?" Florence' Augen leuchteten.

Sophie atmete tief durch. „Da ist gar nichts. Er ist mit meiner Arbeit zufrieden. Sonst nichts." Sie bückte sich, um nach den Tomatenpflanzen zu greifen, die jemand hier eingepflanzt hatte. Sanft streichelte sie über die feinen Härchen der Stängel.

Da Florence nicht antwortete, richtete sie sich wieder auf und wandte sich ihr zu. „Ich finde sein Verhalten sehr eigenartig. Aber er hat mir klar zu verstehen gegeben, dass er nur meine Arbeit schätzt." Sie zog einen Flunsch.

Florence hakte sich bei ihr unter. „Ich habe die ganze Woche schon bemerkt, dass dich etwas bedrückt. Komm, wir setzen uns ans Wasser und dann erzählst du mir alles. Du kannst mir vertrauen, ich werde mit niemandem darüber reden, nicht mal mit Philippe."

Die Sonne wanderte bereits zum Horizont und es wurde kühler, als Sophie mit ihrem Bericht, durch zahlreiche Zwischenfragen von Florence unterbrochen, endete. Wie auf Absprache standen sie auf und spazierten zurück, benutzten einen anderen Ausgang und kamen am Centre Pompidou vorbei, als sie auf die Mettishaltestelle zugingen.

„Willst du wissen, wie ich das sehe?", fragte Florence.

„Ja."

„Du hast schon recht, dass er dir ziemlich klar zu verstehen gegeben hat, wie er zu dir steht. Nämlich wie ein Chef zu seiner geschätzten Mitarbeiterin. Aber wenn deine Gefühle richtig sind – und ich bin jemand, der an Gefühle glaubt –, ist da mehr." Sie hob beide Hände, als Sophie sich mit einem genervten Gesichtsausdruck ruckartig nach vorn beugte, um zu protestieren. Der Mettis hielt an, sie stiegen ein.

„Versteh mich nicht falsch. Du bist in einer schwach scheinenden Position, weil du ihn bereits zur Rede gestellt hast. Oder vielmehr, deine Position fühlt sich für dich so an. Tatsächlich finde ich es stark von dir, ihn darauf anzusprechen. Und er hat dir im Grunde ausweichend geantwortet, können wir uns darauf einigen?"

„Wieso ausweichend? Er sagte doch, dass er mich *mag.*" Sie spuckte das letzte Wort aus.

„Ja, aber auf deine Frage, was dieser Kuss für ihn bedeutet hätte, hat er nicht wirklich geantwortet, richtig?"

„Schon." Sie erinnerte sich an den eigenartigen Zug um Yannis' Mund, als er sich für sein Verhalten entschuldigt hatte.

„Mir scheint, da ist sich jemand nicht sicher." Florence zeigte aus dem Fenster, dann zog sie Sophie am Arm. „Komm, wir gehen in dieses Café. Dort bekommen wir ein nettes kleines Abendessen." Beim Aussteigen sprach sie weiter. „Wir wissen nicht, ob es bei ihm zu Hause in Südfrankreich jemanden gibt, stimmt's?"

Sie unterbrachen ihre Unterhaltung, während sie sich in dem Café Brot mit Schinken, Käse und Oliven bestellten. Dazu nur Wasser. Sophie hatte die Nase voll von alkoholischen Getränken. „Weißt du, eigentlich hatte ich das Thema für mich abgeschlossen. Ich habe auch vor Yannis Jouvet schon schlechte Erfahrungen mit Männern gemacht. Ganz offensichtlich gerate ich immer an Typen, für die ich nur ein nettes Aushängeschild bin. Wenn überhaupt."

Florence schnalzte mit der Zunge. „Das ist Unfug, gewöhn dir diese Haltung ab."

Sophie feixte. „Das sagt meine Freundin Mia auch

immer."

„Aber zurück zu ihm. Wir wissen nicht, ob er liiert ist. Falls ja, wieso ist die Frau nicht hier? Wenigstens gelegentlich, zu Besuch? Verstehst du? Irgendwas daran ist komisch. Mehr will ich nicht gesagt haben. Nur eines, Sophie: Lass dir von niemandem, auch nicht von *Monsieur Irrésistible*, weismachen, an dir sei etwas minderwertig. D'accord?"

„Oui, d'accord."

Und plötzlich war die Stimmung gelöst. Was war denn schon passiert? Ein Kuss, ein Gespräch, eine Entschuldigung. Yannis wollte keine Beziehung mit Sophie, das musste sie akzeptieren. Sie war dieselbe Frau wie vor einer Woche, sie konnte ganz einfach da anknüpfen, wo sie vor der Geschäftseröffnung gestanden hatte. Und vielleicht allem und insbesondere sich selbst Zeit geben.

Als sie nach Hause kamen und sich voneinander verabschiedeten, dankte Sophie Florence. „Ich war schon richtig verbittert. Du hast meinen Tag gerettet. Danke!" Sie umarmte ihre neugewonnene Freundin, dann ging sie hoch zu ihrem *chambre de bonne*.

In dieser Nacht schlief sie zum ersten Mal seit einer Woche durch.

Den Sonntag nutzte sie abermals, um Metz zu Fuß zu erkunden. Beim morgendlichen Telefongespräch machte ihre Mutter keine eigenartigen Bemerkungen, ein Zeichen dafür, dass man ihr nichts anhörte.

In der neuen Woche war wieder so viel zu tun, dass die Zeit fast unbemerkt verflog. Yannis Jouvet begegnete ihr immer nur kurz auf dem Flur. Mehr als eine

Begrüßung und ein Lächeln ergaben sich nicht, was ihr durchaus recht war. Sie hatte endlich aufgehört, über ihn nachzugrübeln.

Sie fand nicht heraus, welche Mitarbeiter der *Galeries* die Geburtstagseinladung erhalten hatten. Eigenartigerweise sprach man nicht darüber.

Ihre Tage verliefen in willkommener Routine. Beim Mittagessen in der Kantine begegnete sie Florence und Jean-Jacques, doch sie redeten nur über die Arbeit. Erst am Donnerstagmittag kam Florence auf den Geburtstag zu sprechen. „Sophie, ich wollte dich fragen, ob du mit mir shoppen gehen möchtest. Ich könnte ein Kleid für die Feier brauchen. Und du?"

„Ah, seid ihr auch auf der geheimnisvollen Geburtstagsfeier? Wie schön!", sagte Jean-Jacques leise. „Ich bin ebenfalls eingeladen. Mit meinem Lebensgefährten." Es war nicht zu übersehen, wie sehr er sich darüber freute.

Sophie runzelte die Stirn. „Ich darf auch jemanden mitbringen. Aber ich kenne hier doch sonst niemanden. Vielleicht bleibe ich lieber zu Hause."

Florence schnalzte mit der Zunge. „Unsinn! Natürlich kommst du mit, du kennst *uns* doch alle." Sie grinste. „Wenn du magst, können wir noch eine männliche Begleitung für dich finden. Philippe hat einen Freund, der schon längere Zeit Single ist."

„Kein Interesse", sagte Sophie knapp.

„Er ist wirklich sehr nett." Florence verzog den Mund. „Außerdem ist er nicht an einer Beziehung interessiert." Sie zwinkerte. „Genau wie du."

„Trotzdem. Ein Blind Date? Nicht mein Fall."

„Wie ist es mit gemeinsamem Shopping?"

„Nein, ich habe noch zu viel auf meinem Schreibtisch liegen. Viel Spaß!" Damit nahm sie ihr Tablett an sich, brachte es zum Regal und machte sich aus dem Staub. Es war gelogen, auf ihrem Schreibtisch häufte sich keine Arbeit. Während sie im Paternoster nach oben glitt, ärgerte sie sich über ihre Reaktion. Trotzdem – als einziger Single zur Party zu gehen, war nicht gerade reizvoll. Sich wie in einem B-Movie einen Begleiter aufs Auge drücken zu lassen, kam aber auch nicht infrage.

Während sie durch den Flur auf ihr Büro zuging, bemerkte sie einen unbekannten Geruch, dezent und … sehr weiblich. Das Parfum von Madame war es nicht. Eine andere Frau hatte Sophie hier oben noch nie gesehen. Im Vorbeigehen hörte sie helles Lachen aus dem Chefbüro. Überrascht hielt sie inne. Eine Frau bei Yannis? Dann winkte sie innerlich ab. Wahrscheinlich eine Geschäftspartnerin, sagte sie sich.

Egal, wie sehr sie sich bemühte, es gelang ihr nicht, sich auf die Arbeit zu konzentrieren. Warum hatte sie Florence' Angebot nicht angenommen, gemeinsam nach neuen Kleidern zu schauen? Das Stimmengemurmel war so leise, dass man unmöglich Worte verstehen konnte. Immer wieder hörte Sophie das Lachen der Frau – und das von Yannis. Wenn es ein geschäftliches Gespräch war, hatten die beiden jedenfalls viel Spaß dabei.

Als sie den Text eines Angebots zum dritten Mal von vorne zu lesen begann, gestand sie sich ihre Unfähigkeit, sich zu konzentrieren ein. Sie schloss das Dokument mit einem Mausklick, schob den Stuhl zurück und stand auf.

Sie zog gerade die Tür hinter sich zu, da verließ Yannis sein Büro, gefolgt von einer sehr schlanken jungen Frau mit braunen, langen Locken. Sie sah aus wie ein Model, war fast so groß wie Yannis und trug ein winziges Kleid, das all ihre körperlichen Vorzüge hervorhob, ohne dabei im Geringsten billig zu wirken. Sofort fühlte Sophie sich verunsichert.

„Ah, Sophie, das trifft sich gut. Ich habe Lucille gerade von Ihnen erzählt." Er siezte sie wieder? Irrte sie sich oder hatte seine Stimme einen eigenartig gestelzten Klang? Sie kannte ihn nicht lang genug, aber da schwang etwas in seinem Ton mit, das sie daran denken ließ, wie Leon sich angehört hatte, wenn er sie belog. Dieser Eindruck verflog jedoch sofort wieder, als Yannis ihr seine Begleitung vorstellte.

„Das ist Lucille Mirabeau. Sie kommt aus meiner Heimat und feiert mit uns meinen Geburtstag. Und dies ist Sophie Thielen, unsere deutsche Zauberin, von deren Arbeit ich dir vorgeschwärmt habe."

Sophies Lachen hörte sich in ihren eigenen Ohren dämlich an. Wieso benutzte er diese unpassenden Wörter, um sie vorzustellen? *Zauberin*?

„Sehr erfreut." Sie reichte Lucille Mirabeau die Hand. Deren Finger waren schmal und kühl, wie der Blick aus hellgrünen Augen, mit dem sie Sophie musterte. Ihr Lächeln war umwerfend. Sie drückte Sophies Hand, machte aber keine Anstalten, sie mit *Bises* zu begrüßen.

„Enchantée", sagte sie. Nichts schien ihr verborgen zu bleiben. Weder die störrischen Haarwirbel an Sophies Stirn noch die kleinen Schweißperlen auf ihrer Nase oder die legere Kleidung, die sie heute trug, da sie keine Außentermine hatte. Es war ein seltsames Gefühl, auf diese Art betrachtet zu werden. Sie erkannte in ihrem Gegenüber eine Frau mit starkem Willen. Sie war es offenbar gewohnt, in einer anderen Gesellschaft zu verkehren als Sophie. Dabei gab es nichts, das sie unsympathisch wirken ließ. Warum ging in Sophies Kopf trotzdem ein Alarm an?

„Ah ja, man sieht es Ihnen an, dass Sie Deutsche sind, n'est-ce pas?"

Konsterniert räusperte Sophie sich. „Peut-être", murmelte sie und ärgerte sich darüber, dass sie wieder einmal Jeans, T-Shirt und Canvasschuhe trug. Doch dann straffte sie die Schultern. „Sind Sie öfter hier in Metz?", fragte sie in unverbindlichem Ton. Sie würde mit Florence shoppen gehen. Und sie würde sie nach dem Bekannten von Philippe fragen.

„Pas trop souvent, non. Das ist das zweite Mal. Aber", sie legte ihre Hand auf Yannis' Unterarm, „in Zukunft werde ich sicherlich öfter und länger hier sein. Yannis nimmt mein Label in sein Angebot auf."

„Ah, Sie sind …?"

„Modedesignerin, oui." Sie hob das Kinn.

Arrogante Schnepfe, dachte Sophie. Von einem Label einer Lucille Mirabeau hatte sie noch nie gehört. Nun, ein Lächeln stahl sich auf Sophies Gesicht, Fachfrau für Mode war sie wahrlich nicht. „Wunderbar. Wo findet man denn Ihre Kollektionen?"

Lucilles Kinn sackte herunter. Sie strich mit den Händen das Kleid glatt. Ja, anscheinend war es ihr auf den Leib geschneidert. Die Vorstellung, dass dieses Wesen an einer Nähmaschine seine Kleidung selbst schneiderte, stimmte Sophie gnädiger. Die gesamte

Körpersprache von Lucille verriet einer aufmerksamen Beobachterin wie ihr, dass sie noch nicht am Ziel ihrer Wünsche angekommen war. Komisch, dachte sie, ihr Scannerradar funktionierte bei Frauen viel besser als bei Männern. Als bei Yannis Jouvet beispielsweise, dessen Haltung und Miene nichts darüber verrieten, wie er zu der Frau stand. Leider.

„Sie finden meine Mode in Saint-Tropez. Ich erschaffe nur Einzelstücke." Was selbstsicher wirken sollte, bestätigte Sophies Eindruck. Lucille Mirabeau war in der Geschäftswelt nicht die, die sie anstrebte zu sein.

„Sie betreibt einen kleinen exklusiven Laden in unserem Hotel", erklärte Yannis, nahm dann Lucilles Ellbogen und dirigierte sie sanft in Richtung Paternoster. „Wir sollten los, wenn du noch ein paar Dinge sehen möchtest." Sophie folgte den beiden. Über die Schulter gewandt sprach Yannis zu ihr: „Sehen wir uns morgen bei meiner kleinen Feier?"

Sie erreichten den stillstehenden Paternoster. Yannis ließ Lucille den Vortritt, und mit ihrem Einsteigen setzte sich der Aufzug in Bewegung. Er stieg ihr nicht hinterher, sondern sah Sophie abwartend an, während Lucille, nach unten gleitend, sie beide mit einem eigenartigen Blick musterte.

„Ja, ich komme gerne und ich bringe eine Begleitung mit."

Yannis zögerte, bevor er in die nächste Kabine trat. „Sehr schön."

Warum hatte sie das gesagt? Was, wenn der Bekannte von Florence gar keine Zeit hatte? Oder keine Lust? Als sie Yannis' Blick entzogen war, trat sie in die nächste Kabine und zog eine Grimasse. Was hatte sie sich da wieder eingebrockt? Entschlossen glättete sie ihre Züge, bevor sie für die Untenstehenden sichtbar wurde. Das Lächeln in Lucilles Gesicht ließ sie vermuten, dass sie die Worte noch gehört hatte.

„Verlassen Sie ebenfalls das Haus?", fragte Yannis, der den Fahrstuhl bereits herbeigerufen hatte.

„Ach nein. Ich suche zuerst noch Florence."

Sie ärgerte sich, wie sehr diese Begegnung und das Verhalten von Yannis Jouvet sie aus dem Konzept gebracht hatten. Innerhalb eines kurzen Moments hatte sie sich auf eine irrsinnige Idee eingelassen. Nun musste sie einen offiziellen Abend mit jemandem verbringen, den sie überhaupt nicht kannte. Hoffentlich war Philippes Freund wirklich so nett, wie Florence behauptet hatte. Ach verflixt, warum hatte sie nicht einfach abgesagt? Sie könnte ein Wochenende nach Aachen fahren, ihre Eltern besuchen.

„Sag mal, ist dir ein Geist über den Weg gelaufen?" Fast ohne es zu bemerken, war Sophie in Florence' Abteilung gelangt und stand der Freundin nun gegenüber.

„Gilt dein Angebot noch, gemeinsam shoppen zu gehen? Und denkst du, dass Philippes Freund sich kurzfristig auf eine Party einlassen wird?"

Florence warf einen Blick auf ihre Armbanduhr. „Ich bin in zehn Minuten fertig. Treffen wir uns vorm Nebeneingang."

KAPITEL 15

Sophie fiel die Entscheidung leicht, sobald sie das Kleid sah. Es war knapp knielang, das Oberteil schmal geschnitten mit einem schlichten runden Ausschnitt, der Rock ausgestellt. Ein großes, grafisches Muster in Schwarz war auf den naturweißen Stoff gedruckt.

„Das ist es!", rief Florence aus, nachdem Sophie sich vor der Umkleidekabine einmal um die eigene Achse gedreht hatte. „Diese angeschnittenen Ärmel stehen dir perfekt, der Ausschnitt ist genau richtig. Und sieh dir die Taille an!" Das Muster war so aufgeteilt, dass es die Taille besonders schmal wirken ließ. Nicht dass Sophie besonderen Wert darauf legte, doch der eigene Anblick gefiel ihr. Dieses Kleid konnte sie für viele Anlässe tragen und sie fühlte sich vom ersten Augenblick an wohl darin.

Florence hatte sich für ein kurzes, fließendes Hängerkleid in Nachtblau entschieden, in dem sie wie eine zarte Elfe wirkte. Während die Verkäuferin an der Kasse beide Kleider in Seidenpapier einschlug, mit einem Band umschlang, fixierte und schließlich in feste Papptaschen packte, sah Florence auf ihre Uhr.

„Wie ist es mit Schuhen?"

„Ich habe ein Paar, das gut passen müsste."

„Welche Farbe?"

„Schwarz."

„Hm", Florence' Augen blitzten. „Wir haben noch Zeit. Lass uns noch nach Schuhen schauen. Vielleicht gibt es etwas weniger Langweiliges als Schwarz." Sophies Miene ignorierte sie. „Es ist Frühling. Da wirst du keine schwarzen Strümpfe und Schuhe anziehen wollen?"

Doch, genau das hatte Sophie vorgehabt. Beim Anblick des verschmitzten Elfenlächelns kapitulierte sie jedoch. „Na, dann lass uns mal schauen."

Florence zog sie zu ihrem Lieblingsladen und dort zielstrebig in die Ecke mit eleganten Sommerschuhen und -sandaletten. Den Finger auf die Lippen gelegt, ging sie die Regale entlang. Sophie wurde beim Checken der Preisschildchen schwindelig. Die Schuhe waren teurer als das Kleid in ihrer Tasche. „Florence, ich glaube, das übersteigt meinen Geldbeutel."

Florence blieb stehen. „Manchmal spielt der Geldbeutel keine Rolle. Es gibt Schuhe, die hat man viele Jahre lang. Man bereut es nie, sie zu besitzen", sagte sie und starrte unverwandt ein Paar hummerfarbener Pumps an. Sie waren schlicht geschnitten, hatten einen sehr hohen, nicht zu schmalen Absatz und leichtes Plateau vorne. Die einzige Auffälligkeit war ein Ausschnitt für den großen Zeh. Der Rotton war frisch, nicht knallig, das Leder wirkte seidig und matt. „Aber manchmal bereut man es, wenn man sie nicht kauft." Florence blickte sie an. „Erst recht, wenn es Peeptoes sind."

Sophie schluckte. Schuhe kaufen war keines ihrer Steckenpferde. Doch diese Lucille Mirabeau mit ihrer selbst designten Mode hatte heute sogar Louboutins getragen. Jedenfalls glaubte Sophie, die roten Sohlen gesehen zu haben, als Lucille an Yannis' Arm davongestöckelt war.

Plötzlich hielt sie einen der Schuhe in der Hand, ohne dass sie bewusst danach gegriffen hätte. Sie sah nach der Größe. Es war ihre, und der Preis war reduziert! Trotzdem kosteten diese Pumps mehr, als Sophie jemals für ein Paar Schuhe investiert hatte. Das Leder fühlte sich glatt und zugleich samtig in ihrer Hand an. Florence hielt ihr zwei Probiersöckchen entgegen. „Probier sie. Dieser Farbton zu dem schwarzweißen Kleid, dazu schlichter Schmuck und deine offenen Haare ... Du wirst traumhaft aussehen."

Sophie setzte sich auf einen der bereitstehenden Hocker, zog ihre Chucks und die Socken aus und probierte die Schuhe an. Vorsichtig stellte sie sich auf. Damit war sie mindestens zehn Zentimeter größer. Überraschenderweise drückten die Pumps kein bisschen, und das, obwohl Sophie den ganzen Tag in ihren Turnschuhen auf den Beinen gewesen war. Florence brauchte sie nicht weiter zu überreden. Diese wunderschönen Peeptoes *musste* sie besitzen. Florence hingegen erklärte auf Sophies Frage nach Schuhen für sie selbst, dass sie die perfekten Sandaletten zu ihrem neuen Kleid bereits zu Hause hatte.

Eine halbe Stunde später schloss Florence die Haustür auf. Essensduft hing im Flur. „Philippe kocht Pasta für uns. Isst du mit?"

Sophie lachte. „Wie könnte ich da Nein sagen?"

Philippe hatte Nudeln und eine schlichte Sauce aus frischen und getrockneten Tomaten, Olivenöl, Knoblauch und Pinienkernen vorbereitet. Dazu gab es frisch gehobelten Parmesankäse und Chilliflocken.

Beim Essen berichtete Florence vom Kleiderkauf und den neuen Schuhen. Philippe gab sich interessiert. Es wirkte, als ginge auch ihm Yannis nicht aus dem Kopf. In Sophie formte sich der Verdacht, dass Philippe eifersüchtig war. Konnte das sein?

„Noch einen Digestif?" Philippe trat zu dem großen Wohnzimmerschrank und öffnete eine der Türen.

„Für mich nicht, merci", sagte Sophie. „Ich vertrage keinen Alkohol."

Er schloss die Tür und drehte sich um. „Lieber einen Kaffee?"

„Das ist eine gute Idee." Florence stand auf, um den Tellerstapel in die Küchenzeile zu tragen. „Ich mache uns einen."

Philippe zuckte mit den Schultern und setzte sich zu Sophie an den Tisch. „Hat Florence dir eigentlich von unserer Idee zur Party erzählt?"

„Wenn du das *Blind Date* meinst –", Sophie zeichnete mit den Fingern Anführungszeichen in die Luft, „ja."

„Was hältst du davon?"

Sie war sich noch immer unsicher. Philippes offensichtliche Vorbehalte gegenüber *Monsieur Irrésistible* irritierten sie zusätzlich.

„Ich weiß nicht genau. Eigentlich halte ich nichts von sowas."

„So habe ich dich eingeschätzt. Aber vielleicht wäre es nicht dumm", er schwieg.

„Sag mal, kann es sein, dass du ein Problem mit dem

Chef deiner Frau hast?"

Florence kicherte und brachte drei kleine Tassen und Zucker mit zum Tisch. „Nein, *er* doch nicht."

Philippe verschränkte die Arme. „Ein Problem nicht wirklich, aber ich mag diesen schönen und reichen Mann nicht besonders, das leugne ich gar nicht."

„Chéri, ich habe dir schon tausendmal gesagt, dass du von ihm nichts zu befürchten hast. Abgesehen davon interessiert er sich kein bisschen für deine *petite* Flo." Florence ging zum Herd, auf dem die italienische Espressokanne mit lautem Zischen andeutete, dass der Kaffee fertig war. Sein unvergleichlicher Duft verteilte sich im Raum. „Aber vielleicht für Mademoiselle Sophie." Sie feixte, kam mit der Kanne zum Tisch und schenkte ein. „Ich habe ihn noch nie so verwirrt erlebt wie in den letzten Wochen."

Sophie schnaubte.

„En effet? Was ist passiert?" Philippe beugte sich interessiert vor und griff nach dem Zuckerdöschen.

„Gar nichts." Sophie warf Florence einen warnenden Blick zu. Diese nickte kaum merklich. „Heute war eine Frau aus Saint-Tropez zu Besuch, und wie es aussieht, kommt sie auch auf die Feier."

„Eine Frau aus seiner Heimat?" Philippe zog die Brauen hoch. „Erzähl!" Er rührte einen Löffel Zucker in seinen Kaffee, dann nahm er einen Schluck, wobei er Sophie nicht aus den Augen ließ.

„Sie heißt Lucille Mirabeau, ist genauso schön und reich wie Yannis", Sophie musste bei ihren Worten lachen, „und na ja, wie sie zueinander stehen, weiß man nicht genau. Allerdings", sie rückte ihre Brille zurecht, „denke ich seit heute Nachmittag tatsächlich darüber nach, ob es klug ist, als voraussichtlich einziger Single da aufzukreuzen."

Philippe klatschte in die Hände. „Meine Rede! Einem Yannis Jouvet sollte frau sich niemals allein stellen müssen. Vor allem, wenn er –", diesmal zeichnete er Anführungszeichen in die Luft, *„verwirrt* ist. Ich rufe Samir gleich an, einverstanden?"

In Sophies Bauch zog sich etwas zusammen. Sie straffte die Schultern. „Was soll's. Ja, ruf ihn an."

Philippe wählte eine Nummer auf seinem Smartphone. „Salut, c'est Philippe. Samir, ich habe eine große Bitte an dich." Er schwieg und lauschte, dann sprach er weiter. „Nein, ausnahmsweise nicht. Es geht um etwas Privates. Wir sind zu einer Feier eingeladen, zu der eine Freundin von uns mitkommt." Er zog den Kopf ein. Offenbar wusste der Freund am anderen Ende der Leitung sofort, worauf Philippe hinauswollte. Und er fand es nicht gut.

Sophie verzog die Mundwinkel. Das hatte ihr gerade noch gefehlt, dass sie wie ein Mauerblümchen angeboten werden sollte, und zwar einem Mann, der es anscheinend gewohnt war, dass seine Freunde ihn verkuppeln wollten. Das schloss sie aus dem defensiven Tonfall, den Philippe einschlug. „Nein, darum geht es wirklich nicht. Hör mir mal einen Moment zu!" Der Freund wollte offenbar nicht hören, was Philippe ihm noch zu erzählen hatte. „Aufgelegt", sagte er und ging ungläubig mit der Stimme hoch.

„Das ist auch besser so", sagte Sophie mit Nachdruck und stand auf. „Das sieht ja auch so aus, als ob ihr uns verkuppeln wolltet."

„Nein, das will hier keiner", erklärte Florence und

warf Philippe einen bösen Blick zu. „Mein *chéri* ist in solchen Dingen nur nicht sehr subtil." Sie legte ihm die Hand auf den Arm und sah zu Sophie auf. „Bleib hier, lass uns darüber reden."

Sophie setzte sich wieder.

„Du willst nicht allein zu der Party gehen, richtig?"

Sie nickte langsam, dann schüttelte sie den Kopf. „Ach, ich weiß nicht." Wenn sie an Lucille Mirabeau neben Yannis Jouvet dachte, wollte sie tatsächlich nicht als einzige Singlefrau dort auflaufen. Zumal sie sich ihrer Gefühle ihm gegenüber unsicher war. Obwohl sie Wut auf ihn verspürte, war ihr im Innern klar, dass sie in seiner Gegenwart nervös wie ein kleines Mädchen reagierte. Sie war seiner körperlichen Anziehungskraft hilflos ausgeliefert. Außerdem freute sie sich auf jede Gelegenheit, ihn zu sehen. Etwas in ihr sehnte sich nach ihm, egal wie unsinnig diese Sehnsucht war. Sein Verhalten zeigte jedoch klar, dass für ihn nur ein einziger Mensch im Leben entscheidend war – er selbst. Und an zweiter Stelle gab es ja anscheinend schon jemanden. „Es ist ein blödes Gefühl, allein dorthin zu kommen. Oder als Anhängsel von euch beiden."

„Siehst du. Und Samir ist sympathisch. Er ist wirklich ein guter Freund und ein angenehmer Gesprächspartner. Wir mögen ihn." Sophie wollte einwenden, dass sie kein Interesse an einer Männerbekanntschaft hatte, doch Florence sprach mit einem angedeuteten Kopfschütteln weiter. „Samir hat vor einem knappen Jahr seine Lebensgefährtin verloren." Ihr Gesicht verdüsterte sich, und auch Philippe bekam eine traurige Miene. „Das war ein Schlag für uns alle. Claire und er waren eine Einheit. Wir haben Claire geliebt. Und deshalb", sie drückte Philippes Arm, der seine Hand auf ihre legte, „ist es für mich und Philippe überhaupt nicht wichtig, ob Samir sich wieder auf eine Frau einlässt oder nicht." Sie seufzte. „Viele unserer Freunde versuchen tatsächlich, ihm das einzureden. Meiner Meinung nach ist es zu früh. Samir muss allein wissen, ob und wann für ihn eine neue Beziehung infrage kommt." Sie atmete tief durch. „Und du hast im Moment auch keinen Kopf für noch einen Kerl. Genau deshalb passt es. Ich werde mit Samir reden und ihm klarmachen, dass du nicht an einer Beziehung interessiert bist. D'accord?"

Sophie nickte zögerlich. Das hörte sich nach geklärten Fronten an. Wie entspannend es sein musste, sich von Anfang an auf diese Art zu begegnen. Sie hatte das bisher erst einmal erlebt, mit Jean-Jacques, der sich nicht für Frauen interessierte. Und ansonsten höchstens mit Männern, die liiert waren und sich nicht nach etwas anderem umsahen. „Das könnte funktionieren."

„Es wird funktionieren. Ich bin mir sicher, dass ihr beide euch großartig versteht." Florence warf einen Seitenblick auf ihren Mann. „Vielleicht kannst du dich mit Samir sogar über alles unterhalten, was dich beschäftigt."

Philippe sah seine Frau stirnrunzelnd an. „Ihr verheimlicht mir doch was."

„Nichts, was dich beträfe, *chéri*."

Sophie war sich indessen längst nicht mehr sicher, ob es ihr noch wichtig war, dass Philippe nichts von ihrer Gefühlsverwirrung in Sachen Yannis wusste.

Andererseits konnte sie heute keine weitere Diskussion mehr zu diesem Thema ertragen. Die Müdigkeit nach dem vollgestopften Tag überkam sie schlagartig. Morgen mussten sie arbeiten und am Abend war die Party. „Besser, ich gehe schlafen."

KAPITEL 16

An diesem Freitag war in den *Galeries* so viel los, dass weder Sophie noch Florence oder Jean-Jacques viel Zeit zum Nachdenken blieb. Lediglich beim Mittagessen in der Kantine kamen sie auf die bevorstehende Party zu sprechen. Florence erzählte Sophie, dass Samir zugesagt habe.

„Samir?", hakte Jean-Jacques sofort nach. „Meinst du Samir Faure? Kommt er mit zur Party?" Er wirkte begeistert.

„Kennst du ihn? Da hast du mir was voraus."

„Ja, seine Frau Claire ist eine Cousine meines Freundes." Ein Schatten flog über sein Gesicht. „Sie *war* eine Cousine, vielmehr. Oh Gott, was für eine traurige Beerdigung. Ich bekomme eine Gänsehaut, wenn ich daran denke. Unglaublich, wie er sie geliebt haben muss." Ihm stiegen Tränen in die Augen. „Entschuldigt, aber bei sowas werde ich immer emotional."

Sophie schluckte. „Schon okay", sagte sie. Mit einem Seitenblick auf Florence, die schweigend ihren Salat verspeiste, fragte sie: „Ist Samir nett?"

„Ja, er ist ...", Jean-Jacques fuhr sich nachdenklich

durch die Stirntolle. „Also nett passt irgendwie nicht zu ihm."

Sophie runzelte besorgt die Stirn. „Nicht?"

„Nett wird ihm nicht gerecht. Er ist nicht der Sonnyboy, dem auf den ersten Blick alle Herzen zufliegen. Aber er hat einen wunderbaren Humor. Wenn du mit ihm ins Gespräch kommst, hast du das Gefühl, dass dir endlich mal jemand zuhört. Es ist wirklich eine Katastrophe, dass ein Mensch wie er seine Lebenspartnerin verliert. Claire hat ihn über alles geliebt. Und er sie."

In Sophies Magen zuckte es nervös, aber zum Glück hatte sie heute so viel Arbeit, dass keine Zeit für Grübeleien blieb. Auch nicht über Yannis Jouvet oder Lucille Mirabeau. Sie hatte sich auf dieses Blind Date eingelassen, nun würde sie es auch durchziehen. Schließlich gab es über die Party hinaus keine Verpflichtungen. Sie war erleichtert darüber, dass der Chef heute offenbar nicht im Hause war. Sie hätte nicht gewusst, wie sie ihm hätte begegnen sollen.

„Sophie", schallte Philippes Stimme am Abend durch das Treppenhaus, „bist du fertig?"

Sie warf einen letzten Blick in den Spiegel. Wie Florence vorausgesagt hatte, harmonierten ihre Haare, die ihr in Wellen über die Schultern fielen, mit dem Kleid, als sollte alles so sein. Florence hatte ihr noch eine Clutch im Weißton des Kleids geliehen, die sich unauffällig ins Gesamtbild fügte.

Sophie tapste auf ihren Nylons zur Tür und öffnete sie. „Eine Minute", rief sie hinunter und schlüpfte in die neuen Schuhe. Sie waren genauso bequem wie beim Anprobieren. Unerwartet breitete sich Vorfreude in ihrer Brust aus. Sie fühlte sich hübsch, jung und ungebunden und würde diesen Abend genießen. Dass sie sich auf Yannis' Blicke freute, gestand sie sich großzügig ein. Schließlich war nichts dabei. Er *mochte* sie ja, das hatte er gesagt. Sie kicherte. Beinahe fühlte sie sich beschwipst. Vielleicht war doch alles ganz einfach.

„Okay, Mia", flüsterte sie, als sie ein Päckchen Taschentücher und ihr Brillenetui in die Tasche steckte, „ich erlaube mir, Spaß zu haben." Das war einer der Glaubenssätze, die ihre beste Freundin ihr eingepflanzt hatte. Heute Abend würde sie ihn wahr machen.

„Habt ihr das Geschenk?", fragte sie, als sie die Treppe hinunterging und Florence und Philippe im Flur stehen sah. Die Elfe strahlte, und Philippe murmelte „Wow", bevor er eine schmale Holzkiste hochhielt, die mit einem Chiffonband geschmückt war. Sie hatten sich darauf geeinigt, einen Ardberg Murry McDavid zu kaufen, den Whisky, den Sophie bei Yannis gekostet hatte. Die Flasche in Yannis' Büro war fast leer gewesen.

„Du siehst umwerfend aus", sagte Philippe, bevor er sich umdrehte. Erst da bemerkte Sophie, dass noch jemand im Flur stand. Das musste Samir sein. Er betrachtete sie offenbar schon die ganze Zeit. Sophie hatte den Eindruck, dass er es gewohnt war, nicht sofort wahrgenommen zu werden. Mit seinem dunkelgrauen Anzug und dem silbergrauen Hemd hatte er sich perfekt in die Schatten eingefügt. Trotzdem fragte Sophie sich, wie sie ihn hatte übersehen können, wenn auch nur für einen kurzen Moment?

„Samir, das ist Sophie", sagte Philippe zu ihm, dann wandte er sich um und deutete auf den Mann. „Das ist Samir. Er fährt heute Abend." Philippe grinste.

Sophie ging mit ausgestrecktem Arm auf Samir zu. Er war etwas kleiner als Philippe, und auf den ersten Blick sah er älter aus. Das lag vermutlich an der Glatze. Seine Haut schimmerte dunkel, als habe er nicht gerade den Winter, sondern den Sommer hinter sich. Der Anzug wirkte an ihm wie ein natürlicher Look, denn obwohl Samir sehr breite Schultern hatte und ein bisschen untersetzt war, strahlte er unaufgeregte Eleganz aus. Wie ein Bär im Smoking. Er kam Sophie einen winzigen Schritt entgegen, und als das Abendlicht durch das kleine Flurfenster auf seine Augen fiel, die hinter einer großen Hornbrille verborgen waren, blinkte ihr ein helles Blau entgegen, das im Kontrast zu seiner Haut stand. Seine Züge hatten etwas Fremdes, obwohl sie nicht sagen konnte, woran das lag. Seine Brauen waren dicht und dunkel, soweit man sie hinter dem Brillengestell sehen konnte. Seine Gesichtszüge waren kantig, die Nase wirkte hingegen fein gemeißelt, mit einem leichten Bogen. Seine überraschend vollen Lippen verzogen sich zu einem Lächeln, das aufgeschlossen und einladend wirkte, ohne eine Spur Selbstverliebtheit. Ein schwarzer Bartschatten überzog seine Wangen fast bis zu den Augen hinauf und schien sich unter dem Hemdkragen, dessen oberster Knopf geöffnet war, fortzusetzen. Samir sah erst auf den zweiten Blick hübsch aus. Seine Augen lächelten, obwohl Sophie einen Zug darin erkannte, der das Leid des letzten Jahres zu verraten schien. Sofort fasste sie Zutrauen zu ihm und erwiderte sein

Lächeln. Als sie unmittelbar vor ihm stand, bemerkte sie, dass sie dank der Schuhe ein bisschen größer war als er.

„Samir, schön, dich kennenzulernen." Alles Weitere verkniff sie sich, es wäre nur peinlich gewesen. Über das Zustandekommen dieses Treffens brauchten sie nicht zu reden.

„Ich freue mich auch." Er deutete die üblichen *Bises* an, wobei sie sein dezentes Aftershave roch. Ja, er war ein angenehmer Mensch, und die Tatsache, dass sie beide nichts voneinander erwarteten, machte die Begegnung so leicht, als wären sie Kinder, die einander vorgestellt wurden und sich auf Anhieb mochten.

Florence und Philippe überließen Sophie den Beifahrersitz, was sie dazu nötigte, mit Samir Konversation zu betreiben. Das bot ihr die Gelegenheit, ihn näher zu betrachten. Seine Stimme klang angenehm tief, und wenn er lachte, was er oft tat, unterbrach er sich sofort wieder, als müsse er sich bremsen. Sie fragte ihn, ob er Yannis Jouvet schon begegnet sei.

„Nein, das ist in gewisser Weise ein Blind Date für mich. Ich bin gebührend aufgeregt." Aus seinem Mund klangen die Worte so witzig, dass Sophie laut lachen musste. Er warf ihr einen kurzen Seitenblick zu und grinste. „Das ist nicht witzig. Ein Freund von mir arbeitet in den *Galeries*. Wenn ich daran denke, wie aufgeregt er war, bevor er dem Chef zum ersten Mal begegnet ist." Er zog eine vielsagende Grimasse.

„Lass mich raten. Du meinst Jean-Jacques Lerêve."

„Genau. Woher weißt du das?"

„Er hat mir erzählt, dass er dich kennt. Und die Aufregung passt zu ihm. Ich bin mit ihm befreundet. Er ist auch eingeladen."

„Tatsächlich? Schön. Ich mag diesen schrägen Vogel." Er verstummte.

„Ah, da sind wir schon." Sophie erkannte das Gebäude der Zitadelle. Sie fanden einen Parkplatz direkt vor dem Haupteingang.

Als Sophie neben dem Wagen wartete, bis alle ausgestiegen waren, bemerkte sie, wie nervös sie war. Am liebsten wäre sie wieder umgekehrt. Der Grund war nicht Samir, der nun neben sie trat und sie prüfend anblickte. Vielmehr scheute sie die Begegnung mit Yannis. Das Hotel weckte die Erinnerung an die Nacht, die sie mit ihm hier verbracht hatte. Ihr fuhr die Röte in die Wangen. Sie zog die Schultern hoch.

„On y va?", erklang Florence' helle Stimme. Sie wirkte vorfreudig an Philippes Arm.

Als Sophie sich Samir zuwandte, bemerkte sie, dass er sie die ganze Zeit beobachtet haben musste. Er reichte ihr den Arm, sodass sie sich bei ihm einhängen konnte, und legte einen Moment die Hand auf ihre. „Keine Sorge, ich bin bei dir."

Überrascht blickte sie ihn an.

„Wir wissen beide, dass wir Freunde sein werden, sonst nichts. D'accord?"

Sie nickte zaghaft. „Ich weiß nicht, was das zwischen Yannis Jouvet und ..." Sie unterbrach sich. Unmöglich konnte sie Samir jetzt mit ihrer Verwirrtheit konfrontieren.

Er drückte noch einmal ihre Hand und nahm seine dann weg. „Es spielt keine Rolle. Ich bin heute Abend mit dir hier. Wenn du mich brauchst, sag es." Er sprach leise, sodass Florence und Philippe ihn nicht hören konnten. Vor dem Eingangstor griff er in seine Jacketttasche. „Ach, die hier ziehe ich noch an." Mit diesen Worten entfaltete er eine Krawatte. Sie schlossen zu den Freunden auf und Florence lachte, noch bevor Sophie begriff, dass der Schlips die gleiche Farbe hatte wie ihre neuen Schuhe. Anscheinend hatte Florence ihn besorgt. Mit geübten Griffen band Samir sich die Krawatte um, die zu den Grautönen seines Outfits einen wunderbaren Kontrast bildete.

Sophie lächelte ihm zu. „Merci."

Als sie die Eingangshalle betraten, erinnerte sich Sophie an das, was sie zu Hause im Badezimmer beschlossen hatte. Sie würde einen schönen Abend verleben. Samir an ihrer Seite und Florence mit Philippe gaben ihr ein familiäres Gefühl.

Die Party fand in einem Nebenraum des Restaurants statt. Die anwesenden Gäste standen in losen Gruppen an Stehtischen. Sophies Scannerblick suchte und fand sogleich die elegante Gestalt von Yannis Jouvet, der sie bei ihrem Eintreten anstarrte und die Brauen ein bisschen herunterzog, wodurch auf seiner Stirn eine kleine, steile Falte entstand. Hatte er sie doch ohne Begleiter erwartet? Davon abgesehen verriet seine Miene nichts als Gelassenheit. Er war das Geburtstagskind und damit der Mittelpunkt dieser Feier, was die Frauen in seiner unmittelbaren Nähe allerdings vergessen ließen. Insbesondere eine Frau. Lucille Mirabeau trug ihre Mähne als mondänen Bienenkorb, die langen Strähnen fielen in nachlässigen Locken herunter. Ihre Smokey Eyes ließen das Grün ihrer Iris noch stärker strahlen. Der Jumpsuit war ihr auf den schlanken Körper geschneidert und schillerte in Grün- und Türkistönen wie der Schwanz einer Meerjungfrau. Dazu trug sie ein Nichts von goldenen Riemchensandaletten und keinen Schmuck. Der hätte das Outfit schrill wirken lassen, so war ihre Schönheit perfekt in Szene gesetzt. Sophie fühlte sich mit ihrem schlichten Kleid dagegen unscheinbar. Sie straffte die Schultern. Es spielte keine Rolle. Anscheinend hatte Samir sehr feine Antennen, denn als Sophie den Rücken durchstreckte, nahm er ihre Hand. Seine Haut fühlte sich vertraut, trocken und kühl an. Sophie lächelte ihm kurz zu, bevor sie die anderen Personen in Yannis' Nähe in Augenschein nahm, während dieser darauf wartete, dass die Neuankömmlinge die wenigen Schritte Abstand überwanden.

Die eine Sekunde reichte Sophie, um zu erkennen, dass die zweite Frau eine Verwandte von Yannis sein musste. Hatte er am ersten Tag nicht eine Schwester erwähnt – Adrienne? Das musste sie ein. Sie hatte das gleiche Grübchenlächeln. Ihre Gesichtszüge waren allerdings feiner gezeichnet, die Lippen ein bisschen voller, die Nase etwas schmaler. Ihre Augen waren schwarz und hellwach. Sie hatte etwas von einem Reh an sich und wirkte zugleich wie eine Katze auf der Jagd. Ihr Blick hatte sich sofort an Sophie festgesaugt. Jedoch sendete er nichts als Interesse und Freundlichkeit aus. Dadurch wurde Sophie wiederum umso deutlicher klar, wie viel Ablehnung ihr aus den Blicken der Meerjungfrau entgegenschlug. Ein großer Mann neben Adrienne hatte den Arm um sie gelegt. Er musste ihr Mann oder Lebensgefährte sein. Mit dem grauen Haar und den ausgeprägten Gesichtszügen wirkte er reifer als die Umstehenden und beobachtete interessiert das Treiben.

Im nächsten Moment standen die vier vor Yannis, dessen Blick zu Samir gehuscht war, bevor er sich wieder auf Sophie heftete, als wäre sie die einzige Frau im Raum. Damit löschte er ihr Empfinden, eine unscheinbare, graue Maus zu sein, sofort aus. Yannis machte einen winzigen Schritt auf sie zu und griff nach ihrer Rechten. Samir ließ ihre Linke los.

„Wie schön, dass ihr meiner Einladung gefolgt seid", begann Yannis und lächelte Florence herzlich zu, ohne Sophies Hand loszulassen. „Florence ... und Philippe, wenn ich mich nicht irre?" Sophie spürte, wie sehr ihre Freundin sich darüber freute, dass Yannis den Namen ihres Mannes kannte, und konnte ihrerseits den Blick nicht von ihm wenden. Seine Berührung löste in ihrem Innern sofort dieses Sehnen wieder aus – und die Erinnerung an den Abend und die Nacht, die sie gemeinsam hier verbracht hatten. Sie wunderte sich selbst, aber sie fühlte sich wie die Sophie vor zehn Jahren, die vor *Monsieur Irrésistible* dahingeschmolzen wäre, wenn er ihr nur ein Fünkchen Aufmerksamkeit entgegengebracht hätte. Yannis' Blick glitt nun weiter zu Samir. Anstatt ihm in die Augen zu sehen, fixierte er dessen Krawatte.

„Und Sie sind?", fragte er Samirs Schlips.

„Samir Faure, sehr angenehm." Die Begrüßung fiel mehr als förmlich aus. Samir verzichtete darauf, weitere Erklärungen abzugeben, und an Yannis' Gesicht las Sophie ab, dass ihn das fuchste.

„Herzlichen Glückwunsch zum Geburtstag", sagte Sophie und wollte Yannis endlich mit den *Bises* begrüßen. Er zog sie in seine Arme und drehte bei den

Begrüßungsküsschen leicht den Kopf, sodass seine Lippen ihre Wangen streiften. Sophies Herz machte einen kleinen Sprung, als sie Yannis' Körper an ihrem spürte und sofort die Zugehörigkeit der letzten Male fühlte. Auch diese Berührung dehnte er länger aus als nötig, bevor er die Glückwünsche der anderen und den Whisky entgegennahm, den er mit einem Zwinkern in Sophies Richtung quittierte.

Da Samir sich selbst vorgestellt hatte, blieb es Sophie erspart, eine Erklärung zur Art der Beziehung abzugeben, in der sie zu ihrem Begleiter stand. Yannis machte sie mit seiner Schwester und deren Mann bekannt und stellte Lucille den anderen vor. Adrienne freute sich sichtlich, Menschen aus Yannis' neuem Umfeld kennenzulernen, und kam um den Tisch herum, um Sophie nach ihrem Job in Deutschland zu fragen. Sie verwickelte sie in ein angeregtes Gespräch, das durch das Eintreffen neuer Gäste unterbrochen wurde. „Können wir uns nachher zusammensetzen?", fragte sie geradeheraus. „Ich würde mich gern weiter mit dir unterhalten." Komisch, dachte Sophie, Yannis' Schwester hatte überhaupt kein Problem mit dem Du, das sie bereits nach den ersten Sätzen angeboten hatte.

„Ja, gern."

Jean-Jacques und sein Lebensgefährte traten in diesem Moment heran, um den Gastgeber zu begrüßen. Sophie und die anderen zogen sich zurück und gruppierten sich um einen der letzten freien Stehtische, wo sie von einer Kellnerin mit Crémant versorgt wurden. Auf der anderen Seite des Saals war eine Tischreihe für das Essen eingedeckt. Dazwischen gab es freien

Platz. Um zu tanzen, vermutete Sophie, denn eine dreiköpfige Band nahm gerade ihre Plätze ein. Sie begann, leise Hintergrundmusik zu spielen. Vor der Frau, die auf einer Ukulele spielte, stand ein Mikrophon. Vermutlich würde sie später singen.

Sophie beobachtete, wie Yannis Jean-Jacques und dessen Freund begrüßte. Der *Maître d'Harmonie* wirkte nervös, wie so oft, und schien fast erleichtert, als er zu seinen Arbeitskolleginnen kommen konnte. Er stellte seinen Freund Albert vor und verwickelte dann Samir in ein Gespräch.

„War es eine gute Entscheidung, ihn mitzunehmen?", fragte Florence leise und deutete mit dem Kinn unauffällig in Samirs Richtung.

„Ja, ich denke schon." Sophie betrachtete Samir, der Jean-Jacques aufmerksam zuhörte. „Es ist ganz entspannt mit ihm." Ihr Herz pochte etwas schneller bei den nächsten Worten. „Hattest du auch das Gefühl, dass Yannis komisch reagiert hat?"

„Allerdings."

An ihrem Tisch herrschte gelöste Stimmung. Albert und Samir warfen sich Pointen wie Bälle zu und brachten die Runde zum Lachen. Sophie hatte ständig das Gefühl, beobachtet zu werden. Jedes Mal, wenn sie zufällig in die Richtung der Familie Jouvet blickte, bemerkte sie Yannis' Blick. Er verzog keine Miene und sprach gleichzeitig mit den anderen, doch ließ er sie nicht aus den Augen. Sie fühlte sich, als verspräche er ihr Dinge, von denen sie nicht mehr zu träumen gewagt hatte. Und das, obwohl Lucille sich offensichtlich darum bemühte, seine ungeteilte Aufmerksamkeit auf sich zu ziehen. In ihr breitete sich eine aufgeregte

Spannung aus.

Noch immer trafen Gäste ein, die den Blickkontakt unterbrachen, doch nie für lang. Yannis sah immer wieder herüber, als müsse er überprüfen, was Sophie tat. Sie verfolgte nicht mehr das Gespräch am eigenen Tisch, sondern musste sich konzentrieren, um nicht ständig an ihr gemeinsames Frühstück oder den Kuss zu denken. Am liebsten wäre sie mit Yannis verschwunden. Der Gedanke elektrisierte sie. Sie griff nach der Clutch, die sie auf dem Tischchen abgelegt hatte.

„Entschuldige mich einen Moment", raunte sie Florence zu, „ich gehe vor dem Essen noch mal kurz ins Bad." Als sie quer durch den Raum schritt, an Yannis vorbei, stieg ihre Nervosität, sobald sie seinen Geruch einfing. Waren ihre Sinne übersensibel? Yannis ließ seinen Blick von ihren Schuhen aufwärts ihren Körper entlanggleiten, sodass ihr die Knie weich wurden. Hatte sie wirklich geglaubt, sie könne auf Abstand zum Chef bleiben? Das schien ganz und gar nicht zu funktionieren. Fast war sie erleichtert, als sie den Flur erreichte, und suchte die Toiletten.

Im Vorraum blickte sie in den Spiegel. Ihre Wangen hatten sich leicht gerötet und ihre Haut schimmerte seidig. Sie sah schön aus. Hatte er nicht an jenem Freitag gesagt, er möge sie ohne Brille? Kurz entschlossen setzte sie die Brille ab und verstaute sie in dem eigens mitgebrachten Etui. Vielleicht hatte es Vorteile, wenn sie nicht jedes Detail in ihrem Umfeld klar sehen konnte. So konnte sie zum Beispiel auch Lucille ignorieren, die sie so verunsicherte.

Sophie zwinkerte sich im Spiegel zu und zog ihre

Lippen mit einem Pflegestift nach, sodass das Korallenrot, das sie zu Hause aufgetragen hatte, nicht zu dick wirkte. Unverhofft musste sie an das lange Gespräch mit Florence neulich denken. Wie hatte sie sich nochmal ausgedrückt? Sie glaube an die Macht der Gefühle? Wahrscheinlich wirkte das eine Glas Crémant bereits, jedenfalls wollte Sophie herausfinden, ob Yannis Jouvet Gefühle für sie empfand und wenn ja, welche. *Auf in die Arena*, sagte sie sich, als sie die Toilette verließ und beinahe in jemanden hineinlief, der vor der Tür gewartet hatte.

Er lachte und hielt sie fest. Seine Stimme kroch durch ihr Ohr an eine Stelle tief in ihrem Innern, die instinktiv reagierte. Seine Berührungen sandten die bekannten Impulse unter ihre Haut. Nein, sie bildete sich nicht nur ein, dass es eine besondere Chemie zwischen ihr und Yannis gab.

„Du hast deine Brille abgenommen", sagte er lächelnd. „Etwa mir zuliebe?"

„Ach, *Sie* sagen wieder *Du* zu mir?" Es klang schnippischer als beabsichtigt.

Er zog sie an sich. Sie spürte, dass sein Herz schnell schlug. „Freunde duzt man doch, oder nicht?" Er kam mit dem Kopf näher. „Bekomme ich zum Geburtstag einen Kuss?"

Was sollte das, hier im Flur, wo jeden Moment jemand kommen konnte? Und seine – was? – Freundin, Partnerin, Geliebte lauerte im Nebenraum.

Sophie riss sich vom Anblick seiner Augen los, legte ihre Hände an seine Brust und schob ihn weg. Dann hauchte sie ihm ein Küsschen auf die Wange. „Glückwunsch nochmal", sagte sie und machte einen Schritt nach hinten. „Sollte der Gastgeber nicht bei seinen Gästen sein?"

Er lachte laut auf. „So so." Mit einer Geste der Hand deutete er ihr an, zum Saal zurückzugehen. „Du möchtest also spielen, Sophie Thielen?"

Mit unschuldigem Augenaufschlag deutete sie ein Kopfschütteln an. „Mais non, keineswegs." Ihre Stimmung wurde ausgelassener. Auch wenn nebenan eine Meerjungfrau auf sie wartete und sie mit Pfeilblicken beschoss, als sie den Saal betraten, hatte Yannis doch mit *ihr* geflirtet. Mit der grauen Maus aus Aachen. Der ‚typisch Deutschen', wie Lucille sie betitelt hatte. Yannis legte ihr einen Moment die Hand in den Rücken und deutete ihr mit leichtem Druck an, dass sie weitergehen sollte, während er stehen blieb.

„Lasst uns an den Tischen Platz nehmen, damit wir mit dem Essen beginnen können", sagte er.

Als Sophie an dem Stehtisch vorbeikam, an dem Yannis' Familie stand, stürzte Adrienne auf sie zu. „Sophie, setz dich doch zu uns."

Sie wusste am Ende nicht, wie sie es hatten einrichten können, doch sie saß tatsächlich gegenüber von Adrienne. Diese hatte zwischen ihrem Partner und ihrem Bruder Platz genommen, Lucille saß auf Yannis' anderer Seite, gegenüber von Philippe. Sophie fühlte sich zwischen Florence und Samir perfekt aufgehoben. An Samirs Seite schlossen sich Jean-Jacques und Albert an. Die übrigen Gäste verteilten sich auf die freien Plätze. Es schien Sophie, als spüre sie Yannis' Energie zu sich herüberstrahlen. Lucille neben ihm wirkte kühl und verärgert.

Das Essen bestand aus mehreren Gängen, zwischen

denen sich Zeit gelassen wurde. Adrienne entpuppte sich als sympathische, quirlige Person, die Sophie Löcher in den Bauch fragte. Sie wollte alles wissen. Wie und wann die Deutschen bevorzugt einkaufen gingen, was ihre Lieblingsspeisen waren, welches Bier sie tranken und wo sie Wein anbauten. Mit einem perlenden Lachen hob Adrienne ihr Glas, um Sophie zuzuprosten. „Ich kann mir kaum vorstellen, dass im kalten Deutschland guter Wein gedeiht, aber wenn du es sagst, werde ich bald wirklich mal Wein vom Rhein, von der Nahe oder der Mosel probieren."

Erst als Sophie ihr eigenes Glas hob, bemerkte Adrienne, dass sie nur Wasser trank. „Was tust du denn da?", fragte sie. „Zu diesem Essen", sie deutete auf den Tisch, der sich unter den Fleischplatten, Schüsseln und Schalen bog, „kannst du doch kein Wasser trinken."

Sophie lachte. „Doch, kann ich. Glaub mir, es ist besser so." Der Crémant hatte seine Wirkung inzwischen verloren, und Sophie fühlte sich wieder sicher.

„Na, wenn du es sagst." Adrienne zwinkerte ihr zu. „Wie willst du einen guten von einem schlechten Wein unterscheiden, wenn du ihn nicht trinkst?" Sie brach abermals in Gelächter aus.

„Das kann sie durchaus", mischte Yannis sich ein. „Aber manchmal trinkt sie auch Whisky." Er blickte in Sophies Augen, dann hob er das Kinn und blickte Samir an, dessen ungeteilte Aufmerksamkeit er hatte. „In besonders wertvollen Momenten."

„Richtig." Samir nickte und lehnte sich näher zu Sophie. „Sie war es auch, die das Geschenk ausgewählt hat."

„Den Ardberg?" Adrienne prustete. „Schmeckt der dir etwa?"

Bevor Sophie antworten konnte, straffte Lucille die Schultern. Sie hatte sich die ganze Zeit mit niemandem unterhalten außer mit Yannis. Jedes Mal, wenn er sich den anderen Gästen zuwandte, besonders Sophie, verengten sich ihre Augen fast unmerklich und sie hörte neugierig zu. „Lasst ihn uns doch kosten", sagte sie jetzt, stand auf, winkte einem der Kellner und rief: „Bringen Sie uns bitte die Whiskyflasche vom Geschenketisch dort hinten."

„Nein, lieber nicht", wollte Sophie abwehren.

„Doch, eine Whiskyverkostung", ordnete Yannis an. „Den Ardberg kennst du ja schon. Möchtest du heute mal eine andere Sorte testen?" Er grinste.

„Ich trinke nur einen einzigen", erklärte sie fest.

Das Personal begann die Tische abzuräumen. Die Kellner gaben in der Küche Bescheid, dass der nächste Gang später serviert würde, und brachten auf Tabletts die Whiskysorten, die die Bar zu bieten hatte.

„Möchtest du wirklich einen?", fragte Samir leise. „Mir scheint, du trinkst nicht gern Alkohol?"

„Ich vertrage ihn nicht gut. Die Auswirkungen sind unberechenbar. Erstens bin ich nach einem Glas schon beschwipst, zweitens kann sich meine Stimmung schlagartig ändern." Sie musste daran denken, auf welche Art sich ihre Stimmung in Yannis' Gegenwart verändert hatte. Hitze zog ihr in die Wangen. Sie lächelte betreten. „Beim letzten Mal habe ich eine plötzliche und heftige Migräne bekommen." Der Kellner hatte begonnen, den Gästen Whisky einzuschenken. Adrienne verlangte einen Ardberg und zwinkerte

Sophie herausfordernd zu.

„Einen kann ich trinken, das passt schon", erklärte sie.

„Welchen möchtest du?", fragte Adrienne.

Sie bestellte eine milde Sorte.

Als alle ein Getränk vor sich stehen hatten, hoben sie die Gläser und prosteten sich zu. Sophie nahm einen winzigen Schluck. Dann beobachtete sie Adrienne, wie sie beherzt am Ardberg nippte und das Gesicht verzog. Mit zusammengekniffenem Mund sah sie Sophie an, ihre Augen sprühten vor unterdrücktem Lachen. Endlich schluckte sie und grunzte. Sophie musste laut lachen, Adrienne stimmte ein.

„Einfach etwas Besonderes", sagte Yannis mit tief eingegrabenen Grübchen. Sophie konnte sich an seinen blitzenden Augen nicht sattsehen.

„Hui", äußerte sich Samir, der ebenfalls den Ardberg gekostet hatte. „Der ist wirklich ...", er nahm noch einen Schluck.

„Ich wüsste nicht, wie ich ihn beschreiben soll." Adrienne sah ihren Freund an. „Du?" Der kaute auf dem Whisky herum und antwortete nicht.

„Herb und nach Torf", warf Lucille ein. Sie hatte keine Miene verzogen, nachdem sie das Gebräu gekostet hatte.

„Ich habe neulich eine sehr treffende Umschreibung gehört. Wie war das nochmal?" Yannis fixierte Sophie.

In ihrer Brust kribbelte es vor Vergnügen. „Durchgeschwitzter Pferdesattel?"

Samir lachte laut auf. „Das passt! Wo hast du das gelesen? Schmeckt übrigens mit jedem Schluck besser."

„Das stand nirgendwo, Mademoiselle Thielen hat

den Whisky höchstselbst so umschrieben." Yannis biss sich auf die Unterlippe, so kurz, dass Sophie sich nicht sicher war, ob sie sich versehen hatte. Jede einzelne seiner Gesten und Bewegungen hatte eine Wirkung auf sie, und er wusste genau, wo er sie damit erreichte.

Sie stimmte in das Gelächter ein. Es blieb bei einem Whisky, denn der nächste Gang wartete darauf, serviert zu werden. Yannis begann währenddessen, Samir auszufragen. Was war sein Beruf, wo lagen seine Wurzeln? Sophie interessierte sich ebenfalls für diese Details und auch Adrienne hörte zu. Es stellte sich heraus, dass Samir sich als Programmierer selbstständig gemacht hatte. Man konnte erkennen, dass er davon nicht schlecht lebte. Einer seiner Vorfahren war vor drei Generationen aus Saudi-Arabien nach Frankreich gekommen und hatte hier eine Familie gegründet. Das erklärte seine besondere Hautfarbe. Familie Faure lebte in der Bourgogne, Samir war nach seinem Studium in Lothringen gelandet. Da er hier seine große Liebe gefunden hatte, blieb er. Diesen Teil erzählte Florence, Samir nickte dazu, die Miene unbewegt.

„Wie romantisch." Adrienne seufzte. Doch sie fragte nicht danach, wo diese große Liebe denn jetzt sei. Offenbar spürte sie, dass Samir nicht darüber reden wollte. Lucille legte weniger Feingefühl an den Tag.

„Und Ihre große Liebe ist heute Abend verhindert?"

„Ja", war Samirs lapidare Antwort. Sophie bemerkte überrascht, dass sie ihm bei Lucilles taktloser Frage die Hand auf den Oberschenkel gelegt hatte. Sie spürte seine Muskeln durch den Stoff der Hose. Er legte kurz seine Hand auf ihre. Es war eine tröstende Geste unter

Freunden. Als sie aufsah, ruhte Yannis' Blick auf ihr. Die Grübchen waren verschwunden.

„Sophie ist eine zauberhafte Begleitung", sagte Samir zu niemand Bestimmtem.

KAPITEL 17

Nach dem Dessert spielte die Musik lauter, und Lucille sprang sofort auf, um Yannis auf die freie Fläche zu ziehen. Er machte Anstalten, sich dagegen zu wehren, aber als sie sich zu den ersten Rhythmen bewegte und ihn dazu brachte, Tanzhaltung einzunehmen, konnte er nicht mehr vortäuschen, das Tanzen würde ihn nicht begeistern. Sie waren ein eingespieltes Paar, das erkannte Sophie bereits nach den ersten paar Schritten und umso mehr bei den Figuren, die sie tanzten. Das hier hatte nichts mit Discofox oder dem Gehopse zu tun, das man bei Straßenfesten und Familienfeiern geboten bekam. Die beiden verschmolzen zu einer Einheit, und jetzt gelang Lucille mühelos, was sie wahrscheinlich den gesamten Abend über versucht hatte: Yannis' Blick auf sich zu bannen. Sehr bald wirkte es, als seien die beiden in einem eigenen Universum, zu dem niemand sonst Zugang hatte.

Die Band spielte vor allem französische Chansons mit schnelleren Rhythmen. Nur wenige davon kannte Sophie, da das Chanson für sie bisher eher mit leisen, langsamen Tönen verknüpft war. Die Stimme der

Sängerin hatte eine riesige Bandbreite und lullte mal mit weichen, dunklen Tönen ein, forderte mit schrilleren Passagen heraus und verbreitete mit selbstbewusst, doch mädchenhaft vorgetragenen Liedern schlichtes Wohlbefinden. Als sich Sophie, die sich hatte umdrehen müssen, um die Tänzer sehen zu können, zurückwandte, redete Florence auf sie ein.

„Sag mal, ist dir das recht?"

„Was? Entschuldige, ich habe nicht gehört, was du gesagt hast."

„Philippe will nicht tanzen, sondern lieber nach draußen, um eine Zigarre zu rauchen", Florence zwinkerte, „was viel gesünder ist." Philippe gab ein gutmütiges Schnauben von sich und zwinkerte Sophie zu. „Und Samir kann tanzen. Also, würde es dir was ausmachen, mir deinen Tischherrn für ein paar Lieder auszuleihen?" Sie feixte bei ihrer Wortwahl.

„Oh, ach so", Sophie sah zu Samir. Er hatte die Brille abgenommen und klappte sie bedächtig zusammen. Sie zögerte. Ohne das dunkle Gestell wirkte er beinahe nackt. Seine hellen Augen hatten etwas Ungeschütztes.

„Und?", sagte er. Wirklich erstaunlich, wie viel jünger er ohne die Gläser aussah. Und wie viel präsenter.

Sie lachte. „Ja, natürlich erlaube ich es." Dennoch fühlte sie einen winzigen Stich, als Samir Florence förmlich um den nächsten Tanz bat und Philippe den Raum verließ. Selbst Jean-Jacques und Albert hatten angefangen zu tanzen, keinen Standardtanz zwar, aber sie sahen dennoch großartig zusammen aus.

„So allein?", fragte Adrienne. „Komm doch auf diese Seite. Yannis und Lucille werden so bald nicht aufhören und hier können wir uns besser unterhalten."

„Ja, warum nicht." Sophie ging um den Tisch herum und setzte sich neben Adrienne.

„Jetzt, wo Yannis uns nicht hört, kann ich dich endlich noch ein paar interessantere Dinge fragen."

Interessantere Dinge? „Schieß los."

„Wann hast du Yannis kennengelernt? Er hat erwähnt, dass ihr euch früher schon mal begegnet seid. Das schien ihm wichtig zu sein, vor allem wegen Lucille."

„Wegen Lucille? Was hat das eine denn mit dem anderen zu tun?"

„Das erkläre ich dir später. Also, wann und wo seid ihr euch zum ersten Mal begegnet?"

„Er war als Trainee in Aachen, das weißt du bestimmt."

Adrienne schnalzte mit der Zunge. „Ja, natürlich. Das ist, warte, zehn Jahre her? Ich war gerade mit der Schule fertig."

„Richtig."

„Dann warst du ja noch ein Baby." Adriennes Augen blitzten.

Sophie lachte auf. „Ein *Baby* nun nicht gerade. Aber ich war knapp sechzehn, als Yannis bei den Grannus-Arkaden arbeitete. Dort sind wir uns begegnet."

„Und er hat dich nicht vergessen. Erstaunlich."

„Na ja, so erstaunlich ist das gar nicht, wenn man bedenkt, unter welchen Bedingungen er mich getroffen hat." Sophie lachte und merkte, dass die Geschichte für sie ihre Peinlichkeit verloren hatte. Endlich, dank Yannis. Sie erzählte Adrienne alles.

„Das muss für dich der Horror gewesen sein." Adrienne wischte sich über die Augen. „Und wie er die Situation gelöst hat", sie betonte das Wort ‚gelöst' mit in die Luft gezeichneten Anführungszeichen, „typisch Yannis. Jedenfalls hat er sich dir damit unauslöschlich ins Gedächtnis gebrannt."

„Tja", Sophie lächelte. Sie fühlte sich frei und ein bisschen beschwipst. „Nicht, dass er das nicht sowieso getan hätte. Ich war übrigens nicht die Einzige. Wir nannten ihn *Monsieur Irrésistible*. Und für mich war er nicht nur *irrésistible*, sondern auch *inaccessible*. Niemand wäre je unerreichbarer gewesen als er. Ich bin in Ehrfurcht vor ihm verstummt, als er damals in den Raum mit dem Kopierer gekommen ist und mich rettete." Sie schlug sich die Hände vors Gesicht und giggelte. „Und ich hätte mich am liebsten im Teppich versteckt wie eine eingetretene Reißzwecke. Ich fühlte mich auch ungefähr so interessant wie eine Reißzwecke. Na ja ...", sie wischte mit der Hand durch die Luft, „alles Geschichte. Jetzt kann ich drüber lachen."

„Das ist eh das Beste."

„Aber warum meintest du, er hätte es vor allem wegen Lucille erwähnt?" Sophie beobachtete die beiden, die auf dem inzwischen volleren Parkett noch immer wirkten, als tanzten sie allein auf einem Wolkenmeer. Etwas in Sophies Bauch zog sich zusammen. Nur selten sah man eine solche Harmonie bei einem tanzenden Paar. Mit Wehmut gestand sie sich ein, dass Lucille für Yannis wohl doch ein besonderer und sehr wichtiger Mensch sein musste.

Eine Bewegung lenkte Sophies Blick auf ein anderes Paar. Der anthrazitfarbene Anzug und das ultramarinblaue Kleid passten farblich gut zusammen. Florence hatte nicht übertrieben: Offenbar war auch Samir ein begnadeter Tänzer. Florence strahlte pure Lebensfreude aus, während der Bär Samir wirkte, als umwerbe er seine Tänzerin und bringe sie dazu, ihre anmutigsten Bewegungen hervorzuzaubern. Sofort entstand in Sophie der Wunsch, ebenfalls mit ihm zu tanzen. Und mit Yannis. Adriennes Worte lenkten sie von ihren Überlegungen ab.

„Was Lucille angeht ...", sie legte eine Pause ein und wirkte nachdenklich.

„Chérie", sagte da ihr Partner, „ich gehe ein wenig nach draußen, um mir die Füße zu vertreten." Er küsste sie und stand auf, worauf er mit einem Nicken in Sophies Richtung wegging.

„Er will es nicht hören." Adrienne deutete ein Lächeln an. „Antoine hält sich aus diesen internen Familiengeschichten lieber raus." Sie seufzte leicht. „Es ist auch komisch."

„Was jetzt?"

„Lucille ist eine Freundin der Familie. Wir haben uns schon als Kinder kennengelernt. Ihre Mutter hat im Hotel meiner Eltern gearbeitet, aber Lucille wollte unbedingt mehr. Wir haben nie einen Unterschied gemacht, das kannst du dir denken. Ich meine", sie zog die Schultern hoch, „wir leben im einundzwanzigsten Jahrhundert. Für Yannis und mich war unser Vermögen nie ein Thema. Wir sind so aufgewachsen – und es war nicht immer schön. Was glaubst du, wie sehr unsere Eltern arbeiten mussten, um das Hotel zu führen, das meine Großeltern in den Fünfzigern gegründet hatten? Es ist natürlich ein Klischee, aber unsere Eltern hatten nie Zeit für uns. Tatsächlich war es meine

Oma mütterlicherseits, die Yannis und mich hauptsächlich betreute. Und wenn sie nicht für uns da war, sprang Lucilles Mutter ein. Sie arbeitete nur halbtags und konnte uns oft betreuen, wenn wir nachmittags aus der Schule kamen. Lucille war für uns wie eine Schwester. Yannis war damals übrigens ein verschüchterter kleiner Junge. Obwohl er älter ist als ich, war *ich* damals diejenige, die Pläne schmiedete. Wenn wir etwas anstellten, war ich meistens schuld daran. Aber Yannis hielt den Kopf hin. Er war der beste große Bruder, den man sich wünschen konnte."

Wie eigenartig, einen Einblick in Yannis' Kindheit zu bekommen. Sophie konnte ihn sich gut als Kind vorstellen mit seinen dichten, dunklen Locken. Sie sah ihn geradezu hinter dem Sockel einer Statue hervorlugen, wo er sich in einem der Hotelflure versteckte. Sie lächelte versonnen.

„Lucille ist so alt wie Yannis und begann nach dem Bac, also dem Abi, ihr Studium an derselben Hochschule. Zuerst wollte sie Hotelfach studieren, aber bald stellte sie fest, dass es ihr nicht lag. Sie wechselte dann zu Modedesign. Du hast sicher schon mitbekommen, dass sie ein eigenes Label hat."

Sophie nickte. Was Adrienne erzählte, passte zu ihren ersten Eindrücken der selbstbewusst wirkenden Frau. Lucille versuchte, hinter ihrer beeindruckenden Fassade zu verbergen, dass sie ihr selbst gestecktes Ziel wohl noch nicht erreicht hatte. Wenn Sophie ihr Verhalten an diesem Abend bedachte, festigte sich sogar der Eindruck, dass die perfekte Lucille ein Bündel an Minderwertigkeitskomplexen war. Vielleicht hatte sie die aus ihrer Kindheit ins Erwachsenenalter mitgeschleppt?

„Es war in dieser Zeit. Lucille hatte ihr Modestudium begonnen, Yannis studierte und arbeitete zwischenzeitlich im Hotel und in verschiedenen Kaufhäusern, weil er sich noch nicht festlegen wollte. So kam es auch, dass er eine Zeit lang in Aachen war. Damals glaubten alle, dass er später das Hotel übernehmen würde." Sie hielt inne und grinste. „Inzwischen hat sich das gewandelt. *Ich* bin die Juniorchefin. Und ich liebe meinen Beruf."

„Herzlichen Glückwunsch." Sophie meinte es aufrichtig. Adrienne hatte offensichtlich einen Knochenjob angetreten.

„Wie auch immer, damals also ... Es muss etwas vorgefallen sein, wovon wir nichts wissen. Etwas zwischen Yannis und Lucille." Sie unterbrach sich und beobachtete die beiden eine Weile auf der Tanzfläche. „Ich habe noch nie außerhalb der Familie darüber geredet, es ist ein Tabu. Aber seit dieser Zeit wirkt es, als wären die beiden sich versprochen. Wenn du weißt, was ich meine."

„Wie in Familien, in denen die Eltern die Ehen ihrer Kinder arrangieren? Nach allem, was du mir erzählt hast, kann ich mir das bei euch nicht vorstellen."

„Nein, nicht auf diese Art. Meine Eltern mischen sich da kein bisschen ein. Seit ich selbst im Hotel arbeite und die neuen Häuser betreue, die wir inzwischen in anderen Orten an der Küste gekauft oder gebaut haben, habe ich begriffen, dass unsere Eltern uns beide bedingungslos lieben. Sie leiden bis heute darunter, dass sie nie Zeit für uns hatten." Sie seufzte theatralisch. „Oh je, mein Leben ist eine Aneinanderkettung von Klischees. Armes reiches Mädchen." Sie rollte mit den Augen, bevor sie in ein lautes Lachen ausbrach, das mit einem Quieklaut endete und ihre Worte Lügen strafte.

„Was ist das dann zwischen Lucille und Yannis? Sind sie ein Paar?" Sophies Herz raste.

„Irgendwie ja und irgendwie nein. Manchmal benehmen sie sich wie ein altes Ehepaar. Ich meine, sieh dir nur an, wie Lucille den ganzen Abend schlechte Laune hat und sich auf kein Gespräch einlässt, nur um eifersüchtig jeden Satz zu belauschen, den Yannis mit dir wechselt."

Also hatte sie sich nicht getäuscht!

„Und jetzt schau sie dir auf der Tanzfläche an. Beneidenswert." Sie zog die Schultern hoch. „Antoine tanzt leider nicht."

„In den *Galeries* gilt Yannis trotzdem als freilaufender Junggeselle." Sophie gluckste bei ihrer Wortwahl.

„Oh ja, er ist der unerfüllte Traum aller Schwiegermütter. Und ihrer Töchter. Aber er lässt sich auf nichts ein. Andererseits macht er auch mit Lucille keine Fortschritte. Und Fragen unserer Eltern in diese Richtung ignoriert er gekonnt. Sie haben jedenfalls keine richtige Liebesbeziehung, glaube ich."

Sophie errötete. Ahnte Adrienne, dass sie längst von *Monsieur Irrésistible* eingewickelt worden war? Sie konnte doch nichts von der Nacht im Hotel wissen? Unvorstellbar, dass Yannis darüber gesprochen hatte. Er hatte sich so fürsorglich verhalten, das würde er niemals weitertratschen, oder doch? War er der Typ Mann, der mit seinen Eroberungen angab? Niemals, nein. Adrienne legte den Kopf schief und betrachtete sie nachdenklich.

„Du hast irgendwas an dir", begann sie, sprach jedoch nicht weiter.

„Was meinst du?"

„Als wir gestern angekommen sind, habe ich sofort gemerkt, dass Lucille miese Laune hatte. Die hat sie nur, wenn sie Konkurrenz wittert. Da wusste ich natürlich noch nicht, wer im Spiel war. Aber als du heute Abend durch die Eingangstür getreten bist, war alles klar. Lucilles Temperatur fiel um mehrere Grad, während Yannis nur noch Augen für dich hatte."

„Wirklich?" Sie ärgerte sich über ihren begeisterten Tonfall. Sie hatte gedacht, niemand könne ihren Zustand sehen. Und nun sollte sogar Yannis wie ein verliebter Gockel wirken?

„Haha, ich kenne meinen Bruder und ich kenne Lucille. Vergiss das nicht. Beide haben sich gut unter Kontrolle, und ich würde wetten, dass niemand außer mir so in ihnen lesen kann." Sie griff nach einer Traube von einer der Käseplatten, die die Kellner inzwischen auf die Tische gestellt hatten. „Es gab da jedenfalls einen Moment, in dem ich ihn auf dich ansprechen konnte, also habe ich ihn einfach gefragt. Er erzählte mir *alles* über dich. Es hätte gereicht, zu sagen, dass du für eine Zeit hier bist, um in den *Galeries* zu arbeiten und für deine Arbeit in Deutschland Anregungen mitzunehmen. Aber er erwähnte auch, dass er dich schon von früher kennt, was völlig unwichtig war in dem Moment. Lucille reagierte wie ein Huhn, das ein Korn entdeckt hat und sich darauf stürzt. Dann kamen neue Gäste und damit war der Moment vorbei." Sie nickte mehrmals mit dem Kopf. „Tja, es kann spannend werden, würde ich sagen."

„Wieso das?"

Adrienne wies mit dem Kinn in Richtung der Tanzfläche. „Ich glaube, jetzt bist du am Zuge, meine Liebe." Überrascht sah Sophie hinüber. Yannis und Lucille kamen auf den Tisch zu. Sie hatte die Brauen kaum merklich nach unten gezogen. Offenbar hatte sie noch keine Lust, mit dem Tanzen aufzuhören. Doch Yannis führte sie an ihren Platz zurück und bedankte sich bei ihr. Dann wandte er sich Sophie zu, die bereits aufgestanden war, um seinen Stuhl wieder freizumachen und zu ihrem eigenen zu gehen.

„Darf ich um diesen Tanz bitten?", fragte er.

Und Sophie hatte Spaß. Ihre Mutter war eine professionelle Tänzerin, und Sophies Eltern hatten sich über das Tanzen kennen- und lieben gelernt. Ihr Vater, der sich zwar seit vielen Jahren immer seltener von seiner Frau zu Tanzveranstaltungen überreden ließ, hatte ihre Liebe unter anderem wegen seiner Fähigkeit gewinnen können, sie zu führen. Sie, die sonst nie die Kontrolle aufgab. Dass sie danach die Kontrolle über ihren eigenen Lebenswunsch aufgegeben hatte, stand auf einem anderen Blatt. Die beiden hatten Sophie jedenfalls bereits als Kind alle Tänze beigebracht. Und ihr Vater hatte niemals den Versuch aufkommen lassen, dass sie bei den Standardtänzen die Führung übernahm. Sophie war deshalb in der Tanzschule, die sie ein paar Jahre lang besuchte, eine begehrte Partnerin und brauchte niemals unbeachtet in der Ecke zu stehen. Sie liebte das Tanzen.

Yannis *war* ein hervorragender Tänzer, und sie flog

mit ihm ebenso leicht über das Parkett wie Lucille zuvor. Sie ließ sich fallen und genoss es, wie das Gefühl, von Yannis Jouvet gehalten und geführt zu werden, ihr ganzes Bewusstsein überflutete. Seine Augen blitzten, seine Arme hielten sie und ließen sie wieder los, sein Körpergeruch mischte sich mit ihrem eigenen und betörte sie. Sie konnte mit den neuen Schuhen tanzen, als wären sie extra dafür gemacht, und das Kleid engte sie nicht ein. Der Rock flog um ihre Oberschenkel, und es störte sie nicht.

Zum Reden kamen sie nicht, dazu war das Tempo zu schnell. Aber seine Blicke versicherten ihr, dass er genauso sehr im Moment lebte wie sie, und er war *ihr* Tänzer. Sie hatte ihn ganz erobert und er sie. Das musste für jeden der Anwesenden klar sein.

Nach einiger Zeit machte die Band eine Pause. Bedauernd ließ Sophie sich von Yannis zurück zum Tisch führen. Dort hatten sich alle wieder eingefunden, und Lucille war mittlerweile in ein Gespräch vertieft. Sie hatte sich ganz ihrem Sitznachbarn zugewandt. Vielleicht auch, um nicht auf die Tanzfläche blicken zu müssen? Sophie konnte sich ein zufriedenes Lächeln nicht verkneifen. Sie erwiderte Yannis' Dank für die Tänze. Noch während er um den Tisch herumging, hielt er ihren Blick fest. Er schien ihr ein Versprechen zu geben.

Er ist nicht allein hier, hörte Sophie plötzlich Mias Stimme in ihrem Kopf. *Reiß dich zusammen.* Sie grinste. Ganz sicher würde sie hier keine Szene provozieren. *Ihr habt alle Zeit der Welt*, bestätigte Mia ihren Gedankengang.

„Den nächsten Tanz möchte ich reservieren, bitte",

sagte Samir zu ihr. Ein Lachen klang in seiner Stimme mit. „Heute Abend macht es richtig Spaß."

Florence klopfte auf Sophies Unterarm. „Ich wusste nicht, dass du Profitänzerin bist", sagte sie mit gespieltem Tadel.

„Das bin ich gar nicht. Meine Mutter war es."

Samir nickte. „Das erklärt einiges. Tanzt sie noch?"

„Nein, nach der Hochzeit hat sie ihren Beruf an den Nagel gehängt." Wie immer, wenn sie darüber sprach, bedauerte Sophie, was ihre Mutter für die Familie aufgegeben hatte.

„Oh, das muss ihr schwergefallen sein." Samir griff nach seiner Brille und setzte sie auf. „Ein Teil von ihr hat das bestimmt ein Leben lang bereut."

„Ja, das stimmt. Glaube ich jedenfalls. Sie ist manchmal sehr melancholisch. Ich habe sie oft gefragt, ob sie sich zurück auf die Bühne sehnt. Sie lacht immer und sagt, ich wäre es wert gewesen, darauf zu verzichten."

„Das ist nicht schön." Samir stockte. Sophie glaubte zu wissen, was er meinte.

„Warum?", wollte Adrienne wissen. „Das ist doch eine sehr liebevolle Äußerung."

Samir verzog den Mundwinkel. „Ich weiß nicht. Bürden Eltern mit einer solchen Aussage ihren Kindern nicht viel zu viel auf? À la ‚Das alles habe ich für dich aufgegeben' und ‚Weißt du mein Opfer zu schätzen? Bist du angemessen dankbar?' Und was, wenn sie es bereuen? Wecken sie dann in ihrem Kind nicht das Gefühl, dass es schuld daran ist?" Er schüttelte den Kopf. „Eltern sollten einem Kind niemals das Gefühl geben, es habe ihre Entscheidungen beeinflusst. Sie müssen für sich selbst einstehen. Ihre Kinder können nicht als Grund dafür herhalten."

Adrienne nickte nachdenklich. „So gesehen hast du recht."

Sophie wunderte sich darüber, wie klar Samir viele Gedanken aussprach, die sie sich als pubertierender Teenager in einsamen Stunden gemacht hatte, wenn ihre Mutter zu dem Job in der Zoohandlung aufgebrochen war. Sie wusste, dass die Arbeit mit den Tieren ihr gefiel, aber wie oft hatte sie sich gefragt, ob es das war, was sie wirklich wollte.

Samir hob unvermittelt die Hand, wischte mit dem Daumen über Sophies Wange und hinterließ dort eine feuchte Spur. Beschämt sah sie ihm in die Augen. Sie hatte gar nicht bemerkt, dass ihr eine Träne heruntergelaufen war. Er nickte wissend. Sophie straffte die Schultern. Wie immer, wenn ihre Gedanken zurückwanderten, stieg die Frage in ihr auf, ob ihre Eltern sie wirklich gewollt hatten. Oder war sie ein Versehen gewesen? Seit Jahren kämpfte sie gegen die Angst an, nicht geliebt zu werden. Warum kam sie ausgerechnet jetzt wieder hoch, an diesem Abend, an dem sie so viel Spaß hatte?

„Ich bin mir sicher, dass deine Eltern stolz auf dich sind. Du bist ein wunderbarer Mensch." Samir schien in ihr zu lesen wie in einem offenen Buch.

Sie lächelte wackelig. „Ja, das sagen sie mir oft."

Gemurmel erhob sich. Sophie drehte sich um, da alle in eine Richtung starrten. Die Band hatte abermals ihre Plätze eingenommen. Bei ihnen stand der Mann, der eben noch neben Lucille gesessen hatte, und redete mit der Sängerin und den beiden Musikern. Sie nickten, bevor sie nach Lucille sahen, die von ihrem Platz aufstand. Die Sängerin nahm das Mikrofon in die Hand.

„Wir haben einen besonderen Wunsch heute Abend. Eine der anwesenden Gäste möchte für das Geburtstagskind ein Lied darbringen. Ich bitte um Applaus. Lucille Mirabeau featuring Lucrèce Sassella."

Lucille schwebte über die Tanzfläche zur Band und übernahm das Mikrofon. Sie sah die Bandmitglieder prüfend an, diese nickten und dann setzte die Musik mit einigen Klaviertakten ein. Es war eine fröhliche, schnelle Melodie, und als Lucille die ersten Liedzeilen schmetterte, zog sich Sophies Magen zusammen.

„J'aime comme tu m'aimes", sang sie mit gar nicht schlechter Stimme Yannis zu. Der Text ließ nur einen Schluss übrig: Yannis und sie waren ein Liebespaar – und sie taten es oft und mit großem Vergnügen. Er musste Lucille seine Liebe viele Male gezeigt und gestanden haben. Der Text sprach auch von kleinen, liebenswerten Unzulänglichkeiten, die eine intensive gemeinsame Zeit aufdeckten. Sophie konnte sich kaum eine leichtherzigere und zugleich ehrlichere Liebeserklärung vorstellen. Sie schielte zu Yannis hinüber, der sich leicht im Takt der Musik bewegte. Sein Lächeln wirkte glücklich. Da fiel ihr Adriennes Blick auf. Sie hatte die Brauen hochgezogen und blickte von Yannis zu Sophie und zurück. Fast unmerklich schüttelte sie den Kopf, bevor sie Sophie ein bedauerndes Lächeln schenkte. Dieses Lächeln ließ das hohle Gefühl in Sophies Magen noch schlimmer werden. Adrienne kannte die beiden, und was sagte ihre Miene aus, wenn nicht „Oups, désolée, aber ich habe mich wohl geirrt"?

Samir rettete Sophie aus ihren neu einsetzenden Grübeleien. „Ich sehe dir an, dass du einen Tanz brauchst. Einen, der dich zur Königin des Parketts macht."

„Nein, bloß das nicht", wollte sie abwehren.

„Doch, ein Tanz mit Samir ist jetzt genau das, was du brauchst, meine Liebe", kam es von Florence. Sie flüsterte, damit Yannis nicht verstehen konnte, was sie sprachen. „Samir ist der selbsloseste Mensch, den ich kenne, auch auf der Tanzfläche. Du fühlst dich mit ihm wie im Paradies. Probier's aus. Aber mach schnell", fügte sie hinzu und blickte hektisch in Richtung der Tanzfläche. „Sonst kommt die Schlange dir zuvor. Die kriegt den Hals nicht voll."

Dann geschahen mehrere Dinge auf einmal. Adrienne hatte wohl begriffen, was sich da gerade abspielte. Nach Lucilles Song klatschten die Anwesenden Beifall, die Band begann wieder zu spielen. Sophie konnte nicht sehen, was Lucille dann machte, aber Adrienne konnte es. Sie stand auf und zog ihren Bruder am Arm hoch. „Jetzt gehörst du mir, Brüderchen", sagte sie scherzhaft, und Yannis wehrte sich nicht dagegen. Lucille musste das wohl gesehen haben und war nun auf der Suche nach einem anderen Tanzpartner, einem, an dessen Seite sie ebenfalls glänzen konnte.

Samir war aufgestanden und hielt Sophie die Hand hin. Als sie nicht schnell genug reagierte, griff er einfach nach ihrer Rechten und zog sie hoch. Erst in der Sekunde, in der Sophie sich umdrehte, sah sie, dass Lucille zielstrebig auf Samir zugekommen war. Zweifellos hatte sie ihn zum Tanz auffordern wollen. Doch nun war es zu spät.

„Pardon", murmelte er, als er Sophie an Lucille vorbei zur Tanzfläche dirigierte.

Samir ließ Sophie tatsächlich die Missstimmung vergessen. Was sie zuvor beobachtet hatte, bestätigte sich: Der Bär umwarb seine Tänzerin, ohne dabei anzüglich oder fordernd zu wirken. Mit eleganter Leichtigkeit, die nicht zu seinem Körperbau passen wollte und gerade deshalb umso reizvoller wirkte, rückte er Sophie in den Mittelpunkt. Hatte sie sich mit Yannis wie in einem Liebesspiel gefühlt, so war der Begriff, der ihr zum Tanz mit Samir einfiel, ein altmodischer, abgegriffener, der objektiv betrachtet ganz und gar nicht passte. Sie fühlte sich „wie in Abrahams Schoß". Was immer das bedeuten mochte.

KAPITEL 18

Sophie tanzte noch viel an diesem Abend, der sich bis in die frühen Morgenstunden zog. Jeder ihrer Tanzpartner machte ihr auf seine eigene Art Freude, und wie früher in der Tanzschule bestätigten ihr alle, dass sie eine leichtfüßige Tänzerin war, die auch einen Anfänger nicht blass neben sich aussehen ließ. All das schmeichelte ihr. Sie fühlte sich so lebendig wie seit langem nicht mehr.

Überrascht war Sophie, als sie mit Jean-Jacques tanzte. Er führte sie selbstbewusst und mit fester Hand. Seine sonst oft spürbare Nervosität war wie weggewischt. Danach forderte sein Freund Albert sie auf, und obwohl er weniger streng in seinen Bewegungen wirkte, war sich Sophie nicht sicher, wie die Rollen in ihrer Beziehung verteilt waren. Bis sie sich selbst tadelte, weil sie solch altmodische Überlegungen anstellte. Was ging es sie an, und spielte es überhaupt eine Rolle? Konnte, ja, musste eine gleichgeschlechtliche Beziehung nicht ebenso auf Augenhöhe stattfinden wie jede andere? Doch die Musik und die Tänzer lenkten sie vom Grübeln immer wieder ab.

Adrienne, die im Paartanz mit Yannis wie ein schwerelos schwebendes Insekt gewirkt hatte, forderte Sophie zum Tanzen auf, als die Band rockigere Lieder spielte. Sie tanzten Freestyle, und auch dabei fühlte Sophie sich frei und leicht. Adrienne hatte etwas Unbändiges und strahlte ungestüme Lebensfreude aus, wofür Sophie sie bewunderte.

Doch all diese Erlebnisse reichten nicht an die intensiven Empfindungen heran, die die Tänze mit Yannis in ihr auslösten, der sie auch später am Abend immer wieder aufforderte. Die Bewegung, mit der er auf sie zukam, und sein Blick, wenn er ihr auffordernd die Hand hinhielt, weckten ein wohliges Ziehen in ihr. Von ihm gehalten und geleitet zu werden, löste Euphorie in ihr aus. Jedes Mal, wenn er sie nach einer Drehung an sich zog, explodierten unter ihrer Haut winzige Bläschen, die Glückshormone in ihren Körper schwemmten.

Wie hatte sie nur einen Moment in Betracht ziehen können, sich von dieser Party fernzuhalten? Und wie konnte sie daran zweifeln, dass Yannis etwas für sie empfand?

Und doch war da auch Lucille. Wenn sie und Yannis miteinander tanzten, vermittelten sie ein Bild absoluter Übereinstimmung. Zwischen den beiden existierte etwas Älteres, das Sophie mit Yannis niemals erreichen würde. Und doch konnte sie in Yannis' Blick nicht lesen, was dieses Alte war oder welcher Art seine Zuneigung zu der schönen Nixe war. Sobald in Sophies Kopf eine wohlbekannte Stimme Fragen stellte, die Yannis' Integrität anzweifelten, lenkte Sophie sich ab. Entweder indem sie sich mit Adrienne unterhielt oder mit Philippe, der nicht zum Tanzen zu bewegen war. Im Gespräch mit ihm erfuhr sie, dass er und Florence sich ein Kind wünschten. Es war nicht zu übersehen, wie sehr er seine Frau anbetete. Sobald jemand anderes als Samir sie zum Tanzen aufforderte, verlor er seine Konzentrationsfähigkeit.

Samir gab Sophie indessen das wohlige Gefühl, nach Hause zu kommen, sobald sie mit ihm tanzte oder neben ihm am Tisch saß. Bereits nach ihren ersten Tänzen war es ihr so vorgekommen, als kenne sie ihn schon immer. In einem Moment, in dem sie sich – beide ohne ihre schützenden Brillen – in die kurzsichtigen Augen sahen, wurde in Sophie ein Gefühl geweckt, das sie sich nicht als *Bedauern* eingestehen wollte. Bedauern darüber, dass Samir offensichtlich nicht in der Verfassung war, sich auf eine neue Beziehung einzulassen. Und Bedauern darüber, dass ihr eigenes Herz von diesem anderen, schillernden Mann besetzt war, der sie mit seinen Bewegungen schier um den Verstand brachte. Samir, der gerade noch über die religiösen Bräuche seiner Urgroßeltern gesprochen hatte, schloss den Mund. Wie im Film verschwammen alle Hintergrundgeräusche zu einem leisen Summen, Sophie sah nur noch die blauen Augen ihres Gegenübers und hatte das eigenartige Empfinden, seinen Körper als eine Fortsetzung von sich selbst zu spüren. Als wären sie beide nicht zwei Einzelpersonen, sondern Teile eines Ganzen. Samirs Blick verriet ihr, dass er etwas Ähnliches spüren musste. Er sah sie schweigend an, seine Lippen öffneten sich ein bisschen, wie bei einem erstaunten Kind. Sophie widerstand dem Impuls, ihm die Hand an die Wange zu legen. Sein

Gesicht erhellte sich zu einem Lächeln.

„Erstaunlich", sagte er. „Es ist, als ob wir uns schon über alle Zeiten hinweg kennen würden." Dann zwinkerte er. „Erzähl's nicht weiter, sonst halten sie uns für verrückt."

Sie lächelte und freute sich über das intensive Gefühl, einen Menschen fürs Leben gefunden zu haben.

Am nächsten Morgen verließen Jean-Jacques mit Albert, Florence, Philippe, Samir und Sophie als Letzte die Party. Selbst Adrienne und Antoine hatten sich bereits zurückgezogen. Nur Lucille stand noch neben Yannis, als die vier sich vom Gastgeber verabschiedeten.

Florence verwickelte Lucille in ein Gespräch über ihr Modelabel und ob sie mal darüber nachgedacht hätte, Kleidung für Kinder zu entwerfen. Yannis nutzte die Chance, um Sophie unauffällig näher an sich zu ziehen. Ein weiteres Mal lag sie in seinen Armen, ohne dass er sie küsste oder auf andere Art körperlich bedrängte. Seine Hände streichelten sie sacht im Rücken und sie legte den Kopf an seine Schulter, wissend, dass sie sich nicht sicher sein konnte, ob ihre Empfindung sich mit der seinen deckte. Sie wusste einfach nicht, ob Yannis Jouvet sie liebte.

Hatte sie tatsächlich *lieben* gedacht? Ob er für sie ähnlich empfand, wie sie für ihn. Das war die bessere Formulierung. Sophie hatte sich selbst vor längerer Zeit versprochen, nicht mehr an die Liebe zu glauben. Das wollte sie nicht so leicht und schnell wieder aufgeben. Aber vielleicht gab es auch unterschiedliche Arten von Liebe. Diese Gedanken flogen ihr durch den

Kopf, während sie an Yannis' Brust gelehnt dastand und seine Arme sie hielten. Sie wusste, dass es nur ein kurzer Moment sein würde, und streckte ihren Rücken, sobald sie merkte, dass Yannis' Muskelspannung sich änderte. Lucille griff nach Yannis' Hand, er ließ Sophie sofort los. Sie tastete nach Samirs Fingern. Seine Berührung war beruhigend.

„Es war eine sehr schöne Party, vielen Dank für die Einladung", murmelte Sophie.

„Ja, das war es wirklich." Lucilles Stimme klang müde.

Erst jetzt wurde Sophie bewusst, wie schwer ihr die Beine geworden waren. Ihre Füße schmerzten nach der durchtanzten Nacht. Ohne viel Aufhebens verließen sie die Zitadelle, stiegen schweigend in Samirs Wagen und fuhren nach Hause. Es wurde bereits hell, als Sophie sich mit *Bises* von dem neuen Freund verabschiedete.

„Merci pour tout", flüsterte sie.

„Ganz meinerseits", antwortete Samir. „Schön, dass es dich jetzt in meinem Leben gibt."

Dieser Satz klang noch in Sophies Kopf nach, als sie alle Jalousien in ihrem Appartement schloss und sich ins Bett legte. Was auch immer die Zukunft bringen mochte, sie hatte Samir Faure als Freund gewonnen. Glücklich schlief sie ein, das gefaltete Taschentuch neben sich auf dem Kopfkissen, das Yannis aus seiner Tasche gezogen und ihr heimlich in die Hand gedrückt hatte. Es roch nach ihm, so intensiv, als halte er sie noch immer in den Armen und lasse sie über das Parkett schweben.

Sophie erwachte plötzlich und hatte keine Zeit, ihren Scanner einzuschalten. Denn das Telefon war es, das sie aus dem Schlaf gerissen hatte. Noch bevor sie richtig begriff, was sie tat, stand sie am Sekretär, wo sie ihr Handy auflud, und hielt das Smartphone in der Hand. Ihr Rückenmark musste vor ihr gewusst haben, was dieser Anruf bedeutete. Das Herz pochte ihr schnell und hart gegen die Rippen. Wie lange hatte sie überhaupt geschlafen? Egal.

„Mutter? Ist was passiert?"

„Woher weißt du das, Kind?" Die Stimme ihrer Mutter klang erstickt. Sophie fühlte sich, als lege ihr jemand von hinten die Hände um den Hals und drücke zu.

„Was ist es?"

„Papa liegt im Krankenhaus."

Papa? So hatte ihre Mutter ihn seit Sophies Kindergartentagen nicht mehr genannt. Ein Grunzen löste sich aus Sophies Kehle, dann hörte sie den nächsten Satz. Er klang wie ein Vorwurf.

„Er hatte einen Schlaganfall."

„Wie –", Sophie merkte, dass sie beim Reden einstatt ausatmete, unterbrach sich und begann noch einmal von vorn. „Wie geht es ihm?"

„Er liegt noch auf der Intensiv. Zum Glück hat er sofort gewusst, was passiert, und mir gesagt, was ich machen soll." Es hörte sich an, als bräche ihre Mutter in Lachen aus. Dabei waren es kleine Schluchzer. Dazwischen sprach sie weiter. „Er hatte dieses Kribbeln auf der linken Seite, von dem man immer liest. Der Arm komplett taub. Und die Sicht verschwamm ihm. Pudding in den Knien, du weißt schon. Er rief nach mir, ich war im Bad. Sophie, seine Stimme klang angstverzerrt! Ich wusste sofort, dass etwas nicht stimmt. Er war gerade aufgestanden und wollte sich anziehen, als es angefangen hat. Er sagte mir, dass ich den Notarzt rufen und sagen solle, er hätte einen Schlaganfall."

Sophie bekam keinen Ton heraus. Nun war es also doch passiert. Nur war es kein Herzinfarkt gewesen, vor dem ihr Vater schon seit Jahren Angst hatte, sondern ein Schlaganfall. Ihre Knie begannen zu zittern, sie tappte zu ihrem Bett und ließ sich darauf sinken.

„Sophie?"

„Ich bin da. Ich komme. Soll ich kommen?" Natürlich würde sie zu ihrem Vater fahren.

„Ja, bitte, Kind, wann kannst du los?"

„Sofort." Sie stand auf, öffnete den Kleiderschrank und begann ein paar Kleidungsstücke herauszusuchen, die sie einpacken würde. „Ich fahre los, sobald ich gepackt habe." Sie warf einen Blick auf den Radiowecker neben dem Bett. Fast Mittag. „Es wird früher Abend sein, bis ich da bin."

„Wir warten auf dich. Ein Glück, dass er sofort wusste, was los ist, und dass der Krankenwagen gut durchgekommen ist. Bei Schlaganfall zählt jede Minute, haben die Ärzte mir erklärt." Sie redete wie ein Wasserfall. „Er bleibt noch auf der Intensiv, nur um ihn unter Bewachung zu haben. Damit kein zweiter Anfall passiert, weißt du? Und es müssen ganz viele Untersuchungen gemacht werden."

„Ich bin in ein paar Stunden bei euch."

„Ja, ist gut. Fahr vorsichtig. Ich gehe wieder zu ihm. War nur zu Hause, um ein paar Dinge fürs Krankenhaus zu packen. Hast du einen Hausschlüssel?" Sie zögerte, bevor sie weitersprach. „Dein Zimmer ist frei, du kannst hier übernachten."

„Ja, alles gut. Ich komme erst mal ins Krankenhaus."

Sie löste die Verbindung und hastete ins Bad. Während sie sich wusch, hörte sie das Vibrieren ihres Handys. Anscheinend hatte ihr jemand in der Zeit, in der sie mit ihrer Mutter geredet hatte, mehrere Nachrichten geschickt, die jetzt zeitversetzt eingingen. Sie trocknete rasch die Hände, bevor sie nachsah. Obwohl sie sich dafür schämte, hoffte sie, Yannis' Namen in der Nachrichtenleiste zu lesen. Ihn würde sie ohnehin informieren müssen, dass sie nach Aachen fuhr. Beinahe wäre ihr ein Schluchzen entschlüpft, als sie tatsächlich seinen Namen entdeckte. Er würde Verständnis aufbringen. Sie öffnete den Messenger.

Bonjour, belle Sophie, Tänzerin meines Herzens!

Dahinter prangte ein Smiley. Obwohl ihr nicht nach Lächeln zumute war, stahl sich eines auf ihr Gesicht.

Wir sitzen hier gemütlich beim Brunch und fragen uns, ob du nicht zu uns kommen möchtest. Adrienne würde sich freuen, noch ein bisschen mit dir zu plaudern. Und ich noch ein kleines bisschen mehr.

Seinen Nachsatz hatte er mit einem Herzchen versehen. Wie charmant er sein konnte.

Offenbar war er zum Scherzen aufgelegt. Und zum Flirten. Seine Worte gaben ihr ein schönes Gefühl, doch die Sorge um ihren kranken Vater und die Dringlichkeit, weg zu müssen, waren größer. Noch immer stand ihr Körper nach der Schocknachricht unter Strom und ihre Finger zitterten, als sie Yannis' Telefonnummer antippte. Sie hörte es zwei Mal piepen, dann ging er ran.

„Sophie, c'est toi? Wie geht es dir?" Es tat überraschend gut, seine Stimme zu hören. Sie wurde etwas ruhiger.

„Yannis, ich muss sofort nach Aachen. Mein Vater liegt im Krankenhaus, er hatte einen Schlaganfall. Ich wollte dir deshalb nur schnell Bescheid geben. Es tut mir leid."

„Das muss dir nicht leid tun. Kann ich dir irgendwie helfen? Soll ich dir mein Privatflugzeug zur Verfügung stellen?"

Im Hintergrund hörte Sophie Adriennes Stimme, die offenbar alarmiert fragte, was geschehen sei.

„Oh nein, das ist nicht nötig. Ich fahre mit dem Auto. Bestimmt geht das genauso schnell. Außerdem habe ich Flugangst."

„Soll ich dir einen Fahrer schicken? Du bist vielleicht zu besorgt, um selbst zu fahren?"

„Nein, das bekomme ich schon hin."

„Bist du sicher?"

„Ja. Yannis, ich muss los. Bitte sei mir nicht böse."

„Aber nein, ich –", er unterbrach sich. „Wenn irgendwas ist, melde dich." Es klang, als wolle er noch mehr sagen, aber wahrscheinlich saß neben Adrienne und Antoine auch Lucille am Tisch. Was hätte er sonst auch sagen sollen?

„Ich gebe Bescheid, wenn ich mehr weiß. Kann ich ein paar Tage in Aachen bleiben?"

„Natürlich. Solange es nötig ist. Ich hoffe, deinem Vater geht es bald wieder gut. Richte ihm gute Besserung von mir aus."

„Danke. Bis bald."

Innerhalb von zwanzig Minuten hatte sie sich frisch gemacht, ihren kleinen Trolley gepackt, rasch ein notdürftiges Frühstück verschlungen und war abfahrbereit. Welch ein Glück, dass sie gestern fast keinen Alkohol getrunken hatte. Sie brauchte sich mit keinem Kater oder anderen Nachwehen herumzuschlagen. Florence und Philippe schliefen entweder noch oder sie waren ausgegangen. Es war ein sonniger Maitag. Yannis hatte den Partygästen für diesen Samstag freigegeben. Sophie schrieb eine Nachricht auf einen Zettel und schob ihn unter der Wohnungstür durch. Sie versprach, sich am Abend telefonisch zu melden.

Zu gerne hätte sie auch Samir Bescheid gesagt, doch sie hatten ihre Telefonnummern noch nicht ausgetauscht. Sie nahm sich vor, Florence später danach zu fragen, und eilte in den Hinterhof, wo ihr Twingo stand.

„Mist", murmelte sie, weil ihr in dieser Sekunde einfiel, dass sie ihn in einer Werkstatt hatte durchchecken lassen wollen. Er hatte doch kurz vor ihrer Ankunft mehrmals gestottert und sie hatte allen Heiligen gedankt, dass sie es noch bis hierher geschafft hatte. Seitdem hatte sie den alten, nun nicht mehr so treuen Schrottkoffer völlig aus dem Gedächtnis gestrichen. Metz, le Met' und Yannis Jouvet hatten es möglich gemacht. Sie sperrte auf, setzte sich hinters Steuer und schob den Zündschlüssel ins Schloss. Nichts außer einem tot wirkenden Klicken. Das Auto reagierte nicht. Es hätte genauso gut ohne Motor da stehen können. „Verdammter Mist", heulte Sophie. Was jetzt?

Mit fahrigen Fingern angelte sie nach ihrem Smartphone und wählte Yannis' Nummer.

Er war sofort dran. „Was ist passiert?"

Vor Erleichterung und Verzweiflung musste sie schon wieder heulen. „Mein Auto springt nicht an. Ich kann mit der alten Karre nicht mehr nach Aachen fahren. Ich ... habe vergessen, sie in die Werkstatt zu bringen."

„Der kleine Franzose? Ja, ich erinnere mich."

Unter Tränen musste sie lächeln.

„Hör zu, ich komme sofort vorbei. Du kannst einen meiner Wagen haben. Bevor du dich wehrst – das ist überhaupt kein Problem. He, was?"

Plötzlich hörte Sophie Adriennes Stimme. Sie redete schnell und bestimmt ins Telefon, Sophie sah sie förmlich vor Augen. „Sophie! Yannis kann dir den Mini ausleihen. Keine Widerrede! Eigentlich wollte er dich selbst nach Aachen fahren, aber Lucille braucht ihn für einen wichtigen Termin. Jedenfalls ist es das Mindeste, dass wir dir einen fahrtüchtigen Untersatz borgen, wenn du schon nicht fliegen willst. Ich muss auflegen, Yannis ist schon auf dem Sprung. Er ist in ein paar Min–"

Sophie trug ihren Trolley vor das Haus und wartete dort. Fünf Minuten später parkte Yannis einen schwarzen Mini mit weißkariertem Dach und Seitenspiegeln am Straßenrand, schaltete den Warnblinker ein und stieg aus. Mit besorgtem Blick schob er den Arm in ihren Rücken. Sie schämte sich, weil ihre Augen brannten und verheult aussehen mussten. Doch das spielte jetzt keine Rolle. In seiner Miene erkannte sie Mitgefühl. Und noch etwas anderes, das darüber hinausging.

„Bist du sicher, dass du auf den Wagen verzichten kannst?", fragte sie. Er nickte, ließ sie los und öffnete den Kofferraum, um ihr Gepäck hineinzustellen.

„Ja, du kannst ihn so lange benutzen, wie es nötig ist. Ich werde in der Zwischenzeit dafür sorgen, dass dein Twingo auf Vordermann gebracht wird. Gibst du mir deinen Schlüssel?"

Seine Frage wirkte intim, obwohl es nur um die Autoschlüssel ging. Sie nickte, friemelte den Twingoschlüssel mit dem alten Hello-Kitty-Anhänger ab und reichte ihn Yannis. „Ich weiß gar nicht, wie ich dir dafür danken kann. Ich muss so schnell wie möglich zu meinem Vater. Mich überzeugen, dass er noch lebt." Sie verzog den Mund. „Verstehst du?"

Er schlug den Kofferraumdeckel zu und trat neben sie, um sie in die Arme zu ziehen. Er hielt sie fest an sich gedrückt. Sie spürte seinen Atem in ihrem Haar, als er mit leiser Stimme auf sie einsprach. „Ich verstehe das absolut. Ich würde an deiner Stelle auch sofort fahren. Mach dir keine Gedanken um die *Galeries*, und um den Wagen erst recht nicht." Er lachte leise. „Du weißt, dass ich sonst mit einem anderen Auto unterwegs bin. Dieser ist nur ein kleines Spielzeug. Allerdings ein nettes. Er bringt dich schnell und sicher ans Ziel." Sein letzter Satz klang ein bisschen wie eine Beschwörungsformel. „Ich fahre noch ein Stück mit dir. Du kannst mich dann absetzen und zur Autobahn weiterfahren."

Bevor er sich von ihr löste, damit sie auf der Fahrerseite einsteigen konnte, küsste er sie. Es war ein sehr zärtlicher, langer Kuss, aus dem sie Trost und Zuversicht schöpfte. Sein Geschmack, die Form seiner Lippen und seine Zunge, die ihre vorsichtig umspielte, waren ihr bereits so vertraut. Yannis hatte in ihrem Kopf und in ihrem Körper alle Spuren anderer Männer verdrängt, die dort noch irgendwo geschlummert haben mochten. Es fühlte sich an, als überschriebe er mit seiner Zärtlichkeit all das, was die anderen ihr angetan hatten.

Es tat ihr beinahe weh, sich von ihm lösen zu müssen. Wie paradox, dass sie ausgerechnet in diesem Moment, in dem sie nichts dringender wollte, als neben dem Bett ihres Vaters zu stehen, Yannis endlich wiedergewonnen hatte und den Augenblick am liebsten ins Unendliche ausgedehnt hätte.

„Ich muss los", murmelte sie. Er nickte, schob sie zur Fahrerseite und setzte sich auf die Beifahrerseite. Er erklärte ihr kurz, wie der Mini gestartet wurde und worauf sie achten musste, dann fuhr sie los. Sophie hatte plötzlich das Gefühl, sie müsse diese wenigen Minuten nutzen, um Yannis die Wahrheit zu entlocken. *Welche Wahrheit?*, fragte sie sich in der nächsten Sekunde und dann schob sich wieder das Bild eines Intensivzimmers im Aachener Klinikum vor ihr inneres Auge. Sie konzentrierte sich auf den Straßenverkehr und nahm nur noch am Rande Yannis' Duft und seine Worte wahr. Beides erfüllte sie mit einem Zugehörigkeitsgefühl.

„Sobald du zurück bist, werden wir uns Zeit nehmen, um über viele Dinge zu reden. Einverstanden, Sophie Thielen?"

„Willst du gleich wieder anfangen, mich zu siezen? Wenn du schon meinen ganzen Namen sagst."

Er schmunzelte, das konnte sie an seiner Stimme hören. „Manchmal hat es einen besonderen Reiz, sich zu siezen, vor allem im Französischen. Aber das wirst du noch erfahren."

Sie schluckte. „Was meinst du?"

Im Augenwinkel sah sie sein Kopfschütteln. „Das ist nicht der richtige Moment. Es wäre noch zu früh."

„Ich weiß nicht, wovon du sprichst." Deutete er etwa an, dass sie beide doch eine Beziehung haben könnten?

„Ich sollte einfach ruhig sein. Was ich dir sagen möchte: Ich freue mich darauf, dich bald wiederzusehen. Ich hoffe sehr, dass der Gesundheitszustand deines Vaters es erlaubt, dich rasch wieder ziehen zu lassen. Da vorne kannst du mich rauslassen."

Sie blinkte und fuhr rechts ran. Bevor er ausstieg, legte er seine schlanke, trockene Hand an ihre Wange. „Ich möchte mehr, als nur mit dir tanzen. Aber ich kann nicht einfach das tun, was ich will." Er schluckte. „Wie viel bedeutet dir Samir Faure?"

Sophie merkte, dass ihr Blick weich wurde, als er den Namen nannte. Er bemerkte es auch, das konnte sie sehen, als einer seiner Mundwinkel nach unten wanderte.

„Samir ist ein sehr guter Freund, mehr nicht. Ich habe ihn selbst erst gestern kennengelernt. Es ist, als würden wir uns schon aus einem anderen Leben kennen."

„Ein Freund also."

„Ja, nicht mehr und nicht weniger als das." Plötzlich befiel sie Unruhe. „Yannis, ich möchte fahren."

„Ja, tu das. Ich werde dich vermissen. Gib auf dich acht, Sophie." Er beugte sich vor, küsste sie auf den

Mund, dann stieg er aus. Er winkte ihr zu und blieb stehen, als sie losfuhr. Er bewegte sich nicht von der Stelle, solange sie ihn noch im Rückspiegel sehen konnte. Ihr Herz war verwirrt. Hatte sie sich tatsächlich verliebt? Oder glaubte sie es nur, weil er sie körperlich so sehr anzog? Sie ließ es zu, dass Yannis noch eine Weile in ihrem Kopf herumspukte, doch als sie die Mautstelle passierte und das Ticket zog, konzentrierte sie sich auf die Autobahn, um ihn zu verdrängen. Jetzt ging es nur um ihren Vater, dem sie sich Kilometer für Kilometer näherte. Nur am Rande registrierte sie, dass der Mini nach Yannis roch. Ob das der Grund war, dass sie sich in dem kleinen Auto direkt heimisch fühlte?

KAPITEL 19

Am Abend saß Sophie mit ihrer Mutter in der Küche am kleinen runden Tisch. Es war der gemütlichste Platz zum Essen. Sie hatten sich beim Libanesen in der Innenstadt etwas besorgt. Beide hatten zuerst gedacht, sie würden nichts herunterbekommen, doch jetzt machte das Essen sogar Spaß. Sophies Vater ging es wieder gut. Nach zwei weiteren Tagen unter Beobachtung in der Intensivabteilung sollte er auf die normale Station verlegt werden und dort bleiben, bis die gesamte Schlaganfalldiagnostik durchgeführt war. Das könnte noch zehn Tage dauern. Die Erleichterung über seinen gebesserten Zustand sorgte für Hunger, nachdem beide Frauen am Tag nur sehr wenig gegessen hatten.

„Es war krass, ihn so verletzlich in einem Krankenbett zu sehen." Sophie schob sich eine Teigtasche in den Mund, die mit einer Mischung aus Paprika, Bulgur und würzigen Kräutern gefüllt war. Sie liebte die libanesische Küche.

Ihre Mutter nickte. „Du hättest ihn heute Morgen sehen müssen. Ich hatte solche Angst um ihn. Und in seinen Augen konnte ich erkennen, wie panisch er war."

„Versprich mir, dass ihr gut auf ihn aufpasst, ja?"

„Natürlich. Er muss regelmäßig kontrolliert werden. Die Ärzte stellen seine Medikamente neu ein. Er wird einen Blutverdünner nehmen müssen, nur zur Sicherheit."

„Ist es für euch okay, wenn ich meine Zeit in Metz zu Ende bringe wie vereinbart?"

Sophies Mutter sah ihr in die Augen. Sophie erkannte, dass es hinter ihrer Stirn arbeitete. Sie erwartete, Vorwürfe zu hören, doch dann legte ihre Mutter das Besteck zur Seite und eine Hand auf Sophies Unterarm. „Natürlich. Es ist richtig so. Kein anderer Mensch sollte deine Entscheidungen beeinflussen. Sonst wirst du ihm am Ende Vorwürfe machen." Sie senkte den Blick. „Ich weiß, wovon ich rede."

„Mama, du hast niemandem Vorwürfe gemacht."

„Wirklich nicht? Hast du nie gespürt, dass ich eine meiner wichtigsten Entscheidungen bereut habe? Bis heute bereue?" Der Druck ihrer Hand verstärkte sich. „Meine größte Hoffnung ist, dass ich dir nie das Gefühl gegeben habe, schuld daran zu sein, wenn es mir nicht gut ging."

Sophie atmete durch. Das war der Augenblick, die Wahrheit zu sagen. Sie dachte daran, wie Samir gestern Abend nach wenigen Sätzen ihr heimliches Kindheitstrauma erkannt hatte. Nun fragte sie sich, ob es tatsächlich ein Trauma war. Und ob irgendjemandem damit gedient war, wenn sie ihrer Mutter in diesem Moment, in dem sie verletzlicher war als je zuvor, sagte, wie sie sich als Kind gefühlt hatte?

Sie wollte schon darüber hinweggehen. Schließlich war sie inzwischen erwachsen geworden und hatte eigene Erfahrungen gesammelt. Sie glaubte zu verstehen, was zwischen ihren Eltern abgelaufen war. Und die Worte ihrer Mutter zeigten ihr, dass sie es sich längst eingestanden hatte. Ob Vater wusste, was er mit seiner Forderung ausgelöst hatte? Aber es gehörten immer zwei dazu. Man konnte nicht ihm allein die Schuld daran geben, dass ihre Mutter ihre größte Leidenschaft aufgegeben hatte.

Nach dieser Überlegung ergriff sie die Hand ihrer Mutter und drückte sie. „Wenn du nicht selbst davon angefangen hättest, würde ich jetzt nichts dazu sagen. Aber –", sie stockte. Sie sah Tränen in den Augen ihrer Mutter.

„Sag es. Manchmal muss man Dinge aussprechen, damit sie endlich verschwinden können. Wie die Monster, die du als Kind manchmal unter deinem Bett gesucht hast. Sie waren weg, sobald wir das Licht angemacht haben." Sie lächelte wehmütig.

„Du hast recht." Und hatte sie selbst diese Erfahrung nicht kürzlich erst gemacht, als sie endlich mit Yannis über die peinliche Begegnung vor zehn Jahren gesprochen hatte? Allerdings erinnerte Sophie sich nur allzu genau, dass die Monster ihrer Kindheit unter ihrem Bett wieder da gewesen waren, sobald ihre Mutter das Zimmer verlassen hatte. Wie sehr hätte sie sich damals gewünscht, dass ihre Mama bei ihr geblieben wäre, bis sie wieder eingeschlafen war. So wie die Mütter und Väter ihrer Freundinnen.

„Weißt du, ich habe mich als Kind tatsächlich oft einsam gefühlt. Papa und du musstet immer arbeiten.

Ich kann mich gar nicht daran erinnern, wann ihr mal Zeit für mich hattet. Außer in den Ferien, wenn wir weggefahren sind. Das war immer die schönste Zeit im Jahr." Sie musste an das Gespräch mit Yannis denken, in dem sie über die Kathedrale von Metz und die Chagallfenster gesprochen hatten. „Andererseits konntet ihr auch da nie ganz aus eurer Haut. Weißt du noch? Du wolltest immer stundenlang in den Kirchen bleiben und alle Details der Gemälde, der Statuen und der Fenster aufsaugen."

„Daran erinnerst du dich?"

„Ja. Während Paps sich in den Kirchen immer ein bisschen unwohl fühlte und gleich wieder hinauswollte. Und ich stand zwischen euch beiden." Erst jetzt wurde Sophie bewusst, dass ihre Eltern selbst bei diesen Gelegenheiten mehr auf ihre eigenen Wünsche geachtet hatten, als auf ihre. Sie schluckte.

Ihre Mutter schlug sich die Hand vor den Mund und deutete ein Kopfschütteln an. „Oh je, was waren wir doch für Rabeneltern. Ich sehe es jetzt ganz klar. Wir haben dir nie deutlich genug gezeigt, wie sehr wir dich liebten und wie stolz wir auf dich waren – und bis heute sind. Kannst du uns verzeihen?"

„Ich glaube, ich habe das später verstanden. Es stimmt schon, dass ich als Kind oft dachte, ich wäre für euch bei Weitem nicht der wichtigste Mensch im Leben. Und dann habe ich das für mangelnde Liebe gehalten."

Eine Träne löste sich und lief über die Wange ihrer Mutter, sie biss sich auf die Lippen. Sophie wischte ihr die Träne weg und lächelte.

„Keine Angst, es ist alles gut. Ich habe vor einiger

Zeit verstanden, dass ihr mich liebt. Ich glaube, es ist mir klargeworden, als ihr so sehr mit mir gelitten habt, als die Sache mit Leon passiert ist."

„Ach, Sophie, ich kann dir gar nicht sagen, wie sehr ich es bereue, dass ich in deiner Kindheit nicht mehr Zeit für dich freigeschaufelt habe. Ich habe mich so oft überfordert gefühlt, verstehst du? Ich litt lange darunter, dass ich mit dem Tanzen aufgehört hatte. Dabei hätte ich doch einfach anders entscheiden müssen. Es hätte sicherlich einen Weg gegeben, weiterzumachen, auf die eine oder andere Art. Aber –" sie blickte zu Boden, eine leichte Röte überzog ihre Wangen, „dann wäre mein Opfer nicht so heldenhaft gewesen. Ich schäme mich so! Ich war wie gelähmt und konnte es nicht verkraften, dass dein Vater von mir verlangte, meinen Beruf an den Nagel zu hängen. Aber anstatt mir Gedanken über einen Kompromiss zu machen, hielt ich es zuerst für das größte Zeichen meiner Liebe ihm gegenüber, das Tanzen aufzugeben, und dann warf ich ihm heimlich vor, dass er es mir nicht genug dankte."

Sophie spürte Zärtlichkeit in sich aufsteigen. Noch nie hatte ihre Mutter so offen mit ihr gesprochen. Sie verspürte Hochachtung dafür, wie ehrlich diese Frau mit sich selbst ins Gericht ging. Zugleich vertiefte sich das Verständnis für ihre Verhaltensweise. Ihre Mutter griff nun nach Sophies zweiter Hand. Wie zwei Menschen, die sich gegenseitig einen feierlichen Schwur leisten wollten, saßen sie sich gegenüber. Der Moment hatte etwas Feierliches, das eine größere Nähe als je zuvor zwischen Mutter und Tochter hervorrief.

„Sophie, ich weiß, dass ich mich durch meinen eigenen Verlust viel zu lange und viel zu sehr habe herunterziehen lassen. Ich habe deinen Vater dafür verantwortlich gemacht und heimlich wohl auch dir, meinem Kind, einen Teil der Schuld gegeben. Das war unverzeihlich. Ich wünsche mir, es wieder gutmachen zu können. Und eine Sache ist mir sehr wichtig: Ich habe dich immer geliebt. Du bist mir der wichtigste Mensch der Welt. Du und dein Vater. Mit ihm habe ich in den letzten Wochen auch sehr viel geredet. Wir haben uns ausgesöhnt." Sie verzog den Mund zu einem Flunsch, wodurch der Moment wieder aufgelockert wurde, dann grinste sie. „Es hat ja lange genug gedauert."

Sophie atmete erleichtert auf. „Du und Papa, ihr seid einfach nur Menschen, das ist alles. Ich kann nur sein, was ich bin, weil ich euer Kind bin. Sollte ich euch daraus etwa einen Vorwurf machen? Ich bin ziemlich glücklich." Als sie es aussprach, fragte sie sich, ob *glücklich* das passende Wort war. Doch in diesem Moment, in dem die größte Sorge um das Leben ihres Vaters wieder klein geworden war, stimmte es. Gerade war sie ziemlich glücklich. Und es gab einen weiteren Grund dafür. Er hieß Yannis, war in Metz und hatte ihr sein Auto geliehen. Ob er an sie dachte?

„Du hast uns verziehen?"

„Es gibt nichts zu verzeihen. Es gibt nur zu verstehen. Was du mir vorhin gesagt hast, zeigt mir, dass ihr die besten Eltern seid, die ich mir wünschen kann. Ihr fordert nichts von mir. Das ist Freiheit." Sie hielten sich noch immer gegenseitig die Hände und lächelten wie in der altmodischsten Liebesschnulze. Beide brachen plötzlich in Kichern aus.

„Ich werde immer für euch da sein", sagte Sophie und sie gackerten noch lauter. Beinahe hätten sie das Klingeln des Telefons in ihrer albernen Stimmung überhört. Mutter fuhr auf und suchte den Hörer, Sophie räumte den Tisch ab, ihre Finger zitterten plötzlich. Was, wenn es das Krankenhaus war?

„Thielen?" Mutters Stimme klang dünn. Im nächsten Moment legte sich dieser Eindruck jedoch. „Ja, die ist hier. Möchtest du sie sprechen?" Sie hielt Sophie das Telefon hin und deutete mit dem Mund den Namen ‚Mia' an.

„Hallo, Mia, wieso rufst du mich denn hier in Aachen auf der Festnetznummer an?"

„Weil ich dich auf dem Handy nicht erreiche? Also wollte ich deine Mutter fragen, ob sie weiß, wo ich dich finde. Und siehe da, du bist in Aachen! Warum hast du mir denn nichts gesagt? Wie lange bleibst du, hast du Urlaub?"

Rasch klärte Sophie ihre Freundin über die Erkrankung ihres Vaters auf und dass sie noch nicht wusste, wie lange sie bleiben würde.

„Kann ich dich sehen?", fragte Mia.

Sophie blickte auf die Uhr. Halb neun. „Auf jeden Fall! Passt es dir heute Abend? Wir wollen morgen Vormittag wieder ins Krankenhaus fahren."

„Ja, Niklas ist mit einem Kumpel im Kino. Du könntest herkommen und bei der Gelegenheit auch gleich deinen letzten Krempel mitnehmen." Mia lachte.

Sophie blickte ihre Mutter an. Sie hatte sich ein Glas Wein eingeschenkt und schickte sich an, ins Wohnzimmer zu gehen. Sie sah müde aus.

„Mutter, wär es für dich okay, wenn ich noch eine

Stunde zu Mia gehe?"

Sie winkte. „Geh nur, Kind. Ich muss ins Bett. Morgen haben wir uns ja den ganzen Tag."

„Mia, ich komme. Bis gleich."

Nachdem sie über den Zustand ihres Vaters gesprochen hatten, wollte Mia mehr über Metz wissen. Sophie schwärmte ihr von der Stadt vor, in der sie sich so wohlfühlte.

„Das ist zwar alles irre spannend", Mia feixte, „aber ich warte auf eine andere Info."

Sophie legte den Kopf schief. „So?", sagte sie gedehnt.

„Ja, Mann, was ist mit *Monsieur Irrésistible*? Seit deinem chaotischen Anruf diese Woche habe ich nichts mehr gehört. Hast du mit ihm gesprochen? Habt ihr euch geküsst? Geht da was? Nun sag schon!"

Sophie grinste. „Es ist ... kompliziert."

„Na, so breit wie du grad lächelst, hast du jedenfalls nicht alle Hoffnung verloren. Los, ich will alles wissen."

Sophie erzählte Mia von Lucille Mirabeau, von der Einladung zur Party, von Samir, ihrem Blind Date.

„Nein, du bist allen Ernstes mit einem Fremden zur Party gegangen? Mit jemandem, den du noch nie gesehen hast? Das ist ja wie in einem Hollywoodfilm. Sophie Thielen, die neue Katherine Heigl."

„Quatsch. Samir ist anders."

„Schwul?"

„Nein, der Schwule ist Jean-Jacques, das weißt du doch. *Er* tanzt übrigens auch gut."

Mia schüttelte den Kopf. „Ts. Wie schade, dass ich nicht mit dir nach Metz gegangen bin. Ich langweile mich hier mit den Vorbereitungen für die Hochzeit herum", sie zwinkerte, „und du reißt einen Typen nach dem anderen auf."

Sophie gab ihr einen scherzhaften Klaps gegen den Oberarm. „Gar nicht." Sie schlug sich die Hand vor den Mund. „Ich wollte mich bei beiden ja noch melden."

„Wie jetzt?"

„Ich muss unbedingt Yannis sagen, wie es Vater geht, und Samir weiß noch gar nicht, dass ich hier bin." Mit fahrigen Bewegungen suchte sie ihr Smartphone aus der Handtasche. Nur um festzustellen, dass es abgeschaltet war. Richtig, auf der Intensivstation im Krankenhaus waren Handys nicht erlaubt. Sie sah Mia mit großen Augen an und schaltete es ein. Wie nicht anders zu erwarten, vibrierte es mehrmals hintereinander. Mit schlechtem Gewissen klickte sie auf das Symbol für den Nachrichtenmessenger. Es waren Nachrichten mehrerer Personen eingegangen, darunter eine unbekannte Nummer. Alle hatten die gleiche französische Vorwahl.

„Sei mir nicht böse, ich muss diese Nachrichten rasch beantworten." Mia winkte ab und lehnte sich auf dem Sofa zurück.

Zuerst öffnete sie Yannis' Nachrichten.

Sophie, ist alles in Ordnung bei dir? Wie geht es deinem Vater? Bitte melde dich, sobald du kannst.

Keine Smileys oder Herzchen diesmal. Sie antwortete, dass der Zustand ihres Vaters gut sei und sie noch nicht wisse, wie lange sie bleiben werde. Auch sie verzichtete auf Smileys. Dann öffnete sie die Nachricht von Florence.

Liebste Sophie, ich hoffe, es geht deinem Vater besser.

Wir schicken unsere besten Wünsche. Melde dich, wenn du mehr weißt. Wir denken an dich. Florence.

Auch ihrer Freundin schrieb sie in wenigen Sätzen, wie der Stand der Dinge war. Danach klickte sie auf die unbekannte Nummer.

Chère Sophie, Samir hier. Ich habe deine Nummer von Florence. Wollte mich heute bei dir melden, um nochmal zu quatschen. Ich freue mich sehr, dass wir uns begegnet sind. Flo hat mir berichtet, dass du zu deinem Vater ins Krankenhaus gefahren bist. Ich hoffe, es geht ihm wieder gut. Meine Wünsche begleiten dich. Wenn du Luft hast und dir danach ist, melde dich. Auch, um über Gott und die Welt zu reden. Oder über Sophie und die Welt. Oder über Samir und die Welt. Was immer du möchtest. Bises, Samir.

Diese Nachricht erfüllte sie mit einem warmen Gefühl. Sie speicherte seine Nummer unter seinem Namen ab, bevor sie ihre Antwort an Samir eintippte.

Lieber Samir, ich bin auch sehr froh, dass ich dich jetzt kenne. Danke für deine lieben Worte, das bedeutet mir viel. Vater geht es besser. Ich rufe dich in den nächsten Tagen mal an. Wie lange ich in Aachen bleibe, ist noch nicht klar. Bises, Sophie.

„Okay, das waren alle. Hiermit stehe ich dir wieder zur Verfügung."

„Von wem war die letzte Nachricht? Du hast plötzlich so gestrahlt."

„Echt? Die war von Samir. Ich sage ja, er ist anders."

„Na los, jetzt will ich's wissen."

Sophie berichtete in allen Einzelheiten von der Party. Sie ließ Lucille, Adrienne und Samir vor den Augen ihrer Freundin lebendig werden. Sie schilderte detailliert, wie sie sich in den Armen von Yannis und in denen von Samir gefühlt hatte. Auch Adriennes Erzählung über ihre, Yannis' und Lucilles Kindheit gab sie wieder. Als sie fertig war, schlug die alte Wanduhr im Wohnzimmer Mitternacht. Fast zur gleichen Zeit drehte sich ein Schlüssel im Türschloss.

„Das ist Niklas. Ups, es ist spät geworden." Mias Wangen waren gerötet, so sehr hatte sie an Sophies Erzählungen Anteil genommen.

Niklas kam herein. „Wen haben wir denn da? Bist du mit dem schwarzen Mini gekommen, der vor der Tür steht? Ich habe mich über das französische Kennzeichen gewundert."

Mia zog die Brauen hoch. „Du hast mir noch nicht alles erzählt."

Sophie stand auf, winkte ab und gab Niklas lachend ein Begrüßungsküsschen. „Mein Twingo steht in Metz und macht keinen Mucks mehr. Yannis hat mir den Mini geliehen."

„Oh-oh. Was erwartet er als Gegenleistung?" Niklas feixte und zog Mia in seine Arme, um sie zu küssen.

„Nichts! Er ist einfach freundlich. Leute, ich muss ins Bett. Die letzte Nacht war schon viel zu lang."

„Und wann reden wir weiter? Damit deine Freundin dir dabei hilft, durch all dieses Wirrwarr und die Scharen von Männern durchzusteigen, die dir zu Füßen liegen?" Mia grinste.

„Ach, hör auf!" Sophie musste selbst lächeln. „Eigentlich ist alles ganz klar."

Mia prustete. „Na, dann. Gute Nacht, Sophie. Lass uns morgen telefonieren. Vielleicht können wir uns nochmal sehen, bevor du zurückfährst." Sie zog die

Brauen herunter. „Gute Besserung für deinen Vater!"

Sophie fuhr quer durch die Stadt zurück zum Haus ihrer Eltern. Die beiden hatten Sophies Bett aus der WG nach Hause geholt und ihre Mutter hatte es in ihrem ehemaligen Jugendzimmer frisch bezogen. Es war seltsam, in diesem Zimmer zu liegen, an dessen Wänden noch die Poster der Bands hingen, für die sie in ihrer Schulzeit geschwärmt hatte. Eigenartig, dass ihre Mutter sie nie heruntergenommen hatte.

Innerhalb weniger Minuten schlief Sophie ein, ohne nochmals nach ihrem Smartphone gesehen zu haben. Die Umgebung, die Geräusche und Gerüche des Reihenhäuschens, in dem sie aufgewachsen war, ließen sie in einen ungewöhnlich tiefen Schlaf fallen. Ihre Träume verschwanden, bevor der neue Tag begann. Erfrischt wachte sie auf und war mit ihrem Scan schneller fertig als sonst, weil das, was sie hier wahrnahm, aus Teenagertagen noch tief in ihrem Gedächtnis verankert war.

„Sophie, kommst du frühstücken?" Es war der gleiche Ruf, den sie in ihrem letzten Schuljahr jeden Morgen gehört hatte. Die Stimme ihrer Mutter klang fest und sicher. Die Nacht war also ohne Komplikationen verlaufen. Vielleicht hatte sie sogar schon mit Vater telefoniert.

Abermals saßen sie sich an dem winzigen runden Tisch gegenüber, der für drei Personen nie reichte, für zwei aber viel gemütlicher war als der Tisch im Esszimmer. Mutter hatte Sophie die kleine Bank an der Wand überlassen, auf der sie es sich am liebsten mit angezogenen Knien gemütlich machte. Sophie musste grinsen, als sie bemerkte, mit welcher Selbstverständlichkeit sie diese alte Gewohnheit wieder überstreifte.

„Papa geht es gut, ich habe heute Morgen schon mit ihm telefoniert. Er meinte, vielleicht lassen sie ihn sogar heute schon auf Station."

Sophie hielt ihre Kaffeetasse mit beiden Händen und lächelte ihre Mutter über den Dampf hinweg an. „Das ist ja klasse."

„Ja, es ist wohl alles nochmal gut gegangen. Er freut sich schon auf uns."

Sie verbrachten den ganzen Vormittag und den größten Teil des Nachmittags im Krankenhaus. Erst vor dem Abendessen konnte Vater tatsächlich das Zimmer wechseln und kam zu einem anderen Mann im gleichen Alter, der ihnen zuerst in aller Breite von seinen eigenen kleinen Schlaganfällen berichtete.

„Hier bist du bestens aufgehoben", sagte er zu Sophies Vater, der seine beiden Damen angrinste.

„Ich glaube, ihr könnt nach Hause. Sonst wird mir das zu viel."

Als sie bereits an der Tür waren, rief er sie noch einmal zurück. „Sophie, du musst zurück zu deiner Arbeit, oder?"

Sie verdrehte die Augen. „Heute ist Sonntag."

„Ja, aber du solltest nicht zu viele Tage fehlen. Das gehört sich nicht."

Sie lachte. „Hört sich an, als wolltest du mich loswerden."

„Das nicht. Aber ... du sollst nicht blaumachen."

„Ich mache doch nicht blau! Mein Chef hat mir Urlaub gegeben. Ich habe dir von ihm gute Besserung ausgerichtet, erinnerst du dich?"

Vater schnaubte. „Ich hatte einen leichten Schlaganfall, dement bin ich nicht. Trotzdem, Kind. Man geht zur Arbeit, solange man eine hat. Ich habe nie krank gefeiert in all den Jahren."

„Na gut, wenn es dir so wichtig ist ... Ich fahre übermorgen zurück. Dann habe ich nur zwei Tage verpasst." Sie beugte sich vor und gab ihm einen Kuss auf die Wange. „Morgen komme ich nochmal her, noch wirst du mich nicht los. Schon komisch, wenn man bedenkt, dass ihr beide eigentlich gegen Metz wart." Sie zog eine Braue hoch.

„Wir haben uns das Ganze nochmal überlegt", er unterbrach sich und warf seiner Frau einen hilfesuchenden Blick zu.

Sie legte ihm die Hand auf den Unterarm. „Ich habe schon mit ihr gesprochen. Alles ist gut."

Während sie vom Krankenhaus zur Pizzeria in der Nähe gingen, checkte Sophie zum ersten Mal an diesem Tag ihr Handy.

Alle Freunde hatten sich gemeldet. Florence und Philippe schickten liebe Grüße und baten um Nachricht, wann sie heimkäme und ob sie etwas für sie besorgen sollten. Samir schrieb, dass er sich darauf freue, sie wiederzusehen. Selbst Adrienne schickte ihre gute Wünsche und entschuldigte sich dafür, dass sie ihrem Bruder Sophies Handynummer abgequatscht hätte.

Yannis blieb in seinen letzten Nachrichten eigenartig unpersönlich. Er hatte wieder ganz den Chefton drauf. Ob es an Lucille lag? Ob sie noch in Metz war? Adrienne war auf dem Heimweg gewesen, als sie ihr geschrieben hatte. Vielleicht begleitete Lucille sie. Schade, aber Sophie wusste nichts über Lucilles Pläne. Sie musste sich eingestehen, dass sie darauf hoffte, sie nicht mehr anzutreffen, wenn sie nach Metz zurückkam.

Beim Essen beobachtete ihre Mutter sie. Sophie hatte ihr Smartphone erst weggepackt, als die Pizzen kamen. Sie war mit den Gedanken in Metz, bei Yannis, dessen Verhalten sie wieder einmal nicht einschätzen konnte, und bei den *Galeries Jouvet*, in denen sie für diesen Wochenanfang einige Neuerungen in der Dekoration vorgesehen hatte. Ob Jean-Jacques ihre Dateien gefunden hatte? Sie musste später nachfragen. Dann fiel ihr wieder ein, dass heute Sonntag war.

„Was ist los mit dir? Du bist gar nicht richtig da."

„Oh, entschuldige, Mama. Mir geht einiges im Kopf herum."

„Das sehe ich. Hast du Kummer?"

„Bitte?"

„Na ja, Liebeskummer. Du wirkst fast wie damals, als die Sache mit Leon passiert ist. Muss ich mir Sorgen machen?"

„Oh, nein, das ist gar kein Vergleich." Sie verzog den Mund. Jetzt wusste ihre Mutter, dass da jemand war.

„Sag mir, wer es ist." Ihre Mutter nahm mit den Lippen den Happen von der Gabel und betrachtete sie. Nur sie konnte mit vollem Mund kauend noch so lächeln.

Sophie grinste. „Dir kann ich nichts vormachen. Es ist nichts Schlimmes. Ich bin nur", sie stockte. Wie leicht ihr dauernd das Wort *verliebt* in den Sinn kam! Gut, dass ihre Mutter den Mund noch voll hatte, so konnte sie nichts sagen. „Also, mein Chef ist anders, als ich ihn damals kennengelernt habe, wir verstehen uns sehr gut. Und die Arbeit macht mir Spaß, ich fühle mich wirklich wohl in den *Galeries Jouvet*."

Ihre Mutter lachte hell auf. „Na, wenn das so ist."

Das Smartphone vibrierte in Sophies Tasche. Ihre Mutter hörte es auch. Sie deutete mit dem Kinn darauf. „Lass uns noch in Ruhe fertig essen, danach kannst du allen texten." Sie weigerte sich seit Jahren, in einem Handy mehr als ein normales Telefon zu sehen. Keine SMS, keine Nachrichtendienste. Mails verschickte sie ausschließlich vom PC aus. Damit war Mutter noch fortschrittlich; Vater ließ sich nicht mal auf das „Computerzeugs" ein.

„Ich bin mir sicher, dass Mia dich nochmal sehen will. Lad sie doch zu uns ein."

„Ist dir das denn recht?"

„Natürlich."

Mia war froh darüber, eine Auszeit von Niklas' Planungen zwecks Tischordnung für die Hochzeit zu nehmen, und kam sofort, nachdem Sophie sie angerufen hatte. „Er soll sich allein den Kopf darüber zerbrechen, wie er seine riesige Verwandtschaft unterbekommt, ohne dass sie sich gegenseitig an die Gurgel gehen. Guten Abend, Frau Thielen." Sie reichte Sophies Mutter die Hand, warf ihre Sommerjacke über die Garderobe und folgte Sophie nach oben.

„Weißt du, wie lang ich nicht mehr hier war? Das ist ja krass, noch ganz wie früher!" Mia und Sophie hatten sich während der Oberstufe im Deutschkurs kennengelernt. Sie waren oft hier gewesen, bevor Sophie zum Studieren ausgezogen war, dann mit Leon zusammenlebte – und im letzten Jahr mit Mia in der kleinen WG. „Und der Schreibtisch ist auch noch am selben Platz. Weißt du was? Ich fühle mich, als wäre ich wieder siebzehn!"

„Was denkst du, wie es mir geht? Ich muss unbedingt die Poster runterreißen."

„Ach was, du bist eh nicht mehr lang da. Lass sie doch. Und jetzt erzähl mal, was ist mit *Monsieur Irrésistible*? Hat er sich gemeldet?"

Sophie öffnete die Flasche mit Biolimonade, die sie mit heraufgebracht hatte, und schenkte sich und Mia ein. Sie setzten sich aufs Bett, prosteten sich zu und stellten die Gläser auf dem Nachtkästchen ab.

Sophie runzelte die Stirn. „Ja, hat er. Aber sein Ton ist wieder unpersönlich. Irgendwie *jovial*."

„Woran liegt das?"

Sophie zuckte die Schultern. „Keine Ahnung." Sie blies die Wangen auf und ließ die Luft in einem Fauchen heraus. „Passt ja."

„Wie jetzt?"

„Na ja, es ist halt immer das Gleiche. Wieder mal der falsche Typ."

Mia zog eine Grimasse. „Oh nein, komm mir nicht so. Was haben wir gelernt? Unser Selbstwertgefühl hängt kein bisschen von einem Kerl ab. Du wagst es nicht, dich klein zu machen."

Sophie musste grinsen. Das war die Stimme, die sie immer in ihrem Kopf hörte. „Ich mache mich nicht klein."

„Gut, dann sind wir uns einig. Was ist Yannis Jouvet dir wert?"

„Wert? Wie meinst du das? In Geld?"

„Quatsch. Wie viel bedeutet er dir? Bist du in ihn verknallt oder sogar verliebt? Was willst du von ihm?"

„Pff, du stellst vielleicht Fragen. Woher soll ich das

wissen?"

Mia lachte sie aus. „Wen willst du hier eigentlich verarschen, außer dich selbst? Also, sag schon. Verliebt?"

„Na gut, ich glaub schon. Aber nicht richtig. Ich fühle mich nicht so im Eimer wie damals mit Leon, als er Schluss machte."

„Du redest einen Stuss! Hör auf, Vergleiche zu Leon zu ziehen, dieser Flachpfeife. Vergiss den endlich. Was wünschst du dir von Yannis Jouvet?"

Sophie nahm einen Schluck aus ihrem Glas. „Ich will wissen, ob er was von mir will. Manchmal fühlt es sich an, als bedeute ich ihm etwas. Da ist eine wahnsinnige Anziehung zwischen uns. Aber ich bin mir halt nicht sicher, ob ich mir das nur einbilde." Sie verzog den Mund. „Ich rede gern stundenlang mit ihm. Allerdings habe ich viel mehr von mir preisgegeben, als er von sich. Ich weiß nicht viel über ihn und er hat mir nie wirklich gesagt, dass er mich anziehend findet." Sie wischte sich mit der Hand über die Stirn. „Und dann ist da Lucille."

Mia sprang auf. „Genau, über die verschaffen wir uns erst mal Gewissheit. Das wollte ich die ganze Zeit schon machen. Hast du sie gegoogelt? Wo ist dein Laptop?"

Sophie holte ihn aus dem vorderen Fach des Reisetrolleys und stellte ihn auf den kleinen IKEA-Schreibtisch, an dem sie ihre gesamte Schulzeit hindurch ihre Hausaufgaben gemacht hatte. Sie fragte sich, wieso sie selbst noch nicht auf diese Idee gekommen war.

Mia schüttelte den Kopf. „Du bist zu gutmütig für diese Welt, weißt du das? Das ist kein Stalking." Sie hatte den kleinen PC längst hochgefahren und tippte bereits den Namen ‚Lucille' in die Suchleiste ein. „Wie heißt sie mit Nachnamen?"

„Mirabeau." Sophie zog den zweiten Stuhl heran und setzte sich neben ihre Freundin.

Bereits bei ‚Mirab' bot die Suchmaschine ihren vollen Namen an. Mia klickte darauf. „Voilà!" Sie wählte einen der vielen Links, die aufgelistet waren. Eine Homepage öffnete sich, die offensichtlich zu Lucilles Modelabel gehörte. „Oh, wie entzückend", rief Mia aus, ohne ihren Spott zu unterdrücken. „Très, très français!"

„Das interessiert mich nicht. Dass sie Mode macht, weiß ich doch. Ich will wissen, was sie mit *ihm* zu tun hat."

„Dann probieren wir es mit beiden Namen."

Und da waren sie. Hunderte von Links, die zu Texten führten, in denen Lucille und Yannis genannt wurden. Zum größten Teil waren es Artikel in Magazinen. Viele enthielten Fotos, auf denen Lucille an der Hand von Yannis abgebildet war. Ihr Anblick versetzte Sophie einen Stich. Sie sahen aus wie ein Traumpaar.

„Jetzt klicken wir uns mal durch."

Sie lasen unzählige Beiträge, doch unterm Strich war nichts Konkretes zu erfahren. Die Blätter mutmaßten, dass zwischen dem reichen ‚Traumschwiegersohn' und der bezaubernden Modedesignerin ‚was ginge'. Aber das mutmaßten sie offenbar schon seit vielen Jahren. Beweisfotos gab es keine. Keine Küsse, keine Umarmungen, keine tiefen Blicke. Immer standen die beiden Hand in Hand nebeneinander und lächelten in die Kamera oder sie saßen nebeneinander an einem

Tisch und taten dasselbe. In den jüngeren Artikeln hatte man offenbar aufgegeben, darüber zu spekulieren, ob sie nun verlobt waren oder nicht.

Unzufrieden zog Sophie den Laptop zu sich heran. Sie tippte ‚Yannis Jouvet Freundin' in die Suchleiste. „Ich will wissen, ob man ihn auch mit anderen Frauen sieht. Jean-Jacques hat da was angedeutet."

Tatsächlich waren unter den Hunderten Fotos, die Yannis zeigten, neben den vielen Bildern mit Lucille auch welche mit anderen Frauen zu sehen. Die Bildunterschriften strotzten vor Nichtwissen. Wer die Frauen waren, die neben Yannis standen oder saßen, wusste man entweder nicht oder es waren Prominente, die allerdings keine engere Beziehung zu ihm hatten. Es gab keinen Hinweis darauf, dass Yannis liiert war. Außer in dieser unklaren Beziehung zu Lucille Mirabeau.

„Das ist schon sehr eigenartig", meinte Mia, nachdem sie den Laptop heruntergefahren hatte. Sie schenkte sich Limonade nach und trank einen Schluck. „Wenn man dann noch bedenkt, was Adrienne dir erzählt hat. Fühlt er sich dieser Frau vielleicht verpflichtet? Ist das eine Liebe aus dem Sandkasten heraus?"

„Jedenfalls hat sie offensichtlich großen Einfluss auf ihn."

Mias Handy vibrierte, sie zog es heraus und streckte den Rücken durch. „Oh je, schon so spät. Niklas fragt, ob er noch auf mich warten soll. Ich muss heim. Morgen ist ein Arbeitstag." Sie legte den Kopf schief.

„Ja, natürlich. Es war schön, mal wieder einen Abend mit dir zu verbringen."

Mia lächelte. „So schnell bin ich auch wieder nicht weg. Ich habe dir noch keinen klugen Ratschlag gegeben." Sie trank noch einen Schluck.

„Na, los! Wie lautet dein Rat?"

„Was glaubst du wohl?"

Sophie zog einen Flunsch, Mia zeigte ihr den strafenden Finger. Beide lachten.

„Ich soll mit ihm reden", sagte Sophie dann. „Als ob ich das nicht selbst wüsste."

„Warum rede ich mir den Mund fusselig, wenn du es selbst weißt? Stundenlang sehe ich mir Bilder von dieser ... na ja, Traumfrau an, anstatt dir beim Reden ins Gesicht zu schauen. Habe ich dir eigentlich schon mal gesagt, wie hübsch du bist, wenn du verliebt bist?"

Sophie lachte hell auf und gab Mia einen Klaps. Beide standen auf und umarmten sich. „Ich bin froh, dass ich dich zur Freundin habe."

„Ganz meinerseits. Und jetzt geh ich heim zu meinem Schatz."

Sophie begleitete sie zur Haustür. Mia warf sich ihre Jacke über, dann drehte sie sich noch einmal zu ihr um. „Dir ist klar, was du außerdem noch machen musst?"

„N-nein?"

„Mit Samir reden natürlich."

„Wieso das denn?"

Mia stupste ihr mit dem Zeigefinger auf die Brust. „Ich habe da so ein gewisses Leuchten in deinen Augen gesehen. Sollte er das auch wahrgenommen haben, musst du ihm die Wahrheit sagen."

Sophie runzelte die Stirn. „Welche Wahrheit meinst du?"

„Zum Beispiel, dass er sich keine Hoffnungen machen sollte?"

„Pfff", ließ Sophie die Luft zwischen den Lippen entweichen. Was Mia da wieder andeutete! „Samir ist ein guter Freund, mehr nicht."

„Wie gesagt, genau das solltest du ihm sagen. Klar und deutlich." Damit trat sie durch die Tür, drehte sich noch einmal um und grinste. „Und du weißt, ich werde dich immer wieder daran erinnern. Da oben in deinem Köpfchen. Harharhar."

Sophie musste lachen, als Mia diesen alten Scherz anbrachte. „Schleich dich", rief sie ihr leise hinterher.

KAPITEL 20

Später lag sie schlaflos im Bett. Mit Yannis reden und mit Samir auch. Nichts klarer als das. Sophie war genervt, weil Yannis ihr ständig im Kopf herumgeisterte. Sie musste irgendetwas tun, sonst würde sie in den nächsten Stunden keinen Schlaf finden. Sie wollte wissen, ob er sich ihren Fragen stellen würde. Also holte sie ihr Smartphone, schaltete es online und prüfte, ob noch jemand eine Nachricht gesendet hatte. Nichts. Sie klickte die letzte Unterhaltung mit Yannis an, um zu lesen, was er ihr geschrieben hatte, und war enttäuscht über den emotionslosen Ton, der ihr früher am Abend schon aufgestoßen war. Entschlossen tippte sie das Tastaturfeld an.

Lieber Yannis, am Dienstag komme ich zurück nach Metz. Ich muss mit dir reden. Wann hast du Zeit? Gruß, Sophie.

Was er konnte, konnte sie auch. Sie tippte auf „Senden". Danach schickte sie Samir die gleiche Info, ohne jedoch nach einem Termin zum Reden zu fragen. Das mit ihm war eine normale Freundschaft, da gab es keine Fronten zu klären. Samir würde sich sicherlich melden, sobald sie in Metz war. Und wenn nicht, würde sie ihn eben kontaktieren.

Sie schaltete ihr Handy offline und hatte das angenehme Gefühl, ihren Part erledigt zu haben. Endlich schlief sie ein.

Sophies Vater erholte sich schnell und verlor bereits am nächsten Tag die Geduld. Er wolle nicht länger tatenlos in der Klinik herumliegen, erklärte er. Die Ärzte ließen ihm jedoch keine Wahl. Sophies Mutter lachte, als sie seine Enttäuschung sah. Sie begrüßte es, dass er gezwungen war, alle Untersuchungen über sich ergehen zu lassen. Schließlich wollten sie beide nicht in Angst leben. Sie wollte sicher sein, dass es ihrem Mann wieder gut ging. Übereinstimmend erklärten sie jedoch, Sophie müsse nicht länger in Aachen bleiben. Also packte sie am Montagabend ihre Sachen, um am Dienstag früh aufzubrechen. Yannis hatte auf ihre SMS in knappen Worten geantwortet und sie gebeten, sich zu melden, sobald sie in Metz sei.

Es war kurz nach Mittag, als sie Yannis' Wagen in Metz neben dem Twingo abstellte. Hier würde er jedoch nicht bleiben können, da das Philippes Parkplatz war. Also machte sie sich nur frisch, aß eine Kleinigkeit und beschloss zur Arbeit zu fahren. Sie musste den Mini loswerden. Auf einem der zentrumsnahen Parkplätze fand sie einen freien Platz und ging zu Fuß zu den *Galeries Jouvet*. Warum sollte sie ihn anrufen, wenn sie ihn in seinem Büro aufsuchen konnte? Sie wollte sehen, wie er auf ihren Anblick reagierte.

Während sie im Paternoster nach oben schwebte, wuchs ihre Nervosität. Ob Lucille noch da war? Yannis hatte sich nicht dazu geäußert und sie hatte sich nicht die Blöße gegeben, nach ihr zu fragen. Die Jalousien in seinem Büro waren wie immer geschlossen.

Sophie ging zuerst in ihr eigenes Büro, um Jacke und Tasche abzulegen. Sie schaltete den PC ein, damit er hochfahren konnte, dann ging sie hinüber und klopfte an.

„Herein." Er war da!

Sie trat ein. Yannis saß hinter seinem riesigen Schreibtisch. Als er sie erkannte, sprang er auf, und Sophie war sich sicher, aufrichtige Freude in seinem Lächeln zu erkennen, bevor es zu dem des Geschäftsmannes mutierte. Er kam um den Schreibtisch herum und hielt ihr die Hand hin. Keine *Bises*.

„Bonjour, Sophie! Wie geht es deinem Vater?"

Sie berichtete kurz und dankte ihm dafür, dass er ihr freigegeben hatte. Dann hielt sie ihm den Autoschlüssel hin und sagte, auf welchem Parkplatz der Wagen stand. Yannis lachte.

„Das ist schön, aber ich bin mit meinem Wagen da und muss ihn nach der Arbeit zurückfahren. Kannst du den Mini zu mir bringen? Ich fahre dich nach Hause."

Zögernd nickte sie. Yannis ging zurück zum Schreibtisch und zog eine Schublade auf, um etwas darin zu suchen. Dann reichte er Sophie ihren Twingoschlüssel. „Der kleine Franzose läuft wieder. Sie haben alle Flüssigkeiten aufgefüllt und die Batterie neu aufgeladen, die war leer."

„Oh, das ist ... Vielen Dank!"

Er setzte sich auf seinen Schreibtischstuhl, ohne ihr einen Platz anzubieten. „Kein Problem. Es tut mir leid, ich muss noch ein paar Mails beantworten. Also, wenn sonst nichts ist?"

Schickte er sie hinaus? „Ähm, nein", stammelte Sophie und drehte sich verunsichert um. *Wie war das?*, erklang Mias Stimme in ihrem Kopf. Sie straffte die Schultern und wandte sich Yannis zu. „Wann hast du Zeit, um zu reden?"

Er blickte vom Bildschirm auf. „Nach der Arbeit, dachte ich? Du bringst mir den Mini zur Zitadelle. Dort können wir essen und besprechen, was es zu besprechen gibt." Verzog er etwa das Gesicht? Falls ja, glättete er seine Züge sofort wieder, sodass Sophie sich nicht sicher war, ob sie richtig gesehen hatte, und richtete den Blick zurück auf den Bildschirm. Seine Finger begannen auf der Tastatur zu schreiben. Steif wie ein Stock drehte sich Sophie um, murmelte „Bis später" und verließ das Chefbüro, ohne eine Antwort auf den Gruß zu erhalten. Sie hatte auch keine erwartet.

Ihren Zorn versuchte sie zu bekämpfen, indem sie sich setzte, um den Maileingang und Jean-Jacques' Nachrichten zu checken. Sie verdrängte die Wut, die sich in ihrem Bauch ausbreiten wollte, weil Yannis sich schon wieder vom empathischen Mitmenschen zum unverbindlichen Chef gewandelt hatte. Sie hatte keine Lust, darüber nachzudenken, warum er das tat. Und erst recht wollte sie sich nicht fragen, warum sie sein Verhalten überhaupt noch erstaunte.

Die Bewegungen ihrer Finger, als sie eine Geschäftsmail beantwortete, waren kantig und schnell. Eine Art unterschwellige, negativ geladene Nervosität breitete sich in ihr aus. Bald fühlte sie sich, als habe sie zu viel starken Kaffee getrunken. Stillsitzen fiel ihr schwer. Also sprang sie auf und beschloss, Jean-Jacques zu suchen. Mit ihm musste sie ohnehin ein paar Entscheidungen besprechen, die die Neudekorationen der Abteilungen betrafen. Die Eröffnungsdeko musste endlich weg, etwas Neues musste her.

Es gelang Sophie, sich in die Arbeit zu stürzen. Sie harmonierte mit Jean-Jacques, und falls er ihre Angespanntheit bemerkte, ging er nicht darauf ein. So wurde sie langsam wieder ruhiger. Nachdem sie sich über das meiste geeinigt hatten, erklärte der *Maître d'Harmonie*, dass er die nötigen Mails rausschicken werde. Sophie beschloss, Florence zu suchen. Schließlich wartete die Freundin auf Neuigkeiten.

Es tat gut, wie Florence sich freute, Sophie wiederzusehen und wie sehr sie Anteil nahm. Doch es blieb keine Zeit für ausgedehnte Gespräche, dazu war einfach zu viel los.

„Komm doch heute Abend zum Essen zu uns herunter, dann können wir ganz entspannt reden. Auch über die Party. Und Samir." Florence sah Sophie eindringlich in die Augen.

„Das geht nicht, ich muss heute Abend mit dem Chef essen." Es hörte sich wie eine lästige Pflicht an und ein bisschen war es das auch, wurde Sophie klar. Im nächsten Moment fragte sie sich, ob sie stattdessen lieber Samir wiedergesehen hätte. Mit ihm wäre es auf jeden Fall unbeschwerter.

Du willst einige Dinge herausfinden, Sophie Thielen. Heute Abend. Mia. Mal wieder.

Zum Glück blieb es ein arbeitsreicher Nachmittag,

sodass Sophie nicht viel zum Grübeln kam. Es hätte ohnehin keine neuen Ergebnisse gebracht. Schließlich waren es die immer gleichen Gedanken, die sich in ihrem Kopf drehten. Ein bisschen verachtete sie die schmachtende Frau, als die sie sich empfand. Heute Abend würde sie dem Ganzen ein Ende setzen.

Sie fühlte sich gewappnet, als sie am Abend den Mini nahm, um ihn zurückzugeben. Sie stellte ihn auf dem angewiesenen Hotelparkplatz ab. Yannis hatte die *Galeries* bereits früher verlassen und ihr in einer Nachricht mitgeteilt, dass sie, wie beim letzten Mal, in der Bar essen würden. Sie sollte sich kurz melden, sobald sie da war. Als Sophie die Lounge betrat, schickte sie ihre SMS ab und ärgerte sich darüber, dass sie nun auf ihn warten musste. Warum hatte sie sie nicht schon beim Losfahren verschickt?

Sie nahm an dem vom Kellner zugewiesenen Tisch in der Bar Platz und bestellte ein Mineralwasser. Immerhin ließ Yannis sie nicht lange warten, sondern war wenige Minuten später da.

„Sophie." Er begrüßte sie mit *Bises* und setzte sich ihr gegenüber. Dabei tat er geschäftig und mied ihren Blick. Hatte er ein schlechtes Gewissen?

Sie hielt ihm den Autoschlüssel hin, den er in seiner Hosentasche verstaute. Zunächst fragte er sie über Einzelheiten zum Gesundheitszustand ihres Vaters aus, dann drängte er darauf, dass sie sich Essen bestellten. Ihren Wunsch, keinen Alkohol zu trinken, ließ er unkommentiert. Er wirkte gehetzt auf Sophie, sie fühlte sich in seiner Gegenwart nicht wohl. Erst nach der Vorspeise und seinem ersten Glas Wein wirkte er ruhiger. Endlich stellte er sich ihrem Blick.

„Du wolltest mit mir sprechen?"

Sie drehte ihr Wasserglas zwischen den Fingern. „Ich bin verunsichert und muss ein paar Dinge wissen." Sie seufzte. „Das ist bereits mein zweiter Anlauf."

Er lehnte sich zurück und verschränkte die Arme vor der Brust. „Du meinst unser Essen in der Crêperie?"

Sie erkannte den gleichen etwas verkniffenen Zug um seinen Mund wie bei jenem Essen und schlagartig war die Erinnerung an das zurück, was sie da besprochen hatten. Er hatte ihre Beziehung auf ein „Ich mag und schätze dich" heruntergebrochen. Sehr mitteilungsbedürftig wirkte er nicht gerade. Wahrscheinlich wäre es ihm lieber, in Ruhe gelassen zu werden, doch das kam nicht infrage. Sie verschränkte ebenfalls die Arme. „Ja, das meine ich. Du sagtest, du wolltest eine sachliche Beziehung. Dein Verhalten passt jedoch nicht dazu. An deinem Geburtstag warst du anders drauf. Ich hatte nicht das Gefühl, dass du mich nur *magst* und als wertvolle Mitarbeiterin betrachtest."

Er griff nach seinem Weinglas und ließ die helle Flüssigkeit darin kreisen. Eine Kellnerin kam heran und brachte ihnen das Knoblauchhühnchen. Sophie hatte sich, als Yannis dieses nicht gerade kussfreundliche Essen bestellte, für das Gleiche entschieden. Nur für alle Fälle. Gleichzeitig hatte sie sich dafür verachtet.

Ohne auf ihre Sätze einzugehen, wünschte er ihr einen guten Appetit und begann, langsam zu essen. In Sophie wuchs erneut die Wut, die sie den ganzen Nachmittag begleitet hatte. Sie atmete durch.

„Yannis, ich erwarte eine Antwort."

Er sah kauend auf und schluckte. „Worauf genau jetzt?"

„Was bedeute ich dir?"

Er legte das Besteck zur Seite. „Sophie Thielen, du gibst nicht auf, oder?"

Sie schnaubte. „Nein. Ich habe das Recht auf eine Antwort. Du solltest mich nicht demütigen."

Er lächelte traurig. „Es ist kompliziert."

Das waren die gleichen Worte, die sie selbst Mia gegenüber benutzt hatte. Nur dass Yannis sie wahrscheinlich nicht scherzhaft meinte. Dazu waren seine Augen viel zu schwarz. Immerhin war es ein erster Schritt. Doch anstatt weiterzusprechen, schob er sich einen neuen Happen in den Mund.

„Iss", nuschelte er und deutete mit der Gabel auf ihren Teller.

Ohne nachzudenken, löste sie ein Stück des butterzarten Fleischs ab, um es sich in den Mund zu stecken. Es schmeckte trotz der vielen Knoblauchzehen, die es umgaben, nur dezent danach.

„Was ist kompliziert?", fragte sie schließlich. „Weißt du, ein Gespräch funktioniert nur, wenn man einander antwortet."

Wie ein winziges Streiflicht sah sie kurz eines seiner Grübchen aufblitzen, doch zu einem Lächeln reichte es nicht. „Frauen möchten immer reden, anstatt zu essen. Können wir nicht hinterher ..."

„Pfff", zischte sie, musste über seinen Satz jedoch lachen, zumal er einen jungenhaften Blick aufgesetzt hatte. „Na gut. Wir reden nachher. Aber du entkommst mir heute nicht."

„Schon klar."

Während des Essens schnitt er die geplanten Dekorationen in den *Galeries Jouvet* an und bewirkte damit, dass sie sich in Begeisterung redete. Endlich löste sich die Spannung zwischen ihnen und fast unbemerkt wechselten sie zu anderen Themen, die ungefährlich waren. Auf Sophies Frage nach seiner Schwester berichtete Yannis von Adriennes ehrgeizigen Plänen für die Hotelkette. Seine Liebe und die Bewunderung für seine Schwester sprachen aus jeder seiner Gesten. Er hatte seinerseits irgendwann den Namen Mia aufgeschnappt und fragte Sophie nach ihrer besten Freundin, worauf sie ihm von deren Hochzeitsplänen berichtete. Fast unbemerkt kamen sie auf Sophies Eltern zu sprechen und darauf, wie ihre Mutter mit der Krankheit ihres Mannes umging. Sophie nickte nur, als Yannis sie fragte, ob sie nach dem Dessert noch einen Whisky trinken wolle. Ein warnendes Zischen in ihrem Kopf, das ganz nach Mia klang, ignorierte sie gekonnt. Sie wechselten den Platz und machten es sich in der Lobby gemütlich, wie an jenem Freitagabend.

„So, mein Freund", Sophie sog Luft ein. „Jetzt bist du dran."

Er zog eine Braue hoch und nippte an seinem unvermeidlichen Pferdesattelwhisky, dessen herber Geruch Sophie in der Nase kitzelte. „Ich habe es schon geahnt." Er beugte sich im tiefen Sessel ein wenig vor, um den Abstand zwischen ihnen zu verringern. „Sophie Thielen, du hast völlig recht, ich schulde dir Antworten. Wo soll ich beginnen?"

Sie schwieg, obwohl ihr gleich mehrere Fragen einfielen. Wenn sie als Erste sprach, bestand die Gefahr, dass er sich doch wieder herauswand, fast unbemerkt, wie die letzten Male schon.

Da sie nicht reagierte, sprach er weiter. „Wenn ich nicht Yannis Jouvet wäre, wäre alles ganz einfach."

Sie grunzte. „Was soll das heißen?"

„Ich würde mich auf dich einlassen, das heißt es. Und wir würden gemeinsam herausfinden, ob wir –", er trank einen Schluck. Er wirkte so unsicher ...

„Ob wir –?" Ihr dummes Herz schlug ihr plötzlich bis zum Hals.

„Ob wir eine gemeinsame Zukunft hätten, beispielsweise."

„Du findest mich also doch –", sie konnte es nicht aussprechen. Es war erniedrigend.

Er sah ihr in die Augen. Sein Blick schien keinen Zweifel daran zu lassen, wie sehr er sie wollte. Sie nestelte am Kragen ihrer Bluse, der ihr plötzlich zu eng war.

„Sophie, ich würde gern viele Dinge ergründen, die zwischen dir und mir", er zog die Schultern hoch, „ablaufen. Da ist etwas." Er presste kurz die Lippen zusammen, sodass sie sich kräuselten, was in Sophie eine ungewollte Reaktion auslöste. Sie blickte rasch in ihr Glas, um den Bann zu brechen. Seine Wirkung auf sie beängstigte sie, sie fühlte sich ausgeliefert, und das gefiel ihr nicht.

„Was ist mit Lucille?", wagte sie schließlich zu fragen. Die Nennung des Namens kühlte die Temperatur merklich herunter. Beide nahmen einen Schluck. War es zu früh gewesen, nach ihr zu fragen? Vielleicht hätte er noch mehr gesagt. Aber es deutete doch alles darauf hin, dass Lucille ein Hindernis war. Vielleicht *das* Hindernis. „Ist sie deine, nun ja, Lebensgefährtin, Geliebte, Verlobte? Oder einfach eine Freundin?"

„Wie ich bereits sagte, es ist kompliziert." Er grinste. „Lucille kenne ich schon seit unserer frühen Kindheit. Wir waren gute Freunde. Sie und ich noch ein bisschen mehr als Adrienne und sie. Wir haben uns gegenseitig alles anvertraut. Und ich schulde ihr etwas." Sein Blick verschloss sich so unverhofft, wie er sich vorher geöffnet hatte. Er sah nicht aus, als wolle er mehr preisgeben.

„Verflixt nochmal, ist das alles? Du schuldest ihr etwas? Was denn bitte?"

„Das geht dich nichts an."

Oups.

Er setzte sich aufrecht hin, zog sein Smartphone aus der Tasche seines Jacketts, tippte es an und warf einen Blick darauf. Seine Augen verschlossen sich noch mehr, falls das überhaupt möglich war. Er drehte den Arm, sah auf die Uhr und schüttelte den Kopf. „Denk nicht, dass ich dich nicht verstehe, denn das tue ich. Es tut mir leid, dass du in mir auf einen solchen Idioten triffst, aber ich kann es im Moment nicht ändern. Ich weiß, dass ich dich in Ruhe lassen sollte, anstatt immer wieder deine Nähe zu suchen ..."

Tat er das? Ihr Herz schlug schneller, als er weitersprach.

„Du hast ja recht", fuhr er fort, „es ist etwas zwischen uns und ich komme kaum dagegen an."

Warum auch? Er sollte aufhören, sich dagegen zu wehren! Doch sie traute sich nicht, das auszusprechen.

„Trotzdem – alles in allem ist es besser, wenn du mich einfach vergisst. So wie ich dich vergessen werde, sobald du wieder in Deutschland bist." Er trank seinen Whisky aus. „Und jetzt fahre ich dich nach Hause. Ich muss noch weg."

Sophie hatte das Gefühl, jemand habe ihr mit einem großen Gongschlegel vor den Kopf geschlagen. Ihre Wahrnehmung zog sich zurück, als filtere ihr Hirn störende Geräusche weg. Sie stellte ihr halbvolles Glas zurück und stand auf. Wie sediert fühlte sie sich, als sie ihm hinaus folgte und in seinem Sportwagen Platz nahm. Er schaltete das Radio ein und redete während der Fahrt kein Wort. Auch Sophie wusste nicht, was sie sagen sollte. Selbst Mia rührte sich nicht in ihrem Kopf. Es war also alles wie seit jeher. Sie hatte sich nur ein weiteres Mal den falschen Kerl ausgesucht.

Es war nicht mehr viel Verkehr auf den Straßen, so konnte er vor dem Haus anhalten. Er drehte sich zu ihr herum. Im schummrigen Licht konnte sie nicht viel mehr von seinen Augen erkennen als einen matten Schimmer. Ihr Herz tat in der Brust weh, so sehr sehnte sie sich danach, ihn in die Arme zu ziehen und herauszufinden, was ihn daran hinderte, sich auf sie einzulassen. Sie roch seinen Duft, der in jeder ihrer Körperzellen abgespeichert zu sein schien. Was war es, das zwischen ihnen beiden diesen unüberwindbaren Abgrund schuf? Sie spürte kaum, dass ihr Tränen die Wangen hinunterliefen. Als er mit dem Zeigefinger über ihre Haut strich, zuckte sie zurück.

„Ich bin ein solcher Idiot." Seine Stimme klang erstickt. Er straffte die Schultern und drehte den Kopf wieder nach vorne. Ein harter Zug ließ sein Kinn kantiger wirken.

„Ja, das bist du." Sophie öffnete die Tür, stieg aus und

schlug die Autotür zu. Dann ging sie mit festen Schritten zur Haustür, schloss auf und betrat das Haus, ohne zurückzublicken.

KAPITEL 21

Sophie ärgerte sich, weil sie Yannis' Gesicht abends vor dem Einschlafen als letztes vor ihrem inneren Auge erblickte und morgens als erstes an ihn dachte. Zum Glück erinnerte sie sich beim Aufwachen nicht an ihre nächtlichen Träume. Wahrscheinlich ließ er sie nicht einmal da in Ruhe.

Die Erleichterung darüber, dass es ihrem Vater besser ging, trug Sophie durch den nächsten Tag. Yannis war wieder verschwunden, wohin konnte sie sich denken. Bestimmt war es Lucille gewesen, die ihn gestern noch abbeordert hatte. Sophie musste ihn sich aus dem Kopf schlagen, das wäre klüger. Aber wann hatte je Klugheit über ihre Gefühle gesiegt?

Es kam ihr wie eine Erlösung vor, als Samir sich am Mittag mit einer Kurznachricht meldete. Mit schlechtem Gewissen, weil sie ihn vergessen hatte, antwortete Sophie auf seine Frage, ob sie ihn treffen wolle.

Ja, sehr gern. Hast du heute Abend Zeit?
Um acht Uhr bei der Bar aux Vins.

So kam es, dass sie an diesem milden Maiabend ein weiteres Mal dort saß, wo sie sich mit Jean-Jacques schon einmal über Yannis unterhalten hatte. Während ihr Blick wie ferngesteuert dauernd zur Kathedrale zurückkehrte, versuchte sie die damalige Begegnung mit Yannis zu vergessen und sich stattdessen auf Samir zu konzentrieren.

„Du wirkst abwesend. Was ist los?"

Sie zog die Schultern hoch. „Ich weiß, es tut mir leid. Es ist nichts." Sie trank einen Schluck Apfelsaftschorle. „Wie geht es dir, Samir?" Täuschte sie sich oder wirkte er nachdenklicher als beim letzten Mal?

„Alles gut." Er fuhr mit den Fingern die beschlagenen Wände seines Glases nach. „Du weißt ja, dass ich eine schwierige Zeit hinter mir habe."

„Ja."

„Es fängt an, leichter zu werden. Claire, meine Frau –", er stockte. „Wir waren nicht verheiratet, aber sie war trotzdem meine Frau. Sie wurde krank und ist dann gestorben." In diesen wenigen, schnörkellosen Worten lag sein Leid. „In mir ist etwas mit ihr gestorben. Ich habe mich nicht mehr gespürt."

Sie nickte. Ihr fiel nichts ein, was sie darauf erwidern könnte.

„Es ist um mich herum dunkler geworden und ich habe es akzeptiert." Er sah zur Seite und zog fast unmerklich eine Schulter hoch. „Ich bin stark, ob ich es will oder nicht."

Was für ein merkwürdiger Satz. Wie meinte er das?

„Weißt du, ich könnte allerlei kluge Sprüche loslassen. Das Leben geht weiter, die Zeit heilt alle Wunden und sowas. Aber", er zwinkerte und sein ganz eigenes Lächeln stahl sich auf sein Gesicht, das alles an ihm zum Leuchten brachte, „wenn du in der Lage bist, in der ich war, machen das schon die anderen. Sie bombardieren dich mit diesen Floskeln, verstehst du? Nach kurzer Zeit magst du sie nicht mehr hören."

Sophie lachte leise. Ja, sie verstand. „Vielleicht ist es pure Unsicherheit. Sie wissen nicht, wie sie mit dem Leid des anderen umgehen sollen."

„Dabei ist es so einfach. Sie sollten einfach die Klappe halten."

Da war sein Humor wieder, den sie in kürzester Zeit lieben gelernt hatte. Trotzdem verzog sie den Mund. „Hm ..."

„Was, hm?"

„Ich kenne Menschen, die erwarten, dass man sie bedauert und ihnen sagt, wie schwer ihr Los ist und dass es nie jemanden gab, der so sehr leiden musste", sie unterbrach sich. War sie selbst so jemand, der immer bedauert werden wollte? Eigentlich hatte sie bei ihrer Bemerkung an ihre Mutter gedacht, aber stimmte das Bild überhaupt, das sie sich von ihr in all den Jahren gemacht hatte? Vielleicht war es höchste Zeit, nachzubessern. „Jedenfalls glaube ich, dass das auch ein Grund sein könnte, weshalb wir bei Todesfällen unser Beileid auszudrücken versuchen. Weil man sonst riskiert, den Trauernden zu brüskieren. Außerdem ist es eine Konvention."

„Mag sein." Er nahm einen Schluck aus seinem Glas und blickte ebenfalls auf die Kathedrale, deren Sandsteingemäuer von innen heraus zu leuchten schien. „Aber darüber will ich gar nicht mit dir sprechen. Mit dem Thema Trauer habe ich mich nun wirklich lang genug beschäftigt."

Sie lächelte. „Dann lass uns das Thema wechseln."

„Ja, lass uns über Sophie und die Welt reden."

„Dazu fällt mir gerade nichts ein. Was willst du denn wissen?"

„Woher diese kleine steile Falte zwischen deinen Brauen kommt."

Sie fuhr sich unwillkürlich mit dem Finger über die Stirn. „Da ist keine Falte."

„Jetzt nicht mehr", er lächelte. „Weißt du, du hast mir etwas geschenkt, dafür will ich mich erkenntlich zeigen. Meine Freunde sagen, man könne mit mir über alles reden, also: Was beschäftigt dich, Sophie?"

„Was meinst du damit, dass ich dir etwas geschenkt habe?"

„Dich getroffen zu haben, hat mir geholfen. An dem Abend konnte ich wieder Leichtigkeit erleben. Zum ersten Mal seit langem." Er zuckte die Schultern. „Vielleicht bin ich selbst schuld daran, so lange in der Schwermut versunken gewesen zu sein, und du warst nur zufällig gerade da." Er lächelte. „Das spielt letztlich keine Rolle. Du warst es eben."

„Und Florence und Adrienne und vielleicht auch Lucille."

Er lachte. „Aber ohne dich wäre ich nicht zu der Party gegangen. Stattdessen hätte ich einen weiteren Abend vor dem Fernseher verbracht. Das hier", er machte eine ausholende Armbewegung, „ist besser."

„Na gut, ich nehme deinen Dank an und sage: dito. Mir hat der Abend auch sehr gut gefallen. Ich habe mich wohlgefühlt und das lag nicht nur an –"

„An Yannis Jouvet?" Er neigte den Kopf zur Seite.

„Tja." Natürlich hatte er sie genau beobachtet und begriffen, was zwischen ihr und Yannis lief.

„Möchtest du darüber reden?"

Sie straffte die Schultern. „Weißt du, ich habe mit meiner besten Freundin geredet. Und davor mit Florence." Sie schüttelte langsam den Kopf. „Nein, ich denke, ich will nicht darüber reden. Warum sollten wir uns diesen schönen Abend von ihm versauen lassen?"

„Na gut, aber dann bitte ich dich in aller Form, ihn wegzuschicken. Bisher sitzt er nämlich quasi mit uns am Tisch."

Sophie lachte laut auf, er stimmte ein. Zuneigung zu ihm stieg in ihr auf und wärmte sie.

Tatsächlich schaffte er es, sie von Yannis abzulenken. Sie sprachen über Bücher und Comics. Samir liebte Comics und kündigte Sophie, die auf diese Vorliebe verständnislos reagierte, an, dass er ihr die besondere Kunstform der Comics in Frankreich zugänglich machen werde. Es gebe hier eine alte Tradition, viel stärker ausgeprägt als in Deutschland. Sie erzählte von ihrer DVD-Sammlung und den unzähligen Liebesfilmen, die sie schon mehrmals gesehen hatte. Er outete sich als Fan des britischen Films „Tatsächlich ... Liebe", den der Regisseur Richard Curtis selbst als ‚roaring rampage of romance' angekündigt haben soll.

Sophie seufzte zufrieden, als sie sich von Samir verabschiedete. „Das war ein schöner Abend. Danke."

Und doch wuchs später, kaum dass sie ihr *chambre de bonne* betreten hatte, die Unruhe in ihr. Sie wurde den Plagegeist mit seinen Wangengrübchen einfach nicht los.

Nach mehreren Stunden, in denen sie sich ruhelos

im Bett gewälzt hatte, holte sie schließlich ihr Smartphone vom Sekretär, legte sich wieder hin und überflog den letzen Chatverlauf mit Yannis. Viel gab er nicht her. Yannis schien beim Versenden von Kurznachrichten sehr wortkarg zu sein. Ob er dem Medium Smartphone misstraute? Sophie verfluchte seine wechselnden Stimmungen, die sie an seinen Nachrichten ebenso ablesen konnte wie im realen Leben. Wenn sie sich doch nur von ihm lösen könnte! Aber da lag sie, schlaflos, obwohl sie einen entspannten Abend mit Samir verbracht hatte, in dessen Gesellschaft sie ganz sie selbst hatte sein können. Sie glaubte Mias Stimme zu hören, wie sie ihr klarmachte, dass Samir genau der richtige Mann sein könnte. Doch was half das? Yannis ließ ihr keine Ruhe. Ob sie ihm schreiben sollte?

Nein, nicht mehr kleinmachen, brüllte Mia in ihrem inneren Ohr. *Das haben wir doch vereinbart. Er ist dran, sich zu melden!*

Fast schuldbewusst legte sie das Handy auf das Nachtkästchen. Schließlich fiel sie in einen oberflächlichen Schlaf, aus dem sie oft aufschreckte. Und dann klingelte ihr Smartphone!

Sie sprang auf, ihr rasendes Herz schien ihren Brustkorb sprengen zu wollen. Ein Blick auf die Zeitanzeige: Sechs Uhr. Was, wenn Vater etwas passiert war?

Doch dieser unwillkürliche Gedanke zerschlug sich sofort, als sie erkannte, dass der Anruf von einer französischen Festnetznummer kam. Sie konnte die Vorwahl nicht zuordnen. Mit zittrigem Zeigefinger tippte sie auf den grünen Hörer, um das Gespräch anzunehmen.

„Oui?" Mehr brachte sie nicht heraus.

„Sophie? C'est moi, Adrienne! Ich muss mit dir reden."

Ihr Herz beruhigte sich kaum, doch es war nicht mehr Angst, die es zum Galopp trieb. „Adrienne, wie schön, dich zu hören! Was ist denn los?" Sie ließ sich auf die Bettkante sinken.

„Es geht um meinen Bruder."

Nun ergriff sie doch wieder ein kurzer Anflug von Panik. Adriennes Stimme klang nicht nach Katastrophe, sondern eher ... einen Tick genervt, wurde Sophie klar. „Was ist mit ihm? Ich habe ihn gestern den ganzen Tag nicht gesehen."

„Er ist hier in Saint-Tropez." Wieder war es die Genervtheit einer Schwester über das Verhalten ihres Bruders, die sie aus Adriennes Stimme herauszuhören glaubte. „Deshalb müssen wir reden. Du hast Lucille kennengelernt, und ich habe dir erzählt, dass es etwas zwischen den beiden gibt, worüber die ganze Familie nicht recht Bescheid weiß. Tja, das hat sich auch nicht geändert, aber Lucilles Verhalten hat sich geändert. Sie hat die Fesseln enger gezogen."

„Die Fesseln?" Sophie ahnte, was sie damit meinte. Vielleicht würde sie endlich begreifen, woraus diese eigenartige Beziehung bestand.

„Ja. Lucille hat Yannis quasi herbefohlen, weil es um eine lebenswichtige Entscheidung ginge, ihre Boutique betreffend. So ein Quatsch! Sie hätte das alles mit mir besprechen können, schließlich hat sie ihren Shop in unserem Hotel." Sophie konnte sich Adriennes empörten Gesichtsausdruck bildlich vorstellen.

„Und alles, was es zu entscheiden gibt, das ihr Label und den Verkauf in den *Galeries Jouvet* betrifft, können sie genauso gut telefonisch klären. Wenn du mich fragst, ist das nur ein Vorwand, um ihn herzulocken. Und was ich daran überhaupt nicht begreife ist, dass mein Bruder spurt!" Sie spie das letzte Wort aus und schickte ein Zungenschnalzen hinterher. „Diese Hexe – pardon – hat ihn völlig in der Hand. Und jetzt kommt der Grund, weshalb ich dich anrufe. Es *muss* etwas mit dir zu tun haben."

Sophie lachte bitter auf. „Wie bitte? Ich kenne ihn ja kaum. Ich sage es nicht gern, schließlich ist er dein Bruder, aber er verhält sich echt wie ein Arschloch, jedenfalls mir gegenüber." Sie hielt inne. Hatte sie das wirklich gesagt?

„Eben deshalb. Kannst du nicht mal mit ihm reden und ihn fragen, was da eigentlich abläuft? Ich glaube, er mag dich. Du bist die erste Frau seit Jahren, die ihm mehr bedeutet als irgendeine Bekannte."

„Die ihm mehr bedeutet?" Sophie konnte nichts dagegen tun, dass ihre Stimme einen unangenehm schrillen Ton annahm. „Na vielen Dank auch!"

„Oups", machte Adrienne. „Warum fühlst du dich angegriffen?

„Es hat nichts mit dir zu tun. Aber ..." In diesem Moment, von Adrienne auf den Gedankengang gebracht, verstand sie es selbst erst. „Mir wäre es lieber, ich wäre ihm nie begegnet. Er hat in mir so viel ausgelöst, und dann stößt er mich einfach zurück. Verstehst du?" Sie bemerkte selbst, wie kläglich ihre Sätze klingen mussten, und straffte die Schultern.

„Hat er dir etwa wehgetan?"

„Nein, nicht mal das." Verbitterter hätte sie sich kaum anhören können. Sophie verdrehte die Augen, von sich selbst genervt.

„Auf mich wirkt es, als empfinde er etwas für dich. Und Lucille spielt verrückt. Das habe ich dir ja bei der Party schon erzählt. Es ist nicht okay, derartig durchzudrehen und ihn *so* zu behandeln."

„Was heißt ‚so'?"

„Ganz genau weiß ich es nicht. Ich bin nicht dabei, wenn sie miteinander reden. Yannis wirkt gehetzt, und daran ist sie schuld. Allein, dass er so oft heimkommt, wo er doch in Metz gebraucht wird. Wenn wir mit ihm reden wollen, ist er abweisend und aufbrausend. Warum, weiß keiner. Deshalb hatte ich so gehofft, du könntest da eventuell vermitteln. Aber anscheinend ist er dir gegenüber genauso?"

„Hm, aufbrausend nicht, nein. Allerdings würde ich ihn nicht gerade als zugänglich bezeichnen. Ehrlich gesagt, ich glaube nicht, dass ich ihn ausgerechnet auf dieses Thema ansprechen will. Mein Versuch, herauszufinden, was er mir gegenüber empfindet, war ein Griff ins Klo. Ich habe mich ganz schön zum Affen gemacht. Das tue ich mir kein zweites Mal an."

„Das tut mir leid. Aber ich glaube wirklich, du bedeutest ihm etwas. Und – na ja, er ist mein Bruder, deshalb bin ich nicht objektiv. Darf ich dir trotzdem einen Rat geben?"

„Natürlich, her damit." Sie verzog die Lippen. Hatten nicht ihre beiden Freundinnen und sogar Samir ihr schon mehr oder weniger verblümt kluge Ratschläge gegeben?

„Mein Rat ist: Gib nicht auf. Ich glaube, du magst ihn

sehr. Oder vielmehr, du hast dich in ihn verliebt. Richtig?"

Sophie schnaubte.

„Ich weiß, das ist gerade ziemlich kacke, weil, na ja, weil er nicht berechenbar ist. Trotzdem, bitte gib nicht auf. Vielleicht braucht er deine Hilfe."

„Meine Hilfe? Bin ich Mutter Teresa?" Sie runzelte die Stirn. „Er ist ein erwachsener Mann. Und ich bin mir ziemlich sicher, dass er deutlich mehr Erfahrung hat als ich, was Beziehungen angeht." Sie rieb ihre bloßen Füße aneinander, die langsam auskühlten. „Nein, mir wird immer klarer, dass mir das hier nicht gefällt. Ich werde mir deinen Bruder aus dem Kopf schlagen. Irgendwie kriege ich das schon hin. Ich bin auch bestimmt nicht die Einzige, die auf Yannis Jouvet verzichten muss." Ihr Wecker sprang an. Es wurde Zeit, sich für die Arbeit fertigzumachen. „Adrienne, es tut mir leid, ich glaube, du siehst das alles falsch. Ich muss mich fertig machen. Mach's gut." Sie wartete Adriennes Gruß ab, dann legte sie auf. Das Gefühl in ihrem Magen strafte ihre letzten Worte Lügen. Na und? Sie musste eben daran arbeiten.

Daran zu arbeiten fiel ihr jedoch schwer. Gegen Mittag, als sie zur Kantine wollte, konnte sie riechen, dass Yannis zurück war. Sie verfluchte ihre Scannernatur mit dem übersteigerten Geruchssinn. Sein Duft verfolgte sie, als sie ihr Büro verließ und den Flur zum Paternoster entlangging. Dann erwischte sie ausgerechnet die Kabine, in der er kurz zuvor heraufgefahren sein musste.

Beim Essen berichtete Florence ihr, dass Samir seit

letztem Freitag richtig aufgelebt sei. Philippe und seine anderen Freunde freuen sich, den alten Samir zurück zu haben. Jean-Jacques, der mit ihnen am Tisch saß, strahlte. „Wenn das mal nicht der Verdienst unseres deutschen Fräuleins ist."

Sophie prustete. „Fräulein? Ich muss Sie aufklären, *Maître d'Harmonie*, dieses Wort benutzt heutzutage niemand mehr."

Er wischte mit der Hand durch die Luft. „Du weißt, was ich meine. Und manchmal ist es sehr traurig, dass die alten, schmeichelnden Begriffe verloren gehen."

„Schmeichelnd? Na, weißt du!" Sophie lachte laut. Trotz der gelösten Stimmung, die sie jedes Mal befiel, wenn sie mit diesen beiden fröhlichen Menschen zusammen war, konnte sie ihre Gedanken nicht abschütteln, die immer wieder zu Yannis, Lucille und dem Telefonat mit Adrienne zurückkehrten. Was hatte seine Schwester eigentlich damit sagen wollen, Yannis bräuchte ihre Hilfe? Womöglich hatte sie es gar nicht im übertragenen Sinne gemeint?

Am Nachmittag gab Sophie endgültig auf. Sie konnte sich einfach nicht konzentrieren. Außerdem schien es ihr, dass das Wochenende mit der großen Angst um ihren Vater sie einiges an Nerven gekostet hatte. Sie fühlte sich schlapp und müde. Dabei war es ein wunderschöner Donnerstagnachmittag. Sie kapitulierte und beschloss, morgen dafür etwas länger zu arbeiten. Sie beendete eine letzte Mail, speicherte alle Dateien, dann fuhr sie den PC herunter. Ein Blick aus dem Fenster zeigte ihr, dass sie die Strickjacke nicht überzuziehen brauchte. Sie war froh, einen Rock und eine ärmellose Bluse angezogen zu haben, denn dieser Mai war überraschend warm. Es kam ihr in Metz insgesamt wärmer und etwas schwüler vor, als sie es von Aachen gewohnt war.

Sie blieb einen Atemzug lang vor ihrer Bürotür stehen und schloss die Augen. Sie würde sich eine deftige Tarte kaufen und zu Hause bei geöffneten Fenstern einen ihrer liebsten alten Filme anschauen, die sie auf DVD mit nach Metz gebracht hatte. Das wäre auch eine schöne Art, diesen Frühlingstag zu beenden. Ein Glas Wein, um müde zu werden und hoffentlich diese Nacht endlich mal wieder schlafen zu können. Ja, das klang nach einem guten Plan.

Sie machte die Augen auf, die Hand schon am Türgriff – und schrak zurück. Vor der Glastür stand Yannis und hatte sie ganz offensichtlich ungeniert beobachtet, während sie wie ein Kind, das sich etwas wünscht, die Augen geschlossen hatte. Ein jungenhaftes Grinsen lag auf seinem Gesicht. Sofort regte sich etwas in Sophies Bauch. Sie zog einen Flunsch und öffnete die Tür. „Ach, wieder da?"

Seine Grübchen vertieften sich. „Wie du siehst. Ich wollte gerade an deiner Tür kratzen."

„Kratzen?" Was sollte das denn? War er in Flirtlaune?

„Sagt man das nicht so?" Ja, eindeutig, er war in Flirtlaune. „Ich will ja nicht wie ein Kater Liebeslieder miauen."

Sie musste lachen. Er beobachtete sie. „Ich mag es, wenn du lachst, Sophie Thielen. Besonders, wenn du diesen winzigen Grunzer am Schluss nicht unterdrücken kannst."

„Pah!" Sie schlug ihm leicht mit der Hand gegen die

Brust. „Ich grunze nicht."

„Niemals, unter keinen Umständen?" Für den Bruchteil einer Sekunde sah sie seine Zungenspitze. Sie hielt die Luft an.

„Nie", sagte sie dann und reckte das Kinn, darum bemüht, nicht auf ihre Unterlippe zu beißen.

Er zwinkerte in Zeitlupe mit einem Auge. „Aber ich hoffe, du begleitest mich zum Essen."

„Tut mir leid, ich habe heute Abend bereits eine Verabredung."

Er zog die Brauen herunter. „Mit diesem Samir?"

Sie konnte sich ein Glucksen nicht verbeißen, sah ihm geradewegs in die Augen und zog die Brauen hoch. „Nein."

„Kannst du es nicht verschieben?"

„Mal sehen ..." Sie tat, als dächte sie nach. „Na ja, ich könnte schon. Sag mir einen guten Grund."

Er griff nach ihrer Hand und näherte sich ihrem Gesicht. Sie erkannte die Poren in der Haut seiner Wangen. Meine Güte, gleich würde sie sich ihm an den Hals werfen. Das musste aufhören.

„Bitte." Er blickte sie ohne eine Regung an, seine Miene war offen.

„Wie, bitte?"

„Ich bitte dich darum. Sophie, ich würde mich sehr freuen, wenn du heute Abend etwas Zeit mit mir verbringst. Ich ...", Er hielt inne.

Sie legte den Kopf schief, sagte aber nichts. All ihre guten Vorsätze verabschiedeten sich gerade, und die Stimmen von Mia und anderen Ratgebern verhallten in ihrem Kopf.

„Ich bin sehr gern mit dir zusammen", murmelte er

schließlich, und es wirkte, als wolle er noch viel mehr sagen. Dieses Mehr, das war es, was sie herausfinden wollte, nein, *musste*.

Sie warf einen Blick auf ihre Uhr. „Nun gut, warum nicht."

„Und deine andere Verabredung?"

„Clark wird es mir verzeihen." Sie lachte.

Er zögerte einen Moment, dann folgte er ihr zum Paternoster. Sie stieg ein und er betrat, wie es seine Gewohnheit war, dieselbe Kabine. Diese Enge verwirrte sie jedes Mal. Unverwandt sah er sie an, und bevor sie das Stockwerk erreicht hatten, in dem sie zum Fahrstuhl wechseln mussten, hellte sich seine Miene auf. „Etwa Clark Gable?"

Überrascht kicherte sie. „Ja, genau der." Sie griff nach seiner Hand, ohne sich recht bewusst zu sein, was sie da tat. Einen Moment später zog sie ihn aus dem Fahrstuhl heraus und lotste ihn zum Personalausgang. Erst als sie draußen standen und er mit einem Zwinkern den Kopf schief legte, ließ sie ihn wie ertappt los und verschränkte die Arme. „Ich wollte mir einen Filmabend gönnen, um ehrlich zu sein." Sie errötete. Natürlich errötete sie.

„,Vom Winde verweht' habe ich seit Jahren nicht mehr gesehen. Wo läuft der?"

Sie starrte ihn an. „Du würdest ihn auch ...?"

„... gern wieder sehen, ja." Er rieb sich die Hände.

„Na, dann komm mit." Sie musste sich beherrschen, um nicht ununterbrochen zu grinsen. Rasch überschlug sie den Inhalt ihres Kühlschranks. Würde es für ein Essen reichen? Kurzerhand erklärte sie ihm, dass sie noch ein paar Lebensmittel einkaufen müsse und schleppte ihn mit in die Markthalle, wo sie Antipasti und frisches Baguette kaufte.

Sie fuhren gemeinsam mit dem Mettis zu ihrer Wohnung. Er folgte ihr die Treppe hinauf. Es war ein eigenartiges Gefühl, mit ihm hierherzukommen. Er wirkte entspannt, und als sie ihn am Tisch sitzen sah, auf ihrem Lieblingsstuhl, und er das Appartement betrachtete, war es ein bisschen, als müsse es so sein. Sie verteilte rasch die mitgebrachten Lebensmittel auf Teller und griff nach der einzigen Flasche Wein, die sie dahatte. Es war ein italienischer Primitivo. Yannis zog die Brauen hoch, während er beobachtete, wie sie den Wein entkorkte. „Nicht echt jetzt, oder?"

Sie kicherte. „Was, der italienische Wein? Ist das Blasphemie?" Sie schenkte schwungvoll in beide Gläser ein. „Du wirst es überleben, schätze ich." Sie deutete auf die Teller vor ihnen. „Er passt hervorragend zu diesen Oliven, dem Käse und der Zucchinitarte." Damit begann sie, sich über das Essen herzumachen.

Yannis tat es ihr gleich und grinste bei ihrem sichtlichen Appetit. „Weißt du, ich mag Frauen, die gern essen."

Sie lachte schallend. „Ein Glück, dass ich keine Minderwertigkeitskomplexe habe."

Er spitzte den Mund. „Siehst du, genau das meinte ich. Du bist anders."

Sie lachte abermals auf. „Entweder ist das eine leere Floskel, getarnt als Kompliment, oder es drückt aus, dass ich, na ja, eine Art Nerd bin. Eine komische Nudel? Jemand, den man nicht ganz ernst nehmen muss?"

Er runzelte die Stirn. „Nein, gar nicht. Na gut, du

hast mich enttarnt."

„Wie jetzt?"

„Ich wollte dir ein Kompliment machen, aber meine Wortwahl war eher billig."

Sie winkte ab. „Schon gut." Erschrocken bemerkte sie, dass ihr Weinglas bereits leer war. Yannis griff nach der Flasche und wollte ihr nachfüllen. Sie hielt die Hand über ihr Glas. „Du weißt doch, was dann passiert."

„Ja." Er verharrte in der Bewegung, die Flasche über ihrer Hand schwebend. Ein unverschämtes Grinsen legte sich auf seine Züge. Schlagartig verflog die Albernheit. „Heute sind wir aber bei dir. Und ich verspreche, dass ich die Situation ...", er unterbrach sich.

„Dass du sie nicht ausnutzen wirst? Immer ganz der *gentilhomme*, n'est-ce pas?"

Er hielt die Flasche weiterhin in der gleichen Position, antwortete jedoch nicht. Stattdessen zog er eine Braue hoch. Es wirkte wie eine Verheißung. Beinahe widerstrebend zog Sophie ihre Hand zurück. „Aber nur noch dieses eine."

Sophie spürte eine kribbelnde Spannung im Raum, während sie einige Minuten schweigend weiteraßen.

„Was ist eigentlich mit deinem Versprechen?", sagte er plötzlich.

„Bitte?"

„Wir wollten doch ins Kino gehen. ‚Vom Winde verweht'."

„Ich habe nie was von Kino gesagt." Sie stand auf und ging zu dem niedrigen Regal unter der Dachschräge, um die DVD hervorzuziehen. Sie schwenkte sie vor seinem Gesicht. „Das hier war mein ursprünglicher Plan. Ein entspannter Abend im Bett mit Clark und Vivien. Und einem Glas Wein."

Sein Blick huschte unwillkürlich zum Bett hinüber, bevor er den restlichen Raum absuchte. „Ich sehe keinen Fernseher."

Sie zwinkerte. „Mäusekino."

Verständnislos musterte er sie.

„Wenn du den Tisch schon mal abräumst, richte ich unsere Leinwand her. Wir können hier sitzen bleiben."

Er warf einen bedauernden Blick auf ihr Bett. „Ach …"

Sie schlug ihm leicht mit der Hand auf den Unterarm. „Ts ts." Dann stand sie auf, während er das Geschirr, bis auf die Weingläser und die Flasche, in die Küchenzeile trug und in die Spüle räumte. Sie holte ihren Laptop, stellte alles auf den Tisch und startete das Programm. Sie stellte den Mini-PC so hin, dass sie beide nebeneinander sitzend einen guten Blick auf den Bildschirm hatten.

Bevor Yannis sich setzte, schob er seinen Stuhl näher zu ihrem, sodass ihre Arme und Beine sich berührten. Sophie machte ihren Rücken gerade und schaffte es kein bisschen, sich auf den Film zu konzentrieren. Sie versuchte, unbemerkt von ihm abzurücken. Er rückte genauso unauffällig nach. Sein Geruch umgab sie wie eine Wolke. Die Wärme, die durch sein Hemd und seine Jeans drang, fühlte sich an wie eine weiche, kriechende Masse, die sie umschmeichelte. Die Bilder des Films erreichten ihre Netzhaut, aber sie schaffte es nicht, auch nur ein einziges Wort zu verstehen, das gesprochen wurde. Unfassbar. Sie fühlte sich wie ein

Mädchen, das badete und zum ersten Mal bewusst seinen Körper im warmen, duftenden Wasser entdeckte. All ihre Sensoren waren auf Empfang geschaltet, aber ihre Antennen empfingen nur ihn. Er saß neben ihr und betrachtete mit leicht geneigtem Kopf den Bildschirm. Oder tat er nur so und analysierte, genau wie sie, was diese Nähe mit ihnen beiden machte? Sie wagte nicht, ihn anzuschauen, und musste an zwei Teenager denken, die nebeneinander im Kino saßen.

Plötzlich drehte er den Kopf zu ihr und sie wandte sich ihm ebenfalls zu. Seine Augen waren dicht vor ihren. Er öffnete leicht den Mund, wie um etwas zu sagen. Doch er tat es nicht. Stattdessen blickte er sie nur an. Sie biss sich auf die Unterlippe. Er sah es. Und kam ihr näher. Dann lagen seine Lippen auf ihren und die Wärme, die vorher schon wie ein eigenständiges Wesen um sie geflutet war, explodierte plötzlich. Seine Hand lag in ihrem Nacken, während er den Kuss ausdehnte. Die lockenden Bewegungen seiner Lippen, das vorsichtige Tasten seiner Zunge in ihrem Mund, all das wirkte so vertraut und zugleich aufregend neu. Sie spürte ihn überall. Ihr Atem wurde schneller, ihr Körper glühte, in ihrem Kopf war kein Platz mehr für Gedanken. Ohne sich von ihr zu lösen, stand er auf und zog sie mit hoch. Als wäre es seine eigene Wohnung, dirigierte er sie zum Bett. Sie ließ sich darauf fallen und zog ihn mit sich.

„Sophie", er zog den Kopf zurück, um ihr ins Gesicht zu blicken, eine unausgesprochene Frage in den Augen.

„Ja", antwortete sie, kletterte zu ihrem Nachtkäst-

chen und zog ein eckiges, glänzendes Päckchen heraus. Er lächelte und griff danach.
Und dann liebte er sie.

KAPITEL 22

Es war, als erfüllte sich ein Traum, den sie sich nie bewusst gemacht hatte. Sie war eine erwachsene Frau, die wusste, wo sie im Leben stand. Und er ließ sie genau das sein. Er spielte mit ihr und lockte sie, liebte sie auf ungekannte Arten mehrmals in dieser Nacht. So etwas hatte sie vorher nie erlebt. Yannis zeigte ihr, wie begehrenswert sie war, brachte sie dazu, lauter zu werden, als sie es jemals gewagt hatte. Sie ließ sich fallen und entdeckte dadurch neue Seiten an sich, spürte Stellen an und in ihrem Körper, die bisher noch niemand geweckt hatte. Ohne es in klare Worte fassen zu können, erkannte sie, dass sie bisher nicht gewusst hatte, wie intensiv, zärtlich und schön Liebe zwischen zwei Menschen sein konnte. Dabei gab es Momente, in denen er innehielt und tief in ihre Augen blickte. Sie hatte das Gefühl, seine Seele zu erkennen, und die Art, wie er sie ansah, weckte in ihr die Gewissheit, dass er es genauso empfand.

Doch der nächste Morgen kam, ein Arbeitstag. Yannis verabschiedete sich mit einem Kuss, dann verließ er auf leisen Sohlen das Appartement, noch bevor sich in der Wohnung unter ihnen etwas regte. Sophie blieb noch eine Weile liegen, nackt unter der weichen Decke, und spürte ihren Körper. Zwischen ihren Schenkeln schien es nachzubeben. Der Geruch, der ihrem Körper entströmte, war wie eine Droge. Sie musste wieder in der Realität ankommen. Würde man ihr ansehen, was in dieser Nacht geschehen war? Wie viel hatten Florence und Philippe mitbekommen? Wussten sie überhaupt, dass sie nicht allein gewesen war? Sie beruhigte sich mit dem Gedanken, dass sie noch nie verräterische Geräusche von den beiden gehört hatte. Vielleicht waren die Wände in dem alten Haus dick genug. Und das Bett war sehr stabil, es hatte kaum geknarrt. Sie musste kichern, sprang auf und öffnete alle Fenster, schüttelte die Bettwäsche auf und legte sie so hin, dass sie ausdünsten konnte.

Unter der Dusche spürte sie noch einmal Yannis' Berührungen nach, während sie sich wusch. Beinahe bedauerte sie es, dass der verräterische Geruch mit dem Seifenschaum im Abfluss versickerte. Es war eine perfekte Nacht gewesen. Die drei Worte „Ich liebe dich" waren zwar nicht gefallen. Aber hatte er sie ihr nicht mit jedem seiner Blicke, seinen Berührungen und seinen Küssen zugeflüstert? So wie sie ihm?

Als sie mit Florence zu den *Galeries* fuhr, musterte diese sie mit einem versonnenen Lächeln, machte aber keine Bemerkung. Sie sprachen nur über die Arbeit, das sommerliche Wetter und die neuen Kollektionen. Sophie beließ es dabei. Vielleicht hatte ihre Freundin mitbekommen, wer heute Nacht im Haus gewesen war, vielleicht nicht. Sie wusste, dass sie vor Lebensfreude strahlte. So sollte das Leben immer sein.

Ihre Freude trübte sich auch nicht, als sie bemerkte, dass Yannis noch nicht im Büro war. Er kam als Chef oft etwas später, dafür schien er an anderen Tagen gar nicht nach Hause zu gehen. Der Grund für sein heutiges Zuspätkommen verstärkte das Lächeln auf Sophies Gesicht und ließ den Schwarm Honigbienen in ihrer Brust noch fröhlicher tanzen. Sie hatte völlig vergessen gehabt, wie es sich anfühlte, frisch zu lieben und geliebt zu werden.

Die Arbeit ging ihr leicht von der Hand. Anstatt abgelenkt zu sein, schien sie sich sogar besser als sonst konzentrieren zu können. Nun gut, vielleicht würde sich das ändern, sobald er in ihre Nähe kam. Ein Teil ihrer Scannernatur behielt seine Tür unter Kontrolle, aber der Rest schaffte ein ungewöhnlich hohes Pensum. Alles gut also.

Als das Telefon auf ihrem Schreibtisch klingelte, war sie eine Sekunde irritiert. Die meisten Geschäfte liefen per Mail, nur wenige ältere Geschäftspartner benutzten lieber das Telefon. Daher hatte sie dieses Klingeln, im Gegensatz zu dem leisen Geräusch, das ihr Smartphone machte, wenn es vibrierte, noch nicht in ihrem Kopf abgespeichert. Sie griff nach dem Hörer. „*Galeries Jouvet*, Marketingabteilung. Sophie Thielen am Apparat."

„Bonjour, Sophie." Eine weibliche Stimme, die sie duzte? Sie kramte in ihrem Gedächtnis. Erst in dem Moment, in dem sie sich mit ihrem Namen meldete, wusste sie, wen sie an der Strippe hatte. „Lucille Mirabeau ici."

Ohne Vorwarnung packte sie das schlechte Gewissen. „Bonjour. Womit kann ich dir helfen?"

Lucille erging sich in einem Monolog über ihre neueste Kollektion, die schon bald in den *Galeries Jouvet* verkauft werden sollte – in allen Filialen. Sophie beglückwünschte sie und fragte sich gleichzeitig, warum Lucille *sie* angerufen hatte. Mit der Modeabteilung hatte sie nichts zu tun. Erst nach mehreren Minuten wechselte Lucille den Tonfall und das Thema. Sie senkte die Stimme und unterbrach sich immer wieder mit einem kindlich wirkenden Lachen, als ob sie nervös wäre. „Weißt du, es ist noch zu früh, aber ich kann es einfach nicht für mich behalten. Kannst du dir denken, was ich meine?" Wieder dieser komische kieksende Lacher.

„N–nein." Sophie konnte sich keinen Reim auf Lucilles Verhalten machen.

„Ich wollte es eigentlich noch keinem erzählen. Er mag es nicht, wenn ich über uns rede." Sie unterbrach sich wieder. *Was sollte das?*

„Wer? Yannis?"

„Ja." Die Antwort war nur ein Hauchen. „Es heißt doch immer, man solle wenigstens die ersten drei Monate abwarten, bevor man es verrät."

Übelkeit stieg in Sophies Magen auf.

„Aber du bist ja keine Verwandte. Dir kann ich es erzählen, nicht? Du wirst mich doch nicht verpfeifen?"

In Sophies Ohren begann es zu rauschen. Trotzdem schaffte ihr Scanner es nicht, Lucilles Stimme wegzufiltern. „Nein", krächzte sie.

„Ich erwarte ein Baby, ist das nicht wundervoll? Es ist noch ganz frisch. Wir werden heiraten, Sophie. Ich bin so unendlich glücklich! Freust du dich mit mir?"

„Oh ...", sie schluckte trocken. „Das ist ja ... das ist ...

toll. Ganz toll."

Wieder ließ Lucille ihr kindisches Kichern hören. „Finde ich auch. Bis bald, Sophie", flötete sie und legte auf.

Sophie saß regungslos auf ihrem Stuhl und starrte auf den Bildschirm, ohne den tanzenden Schriftzug zu sehen, den sie als Bildschirmschoner eingestellt hatte. ‚Carpe diem!'

Yannis wurde Vater. Er und Lucille würden heiraten. Das wollte ihr nicht in den Kopf. Wie hatte er vergangene Nacht all das mit ihr tun können, wenn er mit Lucille eine Liebesbeziehung hatte? Die Übelkeit nahm zu. Er musste mit Lucille geschlafen haben, als sie, Sophie, bereits hier in Metz war. Oh Gott, wie hatte er ein solches Spiel mit ihr spielen können, wenn er wusste, dass er bald Vater würde?

Hat er das wirklich?, mischte sich unverhofft eine innere Stimme ein. Mia! Sophie verbarg das Gesicht in den Händen. Ihr Hirn schien sich zu verknoten. Gleich würde sie entweder laut losschreien oder tot umfallen.

Nichts von beidem geschah. Das einzige Geräusch war ihr hektischer Atem, und in ihrem Kopf setzte sich ein dumpfer Schmerz fest. Die Übelkeit flachte zu einem hohlen Gefühl im Magen ab. *Bonjour Tristesse*, dachte sie und fragte sich zugleich, wie sie in einem solchen Moment auf einen Buchtitel kommen konnte, den sie vor über zehn Jahren gelesen hatte. Den Film kannte sie auch. Der Handlungsort war Yannis' Heimat. Lucille war jetzt dort irgendwo, in einem der Traumhäuschen des Fischerdorfes, das alles andere als ein Fischerdorf war. Sie bemerkte nicht, dass sich jemand ihrer Tür genähert hatte, und riss den Kopf hoch, als sie den Ausruf „Sophie" hörte.

Yannis platzte in ihr Büro und kam mit wenigen großen Schritten um ihren Schreibtisch herum. „Was ist los mit dir?" Sein Blick floss über vor Sorge, als er sie hoch und in seine Arme zog. „Ist etwas mit deinem Vater?"

Sie machte sich steif, schob ihre Arme vor und drückte ihn weg. Mit gerunzelter Stirn sah er ihr in die Augen. „Was ...?"

Sein Gesicht verschwamm vor ihren Augen und eine Erinnerung legte sich darüber: an die Intensität seines Blicks letzte Nacht, als er in sie eingedrungen war. Es war ein Moment intensivsten Glücks gewesen. Sie schüttelte den Kopf, um die ungebetene Erinnerung zu vertreiben. Zögerlich trat er einen halben Schritt zurück. Fragend sah er sie an, die Augen leicht zusammengekniffen. Sie hob das Kinn. Unfassbar, wie überzeugend er vor ihr schauspielerte.

„Meinem Vater geht es gut." Ihre Stimme klang distanziert und fremd.

„Was ist passiert, Sophie?" Er wollte nach ihrer Hand greifen, doch sie entzog sie ihm.

„Das fragst du mich?"

„Ja. Sag es mir."

Sie atmete tief ein, dann drehte sie sich zur Seite und zog ihre Handtasche aus der Schreibtischschublade. „Ich hatte einen Telefonanruf." Sie wandte sich ihm zu.

„Das habe ich vermutet. Aus Aachen?"

„Nein. Aus Saint-Tropez." Sie presste die Lippen zusammen. Warum tat er ihr das an? Er sollte einfach verschwinden. Aus ihrem Herzen. Aus ihrem Leben.

Hatte sie es nicht besser gewusst? Warum nur war sie letzte Nacht schwach geworden? Er war nichts als ein egoistisches, selbstverliebtes Arschloch.

Sie stieß ihn zur Seite. Überrumpelt ließ er sie vorbeigehen. An der Tür drehte sie sich um. „Ich gratuliere dir ganz herzlich, Yannis Jouvet." Sie verengte die Augen zu Schlitzen. „Du wolltest es noch einmal wissen, bevor du dich endgültig bindest, richtig? Noch einmal die eigene *irrésistibilité*, deine Unwiderstehlichkeit, bestätigt sehen."

„Wovon sprichst du?"

Sie hob die Hand, um ihn zum Schweigen zu bringen. „Weißt du, auch falls du selbst noch nichts davon wusstest –", der Gedanke war ihr in dieser Sekunde erst gekommen: Vielleicht glaubte er noch, frei zu sein. Vielleicht hatte die Schlange Lucille ihn noch gar nicht in das Geheimnis eingeweiht, dass er Vater wurde. Womöglich dachte er noch, er könne einmal diese, einmal jene Frau in sein Bett lassen. Wer wollte es ihm verübeln?

Hallo?, funkte Mia zwischen ihre konfusen Gedanken, ihr Ton war alles andere als verständnisvoll. *Was unterstellst du ihm denn da?!*

Sophie wischte sich über die Augen. „Egal. Du wirst Vater. Dafür meinen herzlichen Glückwunsch! Morgen reiche ich die Kündigung ein. Ich will so schnell wie möglich zurück nach Aachen."

Hoch erhobenen Hauptes ging sie hinaus, den Flur entlang zum Paternoster. Sie hörte, wie er ihr Büro verließ. *„What the fuck"*, fluchte er, rief „Sophie" hinter ihr her, rannte ihr nach und blieb vor der hinabfahrenden Kabine stehen, das vibrierende Smartphone in der Hand. Mit einem wütenden Schnauben tippte er den Bildschirm an. „Lucille", brüllte er, „es ist genug. Ich komme."

Sophie sackten beinahe die Beine weg, als sie seinem Blick endlich entglitten war. Er würde also wieder zu ihr fahren – oder fliegen, das ging schneller. Nachdem er gestern erst aus Saint-Tropez zurückgekommen war. Wie in Nebel gehüllt wechselte sie im dritten Stockwerk zum Fahrstuhl, fuhr weiter nach unten und tappte durchs Erdgeschoss zum Haupteingang.

„Bonjour, Sophie", erklang eine Stimme neben ihr. Wie in Trance drehte sie den Kopf, erkannte aber nicht, wer sie angesprochen hatte, und stolperte weiter auf die großen Glastüren zu. Als sie draußen war, ergriff ein Schwindel sie, sie stolperte wieder. Arme packten sie und hielten sie fest. Es war ein erdiger, wohltuender Geruch, der sie umfing.

„Was ist los mit dir? Hast du heute überhaupt schon etwas gegessen?" Sie sah ihrem Gegenüber ins Gesicht.

„Du hast so blaue Augen, hat dir das schon mal jemand gesagt? Bitte, bring mich hier weg."

KAPITEL 23

Eng umschlungen, weil ihre Knie sich wie Gelee anfühlten, gingen sie die Rue Serpenoise entlang. Samir bugsierte sie in das nächste Café und bestellte zwei *Expressos*.

Sie saßen an einem kleinen, runden Bistrotisch, ihre Knie berührten sich. Samir beugte sich nach vorne, eine Hand auf ihren Oberarm gelegt, den Kopf schief haltend, und sah sie forschend an. Sie verzog das Gesicht, weil ihr die Tränen kamen, und legte ihre Hand auf seine. „Ach, Samir, warum sind wir uns nicht früher begegnet?"

Er befeuchtete seine Lippen, bevor er sich aufrecht hinsetzte und seine Hände zurückzog. Er begann mit einem Bierdeckel zu spielen und sah auf die Tischplatte. „Was ist denn geschehen?" Seine Stimme klang rau.

„Das kann ich dir nicht erzählen."

Er wandte sich ihr zu. Es fiel ihr schwer, in seiner Miene zu lesen. „Doch, Sophie. Du kannst mir alles erzählen."

Sie zog die Schultern hoch. Einen Moment empfand sie – wie ein Blitz in weiter Ferne – das Glück der letzten Nacht, doch sofort brach das neue Wissen wieder hervor. Sie stieß einen Seufzer aus und ließ die Schultern sinken. „Ich war so dumm!"

„Chut", murmelte er. Bedächtig legte er den Bierdeckel ab und nahm ihre Hand. Seine Berührung war warm und wohltuend. „Du zitterst", stellte er fest und legte die zweite Hand auf ihre. „Erzähl es mir. Was hat er getan?"

Sie atmete tief durch und erzählte ihm, was in der letzten Nacht geschehen war. Sie bemerkte sehr wohl, dass sich auf seiner Miene wechselnde Gefühle abzeichneten. Doch er ließ sie ausreden.

„Verstehst du? Er hat mit mir geflirtet, obwohl er eine Beziehung mit Lucille hat. Ich mag es mir gar nicht ausmalen. Und jetzt bekommen sie ein Baby und werden heiraten." Ihre Tränen waren versiegt, sie fühlte sich leer. „Warum war ich so dumm, mich auf ihn einzulassen?"

„Weil du nicht anders konntest", sagte er gelassen. „Yannis ist ein faszinierender Mann. Er lässt niemanden kalt."

„Er ist ein rücksichtsloser Egoist. Er hat mich verführt", sie ignorierte den schwach vorgebrachten Einwand von Mias Stimme in ihrem Kopf, „und mich glauben lassen, dass er mich liebt."

„Wie hast du dich gefühlt?"

Irritiert fragte sie: „Was meinst du damit?"

„Als ihr beide", er atmete tief durch, „miteinander geschlafen habt." Er schloss einen Moment die Augen, wie um ein Bild aus seinem Kopf zu vertreiben. Um seinen Mund lag ein resignierter Zug, als er weitersprach. „Hat es sich richtig angefühlt oder hattest du

Zweifel?"

„Es hat sich *absolut* richtig angefühlt. Ich dachte, ich bin im Himmel." Sie verzog das Gesicht wegen ihrer Wortwahl. Trotzdem traf es die letzte Nacht genau. „Er hat mir in die Augen gesehen, es war nichts Falsches daran." Sie rückte ihre Brille zurecht. „Und ich dachte, ich würde nie mehr auf einen Kerl hereinfallen."

Samir drückte ihre Hand. Sein Blick wurde weich, als er weitersprach. „Ich glaube selbst nicht, dass ich das sage, aber ich halte ihn nicht für einen Blender. Yannis ist extrem selbstbewusst, aber er ist nicht falsch." Er führte Sophies Hand an seine Lippen. Seine Berührung war, als streife ein Blütenblatt ihre Haut. Etwas in ihr zerriss bei der Zärtlichkeit dieser Geste. Dann legte er ihre Hand mit der Innenfläche an seine Wange und hielt sie dort fest. Sie spürte die winzigen Bartstoppeln auf der überraschend weichen Haut. In seinen Augen, blau wie Seen, erkannte sie seine Zuneigung. „Du musst dir Klarheit verschaffen, Sophie. Sonst leidest du unnötig lange."

„Wie meinst du das? Soll ich ihn wieder mal zur Rede stellen? Nach allem, was letzte Nacht passiert ist?" Sie schnaubte. „Er ist ja schon wieder auf und davon. Zu ihr. Anscheinend war er stinksauer, weil sie ihn hat auffliegen lassen."

„Ist das so?"

Verlegen entzog sie ihm ihre Hand und spürte noch seine Wärme, als sie sie auf ihrem Schoß ablegte. „Natürlich. Ich glaube –", sie schluckte den Kloß hinunter, der sich bei den Worten bildete, die sie jetzt sagen musste. „Ich glaube schon, dass er irgendwie in mich verknallt war. Oder dass es ihn gereizt hat, mich flachzulegen." Samir runzelte die Stirn bei ihrer Wortwahl, doch sie sprach weiter. „Ich versteh's selbst nicht. Vielleicht war da noch irgendwas von früher, keine Ahnung. Oder Torschlusspanik kurz vor der Ehe."

„Glaubst du das wirklich? Wie kommst du darauf, dass er dich nur als Beute gesehen hat?" Er schmunzelte. „Liegt es möglicherweise daran, dass dein eigenes Selbstbewusstsein – oder vielmehr der Mangel daran – dir so etwas vorgaukelt? Das würde einiges erklären."

Sie bewegte den Kopf in einer unentschlossenen Achterbewegung. „Ist doch ganz egal."

„Nein, Sophie ist es nicht. Weil du das Offensichtliche nicht siehst."

„Das Offensichtliche?"

Er wischte mit der Hand durch die Luft. „Wie auch immer. Wenn ich dir als Freund einen Tipp geben darf?"

Sie nickte. Kurz kam ihr der Gedanke, dass sie einen ziemlichen Haufen Menschen um sich herum hatte, die ihr dauernd kluge Tipps gaben. Und wohin hatte es sie geführt?

„Fahr ihm nach." Abermals deutete er ein Kopfschütteln an, als glaube er nicht, was er sagte. „Hör auf, abzuwarten, fahr nach Saint-Tropez und finde dort heraus, wo das eigentliche Problem liegt."

„Das ist nicht dein Ernst! Die beiden bekommen ein Baby! Was gibt es denn da noch herauszufinden?"

Er zog die Brauen hoch. „Wie sehr das auch *seine* Entscheidung war."

„Wie?"

„Lucille wäre nicht die Erste, die auf diese Weise versucht, einen Mann an sich zu binden. Ich hatte auf der Party den Eindruck, dass sie mit allen Mitteln nach ihm angelt."

„Die beiden kennen sich schon, seit sie Kinder waren."

„Ist das ein Hinderungsgrund? Auf mich wirkte Lucille ziemlich verzweifelt. Und es war nicht zu übersehen, wie Yannis auf dich reagiert hat. Das war ja der Grund, weshalb ich ...", er unterbrach sich. „Irrelevant", murmelte er. „Ich würde an deiner Stelle erst einmal davon ausgehen, dass nichts klar ist. Gar nichts."

Fassungslos sah sie ihn an. „Auf den Gedanken wäre ich niemals gekommen. Aber ist es nicht nur der verzweifelte Selbstbetrug eines verstoßenen Mauerblümchens, wenn ich darauf hoffe, dass er in Wirklichkeit *mich* liebt, wenn er doch eine Lucille haben kann?"

Samir lachte laut. Es war ein mitreißendes Lachen, und sein Gesicht strahlte dabei so, dass sie es am liebsten ununterbrochen angeschaut hätte, so gut tat es. Trotzdem war Sophie zutiefst verwirrt.

„Glaub mir, Sophie, ich hätte allen Grund, deine Version zu bestätigen. Aber das wäre nicht fair. Also, wenn *ich* dir sage, dass Lucilles Geschichten falsch und hinterhältig sein könnten, und dass Yannis dich möglicherweise mehr liebt, als du ahnst, hat das dann noch irgendwas mit Selbstbetrug zu tun? Und die Bezeichnung Mauerblümchen habe ich überhört. Das kauft dir übrigens kein Mensch ab."

Sie griff nach seinen Händen, er hielt sie fest. „Du meinst also tatsächlich, dass ich in seine Heimat fahren und dort alle beide zur Rede stellen soll? Adrienne hat da etwas angedeutet."

„Was meinst du?"

„Sie hat mich gestern angerufen, das war wirklich eigenartig. Sie meinte, Yannis bräuchte vielleicht meine Hilfe. Aber ich war mir sicher, dass sie da etwas völlig falsch interpretiert."

Samir blies die Wangen auf. „Tut sie das?" Schließlich hob er beide Hände in einer betont resignierten Geste. „Sophie Thielen, worauf wartest du noch?"

KAPITEL 24

Als sie gute drei Stunden später *Dijon* auf dem Schild einer Autobahnausfahrt las, kam Sophie langsam zu sich. Bisher war sie die Strecke wie auf Autopilot gefahren, hatte an den Mautstellen angehalten, ein Ticket gezogen, bezahlt und war ansonsten den Anweisungen des Navigationsgeräts gefolgt. In ihrem Kopf wiederholten sich unaufhörlich einzelne Szenen, in denen sie die Stimmen von Yannis hörte, von Lucille, von Mia. Und von Samir.

Er hatte ihr eine knappe Liste auf einen Zettel geschrieben, nachdem sie im Café auf seine Frage, worauf sie warte, sofort ihre Entscheidung getroffen hatte. So brauchte sie zu Hause nicht nachzudenken, sondern warf alles in ihren Trolley, was er notiert hatte.

„Ich buche ein Zimmer für dich und schicke dir die Adresse", hatte er außerdem gesagt und sich dann mit der Hand vor die Stirn geschlagen. „Nein, warte, das ist sicher nicht nötig. Du kannst im Hotel der Jouvets wohnen."

Sie nickte nur, dann schüttelte sie den Kopf. Schließlich nahm er ihr das Smartphone aus der Hand, suchte die Kontaktdaten von Adrienne und tippte eine Nachricht ein. Als das Handy kurz darauf vibrierte, zeigte er Sophie den Bildschirm.

Mais oui, ich freue mich. Ich habe ein wunderschönes Zimmer für dich! Bises, Adrienne.

Jetzt beschloss Sophie, auf den nächsten Rastplatz mit Imbiss zu fahren. Sie hatte noch kein Mittagessen gehabt. Während sie die ganze Zeit wie ferngesteuert gehandelt hatte, befiel sie nun, da sie sich wieder im Hier und Jetzt fühlte, Nervosität. Sie schlang ihr nach Pappe schmeckendes Essen hinunter und blickte dabei minütlich auf die Uhr. Was für eine dumme Idee, einfach loszufahren! Sie hatte sich nicht mal von Florence verabschiedet, die noch in den *Galeries* war.

Rasch schrieb sie eine Nachricht an Florence und bat sie, sie bei Madame zu entschuldigen. Andererseits, dachte sie, war der Chef ja selbst nicht da. Und wenn er sie wegen ihres unangekündigten *Verschwindens* hinauswerfen wollte – *tant pis!*

Zum Glück lief ihr Auto problemlos, und Yannis hatte sogar dafür gesorgt, dass der Tank voll war. Sie hatte gar keine Zeit gehabt, einen Gedanken daran zu verschwenden, wie der Twingo eine Fahrtstrecke von über achthundert Kilometern verkraften würde. Was, wenn sie unterwegs liegenblieb? Sie atmete durch, brachte das Tablett zum Abstellwagen und ging zur Toilette. Wahrscheinlich war es gut, dass diese Gedanken ihr vorher nicht gekommen waren. Sie machte sich im Vorraum frisch und checkte noch einmal ihre Uhr. Es würde etwa halb zehn werden, bis sie ankam.

Sie schrieb eine kurze Nachricht an Adrienne, um ihr die Ankunftszeit mitzuteilen. Dann dachte sie daran, Yannis um ein Treffen zu bitten, entschied sich jedoch anders. Er hatte sich so widersprüchlich verhalten – was sollte es bringen, ihn vorzuwarnen? Sie fragte sich, wo er gerade war. Zurück auf der Strecke beschäftigte dieser Gedanke sie noch immer. War er mit dem Auto gefahren, wie sie, oder hatte er dieses ominöse Flugzeug benutzt? Sie grunzte. Angeber!

In den nächsten Stunden hatte sie nichts anderes zu tun, als sich Gedanken zu machen. Sie rekapitulierte ihre Begegnungen mit Yannis, die ausgedehnten Gespräche mit ihren Freundinnen, mit Adrienne. Und Samir. Immer wieder Samir.

Sie fragte sich, wie alles gelaufen wäre, wenn sie ihm früher begegnet wäre? Vor dem ersten Kuss mit Yannis, bevor sie diesem Mann völlig verfallen war. Wenn alles, was sie mit Samir erlebt hatte, ohne Yannis im Hintergrund verlaufen wäre. Sie erinnerte sich daran, wie Samir bei ihrer ersten Begegnung im Flur gestanden und sie angesehen hatte. Wie sie sich ohne Erwartungen kennengelernt und einander versichert hatten, dass das zwischen ihnen eine reine Freundschaft werden würde. Sie hatte es als ungewohnte Leichtigkeit empfunden, mit Samir auf diese Weise umgehen zu können. Sie war sich auch sicher, dass da zunächst nichts anderes gewesen war. Samir hatte sich an dem Abend auf der Party einfach wohlgefühlt, und sie auch. Er war der perfekte Begleiter für sie gewesen.

Erst heute, seit er sie am späten Vormittag in den *Galeries* abgefangen hatte, wuchs in ihr das Gefühl und schließlich die Gewissheit, dass da mehr war. Samir hatte sich in sie verliebt. Ihr stiegen Tränen in die Augen, sie blinzelte sie weg.

Die abwechslungsreiche Landschaft, die sie mit Bildern voller strahlender Farben unter der Sonne verwöhnte, konnte sie kein bisschen genießen. Sie nahm kaum wahr, wie sich die Vegetation und die Bauweise der Häuser änderte, während sie tiefer in den Süden vordrang. Als sie *Avignon* auf einem der Autobahnschilder las, fuhr sie wieder ab, um zu tanken und etwas zu essen. Nachdem sie auf einer unbequemen Holzbank an einem kleinen Tisch Platz genommen hatte, zog sie ihr Smartphone aus der Tasche. Es waren mehrere Nachrichten eingegangen.

Du bist auf dem Weg WOHIN? Mon dieu! Gute Reise und viel Glück, was immer das bedeuten mag. Florence

Sophie lächelte und schrieb ihr kurz zurück.

Ich kann noch immer nicht glauben, dass ausgerechnet ich dir geraten habe, zu fahren. Ich sterbe tausend Tode. Sophie, pass bitte auf dich auf! Ich –

Samirs Nachricht brach nach diesem Wort ab. Sie konnte sich vorstellen, was er hatte schreiben wollen, und ihr Bedauern wuchs. Was für eine Ironie!

Mit einem Ziehen im Magen schrieb sie eine Antwort: *Samir, es bedeutet mir sehr viel. Ich bin dir dankbar für alles, was du für mich getan hast! Und auch ich –*

Sie löschte die letzten drei Wörter wieder. Es wäre falsch, von einer Art Liebe zu reden, auch wenn es das vielleicht war. Und es wäre falsch, so eine Unterhaltung in Kurznachrichten zu führen.

Lass uns bald zusammen essen gehen und reden. Sie tippte auf „Senden", ahnend, dass Samir ihre Nachricht mit gemischten Gefühlen aufnehmen würde.

Adrienne hatte ihr nochmal geschrieben, dass sie sich freue, und wo sie den Wagen parken könne. Bis zum Abend würde der tägliche Touristenstrom, der den Verkehr in Saint-Tropez lahmlegte, sicherlich nachgelassen haben.

Der Einzige, der keinen Mucks von sich hören ließ, war Yannis, dessentwegen sie diese unmenschlich lange Fahrt auf sich genommen hatte. Allein. In einem altersschwachen Twingo.

Ich liege gut in der Zeit, schrieb sie an Adrienne. Dann, nach kurzem Überlegen, tippte sie: *Weißt du, wo Yannis ist? Treffe ich ihn im Hotel an?*

Sie bestellte sich einen *Café au lait à porter* und machte sich wieder auf den Weg. Es würde nicht zu spät sein, um Yannis noch aufzusuchen. Ihre Geduld war aufgebraucht, sie hatte nicht die Absicht, länger zu warten. Diese Fahrt machte sie eigenartigerweise nicht müde, sondern hatte eher eine aufputschende Wirkung. Doch noch immer war sie nicht in der Lage, die Schönheit der wechselnden Landschaften in sich aufzunehmen, die sie durchfuhr. Das Licht hatte sich fast unmerklich verändert, obwohl die Abenddämmerung noch weit weg war. Sie hatte die Sonne im Rücken und bildete sich ein, das Meer im Himmel zu sehen. Natürlich war es Unsinn, aber die Stimmung wandelte sich. Oder lag es nur daran, dass sie das Meer in der Nähe wusste? Die Strecke war bergig geworden. Das musste das Massif des Maures sein.

Sie hatte ihr Handy auf der Konsole abgelegt, wo sie vor langer Zeit eine gummierte Unterlage befestigt hatte. Als das Vibrieren eine eingehende Nachricht anzeigte, tippte sie auf das Icon, um zu sehen, von wem sie war. Adrienne! Sophie tippte ihre Telefonnummer an und schaltete die Lautsprecherfunktion ein.

„Sophie, c'est toi? Wo bist du?"

Sie warf einen Blick auf das Navigationsgerät. „In der Nähe von Aix-en-Provence auf der A8."

„Und dann telefonierst du? Bist du wahnsinnig? Die Strecke ist gefährlich."

Sophie lachte. „Ja, es ist hügelig geworden. Ich telefoniere mit der Freisprechanlage, keine Sorge. Was hast du mir denn geschrieben?"

„Achso. Dass Yannis wahrscheinlich bei ihr ist, bei Lucille. Er kam vorhin hier an. Wir wussten nicht, dass er *schon* wieder herkommen wollte. Er ist geflogen, musste allerdings länger auf die Starterlaubnis warten. Deshalb kam er später an, als geplant. Tja, nicht die ganze Welt wartet darauf, dass mein Bruder kommt." Sie schnaubte. „Egal. Er war kurz da, hat aber nichts gesagt. Er wirkte sauer. Keine Ahnung warum."

„Ich habe da eine Idee. Deshalb bin ich auf dem Weg. Um mit ihm zu reden. So geht das nicht weiter."

Sie erzählte Adrienne von Lucilles Anruf und dass wohl ein Baby unterwegs sei. Die letzte Nacht erwähnte sie nicht. Adrienne wirkte fassungslos.

„Ich glaub's nicht", wiederholte sie mehrmals. „Sophie, das tut mir leid. Was du durchmachen musst!" Wieder dieses Schnauben. „Hast du versucht ihn zu erreichen?"

„Nein." Sophie legte Schärfe in ihre Stimme. „Ich wollte ihn überraschen."

„Gut, hör zu. Lucille wohnt bei ihren Eltern in einem

alten Haus am Rand von Saint-Tropez. Du brauchst gar nicht erst bis herunter ins Zentrum zu fahren, sondern biegst am Ortseingang nach rechts ab in die Route des Plages und fährst zu ihr." Adrienne nannte ihr die Adresse und beschrieb den Weg. Es war nicht kompliziert, Sophie würde sich leicht zurechtfinden.

Als sie bei Le Cannet-des-Maures ihre Mautgebühr bezahlte und die Autobahn verließ, fühlte sie sich plötzlich wie in eine andere Welt katapultiert. Endlich sah sie die baumbewachsenen Berge, die tiefgrüne, widerstandsfähige Vegetation aus Macchien, Olivenbäumen, Pinien und Korkeichen. Überall standen Büsche in voller Blüte, die anscheinend keine großen Ansprüche stellten und trotz der kargen Bodenbeschaffenheit um die Macchiagewächse herum wuchsen. Die zarten, lila und weißen Blüten wirkten wie hauchdünnes Japanpapier: zerknittert und doch so wild und frei. Erst nach einer Weile kam ihr der Name der Pflanzen in den Sinn, die sie aus einem alten Buch über Heilpflanzen und -kräuter kannte: Zistrosen.

Schade, dass sie den Anblick kaum genießen konnte. Ihre Scannernatur nahm zwar die Schönheit der Landschaft wahr und ließ die Düfte nach trockener Erde, Pinien und dem Meer durch das Fenster strömen, das sie herunterkurbelte, als sie auf der Route Nationale weiterfuhr. Aber ihre Nervosität wirkte wie ein Filter, der sich über alles legte. Hoffentlich würde sie einmal die Gelegenheit bekommen, diesen Flecken Frankreichs, den sie nie zuvor gesehen hatte, zu genießen.

Bald ging es bergan, und als sie auf Serpentinen Richtung Grimaud wieder hinabfuhr, erinnerte sie sich an die Bilder aus den alten Filmen, die hier spielten. Doch dann musste sie sich wieder auf die Straße konzentrieren. Sie war froh, dass ihr Auto klein und schmal war.

Sie erreichte schließlich Saint-Tropez und bog, wie von Adrienne angewiesen, in die Route des Plages ab. Kleine Steinhäuser mit sonnengebleichten Ziegeldächern duckten sich hinter Zäune und Hecken. In den Vorgärten, die durch ihre Gatter wie abgeschottet wirkten, blühte Oleander, gesäumt von Yuccapalmen und Obstbäumen. Einzelne, riesige Pinien standen vor den Häusern, Olivenbäume waren zu Hecken geschnitten und Bougainvilleen strahlten in verschwenderischer, pinkvioletter Fülle.

Das Navigationssystem verriet ihr, welches Haus es war, in dem Lucille leben sollte. Sophie stellte den Wagen am Straßenrand ab und prüfte mit zitternden Fingern, ob das grüne, spitzenbewehrte Metalltor abgeschlossen war. Sie hatte keine Augen für die Pflanzen oder die Farben des Himmels, der im Sonnenuntergang glühte, dass es fast schon kitschig wirkte. Das Tor musste nur nachlässig geschlossen worden sein, sie konnte es aufdrücken. Sie spürte den Herzschlag im Hals, als sie langsam einen Pfad zur Haustür entlangging. Es war ein kleines Haus. Die Farbe, ein blasser Pfirsichton, blätterte an vielen Stellen ab. Die dunkle Holztür und die Klappläden waren stark verwittert und aus den Fugen geraten. Die Läden und Fenster waren geöffnet worden, vermutlich um die Abendluft hereinzulassen.

Noch bevor sie einzelne Töne oder gar Worte erfassen konnte, registrierte Sophie die Geräusche, die aus einem der Fenster drangen. Dann erkannte sie die Baritonstimme, die sie aus Hunderten herausgehört hätte. Eine hellere Stimme wechselte sich mit ihr ab. Sophie war sofort klar, dass Lucille und Yannis sich stritten. Sie feuerten ihre französischen Sätze in einem solchen Tempo ab, dass Sophie sich zuerst reinhören musste, bis sie sie verstand. Sie blieb stehen, unbemerkt, und lauschte, ohne sich dessen bewusst zu sein.

„Nein, wieso denn? Das war doch immer schon klar." Lucilles Stimme klang gleichzeitig defensiv und aggressiv. Sophie stellte fest, dass sie trotzdem nicht ins Schrille kippte. Sie wirkte souverän. Eine starke Frau. Das Häuschen ließ Rückschlüsse auf ihre Herkunft zu. Und auch wenn ein Haus in Saint-Tropez sicherlich viel Geld einbrachte, wenn man es verkaufte, verriet dieses doch den ärmlichen Ursprung einer anspruchslosen Fischerfamilie.

„Nichts war klar, wie kommst du auf eine solche Idee?" Yannis schien um Selbstbeherrschung bemüht.

„Für mich gibt es gar keine andere Möglichkeit, und wenn du das nicht so siehst, haben wir ein Problem. Ich begreife nicht, wie du unsere Vergangenheit einfach ignorieren kannst. Das alles ist doch gewachsen."

„Was ist da gewachsen? Lucille, was soll das? Hast du noch nicht genug von mir? Willst du mich komplett beherrschen?"

Sie lachte auf. „Beherrschen? Wie kommst du denn darauf? Ich liebe dich!"

Sophie verzog den Mund. Welcher krankhafte Impuls hatte sie bloß verleitet, herzukommen? Sie hatte hier nichts verloren. Langsam drehte sie sich um.

„Ach nein. Seit wann?"

„Glaubst du denn, das Kind ist von allein in meinen Bauch gekommen?" Jetzt klang sie kleinlauter. Obwohl ihr jeder Satz größere Schmerzen bereitete, blieb Sophie stehen. „Wenn du mich nicht lieben würdest, würdest du doch nicht mit mir schlafen, oder? Oder?"

Ein Schnauben. „Lucille, du weißt sehr wohl, dass das ungewollt war."

„Was, der Sex oder die Schwangerschaft? Ich fasse es nicht, dass du dich herausreden willst wie in einer Schmonzette. Wem willst du eigentlich weismachen, dass du dich nicht gegen Sex mit einer Frau wie mir wehren kannst? Gleich behauptest du noch, ich hätte dich verführt."

Yannis' Reaktion klang wie ein Grunzen, worauf sie wieder bitter auflachte. „Nein, Yannis Jouvet, so nicht. Du hast mit mir geschlafen und daraus ist ein Kind entstanden." Ihre Stimme wurde leiser, schmeichelnder. Sophie strengte sich an, um sie zu verstehen. „Und du weißt, dass du dich auf mich ein Leben lang verlassen kannst. Wir werden gemeinsam glücklich werden und weitere wunderbare Kinder haben."

Schweigen. Sophie hörte schnelle Schritte. Vermutlich ging Yannis in dem Raum auf und ab. Vielleicht raufte er sich die Haare. Dieser Gedanke ließ Sophie tief einatmen. Verdammt, es tat weh. Trotzdem. Auch wenn alles klar zu sein schien, meinte sie aus Lucilles Worten und ihrer Stimme etwas herauszuhören, das nicht offen angesprochen wurde. Die beiden kannten sich ein Leben lang. Sollten sie wirklich ihre Beziehung so unterschiedlich eingeschätzt haben? Was stimmte da nicht?

„Lucille, du weißt genauso gut wie ich, dass wir keine Basis für ein gemeinsames Leben haben. Selbst ein Kind wird daran nichts ändern."

„Doch, Yannis, es wird alles ändern. Und wenn du dich nur ein bisschen öffnen würdest, könntest auch du es sehen. Du kannst glücklich werden. Mit mir, mit unserem Kind. Wir kennen uns so gut, wir wissen alles voneinander. In dieser einen Nacht hast du es auch gespürt. Oder nicht?"

„Ich wusste, dass es ein Fehler war, nochmal mit dir zu schlafen." Ein Gedanke setzte sich in Sophies Kopf fest: Hatten die beiden schon lange keine Liebesbeziehung mehr gehabt, so wie sie es angenommen hatte? Hatte Yannis mit seiner Exfreundin geschlafen, obwohl er nicht die Absicht hatte, sich nochmal auf sie einzulassen?

Oh, welch ein Drama! Wir leben im einundzwanzigsten Jahrhundert, vergiss das nicht. Ausgerechnet jetzt meldete sich Mia in ihrem Kopf. Aber es stimmte ja. Selbst wenn Yannis Sex mit Lucille gehabt hatte – anscheinend ein einziges Mal in letzter Zeit –, hatte sie, Sophie, nicht das Recht, ihn dafür zu verurteilen. In der letzten Nacht hatte sie keine Sekunde daran gezweifelt, dass er sie liebte. Allerdings hatte Lucille das offenbar auch nicht getan. Bevor sich die Gedanken wieder wie ein Karussell in Sophies Kopf zu drehen begannen, gab sie sich einen Ruck und ging auf die Tür zu, um anzuklopfen. Doch Lucilles nächste Worte ließen sie abermals zögern.

„Und du wirst dafür geradestehen wie für alles, was du in deinem Leben getan hast. Außer die eine Sache von damals. Und über die schweige ich, wie ich es all die Jahre getan habe. Du kannst immer auf mich zählen, das weißt du!"

Sophie hob die Hand, um zu klopfen, da wurde die Tür aufgerissen. Yannis stand vor ihr, die Haare zerzaust, ein verzweifelter Ausdruck im Gesicht. Er prallte fast mir ihr zusammen, weil er offenbar in großen Schritten das Haus verlassen wollte.

„Sophie?"

KAPITEL 25

„Yannis, komm zurück!", erscholl Lucilles Stimme, und nur einen Wimpernschlag später hatte sie die Tür erreicht. Ihre Augen verengten sich zu Schlitzen, als sie Sophie erblickte. Offenbar verschlug es ihr die Sprache. Sophie bemerkte ihre wie immer tadellos gekleidete, zierliche Figur. Weiter kam Sophie nicht mit ihrer Betrachtung, denn Yannis fasste nach ihrer Rechten und zog sie hinter sich her. Sie hatte Mühe, Schritt zu halten. Sein Griff tat weh, als wäre ihre Hand in einen Schraubstock geraten.

Vor dem Zaun entdeckte er Sophies Wagen. „Schnell, wir fahren zum Hotel. Ich muss hier weg."

Er hatte die Beifahrertür bereits aufgerissen und bedeutete ihr mit dem Kinn, auf der Fahrerseite einzusteigen, bevor er einen gehetzten Blick über den Zaun warf. Doch Lucille schien ihnen nicht zu folgen.

Sophie stieg ein und startete den Twingo. „Wie bist du hergekommen?"

„Mit dem Taxi."

Sie wendete und fuhr zur Hauptstraße, die hinunter zum Hafen und in die Altstadt führte. Er lehnte sich zurück und atmete tief durch. Es kribbelte in ihrem Nacken, weil sie seinen Blick von der Seite spürte, während sie versuchte, sich auf die Straße zu konzentrieren.

„Sophie Thielen, du überraschst mich."

Sie stieß ein Lachen aus, das in ihren eigenen Ohren mehr wie ein missbilligendes Grunzen klang. „Ja, ich muss völlig bekloppt sein", presste sie zwischen den Zähnen hervor. Dann spürte sie unerwartet seine Hand auf ihrem Oberschenkel. Wärme flutete durch ihre Haut.

„Ich, ich weiß gar nicht, was ich sagen soll." *Monsieur Irrésistible* stotterte?

„Wie wäre es mit der Wahrheit, Yannis Jouvet? Hingehalten hast du mich lange genug." Er beschrieb ihr den Weg und leitete sie zum Parkplatz in der Nähe des Hotels. Trotz ihres inneren Aufruhrs und des beschleunigten Herzschlags, den seine bloße Berührung in ihr ausgelöst hatte, konnte Sophie sich dem Zauber des Anblicks nicht entziehen. Das Meer lag glitzernd und tiefviolett, fast schwarz zu ihrer Linken. Unten angekommen war alles in Schatten getaucht, und der nachtblaue Himmel hatte nur wenige dunkelviolette Flecken. Die Yachten im Hafenbecken schwankten sacht im Licht der Laternen. Alles wirkte unwirklich, wie in einer anderen Welt. Als sie ausgestiegen waren, klopfte Yannis auf das Autodach. „Wacker geschlagen." Er blickte Sophie über das Dach hinweg an. Meinte er sie oder den Wagen?

„Tja, er ist eben mein kleiner Franzose", sagte sie leichthin. Yannis schien nachdenklich die Stirn zu runzeln – sicher war sie sich nicht, weil es schon zu dunkel war und die Straßenlaterne in seinem Rücken stand. Er winkte sie zu sich und zeigte auf das Hotel. „Lass uns hinübergehen. Adrienne wird sich freuen, dich zu sehen."

Es wurde ein unangenehmer Gang für Sophie. Sie fühlte sich staubig und matt, trug noch dieselben Kleider, in denen sie am frühen Morgen ihre Arbeit angetreten hatte. Der Rock war ausgebeult und zerknittert von der Fahrt, und die Bluse war nicht nur durchgeschwitzt, sondern musste im Rücken tief eingegrabene Falten vom Autositz haben. Wenigstens stank sie nicht, dem Himmel sei Dank. Doch auch ihre Haare hatten seit der Raststätte in Dijon keinen Kamm mehr gesehen und waren nur mit einem Gummiband in einem chaotischen Dutt auf dem Kopf zusammengefasst. Sie sehnte sich nach einer Dusche.

Doch weil es inzwischen schon nach zehn Uhr war, komplimentierte Adrienne sie ohne Federlesens zu einem freien Tisch im Restaurant des Hotels. Zu dieser Jahreszeit würde die Küche nicht so lange geöffnet bleiben wie im Sommer, erklärte sie entschuldigend. Sie müssten sich rasch entscheiden, sonst würden sie nichts mehr bekommen.

Sie hatten soeben ein Essen ausgesucht – Sophie stand der Sinn nach etwas Leichtem, sie lehnte ein Menü ab –, da stand sie auf, um wenigstens kurz ihre Hände und das Gesicht auf der Toilette zu waschen. Doch bevor sie vom Tisch weggehen konnte, erschien Adrienne mit einer etwas älteren Dame im Schlepptau. Nur mühsam unterdrückte Sophie ein ergebenes Seufzen. Das musste Yannis' Mutter sein!

Sie war groß und schlank und hielt sich aufrecht.

Das lockige, pechschwarze Haar mit wenigen dekorativen Silbersträhnen war am Oberkopf nach hinten gesteckt und endete knapp über dem Kragen ihrer Bluse. Gekleidet war sie, wie man es sich bei der Chefin eines edlen Hotels vorstellte, in einen schmalen Rock, der unterhalb der Knie leicht glockig fiel. Dazu eine Hemdbluse, deren Strenge durch ein filigranes Muster aufgelockert wurde. Eine beeindruckende Frau, die zugleich selbstbewusst und freundlich wirkte. Ihre Miene ließ keinen Rückschluss darauf zu, was sie davon hielt, Sophie zu begegnen.

Sophies Knie zitterten leicht, als Adrienne sie vorstellte. „Maman, das ist Sophie Thielen. Sophie, unsere Mutter."

Sophie hielt ihr die Hand entgegen und wunderte sich keine Sekunde über den festen Druck, mit dem Yannis' Mutter sie begrüßte. „Sehr erfreut, Madame Jouvet. Bitte entschuldigen Sie meinen Aufzug. Ich hatte noch keine Gelegenheit, mich frischzumachen." Eine Sekunde fragte Sophie sich, woher ihr gestelztes Benehmen kam. Sie sah Mia vor ihrem inneren Auge, die ihr die Zunge herausstreckte. Beinahe stahl sich ein Grinsen in ihr Gesicht.

Glücklicherweise schwand die Strenge aus Madame Jouvets Blick, als sie lächelte. „Nun, Sie haben eine lange Fahrt hinter sich, n'est-ce pas?"

Missbilligte seine Mutter, dass sie ihrem Sohn hinterher gefahren kam? Wie viele Frauen hatten das wohl schon getan? Hoffentlich hielt man sie nicht für eine, die nur nach dem großen Geld schielte. Sie wischte den Gedanken beiseite. Es konnte ihr egal sein, was Madame Jouvet über sie dachte. Es ging nur um Yannis und um ihr eigenes Glück. Oder vielmehr, um die Wahrheit.

„Ich hoffe, Sie fühlen sich hier wohl. Und du, Yannis", wandte sie sich an ihren Sohn und lächelte auf eine schwer interpretierbare Art, „weißt dich hoffentlich zu benehmen."

Er verzog das Gesicht, während Adrienne ein Kiekser entfuhr.

„Ich muss zurück zur Rezeption. Morgen erwarten wir einen Schwung neuer Gäste. Bitte entschuldigt mich." Damit schwebte sie davon. Sophie hatte keine Vorstellung darüber, wie sie auf Yannis' Mutter gewirkt hatte. Aber es war ihr im Moment tatsächlich egal.

„Ich gehe kurz zur Toilette", sagte sie mit Blick auf das Essen, das gerade gebracht wurde. „Das muss jetzt einen Augenblick warten." Damit schwebte sie ebenfalls davon und musste sich ein Lachen verbeißen, weil sie das Gefühl hatte, die Haltung von Madame Jouvet zu imitieren.

Fünf Minuten später kam sie zurück und fühlte sich etwas frischer. Sie lächelte, als sie Adrienne am Tisch sitzen sah, obwohl das bedeutete, dass sie nun noch nicht offen mit Yannis sprechen konnte.

„Klärt mich endlich auf. Was ist eigentlich passiert?" Adrienne blickte von Yannis zu ihr.

Sophie zog die Brauen hoch. „Ich habe dir alles gesagt, was ich weiß. Mehr gibt es nicht –", *von meiner Seite*, hatte sie noch sagen wollen, doch Yannis' Blick verschloss sich mit jeder Sekunde mehr. Vielleicht war es ihm gegenüber unfair, wie sie sich benahm.

Er seinerseits wünschte guten Appetit und begann

zu essen. Auch er hatte sich keine warme Mahlzeit mehr bestellt, sondern begnügte sich mit einem Salat und frischem Brot.

Adrienne stieß einen langgezogenen Seufzer aus. „Ich kapier schon, ihr wollt nicht damit herausrücken." Sie hob beide Hände hoch. „Das ist euer gutes Recht. Sophie, ich zeige dir gleich dein Zimmer."

Sophie warf einen Blick auf Yannis, der unter seinen schwarzen Wimpern zu ihr schielte. Sie straffte die Schultern. „Vielleicht kann Yannis das tun? Adrienne, sei nicht böse, aber wir beide haben ein paar Dinge zu klären."

Adrienne ließ abermals den Blick zwischen ihnen beiden hin- und herwandern. „Kein Problem. Hauptsache, Lucille hält endlich mal die Füße still." Es klang nach dem Versuch, Antworten zu provozieren, doch Yannis ließ sich nicht aus der Reserve locken.

„Ist das Eckzimmer im Dritten frei?", fragte er, worauf seine Schwester nickte.

„Okay, dann lasse ich euch beiden jetzt in Ruhe. Sehen wir uns morgen, Sophie?"

„Auf jeden Fall! Danke für das Zimmer", fügte sie hinzu.

Adrienne winkte ab. „Ich freue mich, dass du da bist. Und ich hoffe, es folgen noch viele weitere Male, in denen ich dich im Eckzimmer im Dritten begrüßen darf." Sie umarmte Sophie herzlich, dann zog sie sich diskret zurück. Das Restaurant war inzwischen leer, zwei Bedienstete räumten die Tische ab und legten frische Decken auf. Die Blumenväschen stellten sie auf dem Tresen der Bar ab. Vermutlich würden sie sie morgen früh wieder auf den Tischen verteilen.

Schweigen legte sich auf Yannis und Sophie, während sie ihr Essen zu sich nahmen. Heute hatte auch Yannis auf Wein verzichtet, er trank nur Wasser. Obwohl Sophie vor Ungeduld hibbelig war, ließ sie ihn in Ruhe. Er würde ihr nicht mehr ausweichen, das hatte sie im Gespür, und mit jedem Blick, den er ihr zuwarf, wurde sie ruhiger. Zugleich löste sich etwas in ihrem Innern, weil sie kurz davor stand, endlich die Wahrheit zu erfahren. Und es löste sich etwas, das sie die ganze Zeit zurückgehalten hatte. Etwas, das anscheinend bis jetzt noch unentschlossen gewesen war. Ohne es zu wollen, stiegen in ihr die Gefühle auf, die sie in der Nacht mit Yannis empfunden hatte. Ihre Wahrnehmung verdrängte alles andere. Samir, der ihr auf der Seele lag, die Sorge um ihren Vater, die Gedanken über ihre Arbeit, die sie so sehr liebte, all das zog sich zurück. Der Scanner in ihr verharrte an einem einzigen Punkt, anstatt alles drumherum weiterzuscannen. Sie konzentrierte sich nur noch auf ein Gefühl tief in ihrem Inneren, das dem Mann entgegenstrebte, der ihr gegenübersaß. Er hatte sein Mahl beendet und das Besteck zur Seite gelegt. Es lag Unsicherheit in seinem Blick, als er sie beobachtete. Offenbar empfing er, was sie ihm entgegenbrachte, und sie konnte es nicht aufhalten. Schweigend erhob er sich, nachdem sie ihr Besteck zur Seite gelegt hatte, und reichte ihr die Hand.

Sie sprachen nicht, bis er ihr die Tür zu ihrem Zimmer öffnete und ihren Trolley hineintrug. Sie hielt den Atem an. Es war ein Eckzimmer mit Fenstern, die sich zu beiden Seiten öffneten und Blicke auf den Hafen, die Bucht und die Häuser in der Nachbarschaft freigaben. Bei Sonnenaufgang musste es ein atemberaubender Anblick sein. Yannis führte sie zur Sitzecke und fragte, ob sie etwas trinken wolle. Beide blieben bei Wasser. Sophie setzte sich auf die kleine Couch, Yannis nahm auf dem Sessel Platz.

„Tja", sagte er dann. „Dies ist also unser Heim." Mit einer Armbewegung umfasste er das große Zimmer. „Hier haben wir als Kinder die meiste Zeit verbracht. Diese Suite wurde nicht vermietet. Wir durften zwar nie zu laut sein, aber das hat uns nicht gestört. Es war unsere Zuflucht. Die von Adrienne, Lucille und mir. Mit diesem Luxus haben unsere Eltern sich dafür entschuldigt, dass sie keine Zeit für uns hatten." Er machte eine Bewegung mit dem Kopf. „Das hört sich jetzt schlimmer an, als es war."

Sophie blickte sich um. „Es ist schön."

„Früher war es nicht so möbliert. Die modernen Hotelmöbel stehen erst hier, seit wir alle erwachsen sind. Wir hatten Möbel, die von unseren Großeltern stammten und überall war unser Spielzeug verteilt. Es war ein Traum für Kinder. Bis heute ist es ein Zimmer für besondere Gäste geblieben." Er grinste. „Das alles willst du gar nicht wissen, richtig?"

„Nun, schon. Aber noch mehr interessiert mich, worüber du mit Lucille gestritten hast."

Er lachte auf. „Du kreist nicht lange ums Thema herum."

„Euer Streit war nicht zu überhören. Also, nicht dass ich verstanden hätte, worum es ging."

Er beugte sich vor. „Was genau möchtest du denn wissen?"

Sophie versuchte das, was sie gehört hatte, zu rekapitulieren. „Na ja", sie errötete, „zunächst möchte ich wissen, ob –", sie unterbrach sich.

„Ob wir ein Paar sind, Lucille und ich?", half er ihr weiter.

Sie nickte, obwohl sie eigentlich etwas anderes hatte fragen wollen. „Ja, es wäre schön, wenn du endlich darauf antworten könntest."

Er stand auf und ging zur Minibar. „Ich kann einen Drink gebrauchen. Wie ist es mit dir? Einen kleinen?" Er öffnete die Tür und griff nach einer der Flaschen. „Sieh mal. Als hätte er auf uns gewartet." Er hielt einen Glenmorangie in der Hand. Es war eine Geschmacksrichtung, die Sophie noch nicht kannte. „Den hat Adrienne besorgt, jede Wette. Ein *Nectar d'Or*", las er vom Etikett ab. „Probieren?"

„Ja. Aber dann will ich endlich Antworten, hörst du?"

Nach wenigen Minuten stellte er ihnen beiden ein Glas mit der karamellfarbigen Flüssigkeit hin. „Ja, Sophie, jetzt bekommst du deine Antworten. Lucille und ich sind kein Paar." Er nahm einen Schluck. „Aber anscheinend habe ich das nie deutlich genug kommuniziert."

Eigenartigerweise spürte Sophie keine Erleichterung bei seinen Worten, stattdessen zog sich ihr Magen zusammen. Sie spürte Wut, weil er sie derartig hatte zappeln lassen. Und Lucille erst. „So so", sagte sie deshalb nur.

Er sah sie an, lange. Sie hielt seinem Blick stand. Viele Vorwürfe schossen durch ihre Gedanken, die sie ihm entgegenschleudern wollte. Aber hatte sie das Recht dazu? Er hatte bisher niemals zu ihr gesagt, dass er sie liebte. Und sie nicht zu ihm. Dann senkte sie den

Blick. Letzte Nacht noch hatte sie geglaubt, diese Worte nicht aussprechen zu müssen, weil es keinen Zweifel daran gab, dass sie sich liebten. Unerwartet kam ihr Samir in den Sinn. Nein, so einfach war es nie.

„Für mich war nach unserer Trennung vor zwei Jahren klar, dass wir kein Paar mehr waren. Aber Lucille hat das wohl anders gesehen."

„Wie kann das sein? Habt ihr die Trennung nicht richtig ausgesprochen?"

„Ich fürchte, nein. Es gab damals einen Anderen, mit dem sie eine kurze und heftige Affäre hatte. Es war an ihrem siebenundzwanzigsten Geburtstag. Nach der Feier ist sie mit ihm verschwunden und man hat sie auch danach einige Male zusammen gesehen. Er war Italiener und musste zurück, hätte sie aber mitgenommen, wenn sie es gewollt hätte. Sie gab ihm offenbar den Laufpass."

„Und du? Wie bist du damit umgegangen? Das muss dich verletzt haben."

„Es verletzte höchstens meine Eitelkeit, mehr nicht. Lucille und ich waren nie *so* ein Paar, das ist ja das Eigenartige. Das wurde mir damals erst bewusst."

„Was bedeutet ‚so' ein Paar?"

Er sah ihr in die Augen, bis sie nervös ihre Sitzposition änderte. „Ein Paar, das aus Liebe zusammen ist." Er verzog den Mund. „Natürlich gibt es da etwas, das uns verbindet, aber ich liebte sie nicht auf diese Art. Das erkannte ich damals, als ich keine Schwierigkeiten damit hatte, sie gehen zu lassen. Doch sie ist nicht gegangen." Er nahm erneut einen Schluck Whisky. Sophie nippte an ihrem. Er schmeckte wunderbar, sie erahnte eine winzige Spur des milden burgundischen

Weißweins, in dessen Fass der Whisky sein Finish erhalten hatte.

„Kann ich dir alles sagen, ohne dass du mich verurteilst?", fragte er.

„Kommt es darauf an?" Ihr Herz pochte. Was für eine dumme Antwort auf seine Frage. Und doch – wie konnte sie ihm etwas versprechen, wenn sie so wenig wusste? Was hatte er getan, wenn er sich Sorgen machte, sie könne ihn verurteilen?

Er schüttelte langsam den Kopf. „Wahrscheinlich nicht. Aber es –", er unterbrach sich und straffte die Schultern. „Gut, ich erzähle dir die ganze Geschichte." Er zog eine entschuldigende Grimasse. „Das hätte ich schon längst tun sollen." Er rutschte nach vorn und hielt ihr die Hand hin. Erstaunt griff sie danach. „Wie auch immer du reagierst, Sophie, du hast das Recht dazu. Ich habe Fehler gemacht." Er sah sie auf eine Weise an, dass es ihr durch und durch ging. Dies war der Blick von letzter Nacht! Sie musste sich beherrschen, um sich ihm nicht an den Hals zu werfen. „Es tut mir aufrichtig leid." Er ließ ihre Hand los, beide setzten sich zurück. „Ich hätte nicht mit dir schlafen dürfen, bevor nicht alles aus der Welt geschafft war."

Sie schnaubte. „Zum Sex gehören immer noch zwei."

Überrascht zuckte er mit den Mundwinkeln, dann gruben sich die Grübchen in seine Wangen, die sie heute noch nicht gesehen hatte. Mit einem Schlag war die Stimmung gelöster.

„So, *Monsieur Irrésistible*, jetzt aber mal Butter bei die Fische."

„Butter bei die ... was?"

Sie kicherte. Er konnte das Sprichwort nicht kennen.

„Ach, egal. Rück endlich mit der Sprache raus, Yannis. Was ist mit dem Baby? Du hast mit Lucille geschlafen, sonst könnte sie nicht von dir schwanger sein. Richtig? Und zwar zu einem Zeitpunkt, als wir uns schon kannten. Oder kurz davor, was unsere gestrige Nacht in ein ziemlich spezielles Licht rückt. Also …?"

„Ja, ich habe mit Lucille geschlafen, ungefähr als du nach Metz gekommen bist. Nach zwei Jahren, in denen ich unsere Beziehung für beendet hielt. Danach nicht mehr. Es war ein Fehler." Er rieb sich das Kinn. „Aber das dürftest du mitbekommen haben. Schließlich hast du gelauscht." Er grinste.

Sie zog eine Schnute. „Ihr wart nicht zu überhören."

„Zurück zu Lucille. Wie du weißt, waren wir von Kindesbeinen an beste Freunde. Irgendwann haben wir den ersten Kuss ausprobiert und etwas später miteinander geschlafen. Für mich war klar, dass wir uns eher austesteten, als gemeinsam eine Zukunft zu planen." Er hob eine Hand hoch, bevor Sophie etwas einwenden konnte. „Lucille hat das selbst so genannt: *austesten*. Vielleicht ist es nicht gerade die konventionelle Art, mit Sex umzugehen, aber solange wir keine anderen Partner hatten, war das okay. Wir waren uns ja einig. Lucille hatte als junge Erwachsene Männerbekanntschaften, und ich hatte Freundinnen. Wir kamen bloß beide immer wieder zueinander zurück. Trotzdem war klar, dass wir kein Paar fürs Leben sein würden."

„War es das für sie auch?"

„In den ersten Jahren auf jeden Fall. Dann änderte es sich wohl."

„Wann? Und warum?"

„Es gab ein Erlebnis, das uns zusammenschweißte." Er runzelte die Stirn. „Auf ungute Art zusammenschweißte. Und der Fehler lag allein bei mir. Aber der Reihe nach. Lucille und ich hatten zu studieren begonnen. Ich glaube, das hat Adrienne dir erzählt, nicht?"

„Ja, und dass sie das Studienfach wechselte."

„Richtig. Damals ist etwas passiert, wovon niemand aus unseren Familien weiß." Er schluckte.

„Was war es?"

„Ein Unfall." Er schenkte sich einen zweiten Whisky ein und nahm einen Schluck. „Damit änderte sich alles. Es war im zweiten Studienjahr. Wir fuhren an Ostern nach Hause. An dem Morgen mussten wir noch einen Abstecher in Ramatuelle machen, um etwas bei einem Onkel von Lucille abzugeben. Ich hatte ein kleines Mercedescabriolet. Und ich fuhr zu schnell." Er schnaubte. „Ich hielt mich für den größten Autofahrer. Der Wagen war klein und wendig. Wir hatten beide am Abend zuvor gefeiert und getrunken. Ich hatte mit Sicherheit noch Alkohol im Blut. Es war ein sonniger Tag, wir fuhren mit offenem Verdeck, ich hielt mich an keine Geschwindigkeitsbegrenzung."

Sophie sah die beiden vor Augen. Lucille hatte sicherlich einen Schal um den Kopf gebunden, sie trugen Sonnenbrillen, ihre lachenden Münder strahlten in ihren glücklichen Gesichtern. Wie in einem Sechzigerjahrefilm. „Es war die Passstraße, oder?"

„Ja, es war die Route de la Vignus. Ich kannte sie von klein auf und hatte damals schon seit ein paar Jahren den Führerschein. Ich überholte mehrere Wagen an diesem Morgen. Lucille quietschte vor Vergnügen, wenn ich die Kurven nahm. Wir hatten Spaß." Er verzog abermals den Mund. „Seither bin ich diese Strecke nie mehr so gefahren. Es hat Jahre gedauert, sie überhaupt wieder fahren zu können. Das ist einer der Gründe, weshalb ich den Pilotenschein gemacht habe." Er nickte langsam. „Da war dieser Kombi vor uns. Wir konnten zuerst nicht überholen, weil die Straße eng und unübersichtlich war. Dann kam ein gerades Stück. Eigentlich war es zu kurz, um zu überholen. Ich tat es trotzdem. Ich brauste an dem Kombi vorbei." Er hielt inne. „Das habe ich niemals jemandem erzählt. Im Rückspiegel –", er verschränkte die Finger so fest, dass es aussah, als tue er sich weh.

„Was hast du gesehen?", fragte Sophie sanft.

„Der Wagen kam ins Schleudern und rutschte zur Seite, zum Hang hin. Es gab einen Riesenkrach: Quietschen, ein Rumms." Er rieb sich die Stirn. „Ich habe eine Vollbremsung hingelegt. Wir waren schon um die Kurve und konnten nichts mehr erkennen. Ich wollte aussteigen und zurücklaufen, aber Lucille hielt mich fest. Sie schrie mich an. ‚Bist du wahnsinnig? Du hast getrunken! Fahr weiter!'"

Sophie wollte nicht glauben, was sie da hörte. „Sie hat dich zur Fahrerflucht verleitet?"

„So kannst du das nicht sehen. *Ich* hätte nicht weiterfahren dürfen, es war *meine* Entscheidung. Ich war nicht Herr meiner Sinne, und sie auch nicht."

„Und du hast dich nicht bei der Polizei gemeldet?" Sophie schloss die Augen. Das war grauenhaft.

Er zog tief die Luft ein. „Nein, und das ist das Schlimmste. Ich habe den größten Fehler meines Lebens gemacht. Was würde ich darum geben, es ungeschehen zu machen."

„Ist es denn zu spät?" Sophie straffte die Schultern. „Wie ging es weiter?"

„Lucille hat sich darum gekümmert. Am nächsten Morgen wollte ich zur Polizei, aber sie beschwichtigte mich. Sie fuhr zuerst ins Krankenhaus, wollte sich ein Bild davon machen, wie es der Familie ergangen war. Eigenartigerweise hatte es keine Meldung in den Nachrichten gegeben. Es wurde erst ein paar Tage später in der Zeitung darüber berichtet. Es war nur ein kleiner Artikel in der Randspalte. Ein Unfall, in den angeblich kein zweites Auto verwickelt gewesen war. Der Fahrer, ein Familienvater, war vom Weg abgekommen. So wurde es jedenfalls dargestellt."

„Eigenartig."

„Lucille war dort, in der Klinik. Sie hat mich gerettet, verstehst du?"

„Nein."

„Sie sprach mit dem Mann, dem Familienvater." Er sah einen Augenblick in die Ferne, die Gefühle von damals spiegelten sich in seinen Zügen wider. „Eines seiner Kinder", er schluckte, „ist seitdem von der Taille abwärts querschnittsgelähmt." Er schlug die Hände vors Gesicht.

Sophie blieb die Luft weg, zischend versuchte sie einzuatmen. Übelkeit stieg in ihr auf, Verständnis und Mitleid, doch auch Wut. „Yannis!", stieß sie tonlos aus.

Er sprach weiter, als hätte er sie nicht gehört. „Ich habe monatelang davon geträumt."

„Ja", flüsterte Sophie, „das kann ich mir vorstellen."

„Lucille redete mit dem Mann, der nur eine ungenaue Erinnerung an den Unfall hatte. Er hätte uns zwar gesehen, aber er wusste nicht, ob wir ihn abgedrängt hätten. Lucille beschwor ihn, dass wir das nicht hätten und bat ihn, den Mercedes gar nicht zu erwähnen. Er ließ sich darauf ein."

„Er ließ sich darauf ein? Das ist –", *unfassbar*, wollte sie sagen. Etwas an dieser Geschichte hakte, auch wenn sie nicht genau wusste, was es war.

„Nicht sofort. Lucille erzählte mir, dass sie lange mit ihm reden musste, bis er sich einverstanden erklärte. Verstehst du jetzt, wie viel ich ihr schulde? Was wäre geschehen, wenn herausgekommen wäre, dass ich zu schnell gefahren war und noch Alkohol im Blut hatte? Das hat unsere Beziehung verändert."

„Das ist keine Grundlage für eine Beziehung. Oder gar für eine Ehe. Und mit so einer ungelösten Schuld kannst du doch nicht leben, oder? Du musst das klären."

Er nickte und schwieg, leerte sein Glas. „Ja, inzwischen ist mir das klar geworden. Spätestens, seit ich dich kenne. Ich begreife nicht, wie ich das alles hinnehmen konnte." Er murmelte nur noch, Sophie war sich nicht sicher, ob sie ihn richtig verstanden hatte. Dann sah er auf und in ihr Gesicht. „Zuerst wollte ich nur die Angst loswerden. Ich wollte mit der Familie reden, aber Lucille machte mir klar, dass sie das nicht wollten. Wahrscheinlich war es unerträglich für die Eltern dieses Jungen. Ich, ich gab ihnen Geld. Als eine Art Wiedergutmachung, damit sie wenigstens das Kind optimal versorgen konnten. Lucille regelte das alles."

„Er hat sich tatsächlich auf sowas eingelassen? Ich kann das kaum glauben." Wie hoch musste der Druck gewesen sein, der auf dem Mann lastete?

„Ja, er hat das Geld genommen und keine Anzeige erstattet. Ich redete mir ein, dass ich nochmal eine Chance bekommen hätte, und war einfach nur dankbar. Viele Jahre ging ich regelmäßig zum Haus dieser Familie, um mich zu überzeugen, dass es allen gutging. Der Junge im Rollstuhl verfolgte mich bis in meine Träume. Ich brachte es nie über mich, mich zu erkennen zu geben. In den Nachrichten war nie wieder etwas von dem Unfall zu hören. Ich hätte mich gern jemandem anvertraut, doch wie hätte ich das tun sollen? Lucille und ich hatten uns da hineinmanövriert, und sie hatte das Beste daraus gemacht. Ich fand mich schließlich damit ab und lebte mein Leben weiter. Außerdem hätte ich sie mit reingerissen, wenn ich mich gestellt hätte. Das hatte sie einfach nicht verdient. Und dann gab es bald kein Zurück mehr. Zumindest hat es sich so angefühlt."

Sophie verzog nachdenklich den Mund. Yannis sprach weiter. „Seither bin ich ein viel umsichtigerer Autofahrer geworden. Du hast vielleicht schon bemerkt, dass ich eher zu langsam fahre."

Sophie nickte. „Na gut. Trotzdem verstehe ich nicht, warum sie solche Macht über dich hat. Sie ist Mitwisserin und, ja, Mittäterin. Sie hat geholfen, das alles zu verschleiern." Eigentlich hatte sie nicht nur geholfen, sondern war sogar diejenige, die die Verschleierung initiiert hatte. Die Yannis daran gehindert hatte, sich zu stellen, damit alles seinen rechten Gang nahm.

„Was heißt Macht ... Dank Lucille bin ich mit einem blauen Auge davongekommen, so sehe ich das."

„Und sie erinnert dich regelmäßig daran, so sehe ich

das."

„Vergiss nicht, dass wir ein Leben lang Freunde waren. Lucille hat dabei auf der dunkleren Seite gestanden. Ich war der reiche, glückliche Junge, sie diejenige, die um gesellschaftliche Anerkennung kämpfen musste. Das hat sie nicht verdient, und endlich änderte sich das. Das gemeinsame Erlebnis gab ihr eine neue Art Selbstverständnis. Wer wäre ich, ihr das wieder wegzunehmen? Lucille ist ein guter Mensch. Im Grunde war alles gut so, wie es war. Bis du kamst."

Sophie riss die Augen auf. „Wie bitte?"

„Lucille hat in dir sofort eine Rivalin gewittert. Und sie hatte Recht. Mit dir hat sich alles geändert."

„Also doch", flüsterte Sophie und wusste nicht, ob sie wütend oder erleichtert sein sollte.

„Ja, ganz offenbar habe ich mich in dich verliebt." Er lächelte und sah dadurch etwas entspannter aus. „Ich habe nicht damit gerechnet. Ich dachte, so ein Glück würde ich nie wieder haben. Ich kann es immer noch nicht richtig glauben."

Sophie wagte zunächst nicht, näher darauf einzugehen. Erst langsam breitete sich in ihr das Begreifen aus. Yannis liebte sie! Mit dem Begreifen wuchs eine eigenartige Sicherheit heran. „Und jetzt?", fragte sie schließlich.

„Jetzt gibt es ein Kind."

„Dein Kind. Und das von Lucille."

„Ja."

„Und musst du sie heiraten?" *Lächerlich!*, zischte Mia in ihrem Kopf.

„Wohl kaum. Aber es macht die Dinge nicht gerade einfacher. Natürlich werde ich für mein Kind sorgen.

Aber eine Heirat? Nein. Ich war bei Lucille, um mit ihr Klartext zu reden, aber sie will nichts davon hören."

„Sie hat auf den Unfall angespielt, oder? Damit, dass sie dicht halte und sowas?"

„Ja." Er presste die Lippen aufeinander. „Sie verändert sich. Früher war sie nicht so."

„Du hast nur eine Möglichkeit, Yannis."

„Was meinst du?"

„Du weißt es selbst, oder nicht?" Sie hörte sich schon wie Mia an. In ihr festigte sich ein Entschluss: Sie würde ihn nicht aufgeben, bloß weil es ein paar Schwierigkeiten gab. „Du musst zu der Familie und mit ihr reden. Auch wenn das Ganze schon viele Jahre her ist, musst du mit den Leuten sprechen. Alles, was noch nicht gesagt wurde, muss raus." Sie stand auf und begann, auf und ab zu gehen. „Was, wenn es gar nicht stimmt? Wenn Lucille dir nur ihre eigene Version von allem erzählt hat?" Ein ungeheuerlicher Gedanke! Doch einmal begonnen, ließ er sie nicht mehr los. War es das, was Sophie das Gefühl gab, dass etwas an der Geschichte noch hakte?

Sie setzte sich neben ihn und nahm seine Hand. Zum ersten Mal fühlten seine Finger sich kälter an als ihre eigenen. Hinter seiner Stirn arbeitete es, das konnte sie deutlich erkennen. Als sie den Mund öffnete, um weiterzusprechen, zerriss ein lautes Knacken die Stille. Erschrocken sprangen sie beide auf. Das Geräusch war vom Fenster auf der Hafenseite gekommen. Erneut knallte es, in der Scheibe erschien ein weißer Fleck, von dem sich ein hässlicher Riss hinunterzackte. Mit einem Satz war Yannis am Fenster und riss es auf.

„Lucille, hör auf!", rief er – so leise es ging.

Sophie trat neben ihn und blickte hinunter. Dort stand Lucille, ihr nach oben gewandtes Gesicht ein heller Fleck in der Dunkelheit. Sie rief etwas, das Sophie nicht verstehen konnte, so sehr heulte und nuschelte sie.

„Warte, ich komme runter", antwortete Yannis, drehte sich zu Sophie um und zog die Schultern hoch. „Ich werde mit ihr reden."

Sie nickte.

Als er zur Tür hinausging, fühlte sie Leere. Würde es in Zukunft immer so sein, wenn er ging? Würde diese Leere Teil ihres Lebens werden? Sie verbat sich diesen Gedanken und starrte weiter aus dem Fenster auf Lucille, die begonnen hatte, mit verschränkten Armen auf und ab zu gehen. Wieso hatte sie das Hotel eigentlich nicht betreten? Adrienne oder ihre Mutter hätten ihr doch niemals den Zutritt verwehrt? Aber vielleicht hatte sie ihnen in ihrem Zustand nicht gegenübertreten wollen.

Woher, fragte Sophie sich im nächsten Moment, hatte Lucille gewusst, dass sie gerade in diesem Zimmer sein würden? Yannis musste ein eigenes privates Zimmer haben.

In diesem Augenblick trat Yannis unten aus dem Gebäude heraus zu Lucille, die sich in seine Arme warf. Er wirkte selbst von hier oben betrachtet steif, erwiderte ihren Ansturm nicht, stieß sie jedoch auch nicht von sich. Unwillkürlich griff Sophie nach ihrem Glas und hielt sich daran fest. Die Erinnerung an den Tanz der Meerjungfrau mit ihrem Gefährten kam ihr in den Sinn und das Lied, das Lucille Yannis an seinem Geburtstag dargeboten hatte. Wie sehr stimmte, was Yannis gesagt hatte? Dass er sie, Sophie, liebte?

Von der Unterredung der beiden drang zunächst nur Gemurmel herauf. Als Lucille jedoch lauter wurde, antwortete Yannis mit den immer gleichen Sätzen: „Geh nach Hause, Lucille. Wir sprechen morgen weiter." Dabei schob er sie langsam in Richtung des Parkplatzes, wo sie vermutlich ihren Wagen abgestellt hatte. Bald waren beide aus Sophies Sichtfeld verschwunden, das gemurmelte Gespräch endete jedoch nicht. Sie registrierte kaum, dass sie den Whisky austrank.

Dieses Mal war es kein Kopfschmerz, der sie anfallartig überfiel, sondern bleierne Müdigkeit. Sie hatte letzte Nacht nur sehr wenig geschlafen, war heute fast den ganzen Tag auf der Autobahn unterwegs gewesen und es war längst nach Mitternacht. Der Scanner in ihr schaltete sich einfach ab, wie im Energiesparmodus. Plötzlich fühlte sie sich wie ein Kind, das im Halbschlaf nachtwandelte. Sie öffnete ihren Koffer, ohne genau zu wissen, was sie tat, holte ihre Schlafsachen und den Toilettenbeutel heraus und machte sich fertig fürs Bett.

In ihrem Kopf tanzten unscharfe Bilder einer kurvenreichen Passstraße, eines durch die Luft fliegenden Autos, eines Kindes, das eingeklemmt war, dann im Rollstuhl saß. Und Yannis und Lucille, beide mit schreckgeweiteten Augen. Alles verwirbelte sich und zerfloss zu einem Strudel. Sie hielt es nicht mehr aus.

Automatisch schloss sie ihr Smartphone ans Ladekabel an und schaltete es offline, ohne nach eingegangenen Nachrichten zu sehen, danach legte sie sich hin.

Zwar wusste sie, dass da etwas war, worüber sie sich sorgen sollte, dass etwas sie beschäftigen und wach halten sollte, aber sie war einfach nicht mehr in der Lage, zu denken. Als hätte man ihr ein Narkotikum verabreicht, lag sie da, noch nicht schlafend, aber auch nicht wach.

Das Geräusch der sich öffnenden und schließenden Tür drang nicht mehr ganz zu ihr durch. Dann hörte sie diese Stimme, schon fast im Schlaf. Die Worte, die gesagt wurden, schlichen in ihre Ohren und ihren Kopf, ohne dass sie ihren Sinn richtig erfassen konnte. „Morgen früh fahre ich nach Ramatuelle. Ich werde alles klären. Ich mache mir solche Vorwürfe, dass ich nie intensiver nachgeforscht habe." Sie spürte seinen Kuss auf ihren Lippen, so unendlich zärtlich. „Schlaf gut, Sophie."

KAPITEL 26

Als Sophies innerer Scanner am nächsten Morgen den Betrieb aufnahm, war sie mit einem Schlag wach. Fast erschrocken sah sie zur Uhr. Gerade mal acht. Hoffentlich war Yannis noch nicht weg! Sie musste ihn sehen. Ihre Finger zitterten, als sie das Smartphone einschaltete und dort mehrere Nachrichten von Samir und Florence entdeckte. Nur der Hauch eines schlechten Gewissens streifte sie, als sie sie ignorierte. Es war jetzt keine Zeit, sie zu lesen. Stattdessen tippte sie eine Kurznachricht an Yannis ein.

Bonjour toi! Kann ich dich sehen? Wo bist du?

Sie nahm das Handy mit ins Badezimmer und ließ es nicht aus den Augen, während sie im Eiltempo duschte. Trotzdem musste seine Nachricht wohl ausgerechnet eingegangen sein, während sie ihr Haar shampoonierte. Sie entdeckte sie, als sie aus der Duschkabine stieg. Mit noch nassen Fingern tippte sie auf das Symbol und öffnete das Chatfenster.

Du bist ja schon wach. Komm herunter zum Frühstück, d'accord?

Gib mir 15 Minuten, schrieb sie zurück.

Hatte er gestern Abend nicht angekündigt, dass er heute loswollte, um all die Dinge zu klären, die er seit so vielen Jahren mit sich herumschleppte? Beinahe lachte sie laut, weil er noch nicht weg war. Hatte er sie tatsächlich noch geküsst? Mist, warum war sie einfach eingeschlafen? Andernfalls hätte er vielleicht ... Sie biss sich auf die Unterlippe, um das wohlige Ziehen in ihrem Bauch einzudämmen. Wie konnte sie in so einer unsicheren Situation an Sex denken? Doch ihr Körper scherte sich nicht darum. Er wusste genau, was er wollte. Sie grinste sich im Spiegel an. „Wenn es so ist, dann ist es eben so. Eros versus Stress."

Sie summte ein Lied, während sie ihre Haare kurz mit dem Föhn durchpustete und zu einem Zopf flocht, der über ihre Schulter nach vorn hing. Sie streifte ein schlichtes Leinenkleid über und zog helle Canvasschuhe darunter, fertig. Sie warf noch die Sonnencreme in ihre Handtasche und vergewisserte sich, dass das Etui mit der Sonnenbrille darin lag, bevor sie das Zimmer verließ.

Im Restaurant entdeckte Yannis sie sofort, der zum Aufzug blickte, als sie ihn verließ. Neben ihm saß Adrienne, die aufsprang und zu Sophie tänzelte. Sie wirkte gelöst und glücklich. Vielleicht wirkte sie immer so in ihrer Heimat? Jedenfalls strahlte sie aus, dass sie an keinem anderen Ort der Welt lieber wäre. Erst als sie zum Tisch kam, entdeckte Sophie Antoine, der ihnen lächelnd entgegensah. Sie freute sich, sie alle zu sehen, doch zugleich bedauerte sie es, da sie nun wieder nicht offen mit Yannis reden konnte.

„Keine Angst", Adrienne blieb neben dem Tisch stehen, „wir sind gleich weg. Ich wollte dich aber unbedingt sehen. Wir lassen dich jedenfalls heute noch nicht zurückfahren, Sophie. Dieses Wochenende bleibst du hier. Wir haben es deinem Chef schon beigebracht." Sie lachte. Antoine war aufgestanden und um den Tisch herumgekommen. Er beugte sich herunter und begrüßte Sophie mit *Bises*.

„Adrienne hat einen Narren an dir gefressen." Er zwinkerte, dann warf er Yannis, der ebenfalls aufgestanden war, einen Blick zu. „Was nicht weiter verwunderlich ist, Schwager. Ich mag Sophie auch." Ein Grinsen verstärkte die Falten um seine Augen. „Jetzt müssen wir an unsere Arbeit. Wir sehen uns heute Abend." Damit gingen die beiden davon.

Yannis zog Sophie an sich und hielt sie einen Moment fest. Er schnupperte an ihrem noch feuchten Haar. „Es ist schön, dass du hier bist." Dann ließ er sie los. „Trinkst du einen Café au Lait zum Frühstück, oder lieber einen Cappuccino?"

„Cappuccino, danke." Sie griff nach dem Körbchen mit Baguette und Croissants, entschied sich jedoch für das Brot. Während sie es mit Butter bestrich, sah sie sich um. Zum Hafen hin öffnete sich eine mehrflügelige Terrassentür, die die Sonne hereinließ. Sie bestaunte das weiche Licht, die weißen, glänzenden Yachten im kleinen Hafen und die fast türkise Farbe des Meeres und des Himmels, die sie aus Beschreibungen kannte, aber noch nie gesehen hatte. Was für ein zauberhafter Ort!

„Das ist unglaublich schön."

„Ja, ich habe mich hier immer wohlgefühlt. Obwohl ich erst später erkannte, wie außergewöhnlich es ist, an einem solchen Ort zu leben."

Er beobachtete sie eine Weile, während sie mit Appetit ihr Frühstück verspeiste. Er war anscheinend schon fertig.

„Ich bin froh, dass du noch da bist, Yannis."

Er lächelte. „Und wieder schleichst du nicht um den kochenden Brei herum."

„Den heißen Brei, meinst du. Ich – es tut mir leid, dass ich gestern einfach eingeschlafen bin." Sie zog die Schultern hoch. „Du warst nochmal im Zimmer und hast etwas zu mir gesagt, oder?"

Er nickte. „Ich habe Lucille nach Hause geschickt. Sie war nur schwer zu beruhigen. Ich habe kaum geschlafen." Er griff nach der kleinen Serviette neben seinem Teller und rollte sie zusammen. „Ich begreife nicht, wieso ich niemals selbst mit der Familie gesprochen habe, die damals den Unfall hatte." Er schüttelte den Kopf. „Was Lucille mir erzählte, klang für mich logisch. Erst seit ein paar Tagen – eigentlich seit der Nacht mit dir – habe ich Zweifel bekommen. Was mir wiederum gestern Abend klar wurde, als du fragtest, ob das Ganze womöglich nur Lucilles Version der Geschichte war." Er rollte die Serviette wieder auseinander und knetete sie zwischen den Fingern. „Ihr Verhalten gestern hat mich erschreckt. Sie hat mir eine Seite von sich gezeigt, die ich noch nicht kannte. Sie redete von moralischer Pflicht und von Heirat, immer wieder von Heirat." Er machte eine Pause. „Ich hätte sie nie so eingeschätzt. Weißt du", er legte eine Hand auf ihre, „natürlich habe ich haufenweise Frauen kennengelernt, die es offensichtlich darauf anlegten, durch mich in diese Glamourwelt einzusteigen." Er zog eine verächtliche Grimasse. „Mir war das alles längst nicht mehr wichtig. Spätestens nach dem Unfall wachte ich auf und kapierte, wie unwichtig Reichtum ist. Jedenfalls habe ich schnell einen Radar dafür entwickelt, wer mich wirklich wertschätzte und wer mehr am Geld der Familie Jouvet interessiert war. Ich weiß, das hat man alles schon tausendmal gehört. Also lassen wir das." Er straffte die Schultern. „Jedenfalls habe ich beschlossen, dass ich heute zu Familie Eclair in Ramatuelle fahren werde, um endlich mit dem Mann zu sprechen, der damals am Steuer saß."

„Soll ich mit dir kommen?" Die Worte waren heraus, bevor sie überhaupt darüber nachgedacht hatte.

„Würdest du das tun? Ich muss allein mit den Leuten reden, aber ich würde mich freuen, wenn du mich bis dahin begleitest. Sonst bist du plötzlich wieder verschwunden."

Sie lachte auf. „Ich? Wer von uns beiden ist denn derjenige, der andauernd abgehauen ist?"

Er stimmte in ihr Lachen ein. „Na gut, ich geb's zu. Dann nehme ich dich mit, damit ich nicht befürchten muss, du könntest genauso dumm reagieren wie ich."

Zehn Minuten später fuhren sie mit Adriennes Auto in Richtung Ramatuelle los. Sophies Begeisterung für die Landschaft wuchs. Sie fühlte sich in einen Traumurlaub versetzt, obwohl sie und Yannis einen schweren Weg vor sich hatten. Die Sorge darum, was das bevorstehende Gespräch ergeben würde, verhinderte trotzdem nicht das Gefühl der Zugehörigkeit zu ihm, das mit jedem Kilometer stärker wurde, den sie zurücklegten.

Yannis erzählte von früher, aus der gemeinsamen

Schulzeit und den ersten Semestern, die er und Lucille zusammen verbracht hatten. Es war eine Geschichte voller Leichtigkeit, die nicht zu dem verbissenen Zug passen wollte, den Lucilles Gesicht einige Male angenommen hatte, wenn sie Sophie gegenübergestanden hatte. Verbissenheit, wenn es um ihren Beruf ging, aber auch, wenn die Rivalität sich zeigte.

Sophie konnte dennoch nicht verhindern, Mitleid mit Lucille zu empfinden. Sie hatte keine leichte Rolle gehabt. Offenbar hatte ihre Herkunft – sie stammte aus einer Familie von Fischern und war die erste in der Verwandtschaft, die Abitur gemacht und studiert hatte – ihr immer auf der Seele gelegen. Und das, obwohl Yannis von ihren Eltern in den höchsten Tönen schwärmte. Lucilles Mutter, die sie mit herrlichem selbstgekochten Essen verwöhnte, sooft ihre Arbeit im Hotel es erlaubte, und der Vater, der sich nur selten blicken ließ und wunderbare Geschichten über die Gegend zu erzählen wusste.

Dann konnten sie Ramatuelle erkennen, das am Fuß des Bergmassivs lag und aussah wie eine Zeichnung aus der Romantik. Sie parkten am Rand des Orts, da der Kern aus schmalen, gewundenen Gassen bestand, in denen sie zu Fuß besser vorankamen. Sophie hatte den Eindruck, in eine andere Welt und eine andere Zeit versetzt worden zu sein. Die gelb- und orangefarbenen Anstriche der überwiegend mittelalterlichen, mehrstöckigen Häuser brachten das Licht zum Leuchten. Obwohl die Sonne nicht bis auf die Wege herunter schien, war es hell in den Gassen.

Yannis wusste, wo die Familie lebte, und ging zielstrebig zu einem schmalen Haus mit dunkelgrünen, geöffneten Klappläden. Alle Vorsprünge am Haus, der Eingang und die Fensterbänke waren mit Pflanzen in Töpfen und Kübeln geschmückt. Es waren die typischen, robusten Pflanzen des Mittelmeers, die dem Ort ihren Charakter aufprägten. Sie erkannte Olivenbäumchen, Oleander, Rosmarin und Salbei und dazwischen verschiedene Geraniensorten. Plötzlich blieb Yannis stehen. Seine Hand in der von Sophie war kalt.

„Ich habe hier schon oft gestanden. Aber noch nie habe ich geläutet. Die Kinder haben mich gesehen, wenn sie aus der Schule nach Hause kamen. Die große Schwester half dem Jungen mit dem Rollstuhl. Aber er kam auch sehr gut selbst zurecht. Es wirkte leicht, wie er sein Gefährt lenkte. Inzwischen sind sie erwachsen, ich weiß gar nicht, ob die beiden noch hier wohnen. Vielleicht sind sie zum Studieren weggegangen."

„Hast du jemals mit ihnen gesprochen?"

„Nein. Es sind ja immer Touristen hier, sie haben nie Verdacht geschöpft." Er zog die Schultern hoch. „Ich war zu feige. Die Eltern habe ich nie gesehen."

„Möchtest du klingeln?", fragte Sophie. Komisch, sie dachte gar nicht mehr darüber nach, ob es passend war, dass sie ihn begleitete. Es schien selbstverständlich.

„Tust du es für mich?"

Sie suchte nach einer Klingel, fand jedoch keine. Also klopfte sie an. Es tat sich nichts. Yannis drehte sich zur Seite. „Niemand da. Lass uns gehen."

„Nein." Sophie pochte nochmals an die Tür, diesmal fester. „Hallo, ist jemand zu Hause?", rief sie.

Da öffnete sich ein Fenster im oberen Stockwerk. Eine Frau beugte sich heraus. Sie mochte um die fünfzig sein. „Ja bitte?"

„Bonjour, Madame Eclair, ich würde gern mit jemandem aus Ihrer Familie sprechen." Yannis' Stimme klang fest.

„Einen Moment, ich komme herunter."

Kurz darauf wurde ein Schlüssel gedreht, die Tür schwang auf. Die Frau trug eine Schürze über einem Sommerkleid und hatte etwas Mehl auf der Wange. „Worum geht es?" Sie blickte von Yannis zu Sophie.

„Ich bin Yannis Jouvet", er hielt inne, doch die Frau zeigte keine Anzeichen von Wiedererkennen.

„Ja?"

„Und dies ist Sophie Thielen. Ich möchte über eine Sache mit Ihnen sprechen, die ungefähr neun Jahre zurückliegt. Es betrifft die ganze Familie. Dürfen wir hereinkommen?"

„Ich verstehe nicht. Ich würde gern wissen, worum es geht. Sehen Sie, ich bin gerade beim Backen und habe nicht viel Zeit ..."

„Es geht um den Unfall, den Sie damals auf der Route de la Vignus hatten."

Die Frau zog die Brauen hoch. „Möchten Sie meinen Mann sprechen?"

„Ja, wenn er da ist. Das wäre großartig." Sophie fühlte, wie Yannis' Hand kurz zuckte.

„Kommen Sie herein." Sie ging vor und bedeutete ihnen, in den Flur zu treten. „Er arbeitet im Garten, er hat heute frei." Sie ging quer durch den dunklen Flur, von dem eine steile Treppe hinaufführte. Sophie sah die Treppenliftvorrichtung. Gegenüber der Haustür lag eine Tür, die in den Garten führte und offenstand.

„Fabius", rief Madame Eclair, als sie sie erreicht hatte, und trat hinaus auf einen kleinen Hof, der von einem kaum größeren Rasen umgeben war. Umgrenzt war alles von weiteren Häusern. Trotzdem erkannte Sophie, dass Fabius mit Liebe gärtnerte. Ein kleines Hochbeet lieferte Tomaten, Zucchini und verschiedene Kräuter. Der Mann in der ausgebleichten Arbeitshose und dem hellen Hemd arbeitete gerade an den Olivenbäumchen, die das Grundstück umgaben und Sichtschutz für eine Sitzecke aus massiven, dunklen Holzmöbeln boten. Beim Ruf seiner Frau drehte der Mann sich um, und abermals konnte Sophie ein Zucken von Yannis' Hand spüren.

„Quoi?", fragte er.

„Hier ist jemand, der mit dir über den Unfall sprechen möchte."

Fabius Eclair näherte sich in einem leicht wiegenden Gang. Auch er durfte um die fünfzig sein, sein Gesicht war braungebrannt, und helle Fältchen um die Augen deuteten an, dass er gern und viel lachte. Auf dem Kopf trug er eine Baskenmütze, die von der Sonne ebenso verschossen war wie die am Saum zerrissene Hose. Er hätte einem von Sophies Liebesfilmen entsprungen sein können, dachte sie eine Sekunde. Eine sympathische Nebenfigur.

„Ich muss nach oben in die Küche. Es tut meinem Teig nicht gut, wenn er zu lange ruht." Madame Eclair nickte Sophie und Yannis zu, dann ging sie hinein.

Fabius Eclair hielt Sophie die Hand entgegen, sie reichte ihm die ihre. Seine Haut fühlte sich zwar weich an, doch auch ein bisschen rissig. Sie schloss daraus, dass er normalerweise keine Arbeiten im Freien verrichtete, sondern dass sein Hobby die Spuren auf der Haut hinterlassen hatte.

„Bonjour", er schüttelte Yannis' Hand. Yannis stellte sich und Sophie nochmals vor.

„Ich muss mit Ihnen über den Unfall von damals sprechen."

„Welchen Unfall?" Monsieur Eclair wies einladend auf die Holzbank und setzte sich auf einen der Stühle. Abwartend legte er den Kopf schief.

„Den Unfall auf der Route da la Vignus. Sie sind damals mit dem Wagen von der Straße abgekommen und die Böschung hinuntergerast."

„Ach, der, ja. Was ist damit?"

„Ich –", begann Yannis und hielt perplex inne.

„Können Sie sich noch genau daran erinnern?", fragte Sophie, ebenfalls überrascht über die Reaktion.

Fabius lachte. „Natürlich. Wenn ich es will. Aber wozu? Das ist lange her und es ist ja nichts passiert."

Yannis atmete hörbar ein und aus.

„Möchten Sie etwas trinken?" Eclair stand auf. „Wir haben selbstgemachten Limonensaft. Und dann sagen Sie mir, was Sie eigentlich wollen."

Er verschwand im Haus. Sophie drehte sich zu Yannis und griff nach seiner Hand. „Wie kann es sein, dass er deinen Namen nicht erkannt hat? Anscheinend ist der Unfall kein Problem für ihn. Er wirkt jedenfalls kein bisschen traumatisiert."

„Ja. Seltsam."

Fabius kam zurück und balancierte eine Karaffe mit einer hellen Flüssigkeit und drei Gläser auf einem Tablett. „Bitte sehr, das ist das Lieblingsgetränk unserer Kinder." Er schenkte allen ein Glas ein. Sofort verteilte sich der Geruch frischer Limonen. „Was wollen

Sie denn nun genau wissen? Sind Sie von der Versicherung?"

„Nein. Ich war dort, als der Unfall passierte."

Eclair runzelte die Stirn. „Wie, Sie waren dort? Ach, warten Sie, da war doch dieses junge Mädchen am nächsten Tag im Krankenhaus. Ich habe bis heute nicht genau begriffen, was sie wollte." Er sah Sophie an. „Waren Sie das?"

„Nein. Aber Sie haben recht, es gab da eine junge Frau. Lucille Mirabeau."

„Mag sein, den Namen habe ich nicht behalten. Sie war ziemlich nervös und fragte mich über den Unfall aus." Er schob die Mütze aus der Stirn und rieb sich über die Augen. „Ich habe wirklich nicht kapiert, was sie wollte."

„Sie muss Sie nach dem zweiten Auto gefragt haben, war es nicht so?" Sophie hörte an Yannis' Stimme seine Fassungslosigkeit und seine Zweifel an der Geschichte, die er all die Jahre geglaubt hatte, und die sich vor ihren Augen gerade in ihre Bestandteile aufzulösen schien.

„Ja, das stimmt. Sie fragte mich, ob ich diesen Mercedes gesehen hätte. Als ob ich auf den noch hätte achten können. Ja, der war da und der hat mich überholt. Aber der hatte nichts mit meinem Unfall zu tun."

„Hatte er nicht?" Sophie drückte Yannis' Hand beim tonlosen Klang seiner Stimme.

„Nein. Ich hatte einen Reifenplatzer. Selbst schuld. Meine Werkstatt hatte mir schon im Herbst gesagt, dass ich dringend die Reifen wechseln müsste, na ja, Sie kennen das vielleicht. Ich habe es aufgeschoben."

Sophie dachte an ihren Twingo und nickte. „Ihr Reifen ist geplatzt?"

„Ja, und zwar in dem Moment, in dem der Mercedes mich überholte. Ein Glück, dass nicht mehr passiert ist! Stellen Sie sich mal vor, ich hätte das andere Auto mit in den Unfall hineingezogen! Jedenfalls habe ich den nicht mehr beachtet, weil ich sofort von der Straße geschleudert wurde und im nächsten Baum hängen blieb. Das war mir eine Lehre, das kann ich Ihnen sagen. Ich war heilfroh, dass ich allein im Auto saß."

„Sie waren ... allein unterwegs?"

„Ja, zum Glück. Es ist nichts Schlimmes passiert, bloß der Wagen war Schrott. Aber ich hätte es den Kindern und meiner Frau natürlich nicht gewünscht, diesen Stress mitzuerleben. So war ja alles nochmal gut gegangen. Das habe ich übrigens auch der jungen Frau damals erzählt. Warum fragen Sie danach?" Er verengte die Augen.

Yannis sah den Mann nur an, offenbar war er nicht in der Lage, zu antworten. Seine Finger krallten sich um Sophies Hand. Es war ungeheuerlich, was sie da hörten. Sie räusperte sich. Als Yannis seine Sprache noch immer nicht wiederfand, übernahm sie das Wort. „Sie haben doch ein Kind, das im Rollstuhl sitzt?"

„Natürlich, das ist Audric. Was hat das mit dem Unfall zu tun?"

„Ist das denn nicht damals passiert?"

„Nein, er hatte den Unfall bereits im Kindergartenalter. Er stürzte von einer Schaukel. Es war ein furchtbarer Schlag für uns." Er blickte nach unten. „Aber Audric hat gelernt, damit umzugehen. Ein bewundernswerter kleiner Bursche. Jetzt studiert er in Marseille." Der Stolz in der Stimme von Monsieur Eclair war nicht zu überhören.

Yannis schien neben Sophie immer kleiner zu werden. Fassungslos schüttelte er den Kopf. Sie legte einen Arm um seine Taille. „Das wussten wir nicht. Dann haben Sie auch kein Schmerzensgeld –", sie wusste nicht, wie sie die Frage stellen sollte, ohne Yannis' Konflikt zu verraten.

„Welches Schmerzensgeld meinen Sie? Es war ein bedauerlicher Unfall. Solche Dinge passieren nun mal." Er sah zu Yannis. „Aber das muss Ihnen die junge Frau doch alles erzählt haben."

KAPITEL 27

Als sie eine halbe Stunde später auf dem Rückweg waren, hatte Sophie das Gefühl, sie hätten die Tragweite dessen, was sie gehört hatten, noch immer nicht erfasst. Yannis fuhr Adriennes Wagen langsam und vorsichtig. Sophie betrachtete ihn fast ununterbrochen von der Seite.

„Was hat Lucille mit dem Geld gemacht?", fragte sie schließlich und war sich nicht sicher, wie er ihre Frage aufnehmen würde. Das Wichtigste war doch, dass er seine große Schuld ablegen konnte, die ihn all die Jahre begleitet hatte. Oder nicht? Yannis hatte die ganze Zeit geschwiegen. Jetzt sah er kurz zu ihr, dann zurück auf die Straße. Seine Fingerknöchel zeichneten sich weiß unter der Haut ab, so fest umklammerte er das Lenkrad. „Wie viel hast du ihr denn gegeben?" Sie konnte nicht anders, diese Fragen kamen einfach aus ihr heraus. Irgendwie musste sie ihn zum Reden bringen. War Lucille wirklich derartig skrupellos?

„Spielt das eine Rolle? Ich schätze, sie hat es benutzt, um ihr Studium durchzuziehen und dann, um ihre Ideen umzusetzen. Ich habe nie hinterfragt, wie ihre

Eltern ihren Berufswunsch finanziert haben. Allerdings habe ich auch nie darüber nachgedacht. Ich habe Lucille vertraut."

Sophie biss sich auf die Unterlippe. Was konnte sie sagen, ohne ihn aufzubringen? Vorsichtig legte sie ihre Hand auf seinen Oberschenkel. Er nahm die Rechte vom Lenkrad weg und legte sie darauf. Ein gutes Zeichen.

„Das Wichtigste ist, dass du nichts Falsches getan hast."

„Habe ich das nicht? Ich war davon überzeugt, einem Jungen das Rückgrat gebrochen zu haben, und ich habe nichts getan, um es wiedergutzumachen."

„Aber du bist von falschen Voraussetzungen ausgegangen, Yannis! Und du wolltest nicht nur dich, sondern auch Lucille schützen. Außerdem", sie wurde kleinlaut, „hast du gezahlt. Du hast für deinen Fehler bezahlt." *Der kein Fehler war*, fügte sie in Gedanken hinzu, wusste aber, dass ihm das jetzt nicht helfen würde. Obwohl seine große Schuld sich in nichts auflöste, quälte er sich. Und sie konnte es verstehen.

„Ich war feige." Er fuhr an den Straßenrand. Sie waren noch auf der Landstraße, doch die zauberhafte Landschaft um sie herum nahmen sie kaum wahr. Er hieb mit der Faust auf das Lenkrad. „Ich war so verdammt feige. Hätte ich mehr Rückgrat gehabt, wäre ich zu Eclair gefahren und hätte ihn selbst gefragt, anstatt mich hinter Lucille zu verstecken. Und all ihre Lügen zu glauben." Er blickte Sophie an. Sie erkannte, wie verletzt er war. Er musste sich von Grund auf betrogen fühlen. Sie dachte an Lucilles Worte von gestern, dass sie ihn liebe und dass er glücklich werden könne, wenn er sich nur darauf einließe. Und das Baby! Einen Moment lang hatte sie das Baby vergessen. Sie atmete tief ein und wieder aus. Was für ein Schlamassel!

Sie nahm seine Hand in ihre und hielt sie fest. „Ja, du warst vielleicht feige. Aber du bist reingelegt worden. Du warst jung –" Ob ihn das tröstete? Wohl kaum. Er schnaubte. In diesem Moment glich er nicht dem *Monsieur Irrésistible*, in den sie sich vor einer gefühlten Ewigkeit verliebt hatte. Nichts war geblieben von seinem Selbstbewusstsein. Doch ihr Gefühl für ihn wurde nur intensiver. Wie gern würde sie ihn an sich ziehen und mit ihren Küssen trösten. Aber sie wusste, dass das jetzt nicht das Richtige war. „Wollen wir zu ihr fahren?", fragte sie schließlich. „Ich setze mich ans Steuer. Damit du nachdenken kannst."

Er lächelte matt, nickte und stieg aus. Sie wartete, bis er um den Wagen herumgekommen war, dann öffnete sie die Tür, stand auf und nahm ihn in die Arme. Diesmal war sie diejenige, die ihm Halt gab. Sie schloss die Augen und erlaubte es sich, seinen Geruch aufzusaugen und die Wärme zu spüren, die sein Körper ausstrahlte. Sie wusste, dass er in diesem Moment mit keiner Faser an körperliche Liebe dachte, und hielt ihn nur fest. Sie wollte ihm eine Freundin sein. Ihr eigener Körper machte ihr indessen unmissverständlich klar, dass es für sie keinen anderen Mann als ihn geben konnte. Ruhe breitete sich in ihr aus. Er hatte das Schlimmste überstanden, jetzt würde alles gut werden.

„Ich stehe dir zur Seite", flüsterte sie in sein Ohr. Sie musste sich auf die Zehenspitzen stellen, damit er es hören konnte. Seine Haare kitzelten ihre Nase. Zu gern hätte sie sanft mit der Zunge die Härchen auf seinem Ohrläppchen gestreift. Sie legte den Kopf an seine Schulter. Seine Umarmung wurde noch etwas fester. Nach einer unendlich scheinenden Weile straffte er die Schultern. Es wirkte, als ginge ein Ruck durch seinen Körper. Er schob sie ein Stück von sich. Sie erkannte den starken Mann wieder und es tat gut zu wissen, dass sie ihm einen Teil dieser Stärke zurückgegeben hatte.

„Ich werde allein mit ihr sprechen", sagte er. Sie nickte. „Ich bringe dich zum Hotel und fahre dann zu ihr." So stieg er wieder auf der Fahrerseite ein und wirkte hellwach, als er die restliche Strecke zurücklegte.

In der Nähe der Hafenbucht ließ er Sophie aussteigen. „Ich melde mich bei dir, sobald ich fertig bin. Dann sagst du mir, wo ich dich auflesen soll." Bevor sie die Beifahrertür zuschlug, beugte er sich noch einmal zu ihr. „Danke!"

Sie lächelte.

Es war ein wunderschöner Maitag, warm wie im Sommer. Sophie schlenderte zum kleinen, anheimelnd wirkenden Hafen von Saint-Tropez und sog die Atmosphäre ein. Alles, was man von dem Ort hörte und las, stimmte. Es war ein Lieblingsort der Schönen und Reichen und der Künstler. Jede Ecke verbarg ein Geheimnis, das jemand hier hinterlassen hatte. Zugleich hatte sich der Ort das Pittoreske des Fischerdorfs bewahrt. Ein widersprüchlicher, ganz besonderer Reiz ging von ihm aus.

An diesem Freitag war der Verkehr auf der Straße mehr geworden. Die lange, langsam vorrückende Kolonne von Autos, die sich ins Zentrum schlängelte, gab einen Vorgeschmack dessen, wie es im Sommer wohl alle Tage sein musste. Trotzdem blieb der Reiz des Ortes – vielleicht, weil niemand in Hektik verfiel. Mit Langsamkeit und Geduld, anders kam man nicht weiter. Sophie musste über sich selbst lächeln. Worüber sie sich Gedanken machte. Dabei war Yannis auf dem Weg zu Lucille, um sie zur Rede zu stellen! Nun, dank des Autoverkehrs würde es eine ganze Weile dauern, bis er bei ihr war.

Sophie schlenderte weiter, weg vom Hafen und durch die Gässchen. Sie betrachtete die Schaufenster der kleinen, exklusiven Läden und sog die Düfte ein, die aus Pâtisserien und Cafés drangen. Fröhliches, entspanntes Stimmengewirr lag über allem. Lief dort nicht ein Mann entlang, dessen gebräunte Glatze sie kannte? War das Samir? Sie beschleunigte ihren Schritt und konnte sich ihren rasenden Herzschlag kaum erklären. Dann wurde ihr klar, dass sie hoffte, dass er es war. Umso enttäuschter war sie, als sie sah, dass lediglich ein fremder Mann in einem edlen Anzug einen kleinen Modeladen betrat. Atemlos blieb sie stehen.

Samir! Sie hatte ihre Nachrichten seit ihrer Ankunft in Saint-Tropez nicht mehr gecheckt. Möglicherweise sorgte er sich um sie. Und Florence, Mia? Ihre Eltern wussten nicht mal, dass sie in Saint-Tropez war. Noch während sie ihr Smartphone in der Handtasche suchte, beschloss sie, dass sie es ihnen jetzt nicht mitteilen würde. Das hatte Zeit. Endlich hielt sie das Handy in der Hand. Es war noch offline geschaltet. Rasch schaltete sie es ein. Eine Flut von Nachrichten war eingegangen. Kein Wunder! Sie tippte als erstes Samirs Namen an.

Ja, ich muss tatsächlich mit dir reden.

Sophie, bist du angekommen? Geht es dir gut?

Es heißt, wenn man nichts hört, ist nichts passiert. Ist das wahr? Ich bin schlecht in sowas.

Ich mache mir Sorgen. Sophie, wahrscheinlich ist gar nichts, ich weiß das. Trotzdem mache ich mich jetzt auf den Weg.

Diese Nachricht hatte er nach Mitternacht geschrieben. Oh Gott, war er etwa auf dem Weg zu ihr?

Die Straßen sind leer, ich komme gut voran. Bin in Dijon. Sophie, bitte melde dich, wenn du kannst. Ich mache mir Sorgen.

Einige Stunden später:

Ich bin rausgefahren, um mich ein bisschen auszuruhen. Ich weiß, es ist irre, was ich tue. Und ich mache mich zum Affen. Aber –

Die Nachricht brach an dieser Stelle ab. Zehn Minuten später hatte er nochmals geschrieben.

Aber ich habe mich in dich verliebt. Warum soll ich es nicht zugeben? Ich muss es dir sowieso sagen. Vielleicht weißt du es auch schon? Ich habe dich zu ihm geschickt, damit du herausfindest, ob Yannis für dich der Richtige ist. Ich hoffe, er ist es nicht!

Nochmals zehn Minuten später:

Wie kann ich dir so etwas schreiben? Ich bin ein Idiot. Trotzdem hoffe ich, nein, ich weiß, dass du damit umgehen kannst. Ich fahre weiter. Ich werde dich im Hotel suchen.

Diese Nachricht war vor drei Stunden abgeschickt worden. Sophies Herz schlug hart und schnell in ihrer Brust. Es stand noch eine Nachricht da. Sie hatte bereits den Hoteleingang erreicht – ohne zu bemerken, dass ihre Schritte sie hierhergelenkt hatten –, als sie sie las.
Ich bin da und frage nach dir.
Samir war hier! Ohne bewusst ihre Finger zu steuern, tippte sie:
Wo bist du?
Sie ging in die Lobby und fuhr zusammen, als das Smartphone in ihrer Hand rhythmisch zu vibrieren begann. Eine Sekunde fürchtete sie, es könnte Yannis sein. Aber er war es nicht. Sie nahm den Anruf an.
„Samir?", fragte sie.
„Ja." In diesem kurzen Wort hörte sie alles mitschwingen. Seine Sorge, seine Erleichterung, seine Liebe. Ihr Magen zog sich zusammen. Sie wusste nicht, was sie ihm antworten sollte. „Wo bist du, Sophie?" Seine tiefe Stimme klang müde. Hatte er auch nur eine Stunde geschlafen in dieser Nacht?
„Am Eingang."
„Ich komme." Und da sah sie ihn bereits durch die Lobby auf sich zukommen. Eigenartig vertraut waren ihr die Bewegungen des Bären. Selbst die Jeans und das kurzärmelige Hemd wirkten elegant an ihm. Sie sah die Schatten der durchwachten Nacht unter seinen Augen, und trotzdem ging ein Strahlen von ihm aus. Was für ein außergewöhnlicher Mensch. Eine Sekunde kam ihr der Gedanke, dass ihre Mutter ihn lieben würde. Sie strich sich mit der Hand über die Stirn und bemühte sich, ihm entgegenzulächeln. Ein

hohles Gefühl des Bedauerns wühlte in ihrem Innern.

Er blieb dicht vor ihr stehen. Sophie war sich der Blicke nur allzu bewusst. Sie hatte nicht überprüft, ob Adrienne oder deren Mutter hinter dem Empfang standen. Ein unangenehmes Kribbeln überlief ihre Arme.

„Lass uns ein paar Schritte gehen", sagte sie, noch bevor er sich vorbeugen und sie mit *Bises* begrüßen konnte. Es ließ sich nicht verleugnen, dass es eine Verbindung zwischen ihnen beiden gab, das würde jeder Blinde sehen. Und das, wo sie gerade ihn auf die unschuldigste Art kennengelernt hatte. Wie hatte sich das so schnell ändern können? Sie verstand es nicht. Aber wann wäre Liebe je verständlich gewesen?

In den wenigen Sekunden, die sie brauchten, um durch das Portal nach draußen zu gelangen, jagten ihr diese unsinnigen Gedanken durch den Kopf. *Wieso Liebe?*, fragte sie sich verwirrt.

Wie abgesprochen lenkten sie ihre Schritte weg vom Hotel und gingen in die nächste Bar. Zu dieser Zeit, zwischen Frühstück und Mittagessen, waren noch ein paar vereinzelte Tische frei. Sie setzten sich, nachdem sie am Tresen zwei Kaffee bestellt hatten. Ein Déjà-vu blitzte durch Sophies Sinn. War es wirklich erst gestern gewesen, vor ziemlich genau vierundzwanzig Stunden, dass sie in Metz gemeinsam an einem ebensolchen Bistrotisch gesessen hatten?

Samir blickte sie an, schweigend. Sein Blick verriet alles, was in ihm wütete. Falls er je eine schützende Mauer errichtet hatte, die seinen Mitmenschen verbarg, was in ihm vorging, hatte er sie für Sophie eingerissen. Sie las all seine Fragen in den blauen Augen, all seine Ängste und Hoffnungen.

Sie schluckte. „Samir", begann sie leise. Er beugte sich vor, ein wenig nur. Es war wahnsinnig, aber sie wünschte sich, ihn ebenso in die Arme zu ziehen wie noch vor kurzem Yannis. Und sie wusste, dass es falsch war. „Das sollte alles nicht so sein", sagte sie lahm und stockte. Er schwieg, seine Augen hinter den Brillengläsern zwei tiefe Seen, in denen er sie aufnehmen würde, wenn sie sich sinken lassen wollte. Was für eine Ironie! Hier saß ein Mann, den sie hätte lieben können. Und der sie liebte. Trotz allem, was er durchgemacht hatte.

Er setzte sich zurück. „Du hast ihn gefunden."

„Ja." Ihre Stimme kratzte.

„Und du liebst ihn."

Noch einmal betrachtete sie sein Gesicht, erkannte die Poren auf seinen Wangen, den samtig wirkenden Bartschatten, die ausgeprägte Nase und den fast zu vollen Mund. Sie sah, wie schön er war, und wie schön seine Seele war. Sie runzelte die Stirn. Was für ein eigenartiger Gedanke.

„Ja, Samir, ich liebe ihn."

Er nickte in einer einzigen, langsamen Bewegung.

„Es tut mir leid", sagte sie, wissend, dass das nicht helfen würde. „Wenn ich ihn nicht kennen würde –", sie brach ab. Es würde ihn nicht trösten, dass sie Samir lieben würde, wenn es Yannis nicht gäbe. „Es tut mir unendlich leid", wiederholte sie.

Plötzlich stand er auf. „Lass uns nach draußen gehen." Kein Wort des Vorwurfs. Er bezahlte am Tresen, sie folgte ihm. Er nahm ihren Ellbogen und führte sie fast hastig die Straße entlang. Er schien nach etwas zu suchen. Dann hatte er es gefunden und führte sie um eine Hausecke in eine verborgene Nische, die zu einer Einfahrt führte.

„Sophie", er legte die Hände an ihre Taille, „ich muss das machen. Sonst werde ich mich ein Leben lang fragen, wie es gewesen wäre. Außerdem bin ich so müde, dass man es im Nachhinein darauf schieben kann." Ihr Herz schlug ihr bis in den Hals hinauf. Sie wusste, was er jetzt tun würde, und es gab nicht den geringsten Widerstand in ihr. Sie hatte erst vor einer Stunde ihre einzige wahre Liebe gefunden. Und doch würde sie jetzt diesen Mann küssen.

Ihr Mund öffnete sich leicht, als sein Gesicht sich näherte. Sie roch ihn, er war ihr so vertraut. Dann berührten seine Lippen die ihren. Sein Mund war warm, weich und verlockend. Sie fühlte sich, als tauche sie in etwas ein, das sie seit Urzeiten kannte. Die Intensität, mit der er sie küsste, gab ihr Kraft und Sicherheit und hatte nichts Falsches. Eine Ewigkeit versanken sie ineinander, liebkoste seine Zunge die ihre und schienen sie zu einem Körper zu werden. Sie spürte seine Erregung an ihrem Schoß, doch er drängte sie zu nichts. Nur sein Mund forderte alles ein, was ein Mann von einer Frau fordern konnte. Sie wussten beide, dass dieser Kuss nicht wiederholt werden würde. Der Kuss war das Liebevollste, was sie jemals erlebt hatte – und vielleicht jemals erleben würde. Er war wie die Berührung zweier Seelen.

Dann vibrierte ihr Smartphone. Samir hörte es und ließ von ihr ab, hielt sie noch im Arm. Er legte eine Hand an ihre Wange. „Ich liebe dich."

„Ich liebe dich auch", flüsterte sie und hatte doch bereits ihr Handy hervorgezogen. Eine zweite Nachricht ging ein. Ein Blick sagte ihr, dass sie von Yannis kam.

„Ihn liebst du mehr." Es war keine Frage, sondern eine Feststellung.

„Ja." Sie tippte Yannis' Nachricht an.

Ich habe mit ihr gesprochen. Sie ist am Boden zerstört. Wir müssen reden. Wo bist du?

Sie tippte ihre Antwort ein.

In der Nähe des Hotels. Wo wollen wir uns treffen?

Sophie hielt das Handy so, dass Samir mitlesen konnte. Sie waren aus der Einfahrt herausgetreten und gingen langsam in Richtung des Hotels.

„Du musst schlafen, Samir. Adrienne kann dir sicher ein Zimmer geben. Wir können später wieder reden."

Ich komme auf dein Zimmer. Es wird noch etwas dauern. Die Straßen sind dicht.

Ja, ich warte dort auf dich. Sie steckte das Smartphone ein.

„Wirst du mir alles erzählen?", fragte Samir.

„Vielleicht." Sie dachte nach. „Das Wichtigste."

Als sie das Hotel betraten, begleitete sie Samir selbstbewusst zum Empfang. Madame Jouvet stand hinter dem Tresen und zog die Augenbrauen hoch. „Sophie", sagte sie.

„Bitte geben Sie Samir ein Zimmer. Er ist ein gemeinsamer Freund von Yannis und mir."

KAPITEL 28

An Mittagessen verschwendete sie keinen Gedanken, als sie in ihrem Zimmer auf und ab lief. Samir schlief inzwischen hoffentlich in seinem Zimmer ein Stockwerk tiefer. Sophie konnte kaum begreifen, was seit gestern Abend alles geschehen war. Zuerst das Eingeständnis von Yannis über die Schuld, die er seit so vielen Jahren mit sich schleppte. Seine Erkenntnis, dass er sie, Sophie, liebte und wie sehr er von Lucille abhängig war. Und das Baby! Immer wieder schob sich die Erinnerung an das ungeborene Kind in Sophies Gedanken. Wie sollte das alles weitergehen? Auf welche Weise sollte und konnte Yannis seinen Part als Vater übernehmen, wenn er Lucilles Wunsch nach einer Heirat und einer Familie nicht erfüllen wollte? Wenn er stattdessen sogar eine Beziehung mit Sophie eingehen würde, woran sie nun nicht mehr zweifelte.

Jedes Mal, wenn sie an diesem Punkt ankam, durchströmte sie ein Glücksgefühl, das jedoch unweigerlich weitere Gedanken an das Baby nach sich zog. Wie viel würde sie selbst mit diesem Kind zu tun bekommen? Aber, war das überhaupt wichtig? Mia schwieg seit vielen Stunden in ihrem Kopf. Vielleicht war Sophie endlich selbstsicher genug, um ihre Gefühle zu verstehen und ihre Entscheidungen allein zu treffen.

Sobald sie an ihr eigenes Glück dachte, flogen ihre Gedanken zu Lucille. Sie konnte nicht anders, als diese Frau zu bedauern. Natürlich war ihr schäbiges Verhalten Yannis gegenüber nicht zu entschuldigen. Wie sie es ausgenutzt hatte, dass er sich für die körperliche Versehrtheit eines Kindes verantwortlich fühlte. Sie musste gewusst haben, dass der Junge, Audric, bereits seit Jahren im Rollstuhl saß. Hatte Yannis nicht einen Onkel von ihr erwähnt, der in Ramatuelle lebte? Trotz ihrer Wut auf Lucille und das, was sie getan hatte, fragte sich Sophie, ob ihr Verhalten nicht auch nachvollziehbar war. Entschuldbar nicht, aber nachvollziehbar, wie es dazu hatte kommen können. Sogar Yannis hatte ja Erklärungen dafür gefunden, wie Lucille sich als Kind gefühlt haben musste und wie wichtig für sie die Anerkennung in der illustren Gesellschaft der Reichen war. Trotzdem war es einfach falsch. Erstaunlich, dass sie so lange damit durchgekommen war.

Dann wanderten ihre Gedanken wieder zu dem großen Verlierer dieser gesamten Geschichte – Samir. Er war ihr ans Herz gewachsen und ja, es war eine Art von Liebe, die sie zu ihm empfand. Sie war sich sicher, dass sie beide eine Beziehung eingegangen wären, wenn es Yannis nicht gegeben hätte. Und sie ahnte, dass es eine außergewöhnliche Beziehung gewesen wäre. Ein weiteres Mal fiel ihr der Begriff der Seelenverwandtschaft ein, obwohl sie sonst nicht viel von esoterischen Aussagen hielt. Samirs Kuss würde sie in ihrer Erinnerung hüten wie einen Schatz. Und sie hoffte und wünschte sich, dass sie die Freundschaft zu Samir retten konnte. Dass er es schaffen konnte, die Beziehung ohne jede Körperlichkeit zu sehen und zu leben.

Konnte sie selbst es schaffen? Würde sie sich nicht irgendwann wünschen, in Samirs Armen zu liegen und ihn ganz zu spüren, auch in sich? Das waren Fragen, wie Mia sie ihr gestellt hätte – und Florence. Sophie wusste, dass ihre Freundinnen sich zum „Team Samir" zählen würden, schon allein, weil er geradlinig war, von Grund auf ehrlich. Abgesehen davon war er auf eine betörende Art attraktiv, die nicht auf den ersten Blick zutage trat. Zudem lebte er Frauen gegenüber eine Haltung, die man selten bei Männern erlebte. Nach ihren vorherigen Erfahrungen, und vor allem nach der Trennung von Leon, hatte sie entschieden, ihr Leben lieber ohne männlichen Partner führen zu wollen. Frei und autark. Sie spürte, dass eine Frau das bei Samir sein konnte. Bei Yannis war sie sich da nicht so sicher.

An diesem Punkt hörte sie auf, nachzugrübeln, und kehrte gedanklich ganz zu Yannis zurück. Zu dem Mann, den sie wollte und mit dem sie die intensivsten körperlichen Empfindungen erlebt hatte. Sie ließ ihr Herz über den Verstand hinweg entscheiden. Wo Yannis wohl blieb?

Mittag war längst vorbei, als es schließlich an ihrer Tür klopfte. Einen Moment fragte sie sich, wer im Flur stand, Yannis oder Samir? Ihr Herz wünschte sich Yannis herbei und das beruhigte sie.

Er war es. Mit einem einzigen Schritt trat er ein und

zog sie in die Arme, die Tür mit dem Fuß zustoßend. Eine Weile standen sie nur da, ohne sich zu bewegen, die Köpfe zueinander gewandt und den Duft des anderen einatmend. Sophie fühlte sich angekommen. Dann schob Yannis sie sanft von sich und ging mit ihr zum Sofa. Sie setzten sich, ihre Hände blieben ineinander verschränkt.

„Was hat sie gesagt?", fragte Sophie ängstlich.

„Uff!", stieß Yannis aus und begann zu erzählen. Lucille hatte auf ihn gewartet, ein nervliches Wrack, weil er seit der Nacht nicht mehr auf ihre Nachrichten reagiert und sein Handy am Morgen ausgeschaltet hatte. Anscheinend hatte sie geahnt, was geschehen war. Ihre Eltern waren glücklicherweise nicht zu Hause, als er zu ihr kam.

„Sie hat mir leidgetan, dieses Häufchen Elend. Ihre Augen waren rot und verquollen und geschlafen hat sie letzte Nacht auch nicht. Es muss schwer für sie gewesen sein, vor ihren Eltern alles zu überspielen."

Eine Sekunde fragte sich Sophie, wieso sie überhaupt noch bei den Eltern wohnte. Aber vielleicht war sie sonst viel unterwegs und in ihrer Heimat war das Elternhaus einfach ihr Hafen.

„Ich habe sie sofort mit dem Gespräch mit Fabius Eclair konfrontiert und ihr auf den Kopf zugesagt, dass sie mich all die Jahre belogen und erpresst hat." Er verzog den Mund. Sophie nickte.

„Sie ist zusammengeknickt und hat sich entschuldigt. Sie hätte das alles nicht gewollt, aber nachdem sie einmal angefangen hatte, konnte sie nicht mehr zurück. Sie hätte das Gefühl gehabt, mir gegenüber niemals eingestehen zu können, wie sie die Wahrheit verbogen hatte. Sie beteuerte immer wieder, dass das nicht ihre Absicht gewesen sei."

„Und das Geld?" Damit hatte alles eine weitere Dimension angenommen.

„Ja, das Geld. Das hat ihr Verhalten zu einem Betrug gemacht." Er schüttelte den Kopf. „Sie hat es nicht geleugnet." Er sah Sophie in die Augen. „Ich bin kein armer Mann geworden deswegen. Aber sie hätte meine Familie oder mich einfach um Geld bitten können, anstatt es auf diese Art zu nehmen. Sie war für uns alle wie ein Familienmitglied. Stattdessen hat sie mich belogen. Und ich habe mich belügen lassen. Nach einer gewissen Zeit hatte sich alles eingespielt. Du kennst unsere Geschichte."

Sophie nickte. „Was willst du jetzt tun?"

Er zog sie zu sich und küsste sie. Der Kuss ließ keinen Zweifel daran, dass er sich ihr zugehörig fühlte. Er war ein Versprechen. Er löste sich sanft und legte die Hand an ihre Wange. „Jetzt ist Schluss mit den Lügen. Ich werde Lucille nicht anzeigen, damit wäre niemandem gedient. Glücklicherweise ist außer mir und ihr niemand in diese Geschichte verwickelt."

„Das ist großzügig von dir."

Er verzog das Gesicht. „Findest du, ich müsste sie zappeln lassen?"

Sie zog die Schultern hoch. „Das kann ich nicht einschätzen. Davon abgesehen geht es mich nichts an." Wie tief sein Blick war. Die Hindernisse, die zwischen ihnen gestanden hatten, rückten endlich zur Seite.

„Weißt du, ich hatte damit gerechnet, dass sie weiterkämpft." Er zuckte die Achseln. „Dass sie mich zu erpressen versucht. Aber dann schien es, als wäre sie erleichtert, weil ich endlich alles durchschaut habe."

„Was ist mit dem Kind?" Der Gedanke ließ ihr trotz allem keine Ruhe. Sie war bereit, ihren Part zu übernehmen. Aber was *war* ihr Part?

„Es gibt kein Kind." Abwartend betrachtete er sie.

Sie erschrak. „Was bedeutet das?"

„Sie war ein paar Tage überfällig, aber letzte Nacht hat ihre Periode eingesetzt."

„Sie hat mir gegenüber von einer Schwangerschaft geredet, ohne einen Test gemacht zu haben?" Sophie blieb der Mund offen stehen.

„Sie hatte einen Test gekauft, ihn aber nicht benutzt. Ich will ihr Verhalten nicht entschuldigen, Sophie. Sie hat blind vor Eifersucht gehandelt. Anscheinend haben dein Auftauchen und meine Reaktion auf dich", er lächelte, „bei ihr eine Überreaktion ausgelöst. Sie hatte nur noch im Kopf, wie sie mich an sich binden konnte. Es kam ihr gerade recht, als die Periode ausblieb. Sie hat mir eingestanden, dass es nicht das erste Mal war. Wahrscheinlich von all dem Stress."

„Pfff", ließ Sophie zischend die Luft durch ihre Lippen entströmen. Sie dachte an das Telefonat zurück, in dem Lucille ihr die werdende Mami und glückliche Verlobte vorgespielt hatte. „Also, Yannis." Sie setzte sich aufrecht hin. „Ich finde es okay, wenn du sie davonkommen lässt. Aber ich möchte mit ihr nichts zu tun haben, wenn es sich irgendwie einrichten lässt."

Er nickte. „Das verstehe ich. Tatsächlich hat sie einen Plan B. Offenbar gibt es ein Angebot aus Italien. Dort ist man an ihrem Modelabel interessiert. Es ist wohl eine große Chance. Und nein, es hat nichts mit ihrem damaligen Freund zu tun." Er grinste. „Ich werde ihr noch ein Mal finanziell unter die Arme greifen. Ihr Businessplan klingt gut. Ich bin sicher, sie wird sich eine eigene Existenz schaffen."

„Das hört sich gut an", sagte Sophie.

„Sind damit all deine Fragen beantwortet?" Plötzlich blitzten die Grübchen in seinen Wangen auf. Der Blick seiner Augen wandelte sich. Gierig sah er sie an. „Mademoiselle Thielen, ich würde Sie allzu gern verführen."

Seine Worte ließen Hitze in ihr aufwallen. Er zog eine Braue leicht hoch, sein Lächeln wirkte maliziös. „Ich möchte die Freiheit mit Ihnen feiern, und als äußeres Zeichen der Befreiung werde ich Sie zunächst aus diesem Kleid schälen, wenn Sie erlauben." Seine Hand lag auf ihrem Oberschenkel, die Fingerspitzen schoben unendlich langsam ihren Rocksaum weiter nach oben. Mit der anderen Hand streichelte er die zarte Haut in ihrem Nacken. Seine Augen wirkten schwarz, sie verschwammen, als er ihre Lippen berührte und zart daran zu knabbern begann. Zwischen den Berührungen flüsterte er weiter in dieser etwas eigentümlichen Sprache, die in Sophie tatsächlich die Lust auf Spielchen weckte, die sie noch nicht kannte. Ihr Verstand löste sich auf, sie schmolz unter seinen Händen dahin. Da klopfte es an der Tür.

Sie fuhr hoch und schob den Rock nach unten. Yannis sah sie fragend an. Es klopfte wieder.

„Ja, bitte?", rief Sophie und ging zur Tür.

„Hier ist Samir."

Yannis sprang auf. „Was!?"

In Sophie erwachte das schlechte Gewissen. Doch sie hatte keinen Grund, sich schlecht zu fühlen. Trotzdem jagte ihr die Erinnerung an den Kuss vor einigen Stunden die Röte in die Wangen.

„Was will er hier? Wieso ist er in Saint-Tropez?" Yannis' Augen sprühten vor Wut. Der Anblick bewirkte, dass Sophie ruhig wurde.

„Frag ihn selbst." Sie öffnete die Tür, trat zu dem verdutzten Samir und begrüßte ihn mit einer Umarmung und *Bises*. Sie würde sich nicht von Yannis' Eifersucht einschüchtern lassen. Sie zog ihn herein. „Komm und setz dich, ich wollte uns gerade etwas zu trinken holen. Hast du gut geschlafen?"

„Bonjour", begrüßte Samir Yannis. Er ließ sich keine Unsicherheit anmerken. „Wie geht es Ihnen?"

Sophie holte eine Wasserflasche und drei Gläser von der Minibar und schenkte ihnen allen ein. „Wollen wir uns setzen?" Sie nahm auf dem Sofa Platz und deutete für Samir auf den Sessel, während Yannis sich neben ihr niederließ, offensichtlich immer noch verärgert.

„Yannis hat eine Frage an dich, Samir." Sie legte den Kopf schief und lächelte. Es gefiel ihr, mit welcher Verwirrung Yannis auf ihr Verhalten reagierte, während Samir völlig gelassen blieb. Er war in der Situation eindeutig im Vorteil.

„Bitte, fragen Sie."

Yannis blickte von Samir zu Sophie, bevor er den Mund öffnete. „Wie kommt es, dass Sie hier sind, in Saint-Tropez und in diesem Hotel?"

Samir trank einen Schluck, dann stellte er das Glas langsam zurück auf den Couchtisch. „Nun, ich wusste, dass Sophie hier ist, und bin ihr nachgereist." Er lächelte Sophie an. Yannis nahm ihre Hand, und sie spürte seine Nervosität, als er ihre Finger zu kneten begann.

„Er war es, der mich hergeschickt hat", sagte sie leichthin.

„Wie bitte?" Er umgriff ihre Hand fester. Sie erwiderte den Druck.

„Samir hat mir gestern gesagt, ich solle dir hinterherfahren, damit ich endlich herausfinde, was das mit uns beiden ist." Ihr Blick wurde weich, sie ließ Yannis erkennen, wie sehr sie ihn liebte. „Er hat gemerkt, wie fertig ich war. Und es war ein kluger Rat, nicht wahr?"

„So klug, dass es schon wieder dumm war." Samir verzog den Mund, doch dann lächelte er. „Als ich nichts mehr hörte, habe ich mir Sorgen gemacht. Schließlich hielt ich es nicht mehr aus und bin hergekommen. So war das."

„Sie wollen mir weismachen, dass Sie aus purer Freundlichkeit und Sorge um Sophie letzte Nacht hergefahren sind?"

„Nein", sagte Samir. „Nicht aus purer Freundlichkeit."

„Was bedeutet das?" Yannis' Finger begannen fast unmerklich zu zittern.

„Das bedeutet, dass ich mich mit eigenen Augen überzeugen musste, dass es Sophie gut geht." Samir rutschte ein Stück vor und beugte sich näher zu ihnen beiden. „Ich weiß nicht, ob Sie wirklich zu schätzen wissen, was für einen Menschen Sie da für sich gewonnen haben. Aber ich werde darauf achten, wie Sie mit ihr umgehen." Er warf Sophie einen Blick zu. Entschuldigend? Versprechend? Sie nahm Yannis' Hand zwischen ihre Hände.

„Ich bin dir dankbar für deinen Großmut", sagte sie zu Samir. Ob er wusste, dass sie auch den Kuss meinte? Sie sah ihn unverwandt an, dann drehte sie sich zu Yannis. „Kannst du damit leben, dass er immer ein guter Freund sein wird? Ich will auf ihn nicht verzichten."

Yannis musterte Samir. Schließlich nickte er. „Ja. Gut." Sophie glaubte, Anerkennung aus seiner Stimme herauszuhören. Sie beschloss, ihm niemals von dem Kuss zu erzählen. Er spielte keine Rolle. Yannis war der Mann, den sie liebte. Seine Antwort bewies, dass er es wert war.

Samir stand auf. „Ich muss etwas essen." Er reichte Yannis die Hand. „Ich freue mich, dass das geklärt ist. Sehen wir uns später?"

„Ja, Adrienne hat eine kleine Party für heute Abend organisiert. Sie ließ es sich nicht ausreden." Yannis grinste und begleitete Samir zur Tür, die er ihm aufhielt.

Als er zurückkam, schmiegte Sophie sich an ihn und schob ihre Hände in seinem Rücken nach oben, sodass kein Blatt Papier mehr zwischen sie beide gepasst hätte. Sie spürte seine Erleichterung und seine Erregung, von der sie sich sofort erfassen ließ.

„Glaubst du mir, dass ich dich liebe?", fragte sie und zog ihn langsam Richtung Bett.

„Ja, das tue ich", murmelte er an ihrem Hals.

„Sie wollten mir doch etwas zeigen, Monsieur?" Langsam ließ sie eine Hand in seinen Nacken wandern und kraulte seine Haare. Das leise Stöhnen, mit dem er darauf reagierte, ließ sie unwillkürlich die Augen schließen. „Oh, bitte, tun Sie es, Monsieur",

gurrte sie, als sie die Bettkante an ihren Waden spürte.
Und dann liebte er sie.

DANKSAGUNG

Ohne die konstruktiven Beiträge mehrerer Personen wäre Sophies Geschichte möglicherweise nicht erzählt worden – oder nicht *so* erzählt worden. Oder Sophie hätte sich am Ende gar für jemand anderen entschieden ...

Ein herzliches Dankeschön geht an meine Schreibschwester Heike Schulz und an meine Schwester Stefanie Cernko. Beide sind meine ersten Ansprechpartnerinnen für all meine neuen Projekte. Ich erinnere mich an ein Brainstorming mit Heike in der Eifel unter blauem Himmel, das zur Entwicklung des Plots, insbesondere der Hintergründe in Saint-Tropez beigetragen hat.

In mehreren Phasen dieses Romans musste es recht schnell gehen. In solchen Fällen ist es gut, wenn man auf Testleserinnen vertrauen kann, die gern immer wieder Textpassagen aus neuen Projekten gegenlesen. Ich danke ganz herzlich Flavia Maltritz, Yvonne Sartoris, Michaela Saradis, Ramona Sühsmann und Melanie Hinterreiter. Sie haben den Einstieg in den Roman für mich testgelesen, als ich vor allem wissen wollte, ob die Stimmung so eingefangen ist, wie ich es wollte, ob die Charaktere Anklang finden, kurz: ob Sophies Geschichte *reinzieht*.

Meinem Agenten Kai Gathemann danke ich für die Betreuung dieses und meiner anderen Projekte. Er hat bemerkenswert viel Geduld, wenn die Telefonate lang und länger werden.

Und dem Verlag dp Digital Publishers gilt mein Dank für die Begeisterung, mit der Sophie aufgenommen wurde, und für die schönen Ideen, was man mit ihr so alles machen könnte. Danke an die Verlagsleitung, allen voran Stephanie Schönemann, aber auch an alle MitarbeiterInnen.

Ein ganz herzliches Dankeschön geht an meine Lektorin Janina Klinck. Nicht immer gelingt es LektorInnen, aus einer Geschichte noch das besondere bisschen *Mehr* herauszukitzeln, und für eine Autorin gibt es nichts Schöneres, als wenn im Lektorat genau das passiert. Ich glaube, dass das nur möglich ist, wenn die Lektorin die Geschichte so *erspüren* kann, wie die Autorin sie schreiben *musste*, und wenn für beide die Geschichte maßgeblich ist und nicht das, was wir gern in sie hineininterpretieren würden.

Und *last but not least*: Meine Familie hat sich inzwischen an eine schreibende Mutter und Frau gewöhnt. Auch ihr sage ich immer wieder gerne Danke für ihre Geduld und ihr Verständnis.